国学经典精神家园丛书

宋词三百首

陈伉◎编著

远方出版社

图书在版编目 (CIP) 数据

宋词三百首 / 陈伉编著 . -- 呼和浩特：远方出版社，2018.1

（国学经典精神家园丛书）

ISBN 978-7-5555-0557-0

Ⅰ . ①宋… Ⅱ . ①陈… Ⅲ . ①宋词 – 选集 Ⅳ . ① I222.844

中国版本图书馆 CIP 数据核字 (2017) 第 313180 号

宋词三百首
SONGCI SANBAISHOU

编　　著	陈　伉	
责任编辑	蔺　洁	
责任校对	蔺　洁	
装帧设计	晓　乔　韩　芳	
出版发行	远方出版社	
社　　址	呼和浩特市乌兰察布东路 666 号　邮编 010010	
电　　话	（0471）2236470 总编室　2236460 发行部	
经　　销	新华书店	
印　　刷	内蒙古爱信达教育印务有限责任公司	
开　　本	170mm×240mm　1/16	
字　　数	341 千	
印　　张	21	
版　　次	2018 年 1 月第 1 版	
印　　次	2018 年 6 月第 1 次印刷	
印　　数	1—3 000 册	
标准书号	ISBN 978-7-5555-0557-0	
定　　价	48.80 元	

如发现印装质量问题，请与出版社联系调换

大江东去，浪淘尽，千古风流人物

——宋辽金词苑概览

中晚唐和五代藩镇割据的混乱局面，随着赵宋王朝的建立而告终结。宋太祖赵匡胤"杯酒释兵权"，实行重文轻武的治国方针，加强了中央集权，虽然带来了文化的高度发展，却导致国防力量被削弱的弊端。宋代文学艺术的繁荣和发展，就是在这样的大背景下出现的。

宋代是词曲的全盛时代。宋词与唐诗，同为我国古代文苑的两株奇葩，作为国人精神家园的珍品，千百年来，一直为世代传颂、赞叹、鉴赏。谁能想到，赵匡胤以最后消灭南唐后主李煜宣告了统一大业的完成，而使词曲创作能烁古烛今的，恰恰是李煜。

一、词苑之帝

为了给宋灭南唐寻找法理依据，就像魏征等人撰写《隋书》，把隋炀帝列入荒淫无道的昏君系列而招致亡国一样，有宋一代的御用史家，也把李煜打入"荒淫亡国"的昏君之列。其实李煜一生只爱过两个女人，那就是大周后和小周后。在五代十国的混战中，南唐小朝廷偏安一隅，当时中原战乱相循，生灵涂炭，唯有江淮地区年岁丰稔，百姓富庶。有人劝南唐立国之君李昇趁北方战乱，收取中原。李昇叹曰："我自幼生长在军旅之中，深知战争之惨烈，不忍谈用兵之事。"李煜秉承乃祖乃父的"和平主义"国策，面对唯以夺取政权为最高目的之赵宋，当然只有亡国的份了。应当说，南唐的覆灭，是大势所趋，所谓"荒淫"，只不过是没有说法的说法而已。打定主意要灭南唐的赵匡胤说："卧榻之旁，岂容他人鼾睡！"这才是李煜亡国的真正原因。

南唐偏安江南，独具经济文化发展的优越条件，为文化繁荣提供了肥沃的土壤。宋时陈世修《阳春集序》说："以金陵盛时，内外无事，朋僚亲旧，或当燕集，多运藻思为乐府新词，俾歌者倚丝竹而歌之，所以娱宾而遣兴也。"元宗李璟和宰相冯延巳的词曲已臻精妙，称誉千秋。后主李煜以其独特的人生经历、深广的忧患意识和至真至纯的性情，在词曲的发展史上成就了千古英名。

"亡国之音哀以思"。人到中年的李煜在享受了14年养尊处优的帝王生活后，被迫肉袒出降，开始了忍辱含垢的囚徒生涯。失去了帝王之尊的词人，也丧失了人的尊严和自由。诚如他自己所说："此中日夕，只以眼泪洗面。"作为词人，他将这一切悲苦化为艺术，于是笔下源源不断地流泻出一曲又一曲荡气回肠、沉郁悲怆的哀歌。法国作家缪塞说："最美丽的诗歌是最绝望的诗歌，有些不朽篇章是纯粹的眼泪。"正是由于独特的人生经历，才使李煜的词达到艺术的高峰，从而确立了他比诸多帝王更崇高的历史地位。正如唐圭璋先生在《李后主评传》中所说："他身为国主，富贵荣华到了极点；而身经亡国，繁华消歇，不堪回首，悲哀到了极点。正因为他一人经过这种极端的悲乐，遂使他在文学上的收成，也格外光荣而伟大。"

然而如果仅仅是唉声叹气，并不能成为艺术家。李煜之所以能于词苑卓然不凡，是因为他自觉地将自己切肤的亡国之痛与天道、自然联系起来，突显了一种深邃的悲剧意识。李煜的词所表现的是一种深沉的宇宙人生的思考和超越一己愁怨的大悲哀、大感慨，因而显得气象博大，意境高远。李煜虽出身皇家，却"心疏利禄，思追巢许之遗尘，远慕夷齐之高义"，更像一名超脱世俗的隐士。他多才艺，好读书、善辞章、工书画、知音律，刻意追求清俊高逸、儒雅风流、超凡脱俗的士大夫情趣。因居宋室后，写词成了他唯一能抒情达意的方法。

李煜还深受佛教影响，他取号莲峰居士，诏令广修佛寺，保护僧尼，自己也曾身着袈裟，礼佛诵经。这种宗教情结，使他对人生、国运的感悟尤为深刻。王国维称李煜"俨有释迦、基督担荷人类罪恶之意"。因此他的悲哀包容了人类共同的悲哀。正是佛法赋予了李煜博大的眼界，使他的词有了某种包举天下、悲悯众生的意蕴。"自是人生长恨水长东""问君能有几多愁？恰似一江春水向东流""一片芳心千万绪，人间没个安排处"……这样的词句，一个只在乎本人悲伤，没有悲天悯人的宗教情怀的人是断然写不出来的。

不幸悲剧的根源也恰恰是在这里。试想，一个仁慈之君，在权力至上、崇拜武力、不怕报应的霸主面前，岂不是只有挨宰的份儿？

王国维对李煜的词评价甚高，说他始终"不失其赤子之心"，以率真、诚挚的情感，写富贵，也会倾注纯情，如"归时休放烛花红，待踏马蹄清夜月"，"离恨恰如春草，更行更远还生"，无不率真自然；愁苦时，更是"以血书"之，如杜鹃啼血，声声悲怆。

正因为此，对李煜满怀同情的人说他"误作人主"，作为帝王是失败的、悲惨的；但作为词人，他给后世留下了传诵千古的华章，谓之"词中之帝，当之无愧色矣"。可以说，词是李煜血肉和灵魂的有机成分，以生命和血泪写出的辞章，焉能不流芳千古！

二、豪放派词

谈到宋词，人们自然会想到婉约派和豪放派。有人喜欢婉约派的词，有人则喜欢豪放派的词。究竟孰优孰劣，分剖辨析没有任何意义。人性本就十分微妙复杂，个性豪放的说豪放词好，个性温柔的则说婉约词好；甚至会恰恰相反，由于心理补偿作用，性情豪迈的偏偏喜欢婉约，性情温柔的偏偏喜欢豪放。这都是十分正常的。

豪放词风的开创者是苏轼。北宋诗文革新派作家如欧阳修、王安石、苏轼等都曾用"豪放"一词衡文论诗。南宋俞文豹《吹剑续录》载："东坡在玉堂，有幕士善讴，因问：'我词比柳词何如？'对曰：'柳郎中词，只合十七八女孩儿执红牙拍板，唱'杨柳岸晓风残月'。学士词，须关西大汉，执铁板，唱'大江东去'。公为之绝倒。"这则故事，表明了两种不同词风的对比。南宋人已明确地把苏轼、辛弃疾作为豪放派的代表，后世遂相习沿用。

豪放派的特点是创作视野广阔，气度恢宏。苏轼的出现，有如黄钟大吕，天宇为之轰鸣。他扩大了词的题材，使之从离情别怨、男欢女爱的天地中，走向广阔的社会人生。在他的词中，咏史吊古、感旧纪游、谈禅悟道、悼亡送别、山水田园……"无意不可入，无事不可言"。这一变化是前所未有的。他的《念奴娇·大江东去》壮美豪迈；《水调歌头·丙辰中秋》异想天开，奇妙无方。他那广袤无垠的创作视野，挥洒自如的驾驭语言的能力，使他的词章逸怀壮飞，雄奇恣肆。自东坡出，词才不再是诗的附庸，而成为代表一个时代的艺术形态。

南渡之后，由于时代巨变，陆游、辛弃疾、陈与义、张孝祥、刘过等人承流接响，豪放词的创作蔚然成风。至此，豪放一派才在爱国精神的旗帜下，真正形成一支浩荡的队伍，雄霸一时。词在辛稼轩的笔下得到了进一步的解放。他的词包罗万象，纵横驰骋，具有散文式的丰饶广阔。凡有所作，皆气势磅礴，豪雄刚健，有"横绝六合，扫空万古"的气势。稼轩驰骋有宋词坛，无人匹敌，在词史上也是前无古人，后无来者。

陆游的词与他的诗互为表里，他是稼轩的词友，稼轩的门人也都受他的影响，其中刘克庄、刘辰翁最为杰出。靖康之变给南渡词人以极大刺激，词人纷纷唱出悲壮之音，原先婉约派的名家如朱敦儒、李清照等，也写了不少激昂慷慨的词作。

豪放派虽以豪放为主体风格，却也不乏清秀婉约之作，无名之辈如此，名家亦如此。苏词《贺新郎·乳燕飞华屋》《水龙吟·似花还似非花》，辛词《粉蝶儿·昨日春》《青玉案·东风夜放》等皆是可与婉约名篇媲美的佳作。

三、婉约派词

但是，在历时160余年的北宋词坛，始终是婉约派的天下。这与当时的社会环境有关。宋王朝推行厚待官吏的国策，让百官"多积金、市田宅以遗子孙，歌儿舞女以终天年"，大都市无不"新声巧笑于柳陌花衢，按管调弦于茶坊酒肆"。言情本为婉约派所长，在这样的社会氛围里，题材和风格无不显得得心应手。所以北宋初年词坛之翘楚如欧阳修、晏殊承五代词风，领袖词人如张先、晏几道等，词曲创作个个如鱼得水，悠然自得。这一时期，独树一帜的大词人是柳永。在花街柳巷、青楼瓦舍浪迹终生的他，与歌星舞伎有着真正的情谊，熟悉她们的内心世界和性情语言。宋仁宗认为他做官不够格，他便索性打出"奉圣旨填词柳三变"的招牌，成了专写风花雪月的职业词人。短歌小令已不足以表现他所热爱的生活，于是成了大量长调的首创者。他善于用清丽自然的词语描摹、细腻的情感，刻画凄清的景物；状相思之幽怨，写失意之哀愁，无不精妙。以至民间"凡有井水饮处即能歌柳词"。就其风骨，柳耆卿与晏殊、欧阳修只有朝野之分，实则同为婉约派。

晏、欧、柳的词风笼罩北宋达百年之久，其间范仲淹、王安石等曾试图以刚健之作开辟新的途径，但未能如愿。苏东坡继欧阳修之后主盟文坛，在词曲领域以豪放开一代风气，但词"别是一家"的积习太深，即使像苏东坡这样的旷世奇才也无法扭转乾坤。苏门成就最高、与苏轼关系最好的秦观，被人称为"婉约派之宗"。有人把他和李煜、晏几道并列，称誉为"词中三位美少年"。秦观把柳永的缠绵和小晏的凄婉，用柔雅清圆的词语表达得情韵兼胜，俏丽悠扬，委实无人可及。

与柳永齐名的张先，因他有"浮萍断处见山影""隔墙送过秋千影""云破月来花弄影"三名句而被人称作"张三影"；因他的词里常用"心中事""眼中泪""意中人"，又被称为"张三中"。他平生诗文甚富，可惜散佚殆尽。

稍后于秦观的婉约词人是周邦彦。有人把他捧得很高，说他是北宋"集大成"的词人；王国维却说他"创调之才多，创意之才少"。周的生活经历与柳永相似，音乐天赋亦高，曾任国家管理音乐的最高长官（大晟府提举）。他精通音律，讲究词法，过分追求形式的典雅，远不如柳词充实自然，更不如李清照旖旎温柔，凄悲委婉。婉约派的盟主当属这位易安居士。她的那曲"寻寻觅觅，冷冷清清，凄凄惨惨戚戚"的《声声慢》至今无人敢望其项背；《醉花阴》的"莫道不销魂，帘卷西风，人比黄花瘦"，她丈夫用三天三夜呕心沥血作了五十多首词，都无法企及。她的诗文虽然不多，但篇篇俱佳，诗如《题八咏楼》《乌江》《感怀》等，文如《金石录后序》《词论》，皆为上品之什。在程朱理学大行其道，妇女备受歧视的那样一个时代，李清照独能鹤立鸡群，可想她是何等杰出。她不仅是我国女性作家中的第一位词人，而且在整个词史上，也一直被推为大宗，并在我国文学史上占有非常重要的地位。

南宋婉约派的另一位女词人是朱淑真。她本是一个聪明美丽、多愁善感的才女，却因父母之命、媒妁之言，嫁给一个不学无术的俗夫。淑贞为此悲痛抑郁，作了许多断肠词。她年纪轻轻，死于残酷的命运折磨。她的父母在她死后，仍然不予谅解，将她的尸骨与诗文一火焚之。她那多才多情的生命，化为一缕轻烟，随风而飘散。

婉约派词在南宋中期以后，亦有长足发展。姜夔、吴文英、王沂孙、张炎皆以周邦彦为宗，讲究音律，锤炼字句，但风格却迥然不同。吴文英以温丽见工，他的词精于炼句，辞法细密。王沂孙则以深致名世，表现了一种幽邃的词境。姜夔对后世影响最大，但他走的是另外一条路。他精通音乐，性情恬淡，一生为客，寄人篱下，以布衣交游于公卿之间。他的词格调极高，用词极美，飘逸秀丽，蕴藉空灵，抒写爱情的辞章尤为感人。他与辛稼轩交谊甚深，以门人和词友相处。稼轩之有姜白石，犹如东坡之有秦少游。

后期比较突出的词人吴文英（梦窗）、周密（草窗）、王沂孙（碧山）、张炎（玉田）等人因太考究音律，流于雕词琢句而被称为"格律派"。清代许多词论家把格律派奉为楷模，委实有失公允。

粗浅言之，婉约词的特点是"以美取胜"。它以美的语言、美的形象、美的意境，展现自然美与生活美，即便是伤时叹世，也要诉诸美的意趣和词法。这也是他们创作的大量富于诗情画意的绝妙好词为历代读者赞赏的一个重要原因。

应该特别强调的一点是，有宋一代许多文学家天赋超凡，才情绝世，诗词文章无不精湛，都是开宗创派的全才。譬如范仲淹，不但是政治家、军事家，诗词境界壮阔，气魄雄放，一篇《岳阳楼记》饮誉千古。改革派首领王安石是唐宋八大家之一，所作以精悍胜人，对后代影响甚大。苏轼的前后《赤壁赋》足以辉照古今。

词在两宋，各门各派交流衍变，其发展规律亦同其他文学形式，经历了传承、发展、繁荣然后蜕变的过程。宋亡，词虽未亡，但已是余韵残唱。宋词这一特殊文体在反映现实、抒写情性方面尽管不能"尽言诗之所能言"，但因其具有特别的艺术个性，却又"能言诗之所不能言"，使宋代艺术家在这一特殊领域里，得以尽展其才，从而使宋词成为国学中无以替代的精神瑰宝。

目　录

国学经典精神家园丛书

·南宋·

国学经典精神家园丛书

国学经典精神家园丛书

李 煜

李煜（937—978年），字重光，初名从嘉，号钟隐、莲峰居士。徐州人。李璟第六子，世称李后主。北宋建隆二年（961年）即位，开宝八年（975年）北宋灭南唐，李煜肉袒出降，封违命侯，后改封陇西郡公。三年后被宋太宗赐"牵机酒"毒杀。追封吴王，葬洛阳邙山。

李煜天资聪颖，好读书，信奉佛教，为人真诚仁厚。善诗文、音乐、书画，尤长于词。其词以降宋为界，前后表现出截然不同的风格：前期作品多描写宫廷奢华生活，风格柔媚；后期大多抒发亡国之痛与怀旧伤今之情，语言朴实明净，形象鲜明生动，艺术意境极高。他的词开拓了歌词的领域，创造了新的表现手法，对后世词人如晏殊、欧阳修、苏轼、李清照等人影响极大。谭献《复堂词话》称"后主之词，足当太白诗篇，高奇无匹"。后世尊称他为"词圣"。现存词三十余首，与其父李璟的作品合刻为《南唐二主词》。

一斛珠

晓妆初过，沈檀轻注些儿个[1]，向人微露丁香颗[2]。一曲清歌，暂引樱桃破[3]。罗袖裛残殷色可[4]，杯深旋被香醪涴[5]。绣床斜凭娇无那[6]；烂嚼红茸[7]，笑向檀郎[8]唾。

【注释】

〔1〕"晓妆"二句：沈檀，指古代妇女用来画眉或涂唇的深绛色香膏。些儿个，是当时的方言，即一点儿之意。这两句词意思是说，梳妆好了，唇上还点了一些深绛色的香

檀。

〔2〕"向人"句：丁香又名鸡舌香，古诗中常用作女人舌尖的代称。句意为向人微微露出自己的舌尖，表示很得意的样子。

〔3〕"暂引"句：唱歌时张开了樱桃小口。

〔4〕"罗袖"句：殷色可，即不在乎，也可以的意思。这句是说，罗袖上无意沾染了深红色的化妆品，那也没什么。裛（yì），指沾染。

〔5〕"杯深"句：酒喝多了，衣服上又洒满了酒。涴（wò），指污染。

〔6〕"绣床"句：凭即靠的意思。无那，指无可奈何。娇无那，指无限娇娜，身不由己。

〔7〕红茸：刺绣时所剩的红绒线头。

〔8〕檀郎：晋代美男子潘安小字檀奴，所以女子习称自己所爱的人为"檀郎"。

【赏析】

这里描写的是一个歌女的娇痴情态，从出场到收场都予以精雕细刻。因为写的是歌女，故而重点写了她的口舌。给人印象最深的是她烂嚼绒线唾檀郎的娇媚，这在以前的作品从未有过。

下片描写歌女与情人在一起欢会调笑。结尾三句，作者仿佛给读者画出了一幅情人之间天真烂漫的欢笑调弄之景，人可见，动作可见，连神情娇态亦可见，实在传神之至。沈际飞选评《草堂诗余》别集中说："描画精细，似一篇小说绝好文字。"又说："后主、炀帝辈，除却天子不为，使之作士荡子，前无古，后无今。"

整个描写，明暗搭配，动静结合，又突出展示了歌女神态情貌的欢愉艳美，也从侧面衬喻出歌女的歌声是多么的迷人动听。

也有评家认为此词是描写李煜和妻子娥皇的闺房之乐。

玉楼春

晚妆初了明肌雪〔1〕，春殿嫔娥鱼贯列。笙箫吹断水云〔2〕间，重按霓裳歌遍彻〔3〕。临春谁更飘香屑〔4〕？醉拍阑干情味切。归时休放烛光红，待踏马蹄清夜月〔5〕。

【注释】

〔1〕明肌雪：肌肤明洁如雪。

〔2〕水云：以流水行云，象征自然、闲淡、悠长、潇洒的景象和情致。

〔3〕"重按"句：霓裳，即唐明皇时盛行宫中的《霓裳羽衣曲》，是一种共十八叠、三十六段的大型舞曲。彻，大曲中的最后一曲名"彻"。此谓玉笙吹到最后一曲。

〔4〕香屑：落花。

〔5〕"待踏"句：骑马踏月归来。

【赏析】

　　这是李煜于南唐全盛时的代表作。词首写"晚妆初了"的嫔娥们的盛装和美艳，继写宴乐开始，歌舞登场，无数装扮得美如仙人的宫女，在宫殿里成行成列地载歌载舞，直至兴尽更深，才又说又笑地骑马踏月归去。声色豪奢，风情旖旎，该是多么美妙轻曼的情景啊！读末尾二句，既可感作者之痴迷，也可视清洁之朗月，更可知南唐小朝廷文人骚客之雅致逸兴。

　　全词笔法奔放，意兴挥洒，语言明快，情境动人。作者把一次盛大欢宴描绘得如此生动逼真，情景刻画得如此细腻动人，不愧是"极为俊逸神飞"。

　　据《南唐书》载："后主昭惠后周氏，小字娥皇……通书史，善音律，尤工琵琶……唐之盛时，霓裳羽衣最为大曲，雁乱，瞀师旷职，其音遂绝。后主独得其谱。……后辄变易讹谬，颇去洼淫，繁手新音，清越可听。"

【名家评点】

　　李后主宫中未尝点烛，每至夜则悬大宝珠，光照一室如日中。尝赋《玉楼春》宫词云（同上，略）。王阮亭《南唐宫词》云："花下投签漏滴壶，秦淮宫殿浸虚无。从兹明月无颜色，御阁新悬照夜珠。"极能道其遗事。

——［清］徐钪《词苑丛谈》

菩萨蛮三首

　　花明月暗笼轻雾，今宵好向郎边去。刬袜步香阶〔1〕，手提金缕鞋〔2〕。画堂南畔见，一向〔3〕偎人颤。奴为出来难，教君恣意怜〔4〕。

蓬莱院闭天台女[5]，画堂昼寝人无语。抛枕翠云光[6]，绣衣闻异香。潜来珠锁动[7]，惊觉银屏梦。脸慢笑盈盈，相看无限情。

铜簧韵脆锵寒竹[8]，新声慢奏移纤玉[9]。眼色暗相钩，秋波横欲流。雨云深绣户，未便谐衷素[10]。宴罢又成空，梦迷春雨中。

【注释】

〔1〕"刬袜"句：脱了鞋只穿袜子走路。

〔2〕金缕鞋：鞋面以金线绣成的鞋。

〔3〕一向："向"同"饷"，一会儿的意思。

〔4〕"教君"句：恣意，纵情放肆。怜，江东方言，相爱叫怜。

〔5〕天台女：仙女。典出刘阮入桃源遇仙女事。

〔6〕"抛枕"句：描写美人睡时覆在枕上的头发和首饰如翠云一般发光。

〔7〕"潜来"句：偷偷跑来时门上和身上的玉器发出清脆的声响。

〔8〕寒竹：指箫、笙、笛、筝之类的乐器。

〔9〕移纤玉：奏乐时移动纤纤玉指。

〔10〕谐衷素：指爱怜的举动，亦指谈情说爱。衷素，指心情。

【赏析】

这三首词都是用写真手法描写作者与小周后的相爱与幽会。据《南唐书》与《词微》言："南唐李后主留意声色，先纳周宗女为后。后通书，善音律，霓裳羽衣曲久绝不传，后按残谱，尽得其声，徐游等从旁称美，有狎客风。后有妹，姿容绝丽，以姻戚往来宫中，得幸于唐主。唐主制小令艳词，颇传于外。后卒，竟册立之，被宠逾于故后。"先看第一首。娇艳的花正开在淡月轻雾的迷蒙中，似近似远，若隐若现。一位如花似玉的妙龄女郎一手提鞋，只穿袜子，神色慌张地跑下台阶，向画堂南畔跑去。她看见情郎已经在那里等她，初见之下，不禁羞怯，猛地一阵轻颤，随即纵身入怀，呢喃道："出来真难，佳期无多，你就尽情爱我吧。"描写虽涉淫意，但很坦率，很纯真。

这首词写得极俚极真也极动人，用浅显的语言呈现出深远的意境，达到了王国维所说的"专作情语而绝妙"的境地。

与第一首不同，第二首写作者在深院里与小周后偷欢的情景。上片写情郎初入少女居处，偷窥少女睡态，然后描摹少女昼寝之美与躯体之"异香"。下片写少女醒后与情郎的调情。"潜来"时因心急情切而碰响"珠锁"，惊醒了少女的美梦，甜美的脸庞上还残留着梦的迷茫。其情景之旖旎，令人心旌飘摇。结句点睛，"相看无限情"风情万种。

第三首写两人在乐会上的调情。在清越柔曼的音乐声中，两人只能互相暗送秋波，想起绣户深锁时的偷情做爱，不禁心魂荡漾，此刻却不便亲近。宴散人空，只留下魂牵梦萦的相思与无眠。

史载李煜与小周后在成婚前，就把这首词制成乐府，"艳其事"，任其外传。成婚之夜，韩熙载、许铉等写诗嘲讽他，有"四海未知春色至，今宵先入九重城"等句，他也满不在乎，"不之谴"。可见李煜对这次幽会是十分眷恋、无意掩饰的，坦率到了极点。而李煜和小周后婚后两情欢洽，情意深重，所以当李煜被宋太宗毒死之后，小周后就殉情了。

对于李煜其人其词，明代诗人陈继儒曾经发出过这样的感叹："天何不使后主现文士身，而必委以天子，位不配才，殊为恨恨。"而李煜自然而率真的词风，确实不同于一般帝王的矫饰之作。

清平乐

别来春半，触目愁肠断。砌下落梅如雪乱，拂了一身还满。雁来音信无凭，路遥归梦难成。离恨恰如春草，更行更远还生。

【赏析】

用春草的随处生长比喻离恨，很自然也很贴切。据说这是李煜因怀念他的弟弟李从善入宋不归而作。这种以春草连绵写离愁的形象手法的运用，是李煜较高的艺术成就之一，值得体味。

上片点出春暮及相别时间，那落了一身还满的雪梅，有如愁之欲去还来；下片由彼方措意，说从善留宋难归，托雁捎信无凭，心中所怀的离恨，就好比越远还生的春草，无边无际。两者相形，倍觉愁肠寸断的凄苦，离恨常伴的幽怨。歇拍从动态写出离恨随人而远，尤显生动，为人称叹。

长相思

一重山，两重山，山远天高烟水寒，相思枫叶丹。菊花开，菊花残，塞雁高飞人未还，一帘风月闲。

【赏析】

上片从山水写起。层峦叠嶂，如同心中的相思，层层叠叠，连绵不绝。寒的不仅仅是烟雾深锁的水面，更是离人的心。相思日久，已到暮秋，枫叶正红，而红不过相思之苦。下片从花鸟写起。花开花谢，相思经年，边塞的大雁都能还乡，比之塞雁，离人之苦更甚。远人不归，风月只好任其闭于帘外，而不静不闲的是心中无穷的思念。

这阕小词以景状情，在词人的笔下，远山、烟水、枫叶、秋菊、塞雁，共同构建了一个清冷的深秋。"相思枫叶丹"语意双关，一方面是说相思直到枫叶红的时候，同时也以枫叶红来比喻相思的深沉真挚。古代诗人惯用"红"的景物来象征愁苦，如"惨绿愁红""红愁绿怨"等。

乌夜啼

昨夜风兼雨，帘帏飒飒秋声。烛残漏断频欹枕[1]，起坐不能平。世事漫随流水，算来梦里浮生。醉乡路稳宜频到[2]，此外不堪行。

【注释】

〔1〕欹枕：古诗词中常用"欹枕"这种动作表现愁苦。

〔2〕"醉乡"句：只有用酒麻醉才能忘却愁闷。

【赏析】

从引动愁思的风雨，说到漫漫长夜的坐卧不宁，思前想后，真觉得世间一切都无所谓。往事随着流水飘逝，像梦一样了无痕迹，只有消愁解忧的美酒还可以将愁人带入醉乡。只有醉乡才是应该去的地方，此外人间还有哪里可去？

国学经典精神家园丛书

破阵子

　　四十年来[1]家国，三千里地山河。凤阁龙楼连霄汉，玉树琼枝作烟萝。几曾识干戈？一旦归为臣虏，沈腰潘鬓消磨[2]。最是仓皇辞庙[3]日，教坊[4]犹奏别离歌，垂泪对宫娥。

【注释】

　　[1]四十年来：南唐自937年开国至975年李煜作此词，几近四十年。

　　[2]"沈腰"句：沈腰，古诗中常做腰身消瘦的代词。典出《南史·沈约传》。潘鬓，意为鬓发斑白，典出潘岳《秋兴赋》。

　　[3]辞庙：古代帝王把自己的祖先供奉在庙里，辞庙表示辞别祖先，也就是离开了祖先创建的国家。

　　[4]教坊：唐初设置于宫禁中，掌理妓乐。

【赏析】

　　此为李煜亡国被掳后的悲悼之作。

　　据《乐府纪闻》载："后主归宋后，与故宫人书云：'此中日夕只以眼泪洗面。'每怀故国，词调愈工。其赋《浪淘沙》有云：'四十年来家国……'其赋《虞美人》有云：'春花秋月何时了……'旧臣闻之，有泣下者。七夕在赐第作乐，太祖闻之怒，更得其词，故有赐牵机药事。"真是"国家不幸诗人幸，话到沧桑句便工"，亡国之君，生活在"天上人间"两种截然不同的环境中，反倒成就了他"词中南面王"的艺术地位。

　　此词的"点睛"之笔在两阕的末句。他原本生活在温柔富贵乡里，金陵城中的宫殿楼阁高耸入云，到处是奇花异草，琼林玉树，胜似天堂。"几曾识干戈？"笔势一转，来得突兀，使人仿佛好梦乍醒。原来曾经有过的美丽的家园、幸福的生活、温馨的人生，只不过是一场梦而已，这一切顷刻间被现实的"干戈"击得粉碎。诗人梦醒后的悔恨之意，难言之痛，追恋之情，都包含在这"几曾识干戈"的人生唏嘘中，令人惊心。主昏臣聩，终于导致了亡国，临到面对国破家亡的严峻抉择的时候，衮衮诸公竟然不如一群卑贱的宫娥富于人性。这时候的满把辛酸泪，却只能对宫娥挥洒。此时此际，不"挥泪对宫娥"，谁还会同情他呢？

词至李后主而眼界始大，感慨遂深……词人者，不失其赤子之心者也。故生于深宫之中，长于妇人之手，是后主为人君所短处，亦即为词人之所长处。

——［清］王国维《人间词话》

望江南

多少恨，昨夜梦魂中。还似旧时游上苑，车如流水马如龙，花月正春风。多少泪，断脸复横颐。心事莫将和泪说，凤笙休向泪时吹，断肠更无疑！

【赏析】

自从做了宋室的俘虏后，李煜怕提旧事，怕听音乐，即便梦见昔日的繁华，都会引发其无穷幽恨，无穷伤感。这一天，诗人做了一个春风得意、其乐融融的美梦：上苑重游，车如流水，马如游龙，花月朦胧，佳人如云，真是极尽人间的赏心乐事！"车如流水马如龙，花月正春风。"游乐时环境的优美，景色的绮丽，倾注了诗人对往昔生活的无限深情。然而梦越美，与残酷的现实对比越强烈，则今之愁极恨深，自不待言。回过头来再体味"多少恨"之问，其所包含的情感之沉郁，令人感慨。后主亡国后的所有辞章，皆以血写成，语语真切，句句动人。

"深哀浅貌，短语长情"，以梦写醒、以乐写愁、以少胜多的高妙手法，使这首小词获得了不朽的艺术生命。

乌夜啼

林花谢了春红，太匆匆！无奈朝来寒雨晚来风。胭脂泪，留人醉，几时重？自是人生长恨水长东！

【赏析】

此词将人生失意的无限怅恨，寄寓在对暮春残景的描绘中，是即景抒情的典范之作。

起句"林花谢了春红",托出作者的伤春惜花之慨,续以"太匆匆",则使这种伤春惜花之情暗蕴着作者对生命的哲理性思考。狼藉残红,春去匆匆,而作者的生命之春也早已匆匆而去,只留下伤残的春心和破碎的春梦。"胭脂泪"三句以拟人化的手法表现了作者与自然美景的依依惜别,暗示了他已预感到来日无多的悲苦。花本无泪,实际上是惯于"以我观物"的作者移情于彼,使之人格化。作者身历世变,泣血无泪,不亦色若胭脂乎?

结句"自是人生长恨水长东"一气呵成,益见悲慨。"人生长恨"似乎不仅仅是抒写一己的失意情怀,而涵盖了整个人类所共有的生命的缺憾,是一种融汇和浓缩了无数痛苦的人生体验的慨叹。

与后主其他词作相比,这首词没有景物的烘托,全部苦恨留恋迫不及待地一吐为快,却收到了意想不到的艺术效果。王国维说得好:"后主之词,真所谓以血书者也。"正因为字字皆血泪,故而字字感人。

子夜歌

人生愁恨何能免,销魂独我情何限。故国梦重归,觉来双泪垂。高楼谁与上?长记秋晴望。往事已成空,还如一梦中。

【赏析】

本来故国不堪回首,可老是记着以前秋高气爽的时候,与情人在楼上眺望秋景的赏心乐事。现在还有谁能跟我在一起呢?看来往事全是空幻,全是大梦一场。因悲痛之极,无可奈何,故归结到人生如梦,自然真挚,感人至深。

虞美人

春花秋月何时了?往事知多少。小楼昨夜又东风,故国不堪回首月明中。雕栏玉砌应犹在,只是朱颜改。问君能有几多愁?恰似一江春水向东流。

【赏析】

此词大约作于李煜归宋后的第三年。作者通过这首词，抒写了他刻骨的故国之思，取得了惊天地泣鬼神的艺术效果。

身在小楼，东风习习，月明之夜，回首往事，岁月悠悠，令人何堪？故国宫殿依旧，如今物是人非，昔日如花似玉的宫娥，也都姿容衰退，其愁无穷，其恨无限，只有那日夜东流的"一江春水"依稀仿佛啊！

据说这首词正好是写于他七月七日生日的那天晚上。在开封府的寓居处宴饮奏乐之时，他让歌伎演唱此词，声闻于外。宋太宗知道此事后，觉得他有亡国之思，便赐牵机药（一种服后全身痉挛而死的毒药）将他毒死。因此可以说，这首词是李煜的绝笔。

词中以自然之永恒来衬托人生之无常，使之哲理内含更为深远。王国维说李煜"不失其赤子心"，说他"阅世愈浅，则性情愈真"，可谓一语道破。

【名家评点】

他身为国主，富贵繁华到了极点；而身经亡国，繁华消歇，不堪回首，悲哀也到了极点。正因为他一人经过这种极端的悲乐，遂使他在文学上的收成，也格外光荣而伟大。在欢乐的词里，我们看见一朵朵美丽之花；在悲哀的词里，我们看见一缕缕的血痕泪痕。

——唐圭璋《李后主评传》

浪淘沙

帘外雨潺潺，春意阑珊，罗衾不耐五更寒。梦里不知身是客，一晌贪欢。独自莫凭栏，无限江山，别时容易见时难。流水落花春去也，天上人间。

【赏析】

以往也有人认为这首词才是李煜的绝笔。其意境最为悲苦，诗人被俘后的囚徒生活在这首小令里得到了尽情抒发。《西清诗话》曰："后主归朝，每怀江南，且念嫔妾散落，郁郁不自聊，遂作此词，含思凄婉，未几下世。"

听雨声，伤春意，感寒重，本已难堪，竟然梦中不识趣，忘了自己已经是一个囚徒，还贪婪着梦中的帝王生活。在这种截然不同的苦和乐的对照下，心中的创痛可想而知。为什么说"独自莫凭栏"呢？无限江山，已难再见，恰如落花随流水而飘逝，一去不复返。天上人间，已成永诀，凭栏眺望，徒增悲痛。梦里贪欢无法控制，醒着的时候难道还要去自找苦吃吗？一字一泪，一声一泣，肝肠寸断，古今伤心人，还有过后主者乎！

乌夜啼

无言独上西楼，月如钩。寂寞梧桐深院锁清秋。剪不断，理还乱，是离愁。别是一般滋味在心头。

【赏析】

把"离愁"这样一个抽象概念，变成具有审美价值的象征意蕴，不论你在去国离乡的天涯海角，还是辞别亲友的清晨黄昏，只要你想起这首词来，都会感到灵魂之战栗，感情上产生极大的共鸣。这首绝唱所以奇妙，在于"剪不断，理还乱，是离愁"，更在于"别是"二字。明人沈际飞说："七情所至，浅尝者说破，深尝者说不破。破之浅，不破之深。"李煜以南唐天子沦为囚犯的身世浮沉，其离愁别恨自然是常人所难体会到的。是什么"滋味"呢？是悔？是恨？词人没有交代，也无从交代。当痛苦悲伤达于极点的时候，往往是欲哭无泪，欲言无辞。这种无言之悲哀，更胜于有声有泪的悲泣。无怪乎有人说，李煜也只有在尽尝亡国之痛后，才能成就为冠绝千古的词人；倘若没有亡国之痛，他在历史上很可能只是一个受人唾骂的昏君。

【名家评点】

"别是一般滋味"也是离愁。"剪不断，理还乱"还可形状，这却说不出，是更深一层的写法。

——俞平伯《唐宋词选释》

浪淘沙

往事只堪哀，对景难排。秋风庭院藓侵阶。一任珠帘闲不卷，终日谁来？金锁已沉埋，壮气蒿莱。晚凉天净月华开。想得玉楼瑶殿影，空照秦淮。

【赏析】

秋风飒飒，庭院荒凉，石阶上长满了苔藓，可见好久不曾有人来访。索性再也不卷门帘，一任其遮住视线，眼不见心不烦。然而，要不烦可能吗？孤独之中，他怀念金陵。秋月当空时，他想起秦淮河上的画舫游艇，歌楼舞馆，如今一切繁华胜景，皆成空花。全词日夜并举，用鲜明的景象，对"天上人间"的两样光景做了高度概括。这首词不仅在旧时广为传诵，现在来看，依然不失为我国诗歌艺术宝库中的珍品。

蝶恋花

遥夜亭皋闲信步，才过清明，渐觉伤春暮。数点雨声风约住[1]，朦胧淡月云来去。桃李依依春暗度[2]，谁在秋千，笑里轻轻语？一片芳心千万绪，人间没个安排处。

【注释】

〔1〕"数点"句：约住，指约束，遮拦。全句意思是雨声被风声遮住。

〔2〕"桃李"句：依依，形容鲜花盛开的样子。春暗度，指春光在不知不觉之中悄然逝去。

【赏析】

关于这首词的作者，有种种说法。或以为是李冠作，或以为是欧阳修作。以为此词是李煜作的有《尊前集》《花草粹编》《全唐诗》《历代诗余》《南唐二主词》等，就内容和情调而言，当为李煜作。

词通过作者暮春夜晚漫步时之所见，表达了词人起伏扬抑的伤春、相思情怀。全词以春景无限来烘托、暗示人物情感的变化，营造出一种深婉优美的意境。"遥夜"交代时间。夜色未深，散步的地方是"亭皋"，即城郊有宅舍亭台的地方。词人于"信步"着一"闲"字，点染出漫不经心的神情。按说"清明才过"，春光正好，词人却已经"伤春暮"了，看来"闲信步"当含有排遣内心某种积郁的用意。上片最后两句是词人的所见所闻，刚刚听到几点雨声，却被春风挡住而听不到了，天上的月亮因有云层而朦胧不明。这

国学经典精神家园丛书

一二

两句写景清新淡雅，流转自然。过片是说时令虽已过了桃杏盛开的花期，但余香依稀可闻。人为淡月、微云、阵阵清风、数点微雨和依稀可闻到的桃杏花香的美景所感染，"伤春暮"的情怀暂时消退。一二句词意陡转。词人遐想联翩之际，听到近处有女子荡秋千的声声笑语，她们说些什么听不清楚，但不断传来的笑语，对他来说是一种诱惑。结尾两句，写词人因意中人不在身边，以致常常魂牵梦萦。至此我们方知，作者夜出漫步，原来是为排遣对意中人的相思之苦。举天地之大，竟无一个可以安排愁绪的地方，由此可见其彷徨、感伤与苦闷之深沉。

综观全词，质朴无华，淡雅疏朗，含蓄悠远。遣词造句多用白描手法，信笔画之，信手拈之，但一切景语皆为情语，确是李煜词作的基本风格。

【名家评点】

上半首工于写景，风收残雨，以"约住"二字状之，殊妙。雨后残云，惟映以淡月，始见其长空来往，写风景宛然。结句言寸心之愁，而宇宙虽宽，竟无容处。其愁宁有际耶？唐人诗"此心方寸地，容得许多愁"，愁之为物，可谓放之则弥六合，卷之则退藏于密，惟能手得写出之。

——［清］俞陛云《南唐二主词辑述评》

王禹偁

王禹偁（954—1001年），字元之，巨野（今属山东）人。出身农家，世代贫寒，九岁能文。太宗太平兴国八年（983年）进士，授成武县主簿。雍熙元年（984年），迁知长洲县。端拱元年（988年）应中书试，擢直史馆，次年迁知制诰。淳化二年（991年）因为徐铉辩诬，贬商州团练副使。五年，再知制诰。至道元年（995年）兼翰林学士，坐谤讪罢知滁州，未几改扬州。真宗即位，复知制诰。咸平元年（998年）预修《太祖实录》，直笔犯讳，降知黄州。四年后为蕲州知，卒于所。他是北宋初首先反对绮靡文风的诗文家。作品较多反映社会现实，风格清新平易。著有《小畜集》等。

点绛唇

雨恨云愁，江南依旧称佳丽。水村渔市，一缕孤烟细。天际征鸿，遥认行如缀。平生事，此时凝睇，谁会凭栏意！

【赏析】

本篇是北宋朝臣最早的小令，也是王元之传世的唯一辞章，在词史上有继往开来的价值，无论内容还是形式，皆为掀两宋词苑帷幕之佳构。

元之是北方人，他以北方人的目光去捕捉江南水乡的秀丽风光，着墨无多而情趣盎然。首言江南一带虽云浓雨密，但风景依旧美丽如画。"征鸿"在古诗词中或借以写怀远思别，或比喻远大抱负。这里作者所寄寓的当为后者，所以他见征鸿而想"平生"，感到事业受挫而无人同情，因而发出了世无知音的感喟。元之一生频遭谪贬，他在《三黜赋》中曾经说过这样悲壮决绝的话："屈于身兮不屈其道，任百谪而何亏？"他的这种认定目标而百折不回的精神，与本词所体现的思想感情是完全一致的。

潘　阆

潘阆（？—1009年），字梦空，自号逍遥子，大名（今河北）人，一说广陵（今江苏扬州）人。居钱塘，卖药为生。太宗召对，赐进士及第，不久追还。后因参与立太子事，获罪逃亡中条山。经曹彬求情，真宗赦免为滁州参军。因言行"狂妄"得罪权贵，被撵出汴梁，漂泊江湖，流浪西湖多年。从其诗歌酬唱，知与王元之、林和靖、寇准等皆有交往。著有《逍遥集》。人称"潘逍遥"。

酒泉子

长忆西湖，尽日凭阑楼上望。三三两两钓鱼舟，岛屿正清秋。笛声依约芦花里，白鸟成行忽惊起。别来闲整钓鱼竿，思入水云寒。

【赏析】

据《古今词话》载："潘逍遥狂逸不羁，往往有出尘之语，自制忆余杭词三首，一时盛传。东坡爱之，书之于玉堂屏风。石曼卿使画工绘之作图。"苏、石皆文坛大家，对他的词曲钟爱如此，为什么？因为此词不但绘景如画，且景中含隐逸之情，词境似仙。他的同调《忆孤山》人称"句法清古，语带烟霞，近时罕及"。其词云："长忆孤山，山在湖心如黛簇。僧房四面向湖开，轻棹去还来。芰荷香喷连云阁，阁上清声檐下铎。别来尘土污人衣，空役梦魂飞。"

寇　准

寇准（961—1023年），字平仲，华州下邽（今陕西渭南县）人。少时不拘小节，飞鹰走犬。太夫人性严，常为此而生气，一次用称砣投之，伤足流血，由是折节苦学。及贵，母已亡，扪足痕辄哭。太宗太平兴国五年（980年）进士，授大理评事，知归州巴东县，移大名府成安县。官至同中书门下平章事，集贤殿大学士。契丹攻宋，力谏真宗亲征，至澶州（今河南濮阳），迫和立盟，是为"澶渊之盟"。不久被王钦若排挤罢相。晚年再起为相，坐请太子监国、禁皇后预政、奉真宗为太上皇事，贬道州司马，再贬雷州司户参军。以疾卒于雷州。赠中书令、莱国公，赐谥忠愍。以直言知名，屡受贬谪，当时京城有民谣云："欲得天下好，无如召寇老。"

莱公传世词作仅六首。据司马光说，小令《江南春》"一时脍炙"，为时人传诵。词云："波渺渺，柳依依，孤村芳草远，斜日杏花飞。江南春尽离肠断，苹满汀洲人未归。"有《寇忠愍公诗集》三卷传世。

阳关引

塞草烟光阔，渭水波声咽。春朝雨霁轻尘歇，征鞍发。指青青杨柳，又是轻攀折。动黯然，知有后会甚时节？更尽一杯酒，歌一阕。叹人生，最难欢聚易离别。且莫辞沉醉，听取阳关彻[1]。念故人，千里自此共明月。

【注释】

〔1〕阳关彻：《阳关曲》已经唱完。

【赏析】

该词受王维的《阳关曲》启发而作，是一首描写长安渭水桥上送人出征之离愁别恨的佳作。词中说：春天到了，无边的青草融和着烟霭与春光，美景宜人，本该心旷神怡，可在送游子远行时，见芳草萋萋，只有离情满怀。春天的朝雨晴了，轻尘不起。征鞍待发，友人即将远行，"黯然销魂者，惟别而已矣！"虽说后会有期，可谁知要等到什么时候呢？

朋友，且慢动身吧。人生欢会最难离别易啊！莫推辞，更尽一杯酒，再听一曲歌吧。《阳关曲》终于唱完了，故人此去，一别千里，今后的联系，只有那一轮明月啦……

词语通俗流畅，情真意切。

林逋

林逋（967—1028年），字君复，钱塘（今浙江杭州市）人。少孤力学，恬淡好古。早年漫游江淮间，后隐居西湖孤山二十年，种梅养鹤，时谓其以梅为妻，以鹤为子。足不及市，以布衣终身。真宗闻其名，诏长吏岁时劳问，及卒，真宗赐谥和靖先生。以诗著称，尤长于咏梅，《山园小梅》最负盛名。著有《林和靖先生诗集》四卷。词流传甚少。

长相思

吴山[1]青，越山[2]青，两岸青山相送迎。谁知离别情？君泪盈，妾泪盈，罗带同心结未成[3]。江头潮已平[4]。

【注释】

〔1〕吴山：在杭州市南，钱塘江北岸。

〔2〕越山：绍兴市以北钱塘江南岸的山。这一带旧为越国，故名。

〔3〕"罗带"句：古人常把香罗带打结，比喻同心相爱。这里是说婚事受到了阻碍。

〔4〕潮已平：用潮水涨满象征即将离别。

【赏析】

少女江边送别情郎，还来不及将罗带打成同心结，钱塘江已经涨潮，潮水漫上了堤岸，情郎乘坐的船就要开了。离别之后便是无尽的相思，这相思的滋味有谁能知道呢？人们向来都说林和靖未娶，"梅妻鹤子"终其一生。然据明杨慎《词品》云："《宋史》谓其不娶，非也。林洪著《山家清供》，其中言先人和靖先生云云，即先生之子也。盖丧偶后，遂不娶尔。"词写离别相思，非有真情实感不能为。抑或是其亲身经历，也不是不可能。

林和靖工于诗文，亦善词。他有咏梅词《霜天晓角》云："冰清霜洁，昨夜梅花发。甚处玉龙三弄，声摇动，枝头月。梦绝。金兽热，晓寒兰烬灭。要卷珠帘清赏，且莫扫，阶前雪。"

夏　竦

夏竦（985—1051年），字子乔，江州德安（今属江西）人。景德四年（1007年）中贤良方正科，授光禄丞，通判台州。仁宗朝擢参知政事，官至枢密使，封英国公。后出知河南府，任延武宁军节度使，进郑国公。卒赠太师、中书令，谥文庄。有《文庄集》一百卷，已佚。存词仅此一首。

鹧鸪天

镇日无心扫黛眉，临行愁见理征衣。尊前只恐伤郎意，阁泪汪汪不敢垂。停宝马，捧瑶卮[1]，相斟相劝忍分离[2]。不如饮待奴先醉，图得不知郎去时。

【注释】

〔1〕瑶卮（zhī）：美玉制作的盛酒器皿。

〔2〕忍分离：怎忍分离。

【赏析】

　　词写送别。作者假托妻子的口吻，写她与丈夫分别时的离愁。上片写丈夫将行未行，妻子已愁苦难禁，整天无心梳妆，更不想为他打点行装。在饯行酒席上，她担心惹得夫君太过伤感，把满眼"汪汪"的泪水硬生生噙住，不让它们掉下来，把这位女子的贤惠善良刻画得活灵活现。

　　过片三句写丈夫已经上马，但又依依不舍地停下来。妻子盛满两杯酒，不忍分离之情通过一次又一次的"相斟相劝"表现得非常充分。结拍两句将妻子对丈夫的关心体贴和自己的深情厚谊再推进一层。"不如饮待奴先醉，图得不知郎去时"情思奇妙。眼泪汪汪，强行克制，这位妻子心中的柔情蜜意已经让人感动万分；现在又欲"先醉"宽人，借酒忘悲，直将这位贤妻的无限深情刻画得淋漓尽致。

　　全词语浅情深，深婉曲折，无论构思创意，还是炼字造句，都很新颖独特。

柳　永

　　柳永（987—1053年），字耆卿，崇安（今属福建）人，初名柳三变，字景庄，后因疾更名为永。他的两个哥哥一名三复，一名三接，皆负文名，人称"柳氏三绝"。他是宋词史上一位极有影响、极有地位的才子，创作了大量歌词，只因言行放荡不羁，便被好听颂歌的皇帝们（仁宗和真宗）一句话断送了前程。

　　北宋词人，以纤艳著称，并以慢词谱为新声的，始于柳永。他在词里所表现的才情与功力，可谓登峰造极。后人评论他的词："曲处能直，密处能疏，坳处能平，状难状之景，达难达之情，而出之于自然，自是北宋巨子。"柳永善于描摹细腻的思情，刻画绮丽的风光，独成家数，为北宋一大词人，词坛偶像。有《乐章集》，存词二百余首。

望海潮

　　东南形胜〔1〕，三吴〔2〕都会，钱塘自古繁华。烟柳画桥，风帘翠幕，参差十万人家。云树绕堤沙，怒涛卷霜雪，天堑无涯〔3〕。市列珠玑，户盈罗绮，竞豪奢〔4〕。重湖叠巘清嘉〔5〕，有三秋桂子，十里荷花。羌管弄晴，菱歌泛夜，嬉嬉钓叟莲娃〔6〕。千骑拥高牙^{〔7〕}，乘醉听箫鼓，吟赏烟霞。异日图将^{〔8〕}好景，归去凤池^{〔9〕}夸。

【注释】

〔1〕形胜：指形势重要、交通便利的地区。

〔2〕三吴：古称吴兴、吴郡、会稽为三吴，亦泛指吴地。一作"江吴"。

〔3〕天堑无涯：形容钱塘江的雄壮和江面的广阔无边。

〔4〕"市列"三句：街市、民居都摆满了各种奇珍异宝、绫罗绸缎。

〔5〕"重湖"句：西湖有外湖、里湖之别，故称重湖。叠巘，指重叠的山峦。清嘉，指清秀美丽。

〔6〕"羌管"三句：晴天丽日，处处演奏着音乐。菱舟夜泛，传来阵阵清歌。莲娃，指采莲女。

〔7〕"千骑"句：高牙，军中大旗，借指高级官吏。这句是说太守的随从官有千骑之多。

〔8〕图将：描画。

〔9〕凤池：凤凰池，唐宋中书省所在地。这里借指朝廷。

【赏析】

这是柳永年轻时的作品。他从家乡前往开封应试，途经杭州，想去拜访昔日好友孙何。他与孙从前是布衣之交，如今孙是两浙转运使。孙知杭州，门禁甚严，柳永欲见之不得，遂作《望海潮》往谒名妓楚楚曰："欲见孙相，恨无门路。若因府会，愿借朱唇歌于孙相公之前。若问谁作此词，但说柳七。"中秋府会，楚楚婉转歌之，孙即日迎柳耆卿于府中。

此词虽为拜谒投赠之作，然流传极广，影响极大。据罗大经《鹤林玉露》载："此词流播，金主亮闻歌，欣然有慕于'三秋桂子，十里荷花'，遂起投鞭渡江之志。近时谢处厚诗云：'谁把杭州曲于讴？荷花十里桂三秋。那知草木无情物，牵动长江万里愁！'余谓此词虽牵动长江之愁，然卒为金主送死之媒，未足恨也。至于荷艳桂香，装点湖山之清丽，使士大夫流连于歌舞嬉游之乐，遂忘中原，是则深可恨耳！"一首小词或诱惑敌人兴动侵疆略土的念头，或使偏安君臣沉湎繁华，忘记亡国之恨，亦词史之一奇谈也。

他（柳永）在词集《乐章集》里常常歌咏当时寻欢作乐的豪华盛况，因此宋人有句话，说宋仁宗在位四十二年的太平景象，全写在柳永的词里。

——钱钟书《宋诗选注·序》

鹤冲天

黄金榜上，偶失龙头望[1]。明代暂遗贤[2]，如何向[3]？未遂风云便，争不恣狂荡。何须论得丧，才子词人，自是白衣卿相。烟花巷陌，依约丹青屏障。幸有意中人，堪寻访。且恁偎红倚翠，风流事，平生畅。青春都一晌。忍把浮名，换了浅斟低唱[4]。

【注释】

〔1〕"黄金榜"句：殿试后朝廷发布的中状元的名单，所谓"金榜题名时"是也。科举时代称第一名状元为"龙头"或"龙首"。

〔2〕"明代"句：明代，指政治清明的时代。这里含有讽刺意味，意思是说自己是圣明时代被遗弃的贤人。

〔3〕如何向：怎么办呢？无可奈何的意思。

〔4〕"忍把"二句：联系全篇，这里意思是说有什么办法呢？只好硬下心来，把没有意义的功名抛弃，换作美酒欢歌，自得其乐吧。浅斟低唱指当时的一种小唱，执板清歌，其声婉转。柳永最喜此调。

【赏析】

据《艺苑雌黄》云："柳三变喜作小词，薄于操行，当时有荐其才者，上曰：'得非填词柳三变乎？'曰：'然。'上曰：'且去填词。'由是不得志，日与伎者（轻薄子弟）纵游娼馆酒楼间，无复检率。自称云'奉圣旨填词柳三变'。"自此柳永词名大振。榜上无名，功名事业是没有希望啦！"我"本是有才有德的君子，却被圣明的君王给遗弃了，怎么办呢？失去大显身手的机遇，"我"不去尽情癫狂放荡，更待何时？不要谈论什么成败得失了吧，才子有词可作，自然也抵得上公卿将相。有如云的美女簇拥，依稀就是府衙彩绘的屏风、锦绣的帷障。好在还有几个意中人可以不时去造访。姑且随心所欲地拥

国学经典精神家园丛书

抱这些如花似玉的美女吧，风流快活，真叫人一生欢畅。青春年华转眼即逝，忍一忍，抛开那浮云般的功名利禄，还是来支委婉动听的小曲吧。吴曾《能改斋漫录》载："仁宗留意儒雅，务本向道，深斥浮艳虚华之文。初，进士柳三变好为淫冶讴歌之曲，传播四方。尝有《鹤冲天》词云：'忍把浮名，换了浅斟低唱。'及临轩放榜，特落之曰：'且去浅斟低唱，何要浮名！'"柳永从此失意无聊，流连歌坊，混迹于花团锦簇堆中，在乐工和歌妓们的鼓舞下，这位精通音律的落难才子创作了大量适合歌唱的新乐府，受到广大市民阶层的欢迎。他的创作当时不但传遍大江南北，就连西夏那样的偏远之地，亦"凡有水井饮处，即能歌柳词"。

　　仕途失意对原本热衷功名的柳永无疑是一大打击，然而也许正因为此，成就了他的词名。他的词大体可分雅、俚两类。过去文人学士多欣赏他的雅词，而一般读者却喜欢他的俚曲。他在俚曲中大量运用民间生动活泼的语言，反映下层市民特别是妓女的生活。尽管自负高雅的晏殊鄙视他的这类作品，但恰恰是这些词更有生活气息，更富人情味，因而也更有生命力。

斗百花

　　满搦[1]宫腰纤细，年纪方当笄[2]岁。刚被风流沾惹，与合垂杨双髻[3]。初学严妆，如描似削身材，怯雨羞云情意。举措多娇媚。争奈心性，未会先怜佳婿。长是夜深，不肯便入鸳被。与解罗裳，盈盈背立银灯，却道你但先睡。

【注释】

〔1〕搦（nuò）：握着。这里是说纤细的腰肢只满一握。

〔2〕笄（jī）岁：古代女子十五岁谓及笄之年。

〔3〕垂杨双髻：古代女子未成年时的发型。成年后，改梳云髻。

【赏析】

　　一个年未二八的女孩子就已成婚，还未识云雨滋味，自然举止言语娇羞畏怯，显得既妩媚又可爱。作者对她入睡前的情态，描绘得惟妙惟肖，如雕如画。

　　爱情是永恒的主题。古今中外的诗人没有不歌颂爱情的。同样是写性爱，保加利亚的一位现代诗人是这样写的："我不会吝惜内心的秘密，我将等待你，我的霞光，宇宙间你是唯一的一个，像那守着祭坛的贞女。"

诗人虽然把第一次献身于他的这位"贞女"提到了宇宙的高度，但这里只有赞美，却看不到丝毫的柔情蜜意和夺人心魂的细节。诗人把他对爱人无与伦比的挚爱，全部诉诸绝对化的概念。这样的诗，与柳永同类题材的作品比起来，不啻有天壤之别。把东西方同样主题的艺术创作比较鉴赏，很有意思，从中我们一眼就可以看出来，中西文化不同的思维方式和美学意趣的差别在哪里。

少年游（双阕）

世间尤物意中人。轻细好腰身。香帏睡起，发妆酒酽[1]，红脸杏花春。娇多爱把齐纨扇，和笑掩朱唇。心性温柔，品流详雅[2]，不称[3]在风尘。

一生赢得是凄凉。追前事，暗心伤。好天良夜，深屏香被，争忍便相忘？王孙动是经年去，贪迷恋，有何长？万种千般，把伊情分，颠倒尽猜量。

【注释】

〔1〕酒酽：本为酒味醇厚，这里形容面色鲜红。

〔2〕详雅：安详温雅。

〔3〕不称：不应该。

【赏析】

《少年游》是一组词，共十首，这里选的是第四、第八两阕。十首词或写游子漂泊凄寂，或写深闺春光绮丽，或写青楼佳丽意乱情迷。"世间尤物意中人"一首，一眼便可看出这位青楼女子正当如花妙龄，少不更事，天生率真烂漫，温柔风雅尚未消磨殆尽。"一生赢得是凄凉"一首中的这位佳人已经历尽了烟花生涯的辛酸苦涩，所以才满腹心事，无以言传，只能独自"心伤"，"颠倒"思量，愁肠百结。词人以生花妙笔，将不同年龄段的女性之心态刻画得十分精到。

击梧桐

香靥[1]深深，姿姿媚媚，雅格奇容天与[2]。自识伊来，便好看承，会得妖娆心素[3]。临歧再约同欢，定是都把、平生相许。又恐恩情，易破难成，未免千般思虑。近日书来，寒暄而已，苦没忉忉[4]言语。便认得、听人教当[5]，似把前言轻负。见说兰台宋玉，多才多艺善词赋。试与问、朝朝暮暮，行云何处去？

【注释】

〔1〕香靥（yàn）：美人脸上的酒窝。

〔2〕"姿姿"二句：高雅的气质、出众的容貌是上天赋予的。

〔3〕"自识"三句：自打与你结识以来，我便对你百般呵护，想方设法讨你的欢心。心素即心愿、心思之义。

〔4〕忉忉：忧思貌。《诗·齐风·甫田》："无思远人，劳心忉忉。"

〔5〕"便认得"二句：教当是教唆的意思。全句是说，来信草草，便不由得叫人相信传言真有其事，恋人在别人的教唆下变了心。

【赏析】

柳永曾在江淮眷恋一官妓，约以后会之期。柳至京师，日久未还；妓有异图，耆卿闻讯后怏怏不快。正好有朋友前往江淮，柳因作此词寄之。妓得词后，便典当全部财产，泛舟至柳所，从此再不分离。柳永由于仕途失意，终生混迹青楼，与妓女颇为相得，竟至老死于花丛，死后由京西一妓向烟花中人集资葬于枣阳县花山。殡出郊原，有浪子数人戏曰："这大伯做鬼也爱打哄。"其后遇清明日，游人多狎饮墓侧，谓之"吊柳七"。（见《古今词话》）

菊花新

欲掩香帏论缱绻[1]，先敛双蛾愁夜短。催促少年郎，先去睡，鸳衾图暖。须臾放了残针线，脱罗裳、恣情无限。留取帐前灯，时时待、看伊娇面。

【注释】

〔1〕缱绻（qiǎn quǎn）：形容交欢尽兴，难分难舍。

【赏析】

　　此词一向被视为柳永淫逸之作中之最甚者，其实不过是以一个女子的口吻描写了做爱前后的娇恣情态，比之现下文学作品中大段的床上描写，不啻小巫见大巫。即便如此，清人已将他的词比作小说中的《金瓶梅》，有所谓"话本金瓶梅，词坛柳三变"的说法。然而王国维在谈到《古诗十九首》中间有淫鄙之语时指出："无视为淫词、鄙词者，以其真也。五代北宋之大词人亦然。"对柳永的词亦当作如是观。

国学经典精神家园丛书

忆帝京

　　薄衾小枕天气，乍觉别离滋味。展转数寒更，起了还重睡。毕竟不成眠，一夜长如岁。也拟待、却回征辔〔1〕。又争奈、已成行计〔2〕。万种思量，多方开解，只恁寂寞厌厌地〔3〕。系我一生心，负你千行泪。

【注释】

〔1〕"也拟待"二句：正准备回转坐骑，重新回到欢聚的地方。征辔，借指马。

〔2〕"又争奈"二句：无奈已经启程，准备远行，没办法再回头了。

〔3〕"只恁"句：只好就这样上路，随便它一路上寂寞凄凉吧。厌厌，同恹恹，打不起精神。

【赏析】

　　词写于作者离京后的旅途中。作者集中笔墨，描写了漂泊途中一个不眠之夜的感受，表达了对留在京城中的恋人深切的思念和无可奈何的愁苦情怀。单一而苦涩的离愁被反复渲染，变得摇曳生姿，一韵三折，不写愁而尽是愁。

　　末二句极妙，是什么能"系我一生心，负你千行泪"？元好问有一名句："问世间情为何物？直教生死相许。"曹雪芹亦有诗曰："开辟鸿蒙，谁为情种？都只为风月情浓。"只有这"情"字，才会使普天下好梦难圆的痴情人系心一生，负泪千行。

【名家评点】

全篇从行者着笔，末二句"一生心""千行泪"，兼写双方，见两情深挚，刻骨镂心。以白描手法、口头语言，写出纠结难解的离思。波澜起伏，真实动人。

——刘乃昌、朱德才《宋词选》

昼夜乐

洞房记得初相遇，便只合[1]，长相聚。何期小会幽欢，变作离情别绪。况值阑珊春色暮，对满目，乱花狂絮。直恐好风光，尽随伊归去。一场寂寞凭谁诉[2]？算前言，总轻负。早知恁地难拼[3]，悔不当时留住。其奈风流端正外，更别有，系人心处。一日不思量，也攒眉[4]千度。

【注释】

〔1〕便只合：就应该。

〔2〕"一场"句：满怀寂寞，怎么就这样难以言说。

〔3〕恁地难拼：这么难以割舍。

〔4〕攒（cuán）眉：紧皱双眉。

【赏析】

写思念、写怨恨、写离愁、写寂寞，一片痴情和盘托出。何以对他如此痴情？不只是因他"风流端正"，潇洒倜傥，更在于他"别有系人心处"。那特别的"系人心处"是什么？就只有这位痴情女子知道了。

雨霖铃

寒蝉凄切，对长亭[1]晚，骤雨初歇。都门帐饮[2]无绪，留恋处，兰舟催发。执手相看泪眼，竟无语凝噎[3]。念去去，千里烟波，暮霭沉沉楚天阔。多情自古伤离别，更那堪，冷落清秋节!今宵酒醒何处？杨柳岸，晓风残月。此去经年[4]，应是良辰好景虚设。便纵有千种风情，更与何人说？

【注释】

〔1〕长亭：古时驿站上十里一长亭，五里一短亭，以供行人休息、送别。

〔2〕都门帐饮：在京城郊外，设帐宴饮送行。

〔3〕凝噎：哽咽得说不出话来。

〔4〕经年：年复一年。

【赏析】

这首词在柳永的作品中非常有名，是他的代表作，被列为"宋金十大曲"之一。由于柳永特殊的人生经历，他在创作中非常善于捕捉那些清凄悲凉、飘零孤苦的景象。"今宵酒醒何处？杨柳岸，晓风残月"已成为描述这种情景的千古名句。请试想，当黎明前天色朦胧时，杨柳岸边一轮残月悬挂树梢，冷风凄清，天地寂寥，远行的游子即将离乡，送行的亲人执手泪眼，哽咽难言。这该是多么叫人终生难忘的情景啊!更何况用冷落的秋景来衬托与爱人难以割舍的离情呢!词的写作技巧相当高明，全篇构作自然，如行云流水，找不出丝毫人工衔接的痕迹。

【名家评点】

词有点有染，耆卿《雨霖铃》"念去去"二句，点出离别冷落；"今宵"三句，乃就上三句染之。点染之间，不得有他语相隔，否则警句亦成死灰矣。

——［清］刘熙载《艺概》

凤栖梧

　　伫倚危楼风细细，望极春愁，黯黯生天际[1]。草色烟光残照里，无言谁会凭阑意。拟把疏狂[2]图一醉，对酒当歌，强乐还无味。衣带渐宽[3]终不悔，为伊消得[4]人憔悴。

【注释】

　　[1]"望极"二句：按词意，标点应是"望极，春愁黯黯生天际"。意为惆怅从远处天际黯黯而生。黯黯（àn），指情绪低落。

　　[2]拟把疏狂：也曾打算放纵一下，豁达一点。语出白居易《代书诗百韵寄微之》诗："疏狂属年少，闲散为官卑。"

　　[3]衣带渐宽：词出古诗"相去日以远，衣带日以缓"，形容消瘦。

　　[4]消得：值得。

【赏析】

　　本词或曰欧阳修作，题名《蝶恋花》。疑非。不同版本词字稍有差别，今择其较为通行且贴切者用之。愁从天际生起，不易为常人想到。心头的苦闷难以向人诉说，既然"无人会得"，不妨借酒浇愁，自行解脱，来得豁达一些。于是他又回到宴会中去。朋友们对他的心事一无所知，强拉着他喝酒。干脆一醉方休吧！不想酒入愁肠，却索然无味。这愁肠看来是任什么都无法化解了，那就索性相思而死算了——她本来是值得我为之憔悴而死的人啊！

　　这种决绝暴烈的深情，王国维认为与其施之于爱情，不如用来干大事业，做大学问。

　　因此他借来提出有名的"三种境界"说：古今之成大事业、大学问者，罔不经过三种之境界："昨夜西风凋碧树。独上高楼，望尽天涯路。"此第一境界也。"衣带渐宽终不悔，为伊消得人憔悴。"此第二境界也。"众里寻他千百度，回头蓦见（按：原词为"蓦然回首"），那人正（按：原词作"却"）在灯火阑珊处。"此第三境界也。

【名家评点】

　　此首上片写境，下片抒情。"伫倚"三句，写远望愁生。"草色"两句，实写所见冷落景象与伤高念远之意。换头深婉。"拟把"句，与"对酒"两句呼应。强乐无味，语极沉痛。"衣带"两句，更柔厚。与"不辞镜里朱颜瘦"语，同合风人之旨。

——唐圭璋《唐宋词简释》

玉蝴蝶

望处雨收云断，凭阑悄悄，目送秋光。晚景萧疏，堪动宋玉悲凉[1]。水风轻，萍花渐老；月露冷，梧叶飘黄。遣[2]情伤！故人何在？烟水茫茫。难忘，文期酒会[3]，几孤风月[4]，屡变星霜[5]。海阔山遥，未知何处是潇湘。念双燕[6]，难凭远信；指暮天，空识归航。黯相望。断鸿声里，立尽斜阳。

【注释】

〔1〕"晚景"二句：楚国诗人宋玉《九辩》有"悲哉秋之为气也，萧瑟兮草木摇落而变衰"之句。这里是说肃杀的秋景触动了宋玉那样的悲凉心境。

〔2〕遣：同使。

〔3〕文期酒会：定期举行的文酒之会。

〔4〕几孤风月：多少次辜负了柔情蜜意。孤即辜负，风月特指男女情爱。

〔5〕星霜：指岁星运转与气候变凉。

〔6〕双燕：燕多双栖，故常比喻形影相随的好友。

【赏析】

望啊望啊，直望到雨停云尽，而自己却依然默默倚栏，目送一碧无际的秋光伸向远方。白萍被水面的轻风吹得枯萎了，那一声声一叶叶的梧桐也因冷月侵袭而黄叶飘零了。可是故人在哪里呢？眼前只有一片烟笼雾罩的秋水。真让人伤心啊！令人难忘的是那与朋友欢聚一堂，饮酒作诗，放荡不羁的青春岁月。流年似水，多少清风明月、男欢女爱的好时光被辜负了。朋友大概如今是在潇湘一带吧，可山遥水远，尺书难托，盼望好友远航归来，却唯见空帆片片，每每失望。望啊望啊，直望到鸿雁凄厉的叫声消失，夕阳收尽余晖，我还是站在楼上望啊，望啊……

词中的抒情主人公是男是女，历来注家说法不一。据"念双燕难凭远信，指暮天空识归航"句义，知系女性怀念故人，抒情主角当为歌妓。有人根据"文期酒会"似乎为男性之事，认为主人公应该是男性。殊不知在古代，妓女能诗能文者随处皆是，参与"文期酒会"对她们来说，几乎是日常生活中必不可少的功课。

全词使凄清的秋景与内心的悲思水乳交融，首尾呼应而又曲折委婉，舍柳七谁能为？

【名家评点】

诗常一句一意或一境，整首含义阔大，形象众多；词则常一首才一意或一境，形象细腻，含义微妙，它经常是通过对一般的、日常的、普通的自然景象的白描来表现，从而也就使所描绘的对象、事物、情节更为具体、细致、新巧，并涂有更深厚更细腻的主观感情色调。

——李泽厚《美的历程》

倾　杯

鹜[1]落霜洲，雁横烟渚，分明画出秋色。暮雨乍歇，小楫夜泊，宿苇村山驿。何人月下临风处，起一声羌笛。离愁万绪，闻岸草，切切蛩[2]吟如织。为忆芳容别后，水遥山远，何计凭鳞翼[3]。想绣阁深沉，争知憔悴损，天涯行客。楚峡云归[4]，高阳人散[5]，寂寞狂踪迹。望京国[6]，空目断远峰凝碧。

【注释】

〔1〕鹜（wù）：水鸭。

〔2〕蛩（qióng）：蟋蟀的别称。

〔3〕鳞翼：古时以鲤鱼、雁足传书，故代指书信。这句是说无法通信。

〔4〕云归：典出楚王游高唐会神女事。这里是说所爱的人返回故里了。

〔5〕典出《史记·朱建传》。郦生求见高祖时说："吾高阳酒徒也，非儒人也。"高阳人散即酒友云散之意。

〔6〕京国：指当时的京城汴梁。

【赏析】

鸟落江渚，小舟暮雨，山村驿店，月明笛咽，自然撩起游人离愁万绪。况且唧唧虫鸣，凄凄切切，能不令人心碎！遥想所爱，远隔万水千山，音讯杳杳，昔日的欢乐风流云散，天涯行客憔悴瘦损，只好聊以借狂纵掩穷迫。清峰翠碧，连绵无尽，徒使人目断且肠断。

结句以景结情，呼应上片，使下片的相思之愁与上片的凄清之景浑然一体，艺术手法令人叹为观止。据说柳永在旅途客驿写好这首词的夜里，梦见一少女对他说："妾非今世人，曾作词云：'明月斜，秋风冷。今夜故人来不来？教人立尽梧桐影。'数百年无人称道，公能用之。"梦觉说其事，世传为鬼谣。事见宋阮阅《词话总龟》。

八声甘州

对潇潇[1]暮雨洒江天，一番洗清秋。渐霜风凄紧，关河冷落，残照当楼。是处红衰翠减，苒苒物华休[2]。惟有长江水，无语东流。不忍登高临远，望故乡渺邈[3]，归思难收。叹年来踪迹，何事苦淹留？想佳人，妆楼颙望[4]，误几回天际识归舟[5]。争知我，倚阑杆处，正恁凝愁[6]！

【注释】

〔1〕潇潇：雨势急骤貌。

〔2〕苒苒物华休：景物逐渐凋残。

〔3〕渺邈：遥远。

〔4〕颙望：举头呆望。颙（yóng），指仰慕。

〔5〕"误几回"句：多少次错把远处开来的船当作爱人的归舟。活用温庭筠《望江南》"过尽千帆皆不是"句。

〔6〕凝愁：愁结不解。

【赏析】

《甘州》是唐边地乐曲。词凡八韵，故名。柳永写离情别绪的词，这也是代表作之一。此词的"诗眼"在一"望"字。本是自己望乡、怀人、思归，却遥想佳人企盼游人归来而倚妆楼呆望；本是自己凭栏"凝愁"，却说佳人不知自己的悲苦，误以为他在异乡寻欢作乐。说自己，是难收的"归思"；说佳人，是盼天边的归舟；说佳人，是在妆楼"颙望"；说自己，是倚栏"凝愁"。如此对照开合，首尾呼应，灵动曲折，真是妙不可言。

苏轼对柳永的词一向评价不大高，可是读了"渐霜风凄紧"句下数语后，大加赞赏，曰："此语于诗句不减唐人高处。"

【名家评点】

苏轼云："霜风凄紧，关河冷落，残照当楼"，唐人佳处，不过如此。

——［明］杨慎《词品》

通篇结构严密，而又动荡开合，呼应灵活，首尾照应，如前人谈兵所云常山之蛇。

——沈祖棻《宋词赏析》

曲玉管

陇首[1]云飞，江边日晚，烟波满目凭阑久。立望关河萧索，千里清秋，忍凝眸[2]！杳杳神京[3]，盈盈仙子[4]，别来锦字终难偶[5]。断雁无凭，冉冉飞下汀洲，思悠悠。暗想当初，有多少幽欢佳会，岂知聚散难期，翻成雨恨云愁。阻追游[6]。每登山临水，惹起平生心事，一场消黯[7]，永日无言，却下层楼。

【注释】

〔1〕陇首：山头。

〔2〕忍凝眸：不忍凝神远望。

〔3〕杳杳神京：遥远的京都，指汴京。

〔4〕仙子：这里指美女或歌妓。

〔5〕"别来"句：用苏蕙织锦回文故事，详见苏若兰《璇玑图诗》。这里指分别后始终没有收到对方的书信。难偶，指难以相会。

〔6〕阻追游：受阻碍而不能一起追欢游乐。

〔7〕消黯：黯然销魂。

【赏析】

作者运用写景与写情反复交织的手法，抒发了他离别恋人、流荡他乡的羁愁离思和相思之情。铺叙细密，结构严谨，语言直白爽畅。

定风波

　　自春来惨绿愁红，芳心是事可可[1]。日上花梢，莺穿柳带，犹压香衾卧。暖酥消[2]，腻云亸[3]，终日厌厌倦梳裹。无那[4]。恨薄情一去，音书无个。早知恁么[5]，悔当初，不把雕鞍锁。向鸡窗[6]，只与蛮笺象管[7]，拘束教吟课[8]。镇[9]相随，莫抛躲，针线闲拈伴伊坐。和我。免使年少，光阴虚过。

【注释】

〔1〕是事可可：什么事都不在意。可可，指不经心。

〔2〕酥消：肌肤消瘦。

〔3〕腻云亸（duǒ）：头发散乱。

〔4〕无那：无奈。

〔5〕恁么：如此，这样。

〔6〕鸡窗：指书房。

〔7〕蛮笺象管：指纸和笔。蛮笺，四川出产的彩色笺纸。象管，指象牙笔管。

〔8〕吟课：以吟咏为功课。

〔9〕镇：常。

【赏析】

　　词中的女子，不知因何觉得什么事都不顺心，生机勃勃的春光，在她眼里都成了"惨绿愁红"。尽管美景如画，她却只顾埋头酣睡，芳容不振，任其憔悴。是什么事让她如此颓唐？原来是自从心上人去后，书信全无。下片直接写这女子的心理活动，她后悔当初没有阻止恋人远行，致使如今自己空守深闺。接着她想：如果当初把他留住，就可以每天看着他读书写字，吟诗作画，而自己闲拈针线伴着他，长相厮守，岂不美妙！

　　全词以家常口语铺展闺房生活细节，体现了平民女性的爱情追求，很能代表柳词俚俗的风格。

国学经典精神家园丛书

戚 氏

晚秋天，一霎微雨洒庭轩。槛菊萧疏，井梧零乱，惹残烟。凄然，望江关，飞云黯淡夕阳间。当时宋玉悲感〔1〕，向此临水与登山。远道迢递〔2〕，行人凄楚，倦听陇水潺湲〔3〕。正蝉吟败叶，蛩〔4〕响衰草，相应喧喧。孤馆，度日如年。风露渐变，悄悄至更阑。长天净，绛河〔5〕清浅，皓月婵娟。思绵绵，夜永对景，那堪屈指，暗想从前。未名未禄，绮陌红楼，往往经岁迁延。帝里〔6〕风光好，当年少日，暮宴朝欢。况有狂朋怪侣，遇当歌对酒竞留连。别来迅景如梭，旧游似梦，烟水程何限。念利名憔悴长萦绊。追往事、空惨愁颜。漏箭移〔7〕，稍觉轻寒。渐呜咽、画角数声残。对闲窗畔，停灯向晓，抱影无眠。

【注释】

〔1〕宋玉悲感：战国时楚国宋玉曾作《九辩》，以抒写悲秋之情。

〔2〕迢递：遥远。

〔3〕陇水潺湲：陇头之水，不停地流淌。古乐府有《陇头水》云："陇头流水，鸣声幽咽。"借以抒写征戍之悲苦。

〔4〕蛩：蟋蟀。

〔5〕绛河：银河的别名。

〔6〕帝里：指汴京。

〔7〕漏箭移：指时间推移。漏箭是古代计时器漏壶上指示时刻的箭标。

【赏析】

这是一首三叠长调，由柳永首创。宋时王灼称许此词说："《离骚》寂寞千年后，《戚氏》凄凉一曲终。"

上片描写晚秋薄暮，先写登临所见：微雨飘洒庭廊，槛菊萧疏凋落，梧桐零乱枯黄；一抹残烟，给这景物又添几许凄凉。接着作者以"望乡关"三字将视线拉出庭院，写所见远景：暗淡的飞云与夕阳，更突出了整个意境的萧条冷落。触景生情，宋玉曾吟咏过的那种悲秋情绪涌上心头。写足所见，转写所闻。写远处的流水声是借征戍之悲，寓意自身的羁旅之愁；写身边败叶枯草间的寒蝉与蟋蟀的凄鸣，进一步强调了羁旅的凄苦难奈。

中片、下片所抒写的情景，表明时间由上片的傍晚推移至深夜。作者独处孤寂的驿馆，只觉度日如年。长夜无眠，他敏锐地感受到夜晚气候的变化，时光的流逝。在清澈明朗的月夜星空下，他思情绵绵，回到了对往事的追思中。中片的后三句与下片的前六句，都是写词人还没有被功名利禄牵绊之时，在京城度过的浪迹红楼的风流岁月。然而好景不长，作者以一句"旧游似梦"，从美好的回忆又回到现实中来，开始对人生进行理性的反思。"念名利，憔悴长萦绊"，表明词人对为名利而牺牲人生乐趣的价值取向产生了怀疑。"渐呜咽"四句，写天亮时依然"抱影无眠"的寂寞，抒发长夜辗转的无奈。

此词篇幅虽长，但脉络清晰。作者以时间的流逝与空间的转换为线索，有条不紊地叙述了自己的羁旅愁绪。有情有景，虚实相生，跌宕起伏，而又井然有序。

【名家评点】

《戚氏》为屯田创调，"晚秋天"一首，写客馆秋怀，本无甚出奇，然用笔极有层次。初学慢词，细玩此章，可悟谋篇布局之法。第一遍，就庭轩所见，写到征夫前路。第二遍，就流连夜景，写到追怀昔游。第三遍，接写昔游经历，仍落到天涯孤客，竟夜无眠情况，章法一丝不乱。惟第二遍自"夜永对景"至"往往经岁迁延"。第三遍自"别来迅景如梭"至"追往事空惨愁颜"，均是数句一气贯注。屯田词，最长于行气，此等处甚难学。后人遇此等处，多用死句填实，纵令琢句工稳，其如恹恹无生气何？

——〔清〕蔡嵩云《柯亭词论》

范仲淹

范仲淹（989—1052年），字希文，吴县（今苏州）人。幼母再嫁，依继父姓朱，进士及第时名朱说。后请于朝，始复旧姓。宋仁宗时官至参知政事（副宰相）。历知苏、饶、润等地。他在陕西守卫边疆多年，为四路宣抚使，西夏不敢犯，说他"胸中自有数万甲兵"。范仲淹是北宋改革派的先驱，为守旧派所阻，屡迁外官，后于赴颍州途中病死。赠兵部尚书，楚国公，谥文正，世称范文正公。工于诗词、散文，是北宋诗文革新运动的先行者之一。所作《岳阳楼记》为散文名篇，"先天下之忧而忧，后天下之乐而乐"的名句影响国人至今。有《范文正公集》。宋人魏泰的《东轩笔录》云："范文正守边日，作《渔家傲》乐歌数阕，皆以'塞下秋来'为首句，述边镇之劳苦。"可惜他的词作现仅存五首，《渔家傲》也只留一阕。

苏幕遮

　　碧云天，黄叶地，秋色连波，波上寒烟翠。山映斜阳天接水，芳草无情，更在斜阳外[1]。黯乡魂[2]，追旅思[3]，夜夜除非，好梦留人睡[4]。明月楼高休独倚，酒入愁肠，化作相思泪。

【注释】

　　〔1〕"芳草"二句：芳草远接斜阳外的天涯（暗指远方的故乡），是那么无情地撩人愁苦。

　　〔2〕黯乡魂：思念家乡，黯然销魂。

　　〔3〕追旅思：羁旅的愁思缠扰不休。追，有重重叠叠、反复添加之意。

　　〔4〕"夜夜"二句：夜里除了睡着时偶然的好梦外，别无慰藉。

【赏析】

　　这是一首怀念故乡的名篇，由词中"黯乡魂，追旅思"可知。

　　作者写景层层有序，由上而下，由近而远，在一个广阔的空间里，引出乡思离情。此情迂回往复，曲折摇曳：芳草斜阳，牵动羁旅愁思，一曲折；好梦难成，二曲折；明月倚楼，反增离愁，三曲折；借酒浇愁，凄然泪下，四曲折。如许曲折，使丽语中见柔情，遂成绝唱。

【名家评点】

　　范希文《苏幕遮》一调，前段多入丽语，后段纯写柔情，遂成绝唱。

　　　　　　　　　　　　——［清］邹祗谟《远志斋词衷》

渔家傲

　　塞下秋来风景异，衡阳雁去无留意[1]。四面边声[2]连角起。

千嶂里〔3〕，长烟落日孤城闭。浊酒一杯家万里，燕然未勒〔4〕归无计。羌管悠悠霜满地。人不寐，将军白发征夫泪。

【注释】

〔1〕"衡阳"句：大雁向衡阳飞去，毫不留恋荒凉的西北边地。衡阳旧城南有回雁峰，峰形如雁飞回旋，相传雁至此不再南飞。

〔2〕边声：边地的悲凉之声，如马鸣、风号之类。

〔3〕千嶂里：在层层山峰的环抱里。像屏障一般的山峰叫作嶂。

〔4〕燕然未勒：没有击溃敌军，边境还不安全。典出《后汉书·窦宪传》：窦宪追北单于，"登燕然山，去塞三千余里，刻石勒功"而还。燕然山即今蒙古国中部之杭爱山。

【赏析】

宋仁宗朝，西夏是从西北方侵扰中原的强大敌人。公元1040年，范仲淹任陕西经略副使（边防军事的副长官）兼知延州（今延安），此后继续负责抵抗西夏达四年之久，当时民歌中把他描绘成"西贼闻之惊破胆"的英雄。这首词是他在西北军中所作，反映了作者守边抗敌的英雄气概和思念家乡的情绪，还有战士们生活的艰苦。特别是"将军白发征夫泪"一句，苍凉悲壮，慷慨生哀，读之令人耸然动容。词评曰："一幅绝塞图，已包括'长河落日'十字中。唐人塞下诗最工、最多，不意词中复有此奇境。"

【名家评点】

唐人诗善作边塞苦寒之景，宋人不长于此，如范文正公则以词笔为之，亦能摹写大漠荒凉，开苏辛豪放之风。

——［清〕汪中《宋词三百首注析》

御街行

纷纷坠叶飘香砌〔1〕。夜寂静，寒声碎〔2〕。真珠帘卷玉楼空，天淡银河垂地〔3〕。年年今夜，月华如练〔4〕，长是人千里。愁肠已断无由醉。酒未到，先成泪。残灯明灭枕头敧，谙〔5〕尽孤眠滋味。都来〔6〕此事，眉间心上，无计相回避。

【注释】

〔1〕香砌：香阶，有落花的台阶。

〔2〕寒声碎：寒风吹着落叶，发出轻微细碎的声响。

〔3〕"天淡"句：天色清明，银河斜挂着，像垂到了大地上。

〔4〕"月华"句：形容月光像丝绸那样洁白。

〔5〕谙（ān）：熟知。

〔6〕都来：想必、估量之意。

【赏析】

　　范仲淹的《苏幕遮》和《御街行》皆以"柔情""丽语"为后世的词话家所称道。作为"先天下之忧而忧"的一代名臣，词笔婉丽如此，非性情深至者不能为。

　　这是一首秋日怀旧之作。上片写秋夜景，或就地面刻画秋声，或就天宇描摹夜色，以寒夜秋声衬托主人公所处环境的冷寂，突出人去楼空的落寞感，抒发了良辰美景无人与共的愁情。词意上，"玉楼空"与"人千里"相呼应。一年年的期盼和失望，早已使人愁结肠断，没有什么理由再去醉酒了，即使醉酒，也不能消愁，因为愁已极，肠已断，所以"酒未到，先成泪"。

　　下片专就离情渲染愁绪。"愁肠"三句折进一层，言离愁之深；"残灯"二句写实境，一盏如豆的青灯忽明忽暗，独自凭栏斜倚，尝尽孤眠的滋味；末以离愁"眉间心上"无所不在，倍增酸楚。"都来此事"几句为李清照《一剪梅》词所袭用，化作"此情无计可消除，才下眉头，却上心头"，向来为词评家所赞誉。这首词虽写似水柔情，却骨力道劲，绝不流于软媚。全词一字一句，真情流露，不加雕琢，自然明净，情思含蓄深致，反复吟诵，只觉回肠荡气，久久难以。

【名家评点】

　　俞仲茅小词云："轮到相思没处辞，眉间露一丝"，视易安"才下眉头，却上心头"，可谓此儿善盗。然易安亦从希文"都来此事，眉间心上，无计相回避"语脱胎，李特工耳。

——［清］王士祯《花草蒙拾》

剔银灯·与欧阳公席上分题

昨夜因看蜀志，笑曹操、孙权、刘备。用尽机关，徒劳心力，只得三分天地。屈指细寻思，争如共、刘伶一醉。人世都无百岁。少痴呆，老成尪悴〔1〕。只有中间，些子少年，忍把浮名牵系。一品与千金〔2〕，问白发，如何回避？

【注释】

〔1〕尪（wāng）悴：瘦弱憔悴。

〔2〕"一品"句：一品指官品中最高的一级；千金谓钱财多。全句指无论权力多大、财产多少，到头来都得衰老死亡。

【赏析】

作为北宋改革派的先驱，又以《岳阳楼记》而知名后世的范仲淹，论文选诗，一向突出他忧国忧民的一面，然而任何人都是社会矛盾的统一体，在这首词中就十分明显地表现了范仲淹对名利的鄙视与在生死无常面前的无奈，还有对蔑视礼法、纵酒放诞的魏晋"竹林七贤"之一刘伶的仰慕，充分说明了他人性中消极遁世的另一面。

张　先

张先（990—1078年），字子野，湖州乌程（今浙江吴兴）人。天圣八年（1030年）进士。历官宿州、吴江、嘉禾、渝州等地知州知县。后以都官郎中致仕。为人善戏谑，有风趣。人称"张三中"，盖谓其善道心中事、眼中景、意中人也。因其善用"影"字，后世亦习称"张三影"。晏殊为开封府尹时，召子野为通判。与欧阳修、苏轼等名流颇有交往。其词多写男女恋情、雪月风花。与柳永齐名，然造诣不及柳永。

子野晚岁往来于杭州、吴兴间，过着优游的生活。他平生所作诗文甚富，但多散佚，流传至今的，有《安陆集》一卷和《张子野词》。史籍无传，生平事迹见夏承焘《张子野年谱》。

天仙子·时为嘉禾小倅^{〔1〕}，以病眼不赴府会

水调^{〔2〕}数声持酒听，午醉醒来愁未醒。送春春去几时回？临晚镜，伤流景^{〔3〕}，往事后期^{〔4〕}空记省。沙上并禽^{〔5〕}池上暝，云破月来花弄影。重重帘幕密遮灯。风不定，人初静，明日落红应满径。

【注释】

〔1〕嘉禾小倅：仁宗朝，张先为嘉禾（今浙江嘉兴）判官。倅，即副职。

〔2〕水调：传为隋炀帝所制曲调名。唐宋时极流行。

〔3〕流景：似水流年的意思。

〔4〕后期：相约后会的日期。

〔5〕并禽：成对的鸟儿，这里指鸳鸯。

【赏析】

王国维评价这首词说："'云破月来花弄影'，着一'弄'字而境界全出矣。"为什么着一"弄"字，就"境界全出"呢？

如欲参透个中要妙，就得明白词人通过这首词想要传达的信息以及隐含其中的意蕴。

这首词是张先五十二岁时所作。当年过半百后，词人感觉到行将老迈，青春不再，持酒听歌之后，给自己带来的已经不是花红年少时那样的温馨亲昵，而是"午醉醒来愁未醒"的悲哀。于是他问：春去了，"几时"还能回来？这里表面上是问自然时序的轮回久暂，实际上是在问：曾经那么美好的青春，一旦逝去，"几时"能再回来？看看镜中日渐增多的白发，看看一去不返的似水流年，往事如烟，来日如风，生命原来是一片虚空。这就是上片给我们传达的情思。

愁怀满腹，整天无法排遣，晚间他来到园中信步。交颈并眠的鸳鸯让他心有所动。这时候，不经意间"云破月来"，夜色中的鲜花在清澄的月光下突然显得格外醒目，正在摇曳多情地戏弄着自己的影子。这交颈而眠的鸳鸯，这弄影生姿的花月，一瞬间让他想起了自己青春时期的风流倜傥，花前月下的浓情蜜意。请看，花月"弄"出来的言外之意是如此丰满，如此深远。意境不就全出来了吗？

回到屋里，放下重重的帘幕，遮住明亮的灯光，听着回旋的晚风，让府会中的少男少

女们去尽情畅饮追欢吧。谁知道明天还会有多少如花美眷被吹落呢！只有过来人才会这样想。但这已经是悲歌之后的余音，慨叹之后的无奈了。

【名家评点】

"云破月来"句，心与景会，落笔即是，着意即非，故当脍炙。

——［明］沈际飞《草堂诗余正集》

子野第进士，为都官郎中，此词或系未第时作。子野吴兴人。听（水调）而愁，为自伤卑贱也；"送春"四句，伤其流光易去，而后期茫茫也；"沙上"二句，言其所居岑寂，以沙禽与花自喻也；"重重"三句，言多障蔽也；结句仍缴送春本题，恐其时之晚也。

——［清］黄苏《蓼园词选》

木兰花·乙卯吴兴寒食〔1〕

龙头舴艋〔2〕吴儿竞，笋柱秋千〔3〕游女并。芳洲拾翠暮忘归，秀野踏青来不定。行云去后遥山暝，已放笙歌池院静。中庭月色正清明，无数杨花过无影。

【注释】

〔1〕乙卯吴兴寒食：乙卯是宋神宗熙宁八年（1075年）。寒食，即清明节前二日，是扫墓和春游的日子。

〔2〕龙头舴艋：用以举行龙舟竞赛的小船。

〔3〕笋柱秋千：竹子做的秋千架。

【赏析】

这首词作于张子野八十六岁在吴兴过寒食节之时，可见作者的生命活力与创作激情还是那么旺盛。笔者认为末句"无数杨花过无影"写景之工，尤在其"三影"之上。

词写江南寒食风俗。上片为白昼动景，男儿赛龙舟，女郎荡秋千，郊原踏青探花，游人至晚方散。下片为入夜静景，视线由远山收回到池院，中庭月光，树上杨花，一派明净。日间的喧闹与夜深的清寂，体现出寒食节整日物景的自然转换，笔锋甚为工致。

词评家有许多关于"张三影"的议论。清代李调元《雨村词话》云:"张三影已胜称人口矣,尚有一词云:'无数杨花过无影',合之应名'四影'。"清初沈雄《古今诗话》云:"有客谓子野曰:'人皆谓公张三中,即心中事、眼中泪、意中人也。'子野曰:'何不曰之为张三影?'客不晓。公曰:'"云破月来花弄影""娇柔懒起,帘压卷花影""柳径无人,堕风絮无影"',此余生平所得意也。"我们现查他用"影"字的妙句,实有六处,除上述三句外,尚有"浮萍破处见山影,小艇归时闻草声""那堪更被明月,隔墙送过秋千影"和本词的"中庭月色正清明,无数杨花过无影"。

更漏子

　　锦筵红,罗幕翠,侍宴美人姝丽。十五六,解怜才,劝人深酒杯[1]。黛眉长,檀口小,耳畔向人轻道。柳阴曲,是儿家,门前红杏花。

【注释】

　　[1]深酒杯:劝人喝一大口的意思。

【赏析】

　　灯红酒绿的欢宴中,一位美丽的妙龄少女,偷偷与她所钟情的才郎(或许就是作者)相约,将她家所住的地方告诉对方。小令虽寥寥数字,却情景宛然,使人如见其人,如闻其声。在宋人词作中,亦为不可多得之什。

【名家评点】

　　张子野词,古今一大转移也:此前则为晏(殊)、欧(阳修),为温(庭筠)、韦(庄),体段虽具,声色未开;后此则为秦(观)、柳(永),为苏(轼)、辛(弃疾),为美成(周邦彦)、白石(姜夔),发扬蹈厉,气局一新,而古意渐失。子野适得其中,有含蓄处,亦有发越处,但含蓄不似温、韦,发越不似豪苏腻柳。规模虽隘,气格却近古。

——[清]陈廷焯《白雨斋词话》

行香子

　　舞雪歌云[1]，闲淡妆匀。蓝溪水，深染轻裾。酒香醺脸，粉色生春。更巧谈话，美情性，好精神。江空无畔，凌波何处[2]？月桥边，青柳朱门。断钟残角，又送黄昏。奈心中事，眼中泪，意中人。

【注释】

　　〔1〕舞雪歌云：语出李商隐《歌舞》"遏云歌响清，回雪舞腰轻"。

　　〔2〕凌波何处：典出曹植《洛神赋》"体迅飞凫，飘忽若神。凌波微步，罗袜生尘"。

【赏析】

　　词写一位能歌善舞的妙龄少女之伤感与失落。"舞雪歌云"是形容她的舞姿轻柔，宛若雪花飞旋；歌声美妙，连天上的云都要停下来欣赏。再加上她的装饰"闲淡"得体，湛蓝色的长裙飘逸如水，酒后微红的俏脸有如春花般娇美，言谈举止处处夺人心魂。其美好动人真是不可方物。作者用"舞雪歌云"至"粉色生春"着意刻画她的形体姿容之美，而"巧谈话，美情性，好精神"则是对其心灵美的赞叹。

　　下片由工笔重彩转为空灵飘逸的写意，由歌舞盛会的风光无限转入了空旷寂寞的失落。江空无际，寂寥清凄，明月桥边，垂柳青青，朱门寂寂，只有偶尔传来的断断续续的钟声或号角声打破这难耐的空虚沉寂。如此美艳妙绝的佳人，在夜幕即将落下的时候，却不得不面对浩浩江水，沉沉夜空，独自黯然神伤。为什么？因为她无论外貌还是心灵，都美如宓妃，却从未有过真正的爱情。"江空无畔，凌波何处？"当年洛神在苍茫的暮色中凌波而至的时候，是为与钟情于她的才子相会。可如今那至情至性的曹子建又在哪里呢？在令人如此伤心的环境中，想着"心中事"，流着"眼中泪"，盼着"意中人"，词人再以一"奈"字总而括之，把一个美慧双绝的花季少女的形象刻画到了极致，也让人感动到了极致！

国学经典精神家园丛书

晏 殊

晏殊（991—1055年），字同叔，抚州临川（今江西抚州）人。少年时即是有名的神童，七岁能文，十五岁赐同进士出身，授秘书省正字。同叔为人诚实，仁宗极为赞赏，卒至大用。庆历初，拜集贤殿大学士、同中书门下平章事兼枢密使。在他任宰相的两年中，颇能知贤荐能，世称贤相。先后出知应天、江宁、河南府以及亳、陈、颍、许、永兴等州军。后以疾回京师。卒赠司空兼侍中，谥元献，世称晏元献。

晏殊一生是个志得意满的达官贵人，性情刚直，学识渊博，而又豪俊好客。当时名士如范仲淹、王安石、欧阳修等皆出其下。但他不喜欧公，特爱宋祁才情，雅欲旦夕相见，遂于宅旁为其租一豪舍，其亲密如此。他是北宋词坛最早的一位大词人，其词多描写四季景物、男女恋情、诗词优游、离愁别恨，反映富贵闲适的生活。善于捕捉事物特征，熔铸佳句，脍炙人口。也能诗，诗风灵活轻快，惜多散佚。原有文集二百四十卷，今仅存《珠玉词》一卷，及清人所辑《晏元献遗文》。

浣溪沙

一曲新词酒一杯，去年天气旧亭台。夕阳西下几时回？无可奈何花落去，似曾相识燕归来。小园香径独徘徊。

【赏析】

晏殊是宋仁宗朝的宰相，一生雍雅富贵，权重位崇，在文学上亦有继往开来的贡献。此词是其名作之一。据南宋苕溪渔隐（胡仔）言：天圣五年（1027年），晏殊赴杭过维扬，息大明寺，瞑目徐行，嘱侍从诵壁间诗，戒言勿报作者姓名。许多诗篇没有读完就被晏殊打断了，只有一首诗，读完后晏殊问是谁写的，告以"江都王琪"。晏当即召之同游池上，时春晚，已有落花。晏曰："每得句书壁，或弥年未尝强对，且如'无可奈何花落去'至今未有偶对。"王琪应声曰："何不用'似曾相识燕归来'？"晏殊大喜，因此为王琪辟置官职。从这则诗话来看，这首名词实则是二人共同创作的。

这首词的审美情趣是"惆怅"。作者慨叹时光似水，往事如烟，物是人非，于平淡中见深沉，令人玩味无穷。

元献尚有《假中示判官张寺丞王校勘》七律一首，诗云：

"元已清明假未开，小园幽径独徘徊。

春寒不定斑斑雨，宿醉难禁滟滟杯。

无可奈何花落去，似曾相识燕归来。

游梁赋客多风味，莫惜青钱万选才。"

【名家评点】

词中句与字有似触著者，所谓极炼如不炼也。晏元献"无可奈何花落去"二句，触著之句也；宋景文"红杏枝头春意闹"，"闹"字，触著之字也。

——［清］刘熙载《艺概》

蝶恋花

槛菊愁烟兰泣露〔1〕。罗幕轻寒，燕子双飞去。明月不谙离恨苦，斜光到晓穿朱户。昨夜西风凋碧树，独上高楼，望尽天涯路。欲寄彩笺兼尺素〔2〕，山长水阔知何处！

【注释】

〔1〕"槛菊"句：花园里的菊花笼罩在雾气里，仿佛有什么愁怨；兰草在露中好像是在哭泣。

〔2〕彩笺、尺素：均指书信。

【赏析】

此曲或曰为张先词。全词善于刻画人物心理，寓曲折于平淡，手法高妙。王国维在《人间词话》中开篇称道的就是这首词。他说："《诗·蒹葭》一篇最得风人深致。晏同叔之'昨夜西风凋碧树。独上高楼，望尽天涯路'意颇近之。但一洒落，一悲壮耳。"

在我国北方，每当玉露凋残、金风乍起之时，长林落叶，四野风飘，转眼间便显得天地高迥，风清气爽。偶尔登高望远，顿生苍茫寥廓之感，使人觉得爽然若有所失。在人的一生中，也会经历这样一个类似的阶段，这时我们会觉得自己既没有了青春年少时的天真幼稚或满怀惊喜，也没有了壮年气盛时的精力弥漫或意气风发。草木的凋零，天地的高远，气象的清冽，会猛然间唤起自我的反省与内心的苍凉。这时，我们会觉得过去所熟悉所流连的一些人事，正在逐渐离去，逐渐消逝。这种凋谢与失落，不仅不会让我们有所损失，反而会拓展视野，开阔心胸，使我们看得更远，想得更深，同时摆脱往昔的幼稚与蒙蔽，开始寻求更真更美更善的大道。这时，一种渴望、追求的热诚，会情不自禁地从心底油然而生，所以在"昨夜西风凋碧树"之后，紧接着便会产生"独上高楼，望尽天涯路"的冲动。"独"者，可视为此境界中之孤独寂寞之感；"上"者，可视为对崇高理想之向往；"望尽天涯路"者，则可视为摆脱了一切幼稚的蒙蔽之后，对更高远的境界之追求和期待。干事业者是这样，做学问者也是这样，所有志向远大者，不论他从事的是哪行哪业，又何尝不是这样！

玉楼春·春恨

　　绿杨芳草长亭路，年少抛人容易去。楼头残梦五更钟，花底离情三月雨。续无情不似多情苦，一寸还成千万缕。天涯地角有穷时，只有相思无尽处。

【赏析】

　　慨叹人生离愁多于欢聚、多情苦于无情，有着迷人的艺术魅力，闪烁着耐人玩味的哲理。"一寸还成千万缕"一句明显脱胎于李商隐的"春情莫共花争发，一寸相思一寸灰"，但更深邃更细腻，使人能真切地感受到那多情之苦，借相思化作千丝万缕，铺向远方，缠缠绵绵，无止无休。

撼庭秋

　　别来音信千里，怅此情难寄。碧纱秋月，梧桐夜雨，几回无寐。楼高目断，天遥云黯，只堪憔悴。念兰堂红烛，心长焰短，向人垂泪。

【赏析】

　　抒发相思恨别，开篇直抒胸臆，换调虚笔掩映，宕跌有致，摇曳生姿。末三句化用杜牧"蜡烛有心还惜别,替人垂泪到天明"的诗意,细腻巧妙,譬喻新奇。明明是人思而无可奈何,却说蜡烛"心长焰短";明明是人见蜡烛而流泪,却说蜡烛在"向人垂泪"。到此际,人与烛已化而为一,相思之情也得到了升华。

踏莎行

小径红稀,芳郊绿遍。高台树色阴阴[1]见。春风不解禁杨花,蒙蒙乱扑行人面。翠叶藏莺,朱帘隔燕。炉香静逐游丝转。一场愁梦酒醒时,斜阳却照深深院。

【注释】

〔1〕阴阴:幽暗。王维《积雨辋川庄作》:"漠漠水田飞白鹭,阴阴夏木啭黄鹂。"

【赏析】

词论认为此作臣心与闺意双关。以花稀叶繁比喻君子少小人多。"高台"指朝廷,那里幽暗难明,可望而不可即。"东风"二句喻小人如杨花之轻薄,善于喋喋不休地在君王面前散布流言蜚语,动摇君心。"翠叶"二句形容事多阻隔。次言自己心绪不宁,抑郁难抒。"斜阳"句寓言夕阳残照无法明鉴自己的心声。如果抛开这些不易让人联想的暗喻,就其描写美人迟暮、相思难伸而言,情与景水乳交融,意蕴凄戚,甚有余味。

【名家评点】

此首通体写景,但于景中见情。上片写出游时郊外之景,下片写归来后院落之景。心绪不宁,故出入都无兴致。起句写郊景红稀绿遍,已是春事阑珊光景。"春风"句似怨似嘲,将物做人看,最空灵有味。"翠叶"三句,写院落之寂寞。"炉香"句,写物态细极静极。"一场"两句,写到酒醒以后景象,浑如梦寐,妙不着实字,而闲愁可思。

——唐圭璋《唐宋词简释》

踏莎行

祖席[1]离歌，长亭别宴。香尘已隔犹回面。居人匹马映林嘶，行人去棹依波转。画阁魂消，高楼目断，斜阳只送平波远。无穷无尽是离愁，天涯地角寻思遍。

【注释】

〔1〕祖席：饯别的宴席。古代出行前祭祀路神叫祖。后引申为饯别。

【赏析】

此词为送行之作，足抵一篇《别赋》。起两句言饯别。"香尘"句言别去，看尘已隔，而犹回面，极见缱绻不忍之意。"居人"两句，一写去者，一写送者，两两对照，情景如见。换头一气蝉联，因行舟已依波转，故必登楼望之。但转瞬更远，即登楼望之，亦不得见，只余斜阳映波，徒教人目断魂销也。"无穷"两句，人虽不见，而心却随人俱远，无时或已。通体自送别至别后，依次描摹，历历如画。

张　升

张升（992—1077年），字杲卿，韩城（今属陕西省）人。进士出身，累官参知政事、枢密使。以彰信军节度使、同中书门下平章事判徐州，改镇河阳。以太子太师致仕。卒赠司徒，谥康节。词仅存二首。

离亭燕

一带江山如画，风物向秋潇洒。水浸碧天何处断，霁色冷光相射[1]。蓼屿荻花洲，隐映竹篱茅舍。云际客帆高挂，烟外酒旗低亚[2]。多少六朝兴废事，尽入渔樵闲话。怅望倚危栏，寒日无言西下。

【注释】

〔1〕"霁色"句：天色与江水的闪光交相辉映。

〔2〕低亚：低垂欢迎行人之意。

【赏析】

在北宋怀古词中，这是较早的一首。词人通过雨过天晴、江山如画的金陵秋景，有感于本朝时局，慨叹六朝盛衰，寄托吊古伤怀之情。风格苍凉悲切，言近意远。

"一带江山如画"是总括，"水浸碧天"是对浩瀚长江的具体描绘，"霁色"是雨过天晴的景象，"冷光"是形容波涛闪烁的凄冷之光。霁色、冷光交相映照，如诗如画的江山之美立现眼前。再看长江两岸，蓼荻萧萧，篱舍隐隐，这就使仙境般的空灵之象转向了喧嚣生动的红尘世界，也使下面抒发感慨显得自然妥帖，水到渠成。

下片起首两句是对眼前景物由远而近的描述。碧空尽头，船帆高悬；袅袅青烟处，酒家迎客之旗低垂。这时，作者情从景生，金陵六朝兴衰的陈迹在脑海中一幕幕浮现出来。然而那风云际会、沉浮激荡的无数往事，如今却都成了"渔樵闲话"。结尾两句收得紧俏，收得冷峻。"无言西下"，言有尽而意无穷，以如此笔法写隐忧，写惆怅，写悲凉，胜过千言万语。

【名家评点】

此词于冷隽中寓悲凉之感。阕中如"霁色冷光相射""寒日无言西下"句，尤觉冷艳触人心目，而语意无穷。

——薛砺若《宋词通论》

满江红

无利无名，无荣无辱，无烦无恼。夜灯前，独歌独酌，独吟独笑。况值群山初雪满，又兼明月交光好。便假饶〔1〕，百岁拟如何？从他老〔2〕。知富贵，谁能保？知功业，何时了？算箪瓢〔3〕金玉，所争多少。一瞬光阴何足道，但思行乐常不早。待春来携酒殢〔4〕东风，眠芳草。

【注释】

〔1〕假饶：即便是。

〔2〕从他老：任其自然衰老。

〔3〕箪瓢：盛饭食用的箪和盛饮料用的瓢，借指饮食。

〔4〕殢：滞留不去。

【赏析】

富贵难保，日月如梭，何不趁清风明月，及时行乐？词旨虽有老子"揣而锐之，不可长保。金玉满堂，莫之能守"的一面，然而结论却与老之的"见素抱朴，少私寡欲"截然相反。勘破世情虽同，如何善待此生则异。

人生在世，最难勘破的就是名利。成语"名缰利锁"说得好，这名利像缰绳和铁锁一样，会把人终其一生，捆绑在奔驰不止的战车上。乾隆南巡，在金山寺望着千帆云集的镇江，问方丈："这江面上每日有多少只舟船来往？"方丈回答他："只有两只。一艘为名，一艘为利。"在"天下攘攘，皆为利往；天下熙熙，皆为名来"的红尘世界中，堪破名利关的人，剩下的只有两条路可以选择：一条是滑向醉生梦死的享乐主义的泥潭；一条是献身于利益苍生的伟大事业，鞠躬尽瘁，死而后已。在我国的历史上，既不乏第一类人，也不乏第二类人。

石延年

石延年（994—1041年），字曼卿，又字安仁。其先幽州人，迁家宋城（今河南商丘）。真宗选三举进士不中者授三班奉职。仁宗天圣四年（1026年），知济州金乡县。后改通判乾宁军、永静军。入为大理评事、直集贤院，明道元年（1032年），加馆阁校勘，通判海州。康定元年（1040年），奉使河东。二年二月，以太子中允、秘阁校理卒于京。有《石曼卿集》一卷。

曼卿磊落英才，知名当世，风貌雄伟，饮酒过人。与进士、词人刘潜同为世人称作"酒仙"。两人对饮终日，不交一言。仁宗爱其才，尝对辅臣言，欲其戒酒。曼卿闻旨戒酒，孰料却因此成疾而卒。

燕归梁·春愁

芳草年年惹恨幽。想前事悠悠，伤春伤别几时休。算从古为风流[1]。春山总把，深匀翠黛，千叠在眉头。不知供得几多愁[2]。更斜日，凭危楼。

【注释】

〔1〕"算从古"句：仔细思量，自古及今，离愁别恨皆因风流多情而起。

〔2〕"不知"句：不知眉间能承受得下多少悲愁。

【赏析】

这首词的意旨即其副题——春愁。遥望连绵的芳草，触景生情，牵动了对往事的回忆，产生出独守春闺的感伤。为良人远别而悲凄，所为何来？想来想去，此情此愁，自古以来皆因风流而起。

连春日里的山色斜晖，仿佛都在嘲笑人间的多情种子。春山总是把层峦叠嶂似的愁苦堆积在思妇的眉间，不知眉宇间能否容纳下这么多的离愁？更何况又是落日斜阳，人在高楼呢？

宋 祁

宋祁（998—1061年），字子京，安州安陆（今属湖北）人。天圣二年（1024年），与其兄宋庠同举进士第一。宋庠后为宋仁宗时宰相；子京为翰林学士，助欧阳修撰《新唐书》列传。二人俱有文名，时称"二宋"。初官复州军事推官，累官国子监直讲、三司度支判官、知制诰、翰林学士、史馆修撰，预修《唐书》。十余年间出入内外，以史稿自随，成列传一百五十卷。历知寿、陈、许、亳、成德、定、益、郑等州军。官终翰林学士承旨。卒谥景文。有集一百五十卷，已散佚。清四库馆臣从《永乐大典》辑其诗文，编为《景文集》六十二卷。诗词工丽，描摹生动。

二宋在世时乡人即传，其母梦朱衣人持一大珠授母，既而生宋庠。后又梦前朱衣人携《文选》一部与之，遂生子京，故宋祁的小名叫选哥。事见宋王得臣《麈史》。

国学经典精神家园丛书

玉楼春·春景

东城渐觉风光好，縠皱〔1〕波纹迎客棹。绿杨烟外晓寒轻，红杏枝头春意闹。浮生长恨欢娱少，肯爱千金轻一笑〔2〕。为君持酒劝斜阳，且向花间留晚照〔3〕。

【注释】

〔1〕縠（hù）皱：即有皱纹的纱，常用以比喻水的波纹。

〔2〕"肯爱"句：怎肯爱惜千金而轻视美人的一笑呢？

〔3〕"为君"二句：为了多一些欢乐的时光，诗人举杯劝夕阳，希望它能在花丛中照耀的时间更久一些。

【赏析】

"红杏枝头春意闹"是宋词中被广为传诵的名句。据说此词一出，不胫而走，广为流传，人们甚至将作者称为"红杏枝头春意闹尚书"。据《词苑萃编》载：张子野郎中，以乐章扬名一时。宋子京尚书奇其才，先往见之，门吏问："尚书欲见'云破月来花弄影'郎中乎？"子野闻声，内应曰："得非'红杏枝头春意闹'尚书耶？"遂出，置酒尽欢云云。王国维说："著一'闹'字而境界全出。"实际上，这首词除了春意"闹"红杏让人称快，其他几句同样可圈可点。"肯爱千金轻一笑"不就是好色之徒的座右铭吗？"且向花间留晚照"不也是享乐主义者的共同心愿吗？

说到对古诗文的鉴赏，真可谓仁者见仁，智者见智。王国维赞赏"闹"字，清代大戏剧家李渔却不以为然。他说："若红杏在枝头，忽然加一'闹'字，此语殊难著解。争斗有声谓之'闹'。桃李争春则有之，红杏闹春，予实未之见也。'闹'字可用，则'吵'字、'斗'字、'打'字皆可用矣。"如此解读诗词，是典型的望文生义，难免贻笑大方。这使我想起有专家注释庄子的《逍遥游》，说大鹏"怒而飞，其翼若垂天之云"的"怒"字是"愤怒"的意思。大鹏为什么要无缘无故地愤怒？其实这里的"怒"字是"鼓动"的意思。正如"心花怒放"的"怒"字应当理解为"蓬勃旺盛"，而不应解释为"愤怒"一样。"红杏枝头春意闹"的"闹"字，怎么可以联想到"打斗"呢？单独取义的任何一个汉字，最大的特点是因语境之不同而有无法穷尽的含义。可以说，任何辞典都无法穷尽每一个字的所有含义，只能放在特定的语境中给予解释。比方说，在特殊的语境中，有的民间方言，"闹"字是"性交"的意思。你在任何辞典里都不会看到这样解释的。同样的道理，"闹"字在这首词的语境中，其含义应当也只能是形容"春意"的恣情张狂，欢欣鼓舞。怎么能受"吵闹"这一习惯用语的影响，而和"争斗有声"联系在一起呢？

【名家评点】

"闹"字乃宋人俗语，谓鲜艳惹眼，故有"闹妆""闹蛾儿"，非吵闹之意。

——吴世昌《词林新话》

此首随意落墨，风流娴雅。起两句，虚写春风春水泛舟之适。次两句，实写景物之丽。绿杨红杏，相映成趣。而"闹"字尤能撮出花繁之神，宜其擅名千古也。下片，一气贯注，亦是劝人轻财寻乐之意。

——唐圭璋《唐宋词简释》

浪淘沙近

少年不管，流光如箭。因循^{〔1〕}不觉韶光换。至如今，始惜月满花满酒满。扁舟欲解垂杨岸，尚同欢宴。日斜歌阕将分散。倚兰桡，望水远天远人远。

【注释】

〔1〕因循：闲散疏懒。

【赏析】

青春年少，无忧无虑，直以为天长日久，殊不知时光就在欢乐中悄悄流逝了。这是年轻人都经历过的。然而人到中年，开始逐渐感觉到岁月无情，注意到了月满则亏、花红将凋、酒阑宴散的自然规律，方才懂得珍惜时光。

词作于宋仁宗的老师刘敞守维扬，宋祁赴寿春途经维扬，刘为其接风的宴席上。刘敞席中赋词《踏莎行》云："蜡炬高高，龙烟细细。玉楼十二门初闭。疏帘卷下水晶寒，小屏半掩琉璃翠。桃叶新声，榴花美味。南山宾客东山妓。利名不肯放人闲，忙中偷取功夫醉。"

宋即席亦依调赋词，以答谢刘敞，故而有扁舟催发，欢宴将散，分手在即的慨叹；有回首往昔，珍惜流光的警觉；有别后"水远天远人远"的流连。

蝶恋花·情景

绣幕茫茫罗帐卷。春睡腾腾[1]，困入娇波漫[2]。隐隐枕痕留玉脸，腻云[3]斜溜钗头燕。远梦无端欢又散。泪落胭脂，界破蜂黄浅[4]。整了翠鬟匀了面，芳心一寸情无限。

【注释】

〔1〕腾腾：懒散、随意貌。

〔2〕"困入"句：形容春困欲眠，眼波迷离，娇媚无比。

〔3〕腻云：浓密的秀发。

〔4〕"界破"句：形容泪水损坏了脸面上的妆容。

【赏析】

这是写美人春睡的一组绝妙的特写镜头。

宋祁作为仁宗朝专职负责撰写朝廷诏令的显贵，以余力游戏为词，作品虽然不多，仅有六首小令传世，然篇篇可咏，风流娴雅，语出意表，而且他对美人有一种特殊的审美能力。

据《古今词话》言，宋子京一日遇宫中嫔妃车数辆，内有一美姬掀帘呼小宋。子京惊诧不已，当即套用李商隐《无题》中现成的诗句，吟《鹧鸪天》："画毂雕鞍狭路逢，一声肠断绣帘中。身无彩凤双飞翼，心有灵犀一点通。金作屋，玉为笼，车如流水马游龙。刘郎已恨蓬山远，更隔蓬山一万重。"

词传入禁中，仁宗听到后，问清楚是哪个宫人所为，然后宣学士侍宴，召宋祁从容言及此事。子京惶惧不安。仁宗说："你所企盼的蓬山其实不远。"于是将那位宫人赏赐给了子京。宋祁每次作文，必命此妹丽燃巨烛始挥毫。这种香艳之至的生活方式，自然使他有条件多方观察女性的神貌情思。这首小词，寥寥数笔，便将一个春睡美人的身边物事，美梦后的懒散以及种种娇怜情态栩栩如生地给勾画出来了。

叶清臣

叶清臣（1003—1049年），字道卿，湖州乌程（今浙江吴兴）人。与宋祁为同年进士。历官翰林学士、权三司使。后知河阳，赠左谏议大夫。存词仅二首。

贺圣朝·留别

满斟绿醑^[1]留君住，莫匆匆归去。三分春色二分愁，更一分风雨。花开花谢，都来几许，且高歌休诉。不知来岁牡丹时，再相逢何处？

【注释】

〔1〕绿醑：绿色佳酿。

【赏析】

一首留别之作写得如此清丽，实属不易。作者以花开花谢比喻人生聚散，说明人生聚难散易，因此劝朋友留住，进而说花谢了还会再开，待来年牡丹开时，人又能在何处相聚呢？所以应当留住。全词劝留的情意十分殷切。

此曲虽明白如话，但对后人颇有影响。词中"三分春色"句则为苏轼《水龙吟》"一池萍碎，春色三分，二分尘土，一分流水"，及贺铸《青玉案》"一川烟草，满城风絮，梅子黄时雨"所借鉴。

欧阳修

欧阳修（1007—1072年），字永叔，自号醉翁，晚年崇信佛教，号六一居士。吉州（今江西）人。幼年丧父。永叔尝自言有一兄，未满周岁而夭，母痛不欲生，梦神人别以一子授之，白毫满身。母既娠，白毫无数，永叔生，毛渐脱尽。未几，母亡，由继母抚育成人。永叔自幼家境苦寒，买不起纸笔，继母用芦荻画地教子写字，世称"画荻教子"。天圣八年（1030年）中进士，年仅二十四岁。庆历三年（1043年），知谏院，擢同修起居注，知制诰。四年，为河北都转运使。五年，庆历新政失败，因力为新政主持者范仲淹、韩琦、杜衍等申辩，贬知滁州，徙扬州、颍州。至和元年（1054年），权知开封府。后历任枢密副使、参知政事、刑部尚书等。以太子少师致仕。谥文忠。

欧公早年支持范仲淹改革，因而屡遭贬谪。晚年转而反对王安石变法。他是北宋的大政治家，也是大文豪，诗词文章皆冠绝一时，成为时人的楷模，且多方矫励末俗，奖掖后进。苏轼父子、曾巩、王安石几位名列八大家的文坛中坚都是他的门下。为人刚正无私，在政坛上主持清议，疾恶如仇，人谓其道德文章，光芒万丈。

醉翁之词继五代词风，在抒情性和形象性方面又多有发展。与晏殊齐名，成就在晏之上。与宋祁合修《新唐书》，独撰《新五代史》。著有《欧阳文忠公集》。词有《六一词》《醉翁琴趣外篇》。宋胡柯编有《庐陵欧阳文忠公年谱》。

采桑子

群芳过后西湖[1]好，狼籍残红。飞絮濛濛。垂柳阑干尽日风。笙歌散尽游人去，始觉春空。垂下帘栊，双燕归来细雨中。

【注释】

〔1〕西湖：这里是指安徽的颍州西湖。

【赏析】

庆历年间，欧阳修因“党争”为流言所陷，贬滁州，为后人留下不朽名篇《醉翁亭记》和多篇诗作后，晚年退休，隐居安徽颍州的西湖，过了一段悠闲的生活，自号六一居士。他说：“吾家藏书一万卷，集录三代以来金石遗文一千卷，有琴一张，有棋一快，而尝置酒一壶，以吾一翁老于此五物之间，是岂不为六一乎？”

他还将在西湖的观感，写成“西湖念语”《采桑子》十三首，或咏湖中佳花，或咏夕阳泛舟，或咏画船载酒。这组词一向为人称道传诵，除上选一首外，又如：“天容水色西湖好。云物俱鲜，鸥鹭闲眠。应惯寻常听管弦。风清月白偏宜夜。一片琼田，谁羡骖鸾。人在舟中便是仙。”

其实十三首每篇皆佳。

上选一词，虽意在写暮春景物，但也同时表达了词人胸怀恬适之趣。作者超越了世俗繁华生活的层面，于世俗之人争逐群芳之后游观西湖，于飞花、飞絮之外，独赏寂静之境；在世俗之游人皆随笙歌散去，"春空"人静之后，领略自然之趣，境界、情怀绝非庸人所知。

王安石虽因变法与欧阳修意见不合，但对他的人品学识皆推崇备至。他说："其积于中者，浩如江河之停蓄。其发于外者，烂如日星之光辉。其清音幽韵，凄如飘风急雨之骤至。其雄词宏辩，快如轻车骏马之奔驰。"

生查子·元夕

去年元夜时，花市灯如昼。月上柳梢头，人约黄昏后。今年元夜时，月与灯依旧。不见去年人，泪湿春衫袖。

【赏析】

一曰朱淑真作，前人已证其误。词写的是正月十五元宵夜，但作者通过两度元宵夜的对比，突出的是一个不见情人、春衫湿透的仕女。在写作技巧上与韦庄的《女冠子》有异曲同工之妙，都是在同一天里用去年的真与今年的幻相对比，更率真更朴素，达到了艺术之极致——真实、朴素与美的自然和谐的统一。

浪淘沙

把酒祝东风，且共从容，垂杨紫陌洛城东。总是当时携手处，游遍芳丛。聚散苦匆匆，此恨无穷。今年花胜去年红。可惜明年花更好，知与谁同？

【赏析】

词为春日与友人梅尧臣在洛阳城东旧地重游有感而作。宋仁宗天圣九年（1031年），欧阳修至洛阳西京留守钱惟演幕做推官，与同僚尹洙和河南县（治所就在洛阳）主簿梅尧臣等诗文唱和，相得甚欢。次年春，再至洛阳，即作此词，伤时惜别，抒发人生聚散无常的感叹。上片由现境而忆已过之境，即由眼前美景而思去年同游之乐。"共从容"对东风言，不仅是爱惜好风，且有留住光景，以便游赏之意；对人而言，希望人们慢慢游赏，尽兴而归。下片再由现境而思未来之境，含遗憾之情于其中，尤表现出对友谊的珍惜。杜甫《九日蓝田崔氏庄》"明年此会知谁健，醉把茱萸仔细看"，立意在伤老，此词则意在惜别。把别情熔铸于赏花中，将三年的花加以比较，层层推进，以惜花写惜别，构思新颖，富有诗意，是篇中的绝妙之笔。

全词笔致疏放，婉丽隽永，含蕴深刻，情致婉转。

【名家评点】

因惜花而怀友，前欢寂寂，后会悠悠，至情语以一气挥写，可谓深情如水，行气如虹矣。

——［清］俞陛云《唐五代两宋词选释》

阮郎归

南园春半踏青时，风和闻马嘶。青梅如豆柳如眉，日长蝴蝶飞。花露重，草烟低[1]，人家帘幕垂。秋千慵困解罗衣[2]，画堂双燕栖。

【注释】

〔1〕草烟低：浅草上笼罩着一层薄薄的雾气。

〔2〕"秋千"句：打过秋千，身子困乏，脱去罗衣希望轻松凉快一些。

【赏析】

这首词写一个少妇因游春听见马嘶，看见青梅、蝴蝶等自然景物，而勾起了对远在天涯的良人的思念。由思远人而百无聊赖，打过秋千困卧绣榻时，却见梁间紫燕双双，其相思之殷，自然更加迫切了。

蝶恋花

庭院深深深几许？杨柳堆烟，帘幕无重数[1]。玉勒雕鞍游冶处，楼高不见章台路〔2〕。雨横风狂三月暮，门掩黄昏，无计留春住。泪眼问花花不语，乱红飞过秋千去。

【注释】

〔1〕"杨柳"二句：烟雾笼罩着杨柳，青楼的深院帘幕重重，数也数不清。

〔2〕"玉勒"二句：歌舞游乐的妓院里停满了富豪权贵的车马。楼阁高耸，遮挡得都看不到妓女们居住的地方。章台路，即汉代长安的章台街。汉张敞常走马章台街冶游，唐韩翊与歌妓柳氏在此亦有一段风流情事，后来即以章台借指歌妓聚居之所。

【赏析】

自李清照以来，历代文人对这首词一直予以很高的评价。其艺术手法确实卓然不凡，如"泪眼问花花不语，乱红飞过秋千去"，达到了情景交融、浑然天成的艺术境界。比作真正的主题是什么？向来众说纷纭。如不去故作高深隐讳地诠释，很明显，前段是写风流子弟走马章台眠花宿柳之乐以及妓院的豪华幽深；后段是哀叹深锁庭院的歌女舞姬青春易逝、美人迟暮的悲伤。也有人认为，这里描写的是一个贵族少妇独守深闺，而丈夫却终日在歌楼妓馆淫游，她虽然独处高楼，却望不见丈夫游乐的地方。前段写少妇的生活环境，后段写她的悲苦心境。此亦不失为一家之言。

【名家评点】

此（指"泪眼"两句）可谓层深而浑成。何也？因花而有泪，此一层意也；因泪而问花，此一层意也；花竟不语，此一层意也；不但不语，且又乱落，飞过秋千，此一层意也。人愈伤心，花愈恼人，语愈浅而意愈入，又绝无刻画费力之迹，谓非层深而浑成耶？

——［清〕沈雄《古今词话》

首阕因杨柳烟多，若帘幕之重重者，庭院之深深以此，即下句章台不见亦以此。总以见柳絮之迷人，加之雨横风狂，即拟闭门，而春已去矣。不见乱红之尽飞乎？语意如此，通首诋斥，看来必有所指。第词旨浓丽，即不明所指，自是一首好词。

——［清〕黄蓼园《蓼园词选》

南歌子

　　凤髻金泥带〔1〕，龙纹玉掌梳〔2〕。走来窗下笑相扶，爱道画眉深浅入时无〔3〕？弄笔偎人久，描花试手初。等闲〔4〕妨了绣工夫，笑问双鸳鸯字怎生书？

【注释】

　　〔1〕"凤髻"句：髻子梳成凤凰型，用金带子束起来。

　　〔2〕"龙纹"句：玉制的手掌型的梳子，上面刻着龙纹。

　　〔3〕借用朱庆余《近试上张水部》"画眉深浅入时无"句意。

　　〔4〕等闲：轻易、随便的意思。

【赏析】

　　这里写的是一位新婚不久的女子。她头上高拥着凤凰状的发髻，束着金带，髻上嵌着白玉龙纹梳子。侍女搀扶着她，不时地在窗下走来走去。她禁不住内心的喜悦，满面春风。从这种种情形，可以看出她婚后的怡然安闲，幸福美满。正因为如此，她在画眉的时候才会深情地问一声夫婿："眉画成这样，合不合时样啊？"

　　下片对这位新娘的刻画更加见出她的娇恣可爱，天真烂漫。你瞧，她偎依在夫君的怀里，缠着他手把手地教她写字；让他教她画画儿，非要别出心裁地画得新奇异样。绣花一类的事情自然是扔到一边了，她却似娇似痴地问夫君："鸳鸯两个字怎么写呀？"

　　唐五代写男欢女爱的词曲，大多是写离愁别苦，相思幽恨。像欧阳修这样，用生动洗练的口语描写欢快愉悦的情爱，令人耳目一新。

　　德国大诗人歌德也有一首写新娘在一个美丽的夜晚，是如何渴望她的爱人的。其中有一段，诗人这样写道：

　　"这美丽的夏季夜晚，凉意使我多么舒服！

　　这儿使人起清静之感，使我的心儿觉得幸福。

　　我的喜悦真难以言表，可是天啊，我情愿放弃。

　　像这样成千的良宵，只要我恋人赐我一夜！"

　　诗不能说写得不好。可是这里既没有像醉翁这首《南歌子》中的那种令人感到舒心快意的生活情节，更没有芳心可可的少女的那种妩媚可爱，有的只是直言不讳地对性爱的渴求。尤其明显的是，醉翁的词也像我国古代诗人的大部分诗作那样，略去了所有人称代词，因而使形象远远超越了内容的局限，不像外国诗歌那样，生怕读者不知道是谁，非要不厌其烦地指明是"我"还是"她"，这就大大地局限了诗歌的普适性。

渔家傲

楚国细腰原自瘦[1]，文君腻脸谁描就[2]？日夜鼓声催箭漏[3]。昏复昼，红颜岂得长如旧！醉拆嫩房红蕊嗅[4]，天丝不断清香透。却傍小阑凝望久。风满袖，西池月上人归后。

【注释】

〔1〕"楚国"句：典出《韩非子·二酉》："楚灵王好细腰，而国中多饿人。"这里是形容莲茎细长。

〔2〕"文君"句：文君即卓文君，传说她善美容。腻脸指细腻的面庞，这里形容莲花的美丽。

〔3〕"日夜"句：箭漏，即漏壶，古代计时器。句意是更鼓声催促着时间日夜不停地流逝。

〔4〕"醉拆"句：带着醉意折朵莲花嗅其清香。

【赏析】

这是一首描写莲花的词，词评家誉其"情思两极，古今莲词第一也"。（明杨慎《词品》）通篇写莲却无一"莲"字，而莲花的绰绰风姿却生动如画。文论家认为，艺术作品能达到如此技巧，即为大手笔。如梅尧臣写碧草的《苏幕遮》："露堤平，烟墅杳。乱碧萋萋，雨后江天晓。独有庾郎年最少。窄地春袍，嫩色宜相照。接长亭，迷远道。堪怨王孙，不记归期早。落尽梨花春又了。满地残阳，翠色和烟老。"

欧阳修对梅圣俞的这首词曾击节赞赏，并赋《少年游》仿此歌咏春草。宋人云："咏物词，最忌说出题字。"欧公的这首咏莲词也一样。更深邃的是作者在咏莲的同时，悟出了时光易逝、红颜易衰的哲理。品味莲花的清香，观赏莲花的美丽，独倚月楼，不由得让人联想到日月如梭，人生如梦，岂不令人深思。

临江仙

柳外轻雷池上雨，雨声滴碎荷声。小楼西角断虹明[1]。阑干倚处，待得月华生。燕子飞来窥画栋，玉钩垂下帘旌。凉波不动簟纹平[2]。水精[3]双枕，傍有堕钗横。

【注释】

〔1〕"小楼"句：西天的彩虹被楼角遮断。

〔2〕"凉波"句：编织着精致花纹的竹席光滑而又平整。

〔3〕水精：即水晶。

【赏析】

据宋钱世昭《钱氏私志》载：欧阳永叔任河南推官（掌刑狱的官员），亲一妓。时钱文僖为西京留守，梅圣俞、谢绛、尹洙同在幕下。一日宴于后园，客集而欧与妓俱不至。移时方来，钱责妓："末至，何也？"妓云："中暑，往凉堂睡着，觉失金钗犹未见。"钱曰："若得欧推官一词，当为偿汝。"欧即席赋曰："柳外轻雷池上雨……"云云。

欧推官和他宠爱的这个妓女何以迟迟未赴钱惟演郡守的宴会，词中"水精双枕，傍有堕钗横"已经交代得很明白，只不过把两人贪欢作乐的情事用高超的艺术手段，描绘成一幅有声有色的富于审美情趣的国画罢了。

【名家评点】

此词甚奇，奇在所取时节、景色、人物、生活，都不是一般作品中常见重复或类似的内容。千古独此一篇，此即是奇，而不待挟山超海、揽月驱星，方是奇也。所写是夏景，傍晚阵雨旋晴，一时之情状，画所难到，得未曾有……若深求别解，即堕恶趣，而将一篇奇绝之名作践踏矣。

——周汝昌《唐宋词鉴赏辞典》

浪淘沙

今日北池游，漾漾^[1]轻舟。波光潋滟^[2]柳条柔。如此春来春又去，白了人头。好妓好歌喉，不醉难休。劝君满满酌金瓯^[3]。纵使花时常病酒，也是风流。

【注释】

〔1〕漾漾：犹荡漾。宋之问《宿云门寺》诗："漾漾潭际月，飘飘衫上风。"

〔2〕潋滟：水波荡漾貌。

〔3〕金瓯：金杯。瓯指盛酒器。

【赏析】

疏狂中寓托无限感伤。湖水泛舟，春光明媚，歌声嘹亮，本该充满欢乐欣慰，词人面对如此良辰美景，却深深感觉到人生苦短，光阴荏苒，几度春光之后，便是英雄白发之时。思念及此，自然要萌生及时行乐的冲动。欧阳修有《浪淘沙》五首，皆为咏叹离愁别恨、人世沧桑之作。

踏莎行

候馆^[1]梅残，溪桥柳细，草薰风暖摇征辔^[2]。离愁渐远渐无穷，迢迢不断如春水。寸寸柔肠，盈盈粉泪^[3]，楼高莫近危阑倚。平芜^[4]尽处是春山，行人更在春山外。

【注释】

〔1〕候馆：即旅舍。此作中的"梅残""柳细""草薰"皆写离愁。

〔2〕"草薰"句：薰为香气。摇征辔（pèi），指骑马远行。

〔3〕盈盈粉泪：形容眼泪汪汪。

〔4〕平芜：平坦的草地。

【赏析】

望尽春山不见行人的画面，是行人想象中妻子思念自己时必然会想到的情景。写妻子的失望，更进一层说明行人离愁的无尽。全词只用五十八个字，由于巧妙地运用以乐写愁、实中寓虚、化虚为实、层层递进的艺术手法，把离愁表现得淋漓尽致，所以成了人们传诵的名篇。"行人更在春山外"，言有尽而意无穷。

【名家评点】

首阕言时物暄妍，征辔之去，自是得意，其如我之离愁不断何？次阕言不敢远望，愈望愈远也。

——〔清〕黄蓼园《蓼园词选》

千秋岁

罗衫满袖，尽是忆伊泪。残妆粉，余香被。手把金尊泪，未饮先如醉。但向道，厌厌成病皆因你〔1〕。离思迢迢远，一似长江水。去不断，来无际〔2〕。红笺著意写，不尽相思意。为个甚？相思只在心儿里。

【注释】

〔1〕"但向道"二句：唯一可向酒杯说的，只有一句话：整日病恹恹的，都是因为想念你。

〔2〕"去不断"二句：形容相思之情像长江水一样，源源不断地涌来，滔滔不绝地流去，永无间歇。

【赏析】

素以诗文著称于世的欧阳修，词却与诗文风格迥异，可以说是"诗庄词艳"的典范。这首写离情和相思的词，将女性复杂的内心世界，概括为单一的情思，将爱情的具体内容升华为纯粹精神化的意趣。写痴情女子相思之苦、相思之极的诗词，这一首可说无与伦比。

醉蓬莱

　　见羞容敛翠，嫩脸匀红，素腰袅娜。红药阑边，恼不教伊过[1]。半掩娇羞，语声低颤，问道有人知么？强整罗裙，偷回波眼，佯行佯坐[2]。更问假如，事还成后，乱了云鬟，被娘猜破。我且归家，你而今休呵[3]。更为娘行，有些针线，诮未曾收啰[4]。却待更阑，庭花影下，重来则个[5]？

【注释】

　　〔1〕"红药"二句：红药即芍药花。这句意思是说，后悔不该让你从芍药花栅栏边经过。

　　〔2〕"佯行"句：描写两个人假装一起行走，只是偶尔在一起坐坐。

　　〔3〕"我且"二句：少女劝情郎忍一忍，她自己先回家，让他不要强迫她。休呵，指不要这样勉强行事。

　　〔4〕"更为"三句：行，是那里的意思。诮，即责备。整句意思是说更何况母亲那里还有些针线，正责备我没有做完。

　　〔5〕则个：商量的口气，意为怎么样。

【赏析】

　　此词用当时方言所写，明白如话。从这里已经可以看出元曲的滥觞。词写少女瞒着家人，与情郎幽会寻欢，形象之美好，情态之可爱，历历如在眼前。

渔家傲

　　花底忽闻敲两桨，逡巡[1]女伴来寻访。酒盏旋将荷叶当[2]，莲舟荡，时时盏里生红浪[3]。花气酒香清厮酿[4]，花腮酒面红相向[5]。醉倚绿阴眠一饷，惊起望，船头阁[6]在沙滩上。

【注释】

〔1〕逡巡：顷刻，一会儿。宋元时俗语。

〔2〕当：替代。

〔3〕生红浪：杯中之酒随莲舟荡漾，莲花倒映在酒中，生出红浪。

〔4〕"花气"句：花气酒香互相酝酿出一种特别的芬芳气味。厮，指互相混合。

〔5〕"花腮"句：花腮指荷花。酒面指采莲女的醉脸。

〔6〕阁：同搁，搁浅。

【赏析】

　　这是一首描写采莲女闲情雅趣的优美小令。词中的这位顽皮活泼的少女正在莲塘自斟自饮，忽然听见有小船摇来，知道是女伴前来凑趣，可惜酒杯不够，于是她们干脆将荷叶当酒杯，在莲花丛中畅饮起来。朵朵红莲在酒中泛着红浪，酒香混合着花香，采莲女的粉脸和荷花彼此辉映，姣美无比。她们大概都喝醉了，怡然自得地躺在碧绿的莲叶下，任随小船飘荡。酒醒梦回，突然惊讶地发现，小船被搁浅在了沙滩上。多么悠闲，多么自在，多么适意！这是怎样的犹如仙境般的生活啊！在词人的笔下，一切都显得那么美好——景美，人美，情更美。这样的生活，怎能不让现代人向往？

　　整首词意境清丽，风韵柔媚。采莲女之活泼可爱，跃然欲出。

鹧鸪天

　　学画宫眉细细长，芙蓉出水斗新妆。只知一笑能倾国，不信相看有断肠。双黄鹄，两鸳鸯。迢迢云水恨难忘。早知今日长相忆，不及从初莫作双〔1〕。

【注释】

〔1〕"不及"句：不及，即不如。从初，指当初，从一开始。

【赏析】

　　词以洗练流畅的语言描写了一个少妇自恃美貌，仍免不了独守空房的悲伤。

　　当她和夫婿欢度二人世界时，细长的眉毛画的是最流行的宫中时样，梳妆打扮得像一朵出水芙蓉。她自信一笑便可倾国，如此美貌，谁能舍得离开她？然而，一切妄图以貌固宠的痴心女子没有不失败的。这位少妇也一样，于是她发出了早知如此何必当初的哀叹。

与其不全，不如没有。这样的感慨，被十七世纪西藏的情僧仓央嘉措表达得更充分。他有诗写道："但曾相见便相知，相见何如不见时。安得与君相决绝，免教生死作相思。"

鼓笛慢

缕金裙窣轻纱[1]，透红莹玉真堪爱[2]。多情更把，眼儿斜盼，眉儿敛黛。舞态歌阑，困偎香脸，酒红微带。便直饶，更有丹青妙手[3]，应难写，天然态。长恐有时不见，每饶伊，百般娇呆[4]。眼穿肠断，如今千种，思量无奈。花谢春归，梦回云散，欲寻难再。暗消魂，但觉鸳衾凤枕，有余香在。

【注释】

〔1〕"缕金"句：绣饰着金丝的纱裙发出细微的摩擦声。窣（sū），即窸窣一词的省写，形容细小的摩擦声。

〔2〕"透红"句：意谓半透明的舞衣下隐约可看到如脂似玉的胴体。

〔3〕"便直饶"二句：饶同让。全句意谓即便是让绘画高手来描摹，也画不出她的天然风姿。

〔4〕"每饶伊"二句：总是让她尽情撒娇作态。

【赏析】

这首词写的是作者与一位天姿国色的舞女尽情欢乐后，对她的万种风情、百般娇媚的深深怀恋。描绘舞女形神之美与云雨之乐，极尽煽情之能事。但比起外国诗人描写同样的事情来，已经含蓄委婉到了曹雪芹的所谓"意淫"的地步。不信，请看歌德是怎么描写性爱的：

"她那丰满的脸和胸口，
被你狂吻得不住起伏。
她的严峻化为颤抖，
你的大胆变成义务。

爱神帮你为她解衣，

速度还不及你的一半。

爱神只得识相而狡狷地

紧紧闭起他的眼睑。"

尽管外国诗人写得如此露骨，依然受到文论家的一致肯定，但对类似欧阳修这样的词作，却百般指责。难道文学理论在评价文学作品的时候也要因国而异，采取双重标准？

司马光

司马光（1019—1086年），字君实，陕州（今山西夏县）涑水乡人。自幼聪敏过人，嗜读史书。仁宗宝元二年（1039年）进士。仁、英、神、哲四朝重臣。神宗时，擢翰林学士，因反对王安石变法，退居洛阳，全力治史十五年，完成了贯串古今、空前精详的编年通史巨著《资治通鉴》。哲宗即位，复起君实，尽废新法。同年卒，封温国公，谥文正。著有《司马文正公集》。传世歌词仅三首。

司马温公高才令德，品格端庄，中外属望。因无子，夫人、亲朋为其置妾，略不一顾。公薨，民众送葬者数万。京师刻像祠祭者不计其数。

西江月

宝髻松松挽就，铅华[1]淡淡妆成。青烟翠雾罩轻盈，飞絮游丝无定[2]。相见争如不见，有情何似无情。笙歌散后酒初醒，深院月斜人静。

【注释】

〔1〕铅华：妇女化妆用的铅粉。借指女子的美丽容貌，青春年华。

〔2〕"青烟"二句：描写道姑的衣饰，说她青烟翠雾般的罗衣笼罩着她轻盈的玉体，行动起来像柳絮游丝那样游移而飘忽。

【赏析】

司马光传世歌词仅有三首，都是写道姑的，这是其中之一。这首小令的主题是"相见怎如不见"。司马光端庄正统，然而他的词作虽然不虚伪，不掩饰，句句率意真诚，但仍不失柳下惠之风。

此曲意不晦涩，语不雕琢，确是一首写情的好词。收尾二句更是余味无穷。当道观的笙歌停息，人散酒醒之后，词人在沉寂月明的"深院"独自徘徊，他猛然醒悟了：如此美艳脱俗的人间尤物，哪有不让人心猿意马、遐思艳想的？然而想又怎么样？这一切都不过是过眼烟云、镜花水月罢了。"相见争如不见，有情何似无情"，岂不是彻底心安理得了吗？对于品格端庄的这位以大德行天下的史学家来说，做出这样的结论完全是合情合理的，也值得动一动因贪色而神迷情乱的人们深思。

不少词评家根据"飞絮游丝"这几个字，说这首词是描写舞女的。这样解读是完全错误的，道姑怎么能和舞女扯到一起？如果我们把司马光仅存的另外二首词也附录下来，结论就一目了然矣。

一首名《阮郎归》："渔舟容易入春山，仙家日月闲。绮窗纱幌映朱颜，相逢醉梦间。松露冷，海霞殷，匆匆整棹还。落花寂寂水潺潺，重寻此路难。"

另一首名《锦堂春》："红日迟迟，虚廊转影，槐阴迤逦西斜。彩笔工夫，难状晚景烟霞。蝶尚不知春去，漫绕幽砌寻花。奈猛风过后，纵有残红，飞向谁家？"

王安石

王安石（1021—1086年），字介甫，号半山，抚州临川人。出生时，"有獾入其室，俄失所在，故小字獾郎"（见《邵氏见闻录》）。幼年随父官居韶州，旋游京师。十九岁丧父，二十一岁举进士。安石家贫好学，守道自重，历任鄞县知县、常州知州和江西提点刑狱，为官一方，颇能因宜权变，士民无不称便。曾巩和宰相文彦博一致极力举荐，遂为神宗重用。嘉祐三年（1058年），入为度支判官，献万言书，极陈当世之务。神宗熙宁二年（1069年），除参知政事，推行新法。次年，拜同中书门下平章事。七年，因新法迭遭攻击，辞相位，以观文殿学士知江宁府。为相三上三下，晚年居江宁钟山。封舒国公，卒赠太傅，谥文。王安石文学成就甚高，影响巨大。他才气纵横，动笔如飞，初若不经意，既成，见者无不服其精妙。文章一如其人，以峻峭见长，奇峰迭出，气势非凡。近代史学家梁启超最推崇王安石，言其文章"或如长江大河，或如层峦叠嶂。或拓介子为须眉，或笼东海于袖石。无体不备，无美不受，昌黎而外，一人而已"。其词风如文风，虽存词仅二十九首，然多为精品。著述等身，有《临川集》一百卷。

桂枝香

登临送目，正故国^[1]晚秋，天气初肃^[2]。千里澄江似练，翠峰如簇。征帆去棹残阳里，背西风，酒旗斜矗^[3]。彩舟云淡，星河鹭起，画图难足。念往昔，繁华竞逐。叹门外楼头，悲恨相续^[4]。千古凭高对此，谩嗟荣辱。六朝旧事随流水，但寒烟衰草凝绿。至今商女，时时犹唱，后庭遗曲^[5]。

【注释】

〔1〕故国：指金陵，即今南京市。

〔2〕天气初肃：秋天已到，万物肃索。

〔3〕斜矗（chù）：斜斜地耸立着。

〔4〕"叹门外"二句：借用杜牧《台城曲》"门外韩擒虎，楼头张丽华"。意思是说，隋兵已至城下，陈后主与张丽华还在楼上寻欢作乐。韩擒虎是隋开国大将，率军俘获陈后主、张丽华，灭南陈。然后人不鉴，亡国的悲剧相续不断。

〔5〕"至今"三句：后庭，指陈后主所作《玉树后庭花》。语用杜牧《夜泊秦淮》"商女不知亡国恨，隔江犹唱后庭花"诗意。

【赏析】

北宋年间，用同一词牌写"金陵怀古"的有三十余家，唯独这一首沉雄悲壮，传诵最广，故被《古今词话》称为"绝唱"，东坡见之叹曰："此老乃野狐精也!"

此曲格调高古，见识超卓，表现了一位政治家对历史的反思。

前半阕极力铺写金陵古都的雄伟壮丽，通过澄江、翠峰、白帆、残阳、西风、彩舟、星河等一系列色彩斑斓的景象，远近交错，动静相间，虚实映辉，层次分明地展现出一幅工笔重彩式的"金陵秋景图"。下半阕探索六朝相继亡国的根源皆在于"繁华竞逐"。词人凭高远眺，凝眸沉思，只见金陵一带秋风袅袅，寒烟缕缕，衰草凄迷，大江静静地向东流去，六朝的往事也像流水一样去而不返。如今留下的一片历史陈迹本欲供后人借鉴，然而，"后人哀之而不鉴之，亦使后人复哀后人也"。你听，商女至今不是还在"时时犹唱后庭遗曲"吗？

【名家评点】

词以意趣为主，要不蹈袭前人语意。如王荆公《金陵怀古·桂枝香》（词略）……此数词皆清空中有意趣，无笔力者未易到。

——［宋］张炎《词源》

千秋岁引·秋景

别馆寒砧[1]，孤城画角，一派秋声入寥廓。东归燕从海上去，南来雁向沙头落。楚台风[2]，庾楼月[3]，宛如昨。无奈被些名利缚，无奈被他情担阁。可惜风流总闲却。当初谩留华表语[4]，而今误我秦楼[5]约。梦阑时，酒醒后，思量着。

【注释】

〔1〕"别馆"句：独处旅馆，听到一阵阵秋天的捣衣声。

〔2〕楚台风：典出宋玉《风赋》，写楚王游于兰台，感受到所谓"大王之风"，连叹"快哉此风"。

〔3〕庾楼月：东晋名士庾亮在武昌时，曾与诸佐吏南楼赏月。典出《世说新语·容止》。后世许多诗词用为描写长官属吏宴集或赏月之典。此与"楚台风"均代指往日的清风明月，良辰美景。

〔4〕华表语：《搜神后记》载，辽东人丁令威学仙得道，后化鹤归来，立于城门的华表柱上唱道："有鸟有鸟丁令威，去家千年今来归"。

〔5〕秦楼：典出刘向《列仙传》，略言春秋时萧史教秦王女弄玉吹箫，秦王为筑秦楼。后二人吹箫引凤，成仙而去。后世以秦楼代指公主或美女宅第。

【赏析】

王安石是一个极有个性的政治家，执拗而顽强，怪癖而仁善。他借助宋神宗的支持，推行的"熙宁变法"，其初衷本来是为改变北宋积贫积弱的衰败局面，可惜他虽然看出了问题的症结所在，却没找到对症的良药，再加上急于求成，重用了一批奸佞小人，问题不但没有解决，反而使改革的红利统统落入了贪官污吏的手中。与此同时，一批阴险歹毒的政客因势坐大，正人君子如司马光、欧阳修、苏轼等人无一不被清算排斥。他们甚至撰写了一份所谓"元祐党人"的黑名单，一个不留地予以无情地迫害。王安石自己在这场惊涛骇浪的政治斗争中，也三上三下，历尽坎坷。这首词虽然创作年代不详，但从内容和情调来看，一定是在他强推新法，受挫下台，退居金陵，与佛门僧侣交往密切之际的作品。辞章以仿佛勘破人生的思索，抒发了功名误身的慨叹。

上片以写景为主，前三句以极凝练的笔墨，描绘出一幅凄清冷峻的秋景图：寒砧声声，画角悲鸣，合唱般的秋声使寥廓无际的秋空充满了离愁别恨，更何况游子此时身处孤寂的旅舍之中呢。这时候他看到燕子东归，大雁南飞，风还是原来的风，月还是原来的月，然而，人已不是原来的人了。由此转入下片的反省平生，抒发悲情，显得十分自然。

下片连用"无奈"，承以"可惜"，愧悔之情，溢于言表。再以"风流"二字生发铺展：说学道，仙人丁令威得道归来，招我同行，徒然枉费了他一片苦心。说情爱，大好时光消磨在了名利场中，结果辜负了与有情人的盟约。末三句再宕开一笔作结：回首平生，何苦来哉！如今，梦已回，酒已醒，该是仔细思量的时候了！

结论如何呢？看王安石的传记，我们不难知道，他自始至终没有真正觉悟过。无怪乎明代的杨慎说："荆公此词，大有感慨，大有见道语。既勘破乃尔，何执拗新法，铲除正人哉？"

【名家评点】

不着一愁语，而寂寂景色，隐隐在目，淘一幅秋光图，最堪把玩。

——［明］李攀龙《草堂诗余隽》

浪淘沙令

伊吕[1]两衰翁，历遍穷通[2]，一为钓叟一耕佣。若使当时身不遇，老了英雄！汤武偶相逢[3]，风虎云龙[4]，兴王[5]只在谈笑中。直至如今千载后，谁与争功？

【注释】

〔1〕伊吕：伊尹和吕望（姜太公）。伊佐商汤灭夏桀，吕佐武王灭纣。

〔2〕穷通：困厄与显达。

〔3〕"汤武"句：汤武，指商汤与周武王。句意为伊尹和吕望辅佐汤、武，只不过是偶然得其机遇罢了。

〔4〕风虎云龙：语出《易·乾》："同声相应，同气相求。水流湿，火就燥。风从虎，云从龙。圣人作而万物睹。"后喻君臣遇合。

〔5〕兴王：建立帝王大业。

【赏析】

词借伊尹和姜太公两位贤相的际遇，以抒发其对宋神宗的知遇之情。此词可能作于仕途得意之时。上片极自负，下片极傲慢。他说伊吕大展雄才，只不过是偶然遇到了商汤和武王这样的明主，而"我"是全凭自己的真才实学与政治天赋而成功的。直至如今，只有"我"超越了伊吕，千载之后，谁能和"我"争功论贤！这种个性，大概也是其改革失败之主观原因吧。

南乡子

自古帝王州〔1〕，郁郁葱葱佳气浮。四百年来成一梦〔2〕，堪愁。晋代衣冠成古丘。绕水恣行游，上尽层楼更上楼。往事悠悠君莫问，回头。槛外长江空自流。

【注释】

〔1〕帝王州：指金陵，即今南京。三国时诸葛亮曾对孙权说："秣陵地形，钟山龙蟠，石城虎踞，真帝王之都也。"

〔2〕"四百年"句：自公元三世纪初，先后有东吴、东晋、宋、齐、梁、陈和南唐建都于金陵，时近四百年。

【赏析】

这是王安石退居金陵，筑堂半山，学佛参禅时所作，故有时空无尽、山河依旧、千年一梦、回头是岸的感悟。

对于这首词，中小学作文阅读答案的辅导书上是这样提问的："这首词的上阕是运用什么表现手法来表达情感的？请简要分析。这首词以"槛外长江空自流"作结，有何妙处？"

给出的答案：

1.运用对比手法，将一片郁郁葱葱的王气正盛之地与四百年后的古墓荒丘做对比，突出了眼前情境的荒凉，抒发了昔盛今衰的愁情。

2.紧承上文的游踪和感慨，衔接自然；一个"空"字，写出了长江奔流不息，从不因任何事而改变的特点，抒发了人生盛衰无常而宇宙永恒（或物是人非）的感慨；使人展开联想和想象，扩大了诗歌的意境，丰富了诗歌的意蕴。

晏几道

字叔原，号小山。他是晏殊的幼子，与父齐名，人称"二晏"。生卒年已不易确考，大致生于仁宗朝，卒于徽宗朝，与欧阳修、苏轼为同时代人。官至太常太祝，年未老而退居京城赐第，不与权贵往来，不求仕进，终其一生。

几道为人疏傲，完全是贵公子一类的典型人物。黄庭坚为其《小山词》作序云："叔原固人英也，其痴亦自绝人。仕宦连蹇，而不能一傍贵人之门，是一痴也。论文自有体，不肯一作新进士语，此又一痴也。费资千百万，家人寒饥，而面有孺子之色，此又一痴也。人百负之而不恨，己信人终不疑其欺己，此又一痴也。"

这四痴正说明他的纯洁率真，说明他是一个真正的性情中人。他的这种个性在词作中表露得极其鲜明。

临江仙

梦后楼台高锁，酒醒帘幕低垂。去年春恨却来时[1]。落花人独立，微雨燕双飞。记得小苹初见，两重心字罗衣[2]，琵琶弦上说相思。当时明月在，曾照彩云归[3]。

【注释】

〔1〕"去年"句：去年春天离别之愁，此时偏又袭上心头。

〔2〕心字罗衣：宋时歌妓所穿绣有篆书心字连环图案的时装。

〔3〕"当时"二句：彩云伴月是情投意合的象征。如今月在云散，令人思念不已。彩云归，暗喻小苹流落人间，不知所终一事。

【赏析】

《小山词》自序云："始时，沈十二廉叔、陈十君宠家，有莲、鸿、苹、云，品清讴娱客。每得一解，即以草授诸儿，吾三人持酒所之，为一笑乐。已而，君宠疾废卧家，廉叔下世。昔之狂篇醉句，遂与两家歌儿酒使，俱流转于人间。……追惟往昔，过从饮酒之人，或垅木已长，或病不偶。考其篇中所记悲欢合离之事，如幻如电，如昨梦前尘，但能掩卷怃然，感光阴之易迁，叹境缘之无实也。"从这段自白中，可略知所谓小苹者，即其友人家中歌妓。词中讲述的即是与小苹初见时的一段情缘。后友人沈廉叔、陈君宠相继病废，家妓云散，小苹亦流落尘世，不知所终。

词的上阕写旧地重游，追忆往事。作者花前独立，与微雨中的双燕融入虚空。下阕在凝重的回忆中，渐渐清晰地浮现出罗衣印心、琵琶传情的特写镜头。这里只记述了两人一见钟情，至于小苹的姿容，作者在另一同调词中曾有过这样的描述："斗草阶前初见，穿针楼上曾逢。罗裙香露玉钗凤，靓妆眉沁绿，羞脸粉生红。流水便随春远，行云终与谁同？酒醒长恨锦屏空。相寻梦里路，飞雨落花中。"

末句用"相寻梦里路"形容作者对情人的怀念，而这一首用"当时明月在"来表达同样的心情。明月与彩云本不应分离，如今月在云去，对月怀人，我们仿佛听到了词人对明月发出一声悲凄的哀叹："彩云啊彩云，你在何方？"这种迷离的艺术境界，使人神飞情荡，何止如黄山谷序言所说"精壮顿挫能动摇人心"呢。

小晏追忆这位歌女的词作仅《临江仙》调就有八首，几乎篇篇皆佳。另如："身外闲愁空满，眼中欢事常稀。明年应赋送君诗。细从今夜数，相会几多时。浅酒欲邀谁劝，深情惟有君知。东溪春近好同归。柳垂江上影，梅谢雪中枝。"

其他还有不少，如《木兰花》"小苹若解愁春暮，一笑留春春也住"，《玉楼春》"小苹微笑尽妖娇"等，皆是。

【名家评点】

前二句追昔抚今，第三句融合言之，旧情未了，又惹新愁。"落花"二句正春色恼人，紫燕犹解"双飞"，而愁人翻成"独立"。论风韵如微风过箫，论词采如红藻照水。下阕回忆相逢，"两重心字"，欲诉无从，只能借凤尾檀槽，托相思于万一。结句谓彩云一散，谁复相怜，惟明月多情，曾照我相送五铢仙佩，此恨绵绵，只堪独喻耳。

——［清］俞陛云《唐五代两宋词选释》

蝶恋花

　　醉别西楼醒不记。春梦秋云〔1〕，聚散真容易。斜月半窗还少睡，画屏闲展吴山翠〔2〕。衣上酒痕诗里字，点点行行，总是凄凉意。红烛自怜无好计，夜寒空替人垂泪〔3〕。

【注释】

　　〔1〕春梦秋云：化用白居易"来如春梦几多时，去似朝云无觅处"诗句。

　　〔2〕吴山翠：指画屏上的江南山水。

　　〔3〕"红烛"二句：由杜牧"蜡烛有心还惜别，替人垂泪到天明"化出。意思是说，连红烛都为我的凄凉所感动，但它毫无办法，只能在寒夜里为人流泪。

【赏析】

　　这是一首忆别感怀之作。"西楼"为离别处，说"醒不记"并非真忘，而是形容昔日之欢聚如梦如烟，叹人生快意事转瞬即逝。

　　"春梦秋云"显指莲、鸿、苹、云四女流落无踪。前人评曰："独小山集直逼花间，字字娉娉袅袅，如揽嫱（昭君）施（西施）之袂，恨不能起莲、鸿、苹、云，按红牙板唱和一过。"又云："小山，古之伤心人也。其淡语皆有味，浅语皆有致。"

鹧鸪天

　　彩袖殷勤捧玉钟，当年拼却醉颜红。舞低杨柳楼心月〔1〕，歌尽桃花扇底风〔2〕。从别后，忆相逢，几回魂梦与君同。今宵剩把银缸照〔3〕，犹恐相逢是梦中。

【注释】

〔1〕"舞低"句：在轻歌曼舞的欢乐中，忘了时光流逝，直到楼外的杨柳梢头晓月坠落，才发觉天快亮了。

〔2〕"歌尽"句：尽情歌唱，直到唱得连桃花扇都懒得摇动为止。

〔3〕"今宵"句：意外相逢后，他惊喜过望，把她拉到灯下仔细端详，仍旧担心这是在梦中。银缸（gōng），即华美的灯。

【赏析】

小晏的词大多感怀欢聚后离别的凄惶，这首却写别后重逢的惊喜。他与秦楼楚馆相遇相爱的这个舞女，看来情意深重，否则也不至于"几回梦魂与君同"了。尤其感人的是对他们别后重逢的描写，情感真挚，逼真如画。难怪前人评之曰："曲折深婉，自有艳词，更不得不让伊独步。"（陈廷焯）

【名家评点】

上片单纯浓深，似乎板重，下片用回环的句法，淡远的笔调，将悲喜错杂的真情迤逦写来，就把上面的浮艳给融化开了。

——俞平伯《唐宋词选释》

鹧鸪天

醉拍春衫惜旧香，天将离恨恼疏狂。年年陌上生秋草，日日楼中到夕阳。云渺渺，水茫茫，征人归路许多长。相思本是无凭语，莫向花笺费泪行。

【赏析】

这首词特写作者因离别引发的无限伤感。起首两句总述离恨。"醉拍春衫"是离恨情绪的发泄。"醉"字领起，道尽词人心中郁结的思念；"惜旧香"说明离恨的缘由；"旧香"二字暗喻昔日与伊人的欢乐；"惜"字饱含词人对旧情的深切怀念；"疏狂"二字是对自己放荡不羁的个性的真实描述。性情如此，尚且被离恨所"恼"，可见离恨之深。后两句因情设景，选取最具普遍性的秋草、夕阳两个意象，冠以"年年""日日"，将自己绵密的情感托付于时空，使思念显得无穷无尽。

下片写云写水，将视野延伸，以天地之浩渺，倾诉归途漫长，佳期无望，流露出无穷的怅惘。结拍是无可奈何的自慰，措辞无多，然而读之使人更觉哀伤。"莫向花笺费泪行"虽是决绝之辞，却是至情之语。既然离恨如此深重，非言辞所能表述，如果再"向花笺费泪行"，那便是"可怜无补费精神"了。

小晏亲手为自己编辑词集，名曰《补亡》，自谓以"篇中之意，昔人所不遗，第于今无传耳"，基于这样的心愿，他在词中所道眼前之事，皆为人所欲言，因而使读者临卷之时，感到非常亲近知心，而不像那些寄托、隐喻深远之作，往往让人觉得无关痛痒。

【名家评点】

起句即有浓情蜜意，"拍春衫"而惜"旧香"，此香有多少回味在其中，心头尚有微醺。第二句即带出离恨，虽疏狂成性，而此恨恼人不已。此二句有许多曲折，耐人寻味。"年年"二句慨叹时光过去，楼中之人寂寞悲凉。下片别后望云望水，等待归人。等待久而不归，就怨相思无凭，不必写信堕泪，以自求解脱，怨语凄然。

——〔清〕汪中《宋词三百首注析》

木兰花

秋千院落重帘暮，彩笔闲来题绣户。墙头丹杏雨余花，门外绿杨风后絮。朝云信断知何处？应作襄王春梦去[1]。紫骝认得旧游踪，嘶过画桥东畔路。

【注释】

〔1〕"朝云"二句：典出宋玉《高唐赋序》："昔者先王尝游高唐，怠而昼寝，梦见一妇人曰：'妾，巫山之女也，为高唐之客，闻君游高唐，愿荐枕席。'王因幸之，去而辞曰：'妾在巫山之阴，高丘之阳，旦为朝云，暮为行雨，朝朝暮暮，阳台之下。'旦朝视之，如言，故立为庙，号曰朝云。"

【赏析】

此作是怀念小苹还是小云，难以确定。《蓼园词选》分析此曲云："首二句言别后，想其院宇深沉，门阑紧闭。接言墙内之人如雨余之花；门外行踪，如风后之絮。后段起二句言此后杳无音信，末二句言重经其地，马尚有情，况于人乎？"清初沈谦在其《填词杂说》中说："填词结句，或以动荡见奇，或以迷离称隽，着一实语，败矣。"然后他举此曲为例，认为"紫骝"句深得此法。

玉楼春

　　当年信道情无价，桃叶尊前论别夜[1]。脸红心绪学梅妆[2]，眉翠工夫如月画。来时醉倒旗亭下，知是阿谁[3]扶上马？忆曾挑尽五更灯，不记临分多少话。

【注释】

　　〔1〕"桃叶"句：重逢后把酒共忆别后的日日夜夜。

　　〔2〕"脸红"句：忆到情深处，面容羞红，于是借描眉以掩饰。梅妆，即描梅花状于额上。相传始于南朝宋寿阳公主。典出《太平御览·杂五行书》："武帝女寿阳公主日卧于含章檐下，梅花落公主额上，成五出之花，拂之不去，皇后留之。自后有梅花妆，后人多效之。"

　　〔3〕阿谁：何人。

【赏析】

　　上片写别后重逢，倾诉心曲以及情人的娇恣可爱。下片虽然都是倒叙笔法，但前两句说的是得到今日欢聚消息时的情景，结尾两句说的是昔日分别时的情景。为什么"醉倒旗亭下"，是谁将他扶上马都不知道，因为他想到很快就要与情人欢聚了，所以忘乎所以了。歌词的结尾往往是整章的"词眼"，这一首也一样。收尾二句将眼前之景与昔日之景相对照，想起分别时通宵达旦情语绵绵，现在已经不记得当时说了多少话，只记得红烛亮了一整夜，直到临明还挑了一遍又一遍。

　　这首词在时序的安排上别有情趣。作者把眼前之景与昔日之景打乱次序，交错记述：上片首二句写的虽然是当下，但在当下的欢欣中处处可以看到"当年"的情景；下片是写昔日，但头两句又是当下前不久的事情。闪战腾挪，真可谓极尽了"委曲言情"之能事。

浣溪沙

日日双眉斗画长，行云飞絮共轻狂〔1〕。不将心嫁冶游郎〔2〕。溅酒滴残歌扇字，弄花熏得舞衣香。一春弹泪说凄凉。

【注释】

〔1〕"行云"句：自己的生活像行云和飞絮一轻狂。

〔2〕"不将"句：我不会把自己的全部感情给游子的。冶游郎，指浪荡游子。

【赏析】

小晏与歌星舞女的关系，和柳永相似，所以他们对这类女性的了解和描写，比别的诗人来得更真实更感人。

词中的这位歌妓描眉画鬟，以轻狂的"行云飞絮"自喻，大有"留一半清醒留一半醉，潇洒走一回"的狂荡。作者先以浓墨重彩写她的装饰之美、歌舞之乐，末句却突做转折，"不将心嫁冶游郎"透露出她内心的真实渴望：对爱情底线的坚守，同时也透露出现实处境的凄凉。"双眉斗画长"只不过是为了满足纨绔子弟的淫欲；"共轻狂"也只不过是为了暂时麻醉自己、忘却烦恼而已。尽管如此，她还是毅然决然，不把自己的心托付给朝三暮四的浪子。这才是那些在灯红酒绿中讨生活的歌星舞女们的真实心理。

过片两句描写歌女酒筵前伴人歌舞的情景：狂饮时溅出的酒滴到歌扇上，使扇面的题词都污了；献上的鲜花一束又一束，把舞衣都熏香了。在酒筵上她虽然不得不歌舞助欢，但在内心充满了难言的悲凉。"一春弹泪说凄凉"，不啻晴天霹雳，震醒了多少醉生梦死的风月场中人啊！

采桑子

西楼月下当时见，泪粉偷匀〔1〕，歌罢还颦。恨隔炉烟看未真。别来楼外垂杨缕，几换青春。倦客红尘〔2〕，长记楼中粉泪人。

【注释】

　　〔1〕泪粉偷匀：偷偷擦掉眼泪，均匀脂粉，以免让人知道自己哭过。

　　〔2〕倦客红尘：奔走风尘感到厌倦的人，指作者自己。

【赏析】

　　"醉别西楼醒不记"怀念的是小苹，这一首中的"粉泪人"是谁呢？既然初见的地点也是"西楼"，当是莲、鸿、苹、云中之一。不过是谁并不重要，应当注意的是这位歌女的不幸：初见时已背人落泪，别后又杳无音信，因此留在作者记忆中抹不掉的是她那自伤悲零的眼泪。这位歌女与小晏描述最多的小苹、小莲之纯真可爱的形象截然不同。

鹧鸪天

　　小令尊前见玉箫〔1〕，银灯一曲太妖娆。歌中醉倒谁能恨〔2〕，唱罢归来酒未消。春悄悄，夜迢迢，碧云天共楚宫遥〔3〕。梦魂惯得无拘检，又踏杨花过谢桥〔4〕。

【注释】

　　〔1〕"小令"句：小令，指唱曲。玉箫，指陪客歌女的名字。

　　〔2〕"歌中"句：听好歌，观美人，岂能不醉？醉也心甘情愿，有何遗恨可言？

　　〔3〕"碧云"句：碧云，指美人缥缈难期。楚宫，指歌女住处。

　　〔4〕"梦魂"二句：惯得，指习惯于。无拘检，指不受约束、限制。谢桥，即谢娘桥，这里是指歌女玉箫。

【赏析】

　　小晏的这首词借呼唤自由相爱，来抒发人性自由的要求，纵然这种要求是不自觉的，是受压抑的。因此不应把这首词简单地理解为只是写相思之情。

　　银灯光华璀璨，玉箫歌声悠扬。灯光、歌声固然很美，但牵动人心的是歌者的绝世美貌。如此良宵，如此嘉会，词人不由得颓然醉倒，然而醉翁之意不在酒。酒美、歌美、人美齐集，才使人归来犹醉。

　　归来后的诗人意乱情迷，如痴如狂。春夜的冷寂更使人难忘银灯一曲的喧哗；短暂的欢乐让人难耐这长夜的凄凉。神女与楚宫同样遥远，而梦魂却是自由的，不受时空礼仪的阻隔，飘浮在迷茫的夜色中，踏着飞舞的杨花，一次又一次地走过谢娘桥，去寻找自己的爱人。

这首词的结拍，为人传诵至今。北宋道学家程颐称之为"鬼语"，可见道学家对追求个性自由是多么敏感。

【名家评点】

末二句伪君子理学家也赞曰："鬼语也。"林语堂《苏东坡传》竟说这是"魔鬼的话"！

——吴世昌《词林新话》

阮郎归

天边金掌露成霜[1]，云随雁字长。绿杯红袖趁重阳[2]，人情似故乡[3]。兰佩紫，菊簪黄，殷勤理旧狂[4]。欲将沉醉换悲凉，清歌莫断肠[5]。

【注释】

〔1〕"天边"句：天边暗指汴梁。金掌，指汉武帝为求仙在长安建章宫筑柏梁台，"上有承露盘仙人掌，擎玉杯以承云表之露"。

〔2〕"绿杯"句：绿杯红袖指重阳节到郊外游赏的都中士女。趁，指友人借重阳节劝酒邀赏。

〔3〕"人情"句：京城里的习俗和故乡（其父晏殊祖居临川，即今江西抚州市）一样。

〔4〕"殷勤"句：在这样热闹的节日里，自己也不妨佩紫兰，簪黄菊，认真地再狂一次，聊以回忆年轻时的放荡。

〔5〕"清歌"句：意谓还是听听那美妙的歌曲吧，让自己沉醉在歌与酒的空幻中，免得惹人因悲苦而断肠。

【赏析】

晚年的小晏已不再是那个"归梦碧纱窗，说与人人道，真个别离情，不似相逢好"

的多情公子了。京城里士女如云的重阳节，已经引不起他的狂喜。"兰佩紫，菊簪黄"两句，写出了人物之盛与服饰之美，渲染了宴饮的盛况。接下来写词人委屈处世，难得放任心情，今日偶得自在，于是不妨"殷勤理旧狂"，以不负友人之一片盛情。一个本是清狂耽饮的人，如今要唤起兴致，还得"殷勤"去"理"才行，此中的层层挫折，重重矛盾，必有不堪回首、不易诉说之处。感情的曲折，把意境推向更为深厚的高度。

然而，佯狂后面是沉重的悲凉。为了摆脱这种难堪，他想借酒借歌来麻醉自己，怕的是回忆昔日的欢情快意。

时间真是冷酷啊！深情、坦诚到像小晏这样的情种，也给时光洗涮到这种程度！拿它同"彩袖殷勤捧玉钟，当年拼却醉颜红"那种豪情比较，相去是何等遥远！

【名家评点】

此首起两句，言霜寒云薄，是深秋冷落景象，令人生悲。"绿杯"两句，言所以欲暂图沉醉，藉解悲凉者，一则因重阳佳节，一则因人情隆重。换头三句，言重阳行乐之实。"欲将"二字与"莫"字呼应，既将全词收束，更觉余韵悠然。

——唐圭璋《唐宋词简释》

王 观

生卒年无考。字通叟，如皋人。仁宗朝进士，历任大理寺丞、江都知县，官至翰林学士。坐枉法受贿，除名永州编管。曾著《扬州赋》《芍药谱》。词学柳永，情景交融，风趣而近于俚俗。有《冠柳集》，不传。

卜算子·送鲍浩然之浙东[1]

水是眼波横，山是眉峰聚。欲问行人去哪边？眉眼盈盈处[2]。才始送春归，又送君归去。若到江南赶上春，千万和春住。

【注释】

〔1〕鲍浩然：作者的朋友。浙东，指两浙东路，今浙江、钱塘江以东地区。

〔2〕"眉眼"句：双关语，既形容江南山水如美人之盈盈明眸，亦暗示朋友回到故乡即将见到的妻子。

【赏析】

王观曾因应制撰《清平乐》，以李白当年应玄宗召赋《清平调》自喻，冒犯神宗而被罢职，因号"王逐客"，可见是个脱略不羁的人物。

此词写为一位朋友送行，词语轻佻不俗，欢快而洒脱。词人说，朋友要回故乡去了，那里有眉眼盈盈的娇妻在企盼着他，沿途的山水让他联想到妻子的眼波眉峰。值此送春之时，希望朋友把春意也带回家，与妻子同温春情，与春同住。

整首词写得轻松活泼，双关巧妙，令人莞尔一笑之余，不由得反复回味。足见其才智与幽默。

【名家评点】

王逐客送鲍浩然游浙东，作长短句云"水是眼横波"云云。韩子苍在海陵送葛亚卿诗断章云："今日一杯愁送君，明日一杯愁送君。君应万里随春去，若到桃源问归路。"诗、词意同。

——［宋］吴曾《能改斋漫录》

魏夫人

名字、生卒年皆不可考。襄阳人，文学家魏泰姊，宋哲宗朝宰相曾布（子宣）妻。曾布是"唐宋八大家"之一曾巩的弟弟，二曾皆为北宋名臣。魏夫人以夫封鲁国夫人，当时李清照曾尊为师。现存词仅十四首，无不清丽柔婉，后人评价甚高。

菩萨蛮

溪山掩映斜阳里，楼台影动鸳鸯起。隔岸两三家，出墙红杏花。绿杨堤下路，早晚溪边去。三见柳绵飞，离人犹未归。

【赏析】

小溪与远山的景色笼罩在西斜的阳光里，波光闪闪，山色迷茫。微风吹动水面，水榭楼台的倒影在水中荡漾，惊动一对鸳鸯拍水飞起。在溪水对岸三三两两的人家的庭院里，有几朵红艳欲滴的杏花探出墙来。盎然春光带来的春意春情，更加撩人相思。

每天早晚沿着绿杨堤岸下的小路到溪边去，回味着当时送别的情景，天天企望离人归来。现在三年过去了，离人还未归家。这相思之情，何日是了啊！

"三见柳绵飞"是实语，着一"犹"字，化实为虚，哀怨之情，离别之恨，隐然流于言外。

定风波

不是无心惜落花，落花无意恋春华。昨日盈盈枝上笑，谁道，今朝吹去落谁家？把酒临风千种恨，难问，梦回云散见无涯[1]。妙舞清歌谁是主？回顾，高城不见夕阳斜[2]。

【注释】

〔1〕见无涯：梦醒后只有无穷的忧愁与思念。

〔2〕"妙舞"三句：邻家正在歌舞欢娱，谁是这盛会的主人呢？回头凝望，看不见聚会处的高楼，只有夕阳斜晖，和遗世的幽人独倚楼头。

【赏析】

这是一首描写少妇思念良人的佳作。曾氏兄弟年轻时发奋苦学，中年以后奔波于仕途，魏夫人与丈夫经常别离是情理中事。歌词有感而作，语言流畅，情意真切，愠而不怒，深得传统文化之真髓。

上阕作者将自己与落花对照，因落花的无心，联想到爱人的无情。自己虽然满怀柔情爱怜落花（爱人），但是落花不珍惜青春年华。他仿佛是那昨日还在枝上欣欣然盛开的鲜花，可如今已不知飘落何方。

她对丈夫为什么爱功名而不爱美人百思不得其解，只好借酒消愁。然而临风把酒，徒然勾起千般怨恨，可又能向谁索问呢？酒后换来的是一场春梦。梦中的云雨更加空幻。清醒后思情无涯，相见无涯。这时候偏偏又听到邻家高楼上传来阵阵妙舞清歌。往昔与良人聚首时也曾这样歌舞作乐，如今在那边寻欢作乐的主人是谁呢？回首眺望，看不见歌舞处的高楼，只有夕阳余晖和孤零零的自己独倚阑干，孑然遗世，被人忘怀。

这首词写得顿挫有致，深情委婉。"谁道""难问""回顾"三个短语，表明词人将无限情、无穷语突然顿住，欲言又止的无奈。深得"言有尽而意无穷"的妙趣。魏夫人以自己的情韵和才华，在群芳争艳的词苑中，孤独地绽放着属于自己的芳香。

系裙腰

　　灯花耿耿[1]漏迟迟，人别后，夜凉时。西风潇洒梦初回。谁念我，就单枕，皱双眉？锦屏绣幌与秋期[2]，肠欲断，泪偷垂。月明还到小窗西。我恨你，我忆你，你争知？

【注释】

〔1〕耿耿：明亮貌。

〔2〕"锦屏"句：绣幌是绣花的帘幔。秋期泛指男女相约聚会的日期，又特指七夕。这里是指七夕。

【赏析】

　　此作与上一首《定风波》的主题相同：少妇思念丈夫。同样的内容，裁剪的景物、描述的角度、抒发的情思却迥然有别。可见同样的意趣，可以找到非常多的表述方式。

　　作者为了表达她的情思，仅用五十二个字，就呈现了灯花、漏、西风、梦、单枕、双眉、绣幌、锦屏、牛女星、泪、月、窗、我、你等十四种物象。再衬以耿耿、迟迟、潇洒等形容词，勾勒出一幅牛郎织女七夕尚能一会，而自己却只能拥单枕、皱双眉、望明月、泪偷垂。能不忆你且恨你吗？可你怎能知道此时此刻"我"的情景，知道我对你的思念呢！

　　读这样的艺术佳作，谁都会真切地感受到作者那愁肠九转的幽怨，而读者也不由得为之回肠荡气。

王诜

字晋卿，太原人。生卒年不详。英宗驸马，尚蜀国长公主，拜左卫将军，封开国公，谥荣安。因受苏轼牵连贬官，罢驸马都尉，后复。善书画诗词，工棋。其词音韵谐美，情致缠绵。杨万里辑有《王晋卿词》十五首。

蝶恋花

钟送黄昏鸡报晓。昏晓相催，世事何时了？万恨千愁人自老，春来依旧生芳草。忙处人多闲处少。闲处光阴，几个人知道？独上高楼云渺渺，天涯一点青山小。

【赏析】

这首词意蕴较为空灵，与一般忆旧言欢的情词不同。上片从大处着笔，写时序更替、世事变迁、人生多愁易老，以自然宇宙的无限性衬托，人生感喟充溢于字里行间。下片推进到个人寥落处境。以忙处反衬闲处，撤职赋闲，门庭冷落，知音难逢。以独望寰宇收结，大有所思不见，人海茫茫，天遥地远，抚躬怆然之慨。韵致苍凉沉厚，不当局限于怀人思远。

词语明白如话，平淡中寓意深远。语言的淡泊反映出内心的淡泊。这是王诜失意时的作品，得意时的作品与此截然不同，如《人月圆·元夜》："小桃枝上春来早，初试薄罗衣。年年此夜，华灯盛照，人月圆时。禁街箫鼓，寒轻夜永，纤手同携。更阑人静，千门笑语，声在帘帏。"

张舜民

张舜民（约1034—1100年），字芸叟，自号浮休居士，邠州（今陕西彬县）人。英宗朝进士，哲宗朝授秘阁校理，次年任监察御史。徽宗时擢吏部侍郎，以龙图阁待制知同州。能文嗜画，工诗善词。词作慷慨悲壮，风格与苏轼近。有《画墁集》，从《永乐大典》辑出。

卖花声·题岳阳楼

木叶下君山，空水漫漫。十分斟酒敛芳颜，不是渭城西去客，休唱阳关[1]。醉袖抚危栏，天淡云闲。何人此路得生还？回首夕阳红尽处，应是长安。

【注释】

〔1〕"不是"二句：活用王维《送元二使安西》"劝更进一杯酒，西出阳关无故人"句。

【赏析】

此为作者被贬郴州，登岳阳楼时所作。开篇勾勒洞庭湖萧索的秋景，与作者被贬失意的心情十分吻合。他凝望着湖山飘飘摇摇落下的一片枯叶，自然而然地想到自己如同那孤零零的落叶一样，四海茫茫，无依无靠。

凭栏远眺的词人心绪万千，他在想些什么呢？柳宗元被贬卒于柳州；王禹偁死于黄州贬所……有谁能从贬谪的路上生还呢？

末句把对朝廷的愤懑和思乡的悲伤糅合在一起，更显其情幽远凝重。

【名家评点】

此首写登临之感，语颇悲壮。起写登楼之所见，语从楚辞"袅袅兮秋风，洞庭波兮木叶下"化出。次记楼中斟酒，不待闻歌，已感古今迁流之苦。下片承上，仍是伤高望远之情。末句因夕阳而念及君国，含意温厚。

——唐圭璋《唐宋词简释》

苏　轼

苏轼（1037—1101年），字子瞻，自号东坡居士。眉州眉山（今属四川）人。二十二岁中进士。王安石变法，他极力反对，出为杭州等处地方官。元丰二年（1079）徙湖州，发生"乌台诗案"，沈括等数小人揭发他作诗攻击朝政，被捕入狱，后贬为黄州（今湖北黄冈县）团练副使（执掌地方军事的助理官）。哲宗朝，旧党当权，召还为翰林学士。新党再度秉政后，又贬惠州（今广东惠阳县），并以六十三岁的高龄远徙琼州（即海南岛）。次年赦还，死于常州。苏东坡是一代大文豪、大诗人，同时也是大词人。词讲究的是清切婉约，唯独东坡与众不同，卓然独成一家，填词不受拘束，常不合音律，不能歌唱，成为纯文人之词。他对词的贡献，无论在内容还是形式上，都超越了前人。特别是他那笔力纵横、气势磅礴的豪放风格，对词的发展起了极为有益的作用。所以有人认为词的风格，变于东坡，有人认为词亡于东坡。无论如何，东坡之词自有一种超然的境界。

蝶恋花·京口^{〔1〕}得乡书

雨后春容清更丽，只有离人，幽恨终难洗。北固山^{〔2〕}前三面水，碧琼梳拥青螺髻^{〔3〕}。一纸乡书来万里，问我何年，真个成归计^{〔4〕}？回首送春拼一醉，东风吹破千行泪。

【注释】

　　〔1〕京口：今江苏镇江。孙权曾在此建都，后迁建康，改设京口镇。

　　〔2〕北固山：在镇江东北，面临长江。

　　〔3〕"碧琼"句：用女子发髻比喻山峰青翠。

　　〔4〕"真个"句：意谓家乡的亲人问我什么时候才会有一个回乡的确切消息。

【赏析】

　　苏轼二十四岁离开家乡，除治平三年（1066年）三十岁上因丧归家居忧一年多，后来就再也没有回过故乡。终生游宦，转辗南北，思乡之情，逐年浓烈。这首词写雨后因接到家书而勾起思乡浓情，作者把当时的情景表现得淋漓尽致，催人泪下。

　　春雨虽可洗涤尘世污秽，但游子的思乡之情不但不能用雨水洗去，反而更引发了游子对家乡山山水水的回忆。雨后偶得家书，问他到底什么时候才能回家看望亲人。作者千言万语涌上心头，却无法向亲人细诉，只好一醉解千愁，任凭"东风吹破千行泪"。可谓沉痛之至，感慨万千!胡寅对东坡词作的评价极为中肯，他说："词曲至东坡，一洗绮罗芗泽之态，摆脱绸缪婉转之度。使人登高望远，举首高歌，逸怀浩气，超乎尘垢之外。"

虞美人·有美堂赠述古^{〔1〕}

湖山信是东南美，一望弥千里。使君能得几回来？便使樽前醉倒更徘徊。沙河塘^{〔2〕}里灯初上，水调^{〔3〕}谁家唱？夜阑风静欲归时，惟有一江明月碧琉璃^{〔4〕}。

【注释】

〔1〕有美堂赠述古：熙宁七年（1074年）七月，陈襄（字述古）离杭州知州任，移守南都（今河南商丘）。词即作于此时。傅干《注坡词》："本事集云：陈述古守杭，已及瓜代，未交前数日，宴僚佐于有美堂。侵夜月色如练，前望浙江，后顾西湖，沙河塘正在其下。陈公慨然，请贰军苏子瞻赋之，即席而就。"有美堂，梅挚守杭时所建，欧阳修《有美堂记》备述其事。

〔2〕沙河塘：在杭州城南，通钱塘江，宋时为杭州繁华地区。

〔3〕水调：曲调名。传说隋朝隋炀帝杨广开凿大运河曾作《水调》，后发展为宫廷大曲。

〔4〕琉璃：蜀人常用以形容水月交映的江面。

【赏析】

江山多娇，使君远行，在如此美丽的湖山中，会使人产生多少联想和感慨啊……你何时才能旧地重游呢？如今你即将离去，我们心中万语千言无从说起，只有借酒传情，哪怕醉倒，此情依然难释。

塘水盈盈，华灯初上，朵朵橙黄的灯盏在粼粼碧波上，摇曳着一条条金色的光带。从歌馆青楼中传来袅袅的《水调》歌声，如此悠扬婉转，更把人带入一种迷离恍惚的梦境。水月交晖，空灵一片。此时，重情谊的诗人也仿佛化入了水月之中，达到了"无我"之至境。

江城子·乙卯^{〔1〕}正月二十日夜记梦

十年^{〔2〕}生死两茫茫。不思量，自难忘。千里孤坟^{〔3〕}，无处话凄凉。纵使相逢应不识，尘满面，鬓如霜。夜来幽梦忽还乡。小轩窗，正梳妆。相顾无言，惟有泪千行。料得年年肠断处，明月夜，短松岗[4]。

国学经典精神家园丛书

【注释】

〔1〕乙卯：宋神宗熙宁八年（1075年），苏轼四十岁，时知密州（今山东诸城县）。

〔2〕十年：作者写此词时，他的妻子王弗正好去世十年。

〔3〕千里孤坟：王弗墓在四川彭山，与密州相距数千里。

〔4〕短松岗：指遍植松树的墓地。

【赏析】

苏东坡十八岁那年，父子三人准备赴京赶考。按照当时的习俗，远赴京城求取功名前，必须完婚。于是东坡遵父母之命，娶乡邻王弗为妻。王弗那时芳龄十五，按现今的观念，算是早婚。不过那时的人们认为，早些成家，可以省却年轻人许多时间的浪费和感情的纷扰。

苏洵带领子瞻、子由兄弟二人，应试汴京，一举成名。东坡任凤翔府判官，到任后第一年，将妻子接到任所，把家安顿了下来。王弗精明能干，过日子远胜丈夫。才华过人的诗人和一个平实精明的女人一起生活，显得有智慧的往往不是丈夫，而是妻子。苏东坡把所有人都当成好人，王弗则有识人之明，她常常警告丈夫要提防那些他在"天下无坏人"的前提下结交、照顾的朋友。可惜这样一个贤妻，与他共同生活才刚过十年，就不幸病逝。又过十年，当东坡出任密州太守时，一天夜里做梦与妻子相会，梦醒后，百感交集，于是写下了这首催人泪下的千古绝唱。

作者在梦中回到了故乡，见到了妻子。可是十年的生死相隔，岁月无情，骤然相逢，尘霜满面，两个人相对无言，唯有涕泪涟涟。不思量而梦之，足见恩爱已铭刻在了潜意识中，所以虽然十年生死两茫茫，依旧无法忘怀。"不思量，自难忘"要比说如何想念更真切，更感人。

梦醒后的诗人感到无比凄凉，可是与妻子的坟茔相隔千里，纵使想细述心中郁积的相思与悲凉，又能去哪里倾诉呢？在妻子谢世后，东坡把妻子的灵柩运回四川眉山故里，在祖茔安葬后，曾在坟山种下三千株松树。现在，他由自己的"无处话凄凉"，想到了妻子的亡魂大概也因想念自己，年年在凄冷的月明之夜，徘徊在那片自己亲手种植的已成松林的坟岗上吧。

作者在这首小词中打破时空界限，先写梦醒后对伉俪情深一至如斯之感慨，写与妻子的阴灵生死隔世，与妻子的坟茔千里相望，以至于自己的相思之情无人无处诉说的悲苦，进而想象纵使相逢又如何，因此慨叹人生之无常，世事之悲凉。然后才点明为何要写此词。梦中的相逢是生者与死者的别后重逢，会面时情景的描述，读者亦为之鼻酸。特别是对爱妻思念自己的设想：月明之夜，她的幽灵徘徊于松岗坟茔，将凄冷悲凉之况味形容到了极致。坡翁艺术才情之高妙，在这首词里表现得令人叹为观止！

【名家评点】

　　苏东坡自有其迷人的魔力。就如魔力之在女人，美丽芬芳之在花朵，是易于感觉而难于说明的……从他的笔端，我们能听到人类情感之弦的振动，有喜悦，有愉快，有梦幻的觉醒，有顺从的忍受。

——林语堂《苏东坡传》

江城子·密州出猎

　　老夫聊发少年狂。左牵黄，右擎苍[1]。锦帽貂裘，千骑卷平岗。为报倾城随太守，亲射虎[2]，看孙郎[3]。酒酣胸胆尚开张[4]。鬓微霜，又何妨！持节云中，何日遣冯唐[5]？会挽雕弓如满月，西北望，射天狼[6]。

【注释】

　　〔1〕"左牵黄"二句：左手牵着猎犬，右手驾着苍鹰，以此表示打猎时的豪迈。

　　〔2〕"为报"句：为报答全城民众追随出猎的盛意，我要亲自射虎。

　　〔3〕孙郎：指孙权。《三国志·孙权传》："（建安）二十三年十月，权将如吴，亲乘马射虎……"

　　〔4〕"酒酣"句：酒入中肠，腹中更加热血沸腾，胆气豪壮。尚，这里是更加之意。

　　〔5〕"持节"二句：《史记·冯唐列传》载，汉文帝时，魏尚为云中太守，抵御匈奴有战功，却因捷报所载杀敌数与实情不符（多了六个首级），遂被捕下狱。冯唐向文帝劝谏，认为边将有战功应重赏，这样处罚太过分。文帝便指派冯唐"持节"前往云中，赦

免魏尚，官复原职，并拜冯唐为车骑都尉。节，指符节，古代使臣持以为凭证。云中，在今内蒙古托克托县东北。作者以魏尚自喻，希望得到朝廷的信用。

〔6〕"西北"二句：从"西北望"看，一般认为是指西夏。天狼，星名，主侵掠。

【赏析】

地点同样是在密州，时间同样是在熙宁八年（1075年），词牌同样是《江城子》，作者向我们传达的意趣却截然不同：一个是凄凉难言的悼亡怀念，一个是渴望报国济世的满腔热血。

当苏东坡离开杭州，携眷北上密州后，亲眼看到了王安石变法显现出来的恶果：饿死的儿童被弃置路旁，无人掩埋。（他曾救起过三四十个饥饿的孤儿，带回自己的家里抚养。）正是因为这些因变法而招致的恶果，激发了他根深蒂固的报国济世的侠义心肠，于是借狩猎写下了这篇豪气干云的动人辞章，这也是他所开创的豪放派词的第一章。

在宋代，密州是个很穷的县，主要种植麻、枣、桑树，生活与杭州有天壤之别。连身为太守的苏轼都"不堪其忧"，常与同僚"循古城废圃，求杞菊食"。在这样的穷乡僻壤，打猎也不过是聊补生计匮乏而已，绝不会有这首词中所描述的那样宏伟壮观，这完全是作者在借场面之宏丽衬托其雄心之豪迈。起首一句"老夫聊发少年狂"便已总揽全局，定下了基调。牵犬驾鹰、锦帽貂裘、千骑奔驰、民众倾城出动，所有这些夸大的描写，都是在表明：我虽然年近半百，但只要朝廷重用，我还会像"乘马射虎"的孙权那样，为国分忧，为民解困。

这种心愿，在下半阕中，借用汉代冯唐的典故表露得更明白。"酒酣胸胆尚开张。鬓微霜，又何妨！"痛快淋漓，令人热血沸腾。对于结尾三句的解读，一般都认为作者表达的是渴望守卫边疆之情，因为当时主要的军事威胁来自辽金和西夏。北宋虽与之分别订立过屈辱的和约，但边疆仍旧经常受到侵扰。这样理解并没有什么不当，也比较具体，可是如果通读苏轼的全部文章，了解他的生平经历，就应该明白，苏东坡更关心的是当时的国计民生，换言之，是因王安石变法而招致的党同伐异和经济混乱。所以正如文论家所言，这首词艺术形象所蕴含的思想内容更广阔，更丰富。苏东坡后来的所作所为也证明，他念兹在兹的是国家的政治经济和民生吏治，而不是边防军事。

【名家评点】

这正是苏轼所一再声明的，作文该像"行云流水"或"泉源涌地"那样的自在活泼，可是同时很谨严的"行乎所当行，止乎所当不止"。李白以后，古代大约没有人赶得上苏轼这种"豪放"。

——钱钟书《论学文选》

水调歌头

丙辰中秋，欢饮达旦，大醉，作此篇兼怀子由。[1]

明月几时有[2]？把酒问青天。不知天上宫阙，今夕是何年？我欲乘风归去，又恐琼楼玉宇[3]，高处不胜寒。起舞弄清影，何似在人间！转朱阁，低绮户，照无眠[4]。不应有恨，何事长向别时圆[5]？人有悲欢离合，月有阴晴圆缺，此事古难全。但愿人长久，千里共婵娟[6]。

【注释】

〔1〕丙辰：宋神宗熙宁九年（1076年）。子由即作者弟苏辙，字子由。昆仲齐名，时称大小苏。

〔2〕"明月"句：此句从李白"青天有月来几时，我今停杯一问之"的诗意化出。

〔3〕琼楼玉宇：指月中宫殿。

〔4〕"转朱阁"三句：月光照遍华美的楼阁，射进雕花的门窗，照在无眠之人的身上。一说照着有心事的人，使之不能安眠。亦通。

〔5〕"不应"二句：明月应该无恨，可为什么偏偏要趁人们离别、孤独的时候才是圆的呢？何事，即为什么。

〔6〕"千里"句：婵娟指嫦娥，月亮的代称。谢庄《月赋》有"美人迈兮音尘绝，隔千里兮共明月"。此处化其意而用之。

【赏析】

这是一首在文学史上极负盛名的词。历代宋词选都要选上这一首。词亦作于密州。

这首怀念胞弟的词，使苏氏昆仲相依为命的手足之情成了文学史上传诵不已的佳话。兄弟二人虽然形貌和禀性几无相同之处，但他们的心心相印、患难与共是那么令人感动。二十年前，兄弟二人同一天金榜题名；六年前，又齐登制科，当时子瞻只有二十六岁，子由只有二十三岁。随后便开始了聚少离多的仕宦生涯。到这次东坡"欢饮达旦"的中秋之夜，兄弟二人已经整整五年没有见面了。在中国人的观念中，中秋是阖家团圆、共赏明月的传统节日。本来，东坡这次主动要求来密州，就是想和在济南任职的弟弟有机会经常见面，可惜总是不能如愿。当时他在政治上处境既不得意，和亲人也多年不能团聚，心情十分抑郁，因此他在"欢饮"之时，仰望皎洁的明月，情不自禁地要"把酒问青天"了。

他问：前人有诗云："今人不见古时月，今月曾经照古人。"明月自古就有吗？它是永恒的吗？天上的纪年也和人间一样吗？如果一样，今年也是"熙宁九年"吗？如果不一样，那么"今夕是何年"？我知道这个世界不是一个完美无缺的世界，因此被叫作"娑婆世界"，就像月有阴晴圆缺一样，人生在世，难免有悲欢离合、生老病死，这是没有办法的事情。可是为什么当人辗转无眠的时候，月光转阁穿户，用它的清辉抚弄愁人，似乎很能体贴人，却偏偏要在亲人天各一方的时候，如此团圆皎洁呢？难道它也有什么怨恨？

当词人手持酒杯，醉眼迷离地凝视着碧海青天中的那轮清冷玉盘的时候，他想象到了月宫中的琼楼玉宇、嫦娥、桂树。一刹那，他产生了"乘风归去"的冲动。可是当想到"高处不胜寒"的时候，他起舞弄影，觉得在人间还有许多他割舍不下的眷恋，一刹那的冲动立刻打消了。在天上与人间的选择中，人间尽管有诸多不如意，他仍旧选择了人间。苏东坡所畏惧的"不胜寒"的"高处"，真的是指月宫吗？粗略地扫描一下他来密州前后的简历，把他所说的"高处"理解为云谲波诡的王朝庙堂，不是更合情理吗？如此看来，"但愿人长久，千里共婵娟"便成了苏东坡在这颠沛流离、沉浮漂泊的人生旅途中的最后一道防线，最后的一点慰藉了。这是他对自己，对亲人，也是对普天之下所有热爱生活的人们最美好的祝愿！于是，"千里共婵娟"便成了世世代代远在天涯海角的亲人们互相慰藉的祝词。

对于人的许多微妙复杂的情感，思想家和哲学家是永远无法用概念和逻辑表述的，但是在天纵奇才的艺术家的笔下，可以通过神奇美妙的艺术形象表现出来。张旭醉酒狂草，酒醒后连他自己都惊讶莫名。苏轼酒后泼墨赋诗，也有过类似情况。因为艺术创作中确实存在着这样的现象，所以美学家说：酒是艺术创作灵感的催化剂。《水调歌头》这篇绝世妙品，蕴藏着哲学家无法表述的情趣和意念，所以千百年来，被各阶层的人们一致交口赞美。历代词论家同样赞不绝口，王国维《人间词话》说此词"格高千古，不能以常词论也"；刘熙载谓"我欲乘风"三句"尤觉空灵蕴藉"；李佳《左庵词话》说"直觉有仙气缥缈于毫端"；胡仔《苕溪渔隐丛话》说："中秋词自东坡《水调歌头》一出，余词尽废。"良有以也。

【名家评点】

　　熙宁九年的夜晚，词人走进一个东坡的中秋，这里有东坡式的语言，东坡式的领悟，东坡式的深情眷恋与潇洒气派。熙宁九年的中秋，只属于乐坡。

　　　　　　　　　　　　　　　　　　——康震《东坡的中秋》

浣溪沙

　　簌簌衣巾落枣花，村南村北响缫车[1]。牛衣古柳卖黄瓜[2]酒。酒困路长惟欲睡，日高人渴漫思茶[3]。敲门试问野人家。

【注释】

　　〔1〕缫车：抽茧出丝的缫丝车。

　　〔2〕"牛衣"句：指卖瓜者穿的粗劣的衣服。宋人不少笔记说原作为"半依"。龚颐正《芥隐笔记·东坡真迹》说，他在孙昌符家见到的坡翁真迹是"半依古柳卖黄瓜"。又说，"今印本多作'牛依'，或迁就为'牛衣'矣"。参之苏轼《夜泊牛口》"居民偶相聚，三四依古柳"等句，作"半依"其义更胜。

　　〔3〕漫思茶：漫即十分、非常的意思。漫思茶是说很想喝茶。

【赏析】

　　这是五首同调组词中的第四首。作于元丰元年（1078年）初夏。当时作者正在徐州任地方官。这年春天，发生了严重的旱灾，当时有所谓"东方久旱千里赤，三月行人口生尘"的说法。苏轼曾率众到城东二十里的石潭祈雨。据当地民间传说，潭与泗水通，置虎头于潭中，可以致雷雨。他在《起伏龙行》诗序中记述了这件事。祈雨果得雨，他便与民众再赴龙潭谢雨。五首《浣溪沙》即作于往来龙潭的道上，写的都是沿途所见所闻的农村风光，特别是得雨丰收后男女老幼的欢乐景象。

　　纷飞的枣花簌簌洒在衣巾上，村南村北传来一片嗡嗡的缫车声，正当诗人为蚕乡的这一欢乐景象陶醉之际，突然听见卖黄瓜的叫喊声，抬眼望去，原来有农夫依靠着浓荫覆盖的古柳，摆了一地鲜嫩的黄瓜在叫卖……这一切，生动地呈现了农村雨后繁荣的生活场景。

　　作为一位勤政爱民的儒吏，看到这种景象，心里高兴，于是自觅村野小店，喝了几杯酒，又上路了。这时日高天热，口干舌燥，且带几分醉意，不由得感到有些疲乏，想喝几口茶解解渴，找到一户农家，敲门试问，看人家能不能给他杯茶喝。

"敲门试问野人家"，词到此戛然而止。至于敲门后结果如何，茶喝到没有，农家是何态度，这一连串的悬念，都留给读者去用想象补充。我们在品赏这无穷余味的同时，不由得想到，一位太守，却以普通路人的身份，以完全平等的态度，向田舍农家求茶解渴，实在难得。这反映了苏轼尊重平民的美德和温文尔雅的儒士风范。

风骨质朴，不事雕琢，格调清新，真实自然，是《浣溪沙》这首词的主要特色。楼敬思《词林纪事》引言中说："东坡老人故自灵气仙才，所作小词冲口而出，无穷清新，不独寓以诗人句法，能一洗绮罗香泽之态。"从文学发展角度而言，是他首创了描写农村风光的歌词，自此以后，田园词逐渐成为宋词的重要组成部分。

江城子·别徐州〔1〕

天涯流落思无穷。既相逢，却匆匆。携手佳人，和泪折残红。为问东风余几许？春纵在，与谁同？隋堤〔2〕三月水溶溶。背归鸿〔3〕，去吴中。回首彭城，清泗与淮通。欲寄相思千点泪，流不到，楚江东〔4〕。

【注释】

〔1〕别徐州：一作"别恨"。元丰二年（1079年）三月作，时苏轼将移知湖州。

〔2〕隋堤：隋炀帝开通济渠引汴水入河，与淮水通，沿渠筑堤，后称隋堤。此为设想途中舟行时的景色。

〔3〕背归鸿：苏轼南下，大雁北归，故谓"背"。

〔4〕楚江：指泗水。楚江东指扬州。古称"吴头楚尾"，故曰吴中，又曰楚江东。

【赏析】

宋神宗熙宁四年（1071年），苏轼因不满王安石的新法，请求出京任职。熙宁十年（1077年）四月至元丰二年（1079年）三月，在徐州任知州两年间，他革新除弊，多行便民之政，颇有业绩。特别是在抗洪筑堤的奋战中，他获得了徐州民众的衷心拥戴。他还为囚犯实行医疗救助，犯人的家属因而对他感激涕零。随后他调往湖州任知州。词即作于苏轼由徐州至湖州的途中。

词人说，春残花落之时，却与"佳人"意外重逢，可惜聚也匆匆，别也匆匆，能不令天涯游子幽怨无穷？携手泪别之际，想到分道南北，回望邂逅之处，渐行渐远，纵然借隋河与泗淮相通之便可寄相思之泪，也流不到你那里啊！

词写别恨，用的是化实为虚的艺术手法。作者由别时之"和泪"，想到别后的"寄泪"，使离愁别绪显得深沉悠长。结句"流不到，楚江东"，让"别泪"因春水溶溶而见其弥漫无垠，足见别后相思之绵绵无尽。

【名家评点】

东坡于彭城遇旧好，又别之而赴淮扬，临别赠言也。先从自己流落写起，言旧好遇于彭城，又匆匆折残红以泣别，别后虽有春不能共赏矣。……我沿隋堤而下维扬，回首彭城，相去已远，纵泗水流与淮水通而泪亦寄不到，为可伤也。

—— ［清］黄蓼园《蓼园词选》

西江月·平山堂 [1]

三过 [2] 平山堂下，半生弹指声中。十年 [3] 不见老仙翁，壁上龙蛇飞动 [4]。欲吊文章太守，仍歌杨柳春风 [5]。休言万事转头空，未转头时皆梦 [6]。

【注释】

〔1〕平山堂：在扬州大明寺侧，欧阳修建。释德洪《跋东坡平山堂词》："东坡登平山堂，怀醉翁，作此词。张嘉父谓予曰：时红妆成轮，名士堵立，看其落笔置笔，目送万里，殆欲仙去尔。"

〔2〕三过：苏轼于熙宁四年由京赴杭任通判，七年由杭移知密州，此次由徐移知湖州，故有三过扬州之说。

〔3〕十年：苏于熙宁四年谒见欧阳修于颍州，至此时凡九年，这里举成数而言之。

〔4〕"壁上"句：指欧阳修在平山堂壁上留题的墨迹。

〔5〕"欲吊"二句：欧翁有《朝中措·送别刘仲原甫出守维扬》："平山阑槛倚晴空，山色有无中。手植堂前垂柳，别来几度春风？文章太守，挥毫万字，一饮千钟。行乐

直须年少，尊前看取衰翁。"是为所本。

〔6〕"休言"二句：白居易有"百年随手过，万事转头空"句。这里更进一层。

【赏析】

苏轼曾三次过扬州。第一次，是熙宁四年（1071年）由汴京赴杭任通判，南下经扬州。第二次，是熙宁七年（1074年）由杭州移知密州，北上途经扬州。第三次，即写作此词的元丰二年（1079年），从徐州移知湖州（今浙江吴兴）。"三过平山堂下"实际上浓缩了苏轼南迁北调几近十年的动荡生活。当他第三次故地重游，回首这近十年的人生旅途，自己颠沛流离，已过不惑，恩师仙逝也已七年。环顾恩师出知扬州时建造的这平山堂，目睹他遗留在堂中墙壁上遒劲的墨迹，触景生情，顿生世事无常之感慨，同时也让他不由得浮想联翩。

欧阳修与苏东坡虽然是两代人，是师生关系，但是二人各自才华冠世，人格高尚，因此惺惺相惜，彼此倾倒。在政治上，两人又是王安石集团共同排斥的对象。他们第一次见面是在仁宗嘉祐二年（1057年），当时苏氏父子三人一同应试，主考官就是欧阳修。苏东坡的应试文章，后来欧阳修让同僚传阅，激赏数日。不过，在录取时却发生了一个小小的误会。因为所有的试卷都要略去考生的名字，重新誊抄后送阅，欧阳修对其中的一篇文章非常欣赏，以为是他的朋友曾巩的考卷，为避免非议，他把本应列为首卷的这篇文章，改列为次卷，没想到那正是苏轼的考卷，结果以第二名登第。即使如此，那时他才二十岁，在三百八十八名考生中获此殊荣，一夜之间名满天下。

自从科举取士成为唐宋之后法定的选拔人才的制度以来，主考官与考生之间便形成了终生不渝的师生关系，考中的学子要去拜谒老师，并修函以示感谢师恩。欧阳修是当时的文坛泰斗，一字之褒贬，足以决定一个学子终生的荣辱成败。当年有人曾说，学人不知刑罚之可畏，不知晋升之可喜，生不足欢，死不足畏，唯一害怕的是欧阳修的一句褒贬。他读了苏轼的谒见函后说："读苏东坡来信，我竟喜极汗下。老夫当退让此人，使之出人头地。"后来他还对儿子说："记着我的话。三十年后，无人再谈论老夫矣。"他的话果然应验，苏东坡身后的十年间，果然无人再谈论欧阳修，大家只谈苏东坡。在苏轼的著作被朝廷列为禁书后，反而作为地下文学，传播得更广更快了。

明白了醉翁和坡公的交往，这首词无须啰唆，其意蕴和情感不解自明。关键是结尾两句。由这两句，我们不难看出，这是一首以艺术语言表述佛理的辞章。"休言万事转头空"一句显然是来自《金刚经》的那个有名的偈子："一切有为法，如梦幻泡影；如露亦如电，应作如是观。"而"未转头时皆梦"一句要表达的即是佛教的认识论。佛法认为，任何有形物质，都是质点在瞬间连续不断地变迁流动的过程，物质形式的存在，取决于这一过程的久暂。拿我们自身来说，今天的你已不是昨日的你，此刻的你也已不是前一刻的你，因为我们在说"此刻"时，你全身的质点已经在瞬间变迁流动了。而宇宙万象都要在这变迁流转中化为空虚。

我们知道，苏轼佛道皆修，像他这样绝顶聪明的人，对于佛理一点即通。如今，他重过平山堂，睹物思人，再由自己的坎坷经历想到恩师的身前身后，对人生一世，直如病眼空华，有了更深切的感悟，对佛法有了更深入的理解，化作诗的语言，才会有"休言万事转头空，未转头时皆梦"这样彻底地解脱。其实，在苏东坡的内心深处，一直存在着豪放旷达、济世经国和遁世隐退、回归自然的矛盾。他的不少诗词文论对此多有流露，如五首《满庭芳》就集中表达了这样的情怀，其中之一云：

"蜗角虚名，蝇头微利，算来著甚干忙。事皆前定，谁弱又谁强？且趁闲身未老，尽放我，些子疏狂。百年里，浑教是醉，三万六千场。思量，能几许，忧愁风雨，一半相妨。又何须，抵死说短论长。幸对清风皓月，苔茵展，云幕高张。江南好，千钟美酒，一曲满庭芳。"

【名家评点】

东坡《西江月》云："休言万事转头空，未转头时皆梦。"追进一层，唤醒痴愚不少。

——［清］陈廷焯《白雨斋词话》

卜算子·黄州定慧院寓居作[1]

缺月挂疏桐，漏断人初静。谁见幽人[2]独往来，缥缈孤鸿影。惊起却回头，有恨无人省。拣尽寒枝不肯栖，寂寞沙洲冷[3]。

【注释】

〔1〕苏轼于元丰三年二月至黄州，初寓居定慧院，五月迁临皋亭。词作于初到黄州时。定慧院在黄冈县东南。

〔2〕幽人：原指幽囚之人，引申为含冤幽居者。此为苏轼自谓。

〔3〕"寂寞"句：别本或作"枫落吴江冷"。疑非。

【赏析】

　　公元1079—1080年，即神宗元丰二年至三年，在中国历史上发生了一起有预谋、有计划、有组织的文字狱——乌台诗案（乌台是御史台监狱的名称）。几个借助王安石变法飙升至政治高层的小人，出于对苏东坡才华和声望的嫉妒，把他的诗文引申比附，横加"诽谤朝廷"的罪名，必欲置之死地而后快。幸好皇帝并没有杀他的意思，但他还是被贬，打发到长江边上的一个小镇——黄州。当时，家眷滞留在京城，由弟弟子由照顾。东坡独自一人，暂时居定惠院。他对佛教早已心向往之，现在和僧人同吃同住，又有充裕的时间，正好可以潜下心来钻研佛法。乌台诗案使他死里逃生，惊魂甫定，他开始沉思人生的意义。他在六月写给弟弟的诗里，说自己的生命犹如爬在旋转的磨盘上的蝼蚁，又如旋风中的羽毛。他开始思考如何才能得到心的真正安宁。在他写的《安国寺记》里说："元丰二年十二月，余自吴兴守得罪，上不忍诛，以为黄州团练副使，使思过而自新焉。其明年二月至黄。舍馆粗定，衣食稍给，闭门却扫，收召魂魄。退伏思念，求所以自新之方。反观从来举意动作，皆不中道，非独今之所以得罪也。欲新其一，恐失其二，触类而求之，有不可胜悔者。于是喟然叹曰：'道不足以御气，性不足以胜习。不锄其本，而耘其末，今虽改之，后必复作。盍归诚佛僧，求一洗之？'得城南精舍，曰安国寺，有茂林修竹，陂池亭榭。间一二日辄往，焚香默坐，深自省察，则物我相忘，身心皆空，求罪垢所以生而不可得。一念清净，染污自落；表里翛然，无所附丽，私窃乐之。旦往而暮还者，五年于此矣。"

　　由此来看，他在定惠院所写的这首词，依然是这种心理活动的表述，所不同的只不过一是散文式的表达，一是韵文式的表达。明白了这一点，下面关于此词意旨的一些说法，就不攻自破了。前人都有哪些说法呢？

　　一、为王氏女作。（宋）吴曾《能改斋漫录》："东坡先生谪居黄州，作《卜算子》云……其属意盖为王氏女子也，读者不能解。张右史文潜继贬黄州，访潘老，尝得其详，题诗以志之：'空江月明鱼龙眠，月中孤鸿影翩翩。'"

　　二、为温都监女作。（宋）王楙《野客丛书》："尝见临江人王说梦得，谓此词东坡在惠州白鹤观所作，非黄州也。惠有温都监女颇有色，年十六，不肯嫁人。闻东坡至，喜谓人曰：'此吾婿也。'每夜闻坡讽咏，则徘徊窗外。坡觉而推窗，则其女逾墙而去。坡从而物色之，温具言其然。坡曰：'吾当呼王郎与子为婚。'未几，坡过海，此议不谐。其女遂卒，葬于沙滩之侧。坡回惠日，女已死矣，怅然为赋此词。坡盖借鸿为喻，非真言鸿也。'拣尽寒枝不肯栖'者，谓少择偶不嫁；'寂寞沙洲冷'者，指其葬处也。"

　　三、隐射刺时之作。（清）张惠言《词选》："缺月，刺明微也；漏断，暗时也；幽人，不得志也；独往来，无助也；惊鸿，贤人不安也；回头，爱君不忘也；无人省，君不察也；拣尽寒枝不肯栖，不偷安于高位也；寂寞沙洲冷，非所安也。"

此说受到谢章铤、王士禛和王国维诸人反对。《人间词话删稿》云："飞卿《菩萨蛮》、永叔《蝶恋花》、子瞻《卜算子》，皆兴到之作，有何命意？皆被皋文（惠言）深文罗织。"

在所有词评家的鉴赏中，较为肯綮的是以雁自寓感慨说。《蓼园词话》云："按此词乃东坡自写在黄州之寂寞耳。初从人说起，言如孤鸿之冷落。第二阕专就鸿说，语语双关，格奇而语隽，斯为超诣神品。"词中作者首言残月之夜独自徘徊，宛若孤鸿只影。下阕极言危难之际形若惊鸿之惶恐。苏轼元丰二年四十四岁时因咏诗讽刺时政，被人弹劾，几乎丧命。次年贬到黄州，他在给友人李鹰的信中写道："得罪以来，深自闭塞。扁舟草履，放浪山水间，与渔樵杂处。往往为醉人所推骂，自喜渐不为人识。"可见当时他是多么心有余悸。他的朋友陈慥约他去武昌（非今之武昌）住，他也不敢。他给陈的信中说："又恐好事君子便加粉饰，云擅去安置所而居于别路，传闻京师，非细事也。虽复往来无常，然多言者何所不至？"由此我们可以了解他以"惊起却回头"的孤鸿自比的用意。他在这种战战兢兢的境况里，即使有高枝，还是拣来拣去"不肯栖"，只好蜷缩在寒冷寂寞的沙洲中，好逃避防不胜防的不测风云了。

【名家评点】

这是一种真正精神上的孤独无告，对于一个文化人，没有比这更痛苦的了。那阕著名的《卜算子》，用极美的意境道尽了这种精神遭遇。正是这种难言的孤独，使他彻底洗去了人生的喧闹，去寻找无言的山水，去寻找远逝的古人。

——余秋雨《苏东坡突围》

定风波

三月七日沙湖[1]道中遇雨，雨具先去，同行皆狼狈，余独不觉。已而遂晴，故作此词。

莫听穿林打叶声，何妨吟啸且徐行。竹杖芒鞋轻胜马，谁怕？一蓑烟雨任平生[2]。料峭春风吹酒醒，微冷，山头斜照却相迎。

回首向来萧瑟处[3]，归去，也无风雨也无晴[4]。

【注释】

〔1〕沙湖：在黄冈东南三十里。

〔2〕"一蓑"句：意谓披着蓑衣在风雨中行走，乃平生常遇之事，任其自然可也。

〔3〕萧瑟处：指遇雨处。萧瑟形容风雨声。

〔4〕"也无"句：雨既不怕，晴亦不喜，均不介意，以示心境恬淡。

【赏析】

词作于元丰五年（1082年），黄州。

就在乌台诗案就要结案，决心要把苏轼置之死地的那帮小人的阴谋眼看就要得逞的时候，仁宗的皇后发话了。她在临终前对神宗说："我记得苏东坡兄弟二人中进士时，先帝很高兴，曾对家人说，他那天为子孙物色到两个宰相之才。现在我听说苏东坡因为写诗正受审问。这都是小人跟他作对。他们没办法在他的政绩上找毛病，现在想因他的诗入罪于他。这样控告他不也太无谓了吗？我是不中用了，你可别冤屈好人，老天爷是不容的。"

这些话实际上等于遗言。神宗也不是真想要苏东坡的命。于是苏东坡被贬谪到了黄州。

倘若这样的冤屈、这样的命运落到别人身上，真不知道会怎么样。但是对于一心渴望回归自然、回归田园的苏东坡来说，似乎有一种得遂心愿的快意。而且我们在这位旷世奇才的身上，发现他最可爱的时候，也恰恰是他以一个独立自由的农人身份自谋生计的时候。他使人想起苏格兰的诗人彭斯，当他像苏东坡那样，手扶犁杖行走在田野上时，也是他们歌唱的最好的时候。苏东坡创作中最好的几篇名作，如前后《赤壁赋》《念奴娇·赤壁怀古》《洞仙歌》和游记等，都是在黄州期间问世的。这首《定风波》也是其中之一。

词前的小序说明了作词的缘起。"莫听"一句将风雨潇潇化为乌有。信步冒雨而行，颇觉胜似骑马。人生一世，不知要经历多少风雨，这点小雨还怕吗？正当寒意袭人之时，却有温暖的斜阳相迎，回首风吹雨打处，阳光普照，风云变幻皆成虚无。日常生活中别人略不经意的一件小事，作者却能从中领悟到只要永远保持内心的平静和超脱，方可在世态炎凉、瞬息万变的社会里，有勇气生活下去的人生真谛。只有经历了乌台诗案那样的厄运，才会拥有这样的情怀，这样的气度，这样的境界。烦恼即菩提，诚哉是言！

【名家评点】

他一直卷在政治旋涡之中，但是他却光风霁月，高高超越于狗苟蝇营的政治勾当之上。他不忮不求，随时随地吟诗作赋，批评臧否，纯然表达心之所感，至于会招致何等后果，与自己有何利害，则一概置之度外。因是之故，一直到今天，读者仍以阅读他的作品为乐。

——林语堂《苏东坡传》

临江仙

壬戌九月，雪堂夜饮，醉归临皋作[1]。

夜饮东坡醒复醉，归来仿佛三更。家童鼻息已雷鸣。敲门都不应，倚杖听江声。长恨此身非我有，何时忘却营营[2]？夜阑风静縠纹[3]平。小舟从此逝，江海寄余生。

【注释】

〔1〕壬戌：宋神宗元丰五年（1082年）。雪堂：苏轼在黄州东坡所住堂名。临皋：在黄州城南，苏轼在此的寓所。

〔2〕营营：周旋忙碌、内心躁急状，形容奔走钻营，追逐名利。《庄子·庚桑楚》云："全汝形，抱汝生，无使汝思虑营营。"

〔3〕縠（hú）纹：这里比喻水波微细。縠，指有皱纹的纱。

【赏析】

乌台诗案后，苏东坡死里逃生，由情势所迫，一变而为农夫，因气质和本性使然，再变为隐士。他在黄州稍俟安定后，就开始做长期归耕田园的打算了。在亲朋好友的周济和帮助下，他在临时寓所临皋亭（供官员来往的一处驿站）东，可以望见长江对岸武昌的一处荒地上，开辟营建了一个东坡农场，并因此自号"东坡居士"。东坡农场占地十亩，坐落在山坡上，下面就是有名的雪堂，有房五间，是他到黄州后的第二年建成的，竣工于雪中，故名。墙壁是诗人自己油漆，壁画是自己所画，图景是雪中寒林和水上渔樵。后来这里成了他宴请宾客的地方。山水画家米芾那时才二十二岁，两个人就是在雪堂结识的。苏轼在东坡农场除了垦荒种田，还培植了杨柳竹桑、果木蔬菜。热衷建筑可以说是苏东坡的本性，他决定要为自己营造一个舒适的家。他的精力全用在了筑水坝、建鱼塘、移植树苗之类的事情上。当邻居的孩子跑来告诉他，他们打的井出水了或地里的麦苗出土了，他会高兴得像孩子似的跳起来。

如今他真的成了道道地地的农夫了。他干脆脱去了士大夫的高冠长袍，换成了农人的短衫草鞋。现在除了在农忙季节躬耕于田园外，他有的是空闲。他把大量时光花费在了悠游山水上。有时，他芒鞋竹杖而出，雇一小舟，与渔樵为伍，徜徉在青山绿水中。他有时会被醉汉推搡呵斥，可他为这种"渐不为人识"的闲云野鹤般的生活而欣喜。每当纵情山水，畅饮大醉，他说不定会在什么地方就地而眠，这在他的那首流浪汉狂想曲《黄泥坂词》中有过生动地描述："草为茵而块为枕兮，穆华堂之清晏。纷坠露以湿衣兮，升素月之团团。感父老之呼觉兮，恐牛羊之予践。"这首《临江仙》，就是写他的这类逍遥快活的。有趣的是，因为这首小词，闹出了一个天大的笑话。

那一天，东坡一个人在船上喝酒，夜晚的天空美极了。他任由小舟在江水中自由漂流，一边自斟自饮，一边欣赏夜空中的山光水色。他感到一种无法形容的怡情快意，禁不住扣舷而歌，唱的就是这首词。

第二天，谣传苏东坡曾到过江边，写了这首告别词，便顺流而下逃走了。谣言传到太守那里，他大惊失色，因为他有责任监视苏东坡不得越出他的县境。这谣言不久也传到了京城皇帝的耳朵里。甚至有人说苏东坡死了，皇帝正要吃午饭，听到这一消息，叹了口气说："难得再有此等人才矣！"事后真相大白，苏东坡在给范镇的信里说："平生所得毁誉，皆此类也。"

了解了作者当时所生活的这些情形，对这首词不用解析，也就自然明白了。"小舟从此逝，江海寄余生"的结句完全是词人的想象，只是表示他想驾一叶扁舟，随波流逝，任意东西，将自己完全融化在美妙的大自然中，渴望得到绝对的精神自由和心灵解脱的意愿而已。

南乡子·重九涵辉楼呈徐君猷〔1〕

霜降水痕收，浅碧鳞鳞露远洲。酒力渐消风力软，飕飕，破帽多情却恋头〔2〕。佳节若为〔3〕酬，但把清尊断送秋。万事到头都是梦，休休，明日黄花蝶也愁〔4〕。

【注释】

〔1〕徐君猷：名大度，时为黄州知州。他对苏轼甚是崇拜，苏在黄州时，虽然朝廷命令他监督东坡，但他经常接济、帮助之。

〔2〕"破帽"句：典出《世说新语·识鉴》。略谓孟嘉在征西将军桓温重阳节宴会上被风吹落帽子，却浑然不觉。

〔3〕若为：意谓如何、那堪。

〔4〕"明日黄花"句：意谓既然过去未来之事皆非，我哪能学蜂蝶贪恋菊花余香，为一时快意之得失而忧愁呢？

【赏析】

该词作于元丰五年（1082年）。苏轼在《与王巩定国》书中，曾自言其创作缘起："重九登栖霞楼，望君凄然，歌《千秋岁》，满座识与不识，皆怀君。遂作一词云：'霜降水痕收……'其卒章则徐州逍遥堂中夜与君和诗也。"苏东坡一生沉浮去往，无有定所，故喜说梦，如云"人间如梦""未转头时皆梦""古今如梦，何曾梦觉""君臣一梦，今古虚名""世事一场大梦"，等等。

词中数语皆借用前人成句，妙在能翻新出奇。诸家词评皆云，写九日重阳的诗词，无不使用"落帽"这一典故，但总不如东坡"破帽恋头"之新奇而又稳妥。"明日黄花"句亦多见唐人诗中，如"自缘今日人心别，未必秋香一夜衰""酒盏此时须在手，菊花明日便愁人"等，然皆不及东坡诚人并自诚，莫学蜂蝶为明日黄花无香而愁来得新奇而达观。

念奴娇·赤壁〔1〕怀古

大江东去，浪淘尽，千古风流人物。故垒西边，人道是，三国周郎〔2〕赤壁。乱石穿空，惊涛拍岸，卷起千堆雪。江山如画，一时多少豪杰！遥想公瑾当年，小乔初嫁了，雄姿英发〔3〕。羽扇纶巾〔4〕，谈笑间，樯橹灰飞烟灭。故国神游，多情应笑我，早生华发。人间如梦，一尊还酹〔5〕江月。

【注释】

〔1〕赤壁：这里指黄州赤鼻矶。三国时赤壁所在地，迄今诸说歧异。今江汉间言赤

壁者有五处：黄州、嘉鱼、江夏、汉阳、汉川。所言各有所据。唯江夏之说合于史，但以黄州赤鼻矶为三国古战场，诗歌吟咏中早见，如杜牧《齐安郡晚秋》即有"可怜赤壁争雄渡，惟有蓑翁坐钓鱼"句。

〔2〕周郎：《三国志·吴书·周瑜传》："周瑜，字公瑾，庐江舒人也。"建安三年，孙策授其"建威中郎将，瑜时年二十四，吴中皆呼为周郎"。

〔3〕"小乔"二句：《周瑜传》载，公瑾从孙策攻皖，"时得乔公两女，皆国色也。策自纳大乔，瑜纳小乔"。时在建安三年，周瑜二十四岁，赤壁之战在建安十三年，周瑜三十四岁，结婚已十年。言"初嫁"为突出其风流倜傥，少年得志。英发，意谓谈吐不凡，识见卓越。

〔4〕羽扇纶巾：《语林》曰："诸葛武侯与晋宣帝战于渭滨，乘素车，着葛巾，挥白羽扇，指麾三军。"纶（guān）巾，指青丝头巾。羽扇纶巾泛指儒将装束，非专指诸葛亮，此处指周瑜。

〔5〕酹（lèi）：以酒洒地，表示祭奠。

【赏析】

作于黄州贬居之时的这首词，仿佛是一股廓雾扫霾的劲风，给北宋词坛吹进了豪情万丈的阳刚之气，驱散了男子作闺吟的侈靡做作。其时作者四十四岁，在乌台诗案中侥幸捡回一条命，贬居黄州已近五年。这期间，东坡作词数量最多，有近五十首，占其词作约四分之一。唯有这一首，为中国词坛树立了豪放派的大旗。从此，后辈词人竞相响应，在文学史上形成别具一格的滔滔洪流。

起句壮语盘空，裂石穿云，笔力雄健，气象开阔。"大江东去"既是眼前江水浩荡、波涛汹涌之实写，也是对历史长河的隐托。景语乃情语，唯其有喻义，所以对"千古风流"做出历史性评说才有着落。"浪淘尽千古风流人物"一句，俯仰今昔，鸟瞰历史，高屋建瓴，数说千古英雄。这里借景发端，是为渲染烘托，在抒发大江的景语和情语中，切入"赤壁怀古"的题旨。

"乱石穿空"三句一气如注，笔力如神龙游空，似飞瀑急泻。"穿空"写尽山崖气势，"拍岸"极言浪涛威猛，"雪"字渲染江涛之气象万千。巨笔纵描，涵括了上下四方、千流万壑之长江大观。在极力铺写之后，词人悬笔提毫，总收一笔"江山如画"，由"多少豪杰"的总述导入对理想中的周瑜的描绘，"怀古"题旨于此点出。作者对英雄与娇美的深情缅怀，体现在不经意的一笔"小乔初嫁了"五字中，让读者也不禁悠然神往。"羽扇纶巾"写周瑜的风流倜傥；"谈笑间"写其雍容挥洒的儒雅风采。当豪情犹如银瓶乍破、铁骑突进般地推进时，"故国神游"一句猛然形成情绪的低落、怅惘。最后以"人生如梦，一尊还酹江月"的感伤情怀戛然收煞。

这首词交织着词人对历史和现实的矛盾心理。熙宁、元丰年间，边患日重，国事不堪。苏轼渴望有周瑜那样的英雄豪杰再世。然而作者自己的现实处境却是那样的难堪，因此当理想与现实矛盾尖锐时，他只好借他人之酒杯，浇自己之块垒了。

《赤壁怀古》是苏轼久负盛名的杰作，（宋）胡仔称："东坡'大江东去'赤壁词，语意高妙，真古今绝唱。"（宋）俞文豹《吹剑录》说苏东坡有一天问歌者："我词比柳（永）词何如？"歌者回答说："柳郎中词，只合十七八女孩儿，执红牙拍板，唱'杨柳岸晓风残月'。学士词须关西大汉，执铁板，唱'大江东去'。"这就是说，以苏轼为代表的豪放派词，发展到《赤壁怀古》一词，已为巅峰之作，这在宋时已成定论。

此词异文颇多，且断句多有不同，此不一一述说。

【名家评点】

夏口之战，古今喜称道之。东坡赤壁词，殆戏以周郎自况也。词才百许字，而江山人物无复余蕴，宜其为乐府绝唱。

——［金］元好问《题闲闲书赤壁赋后》

洞仙歌

余七岁时，见眉州老尼，姓朱，忘其名，年九十余。自言尝随其师入蜀主孟昶[1]宫中。一日大热，蜀主与花蕊夫人夜纳凉摩诃池上[2]，作一词，朱具能记之。今四十年，朱已死久矣，人无知此词者，但记其首两句。暇日寻味，岂《洞仙歌》令乎？乃为足之云。

冰肌玉骨，自清凉无汗。水殿风来暗香满。绣帘开，一点明月窥人。人未寝，欹枕钗横鬓乱。起来携素手，庭户无声，时见疏星渡河汉。试问夜如何？夜已三更，金波淡，玉绳低转[3]。但屈指，西风几时来？又不道[4]，流年暗中偷换。

【注释】

〔1〕孟昶：五代时后蜀国主。

〔2〕花蕊夫人：《能改斋漫录》卷十六《花蕊夫人词》条："伪蜀主孟昶，徐匡璋纳女于昶，拜贵妃，别号花蕊夫人。"一说姓费，见《十国春秋》及《后山诗话》："费氏，蜀之青城人，以才色入蜀宫，事后主，嬖之，号花蕊夫人。"摩诃池：故址在成都市郊。隋代凿，蜀王建改名为龙跃池。

〔3〕"金波"二句：金波指月光。玉绳是北斗七星中的两颗星名。低转表示夜已深。

〔4〕不道：不知不觉。

【赏析】

苏东坡在黄州创作的所有歌词中，这是罕见的一首悼古言情之作。这时，他摆脱了国是政情的纠葛，抛却了周遭环境的纷扰，完全沉浸在了审美意趣之中。但这首词毕竟与《赤壁赋》《念奴娇·赤壁怀古》创作于同一时间同一地点，自然会有一种相同的思想情感流贯其间。这种一以贯之的思想情感就是身处其中而又超然物外的摇首出红尘的宇宙意识。

从词前的序中我们知道，这首《洞仙歌》是苏东坡在四十七岁那年，根据记忆中当年老尼所讲孟昶与花蕊夫人夏夜纳凉的故事，承接花蕊夫人原词而成。首二句"冰肌玉骨，自清凉无汗"即花蕊夫人仅存的原作。又说，孟昶有《玉楼春》，其词云："冰肌玉骨清无汗，水殿风来暗香满。帘间明月独窥人，敧枕钗横云鬓乱。三更庭院悄无声，时见疏星渡河汉。屈指西风几时来？只恐流年暗中换。"

苏东坡在序中本已说得明明白白："人无知此词者，但记其首两句。"如果他知道这首《玉楼春》，再写此词，那就不叫创作，而是改写了。像苏东坡这样才情横溢的大诗人，肯定不屑于为之。实际上，所谓孟昶《玉楼春》，乃东京士人剪裁东坡《洞仙歌》，删去虚字而成。

坡翁的这首词，精彩地描绘出一幅君妃夏夜纳凉图，不仅使我们神游于那个月明星稀、水风送爽、花香袭人、更漏滴幽的迷人仙境，而且使我们看到花蕊夫人冰清玉洁的花容月貌和钗横鬓乱的旖旎风姿以及一位风流皇帝携着宠妃洁白纤细的素手遥望星空、玩赏月色于龙楼凤阁、曲苑回廊间的香艳风光。这不禁让人想起唐明皇与杨贵妃"七月七日长生殿，夜半无人私语时"的况味。但与唐宋以来的艳情诗词不同，苏东坡以大写意的笔墨，不受表面事件和时空界限的束缚，充分发掘抒情人物精神世界中的美感特质，从而使词作具有了更丰厚的超时空内涵。坡翁对花蕊夫人的描绘就是这样。词人笔下的这个绝世美人，是一个聪慧与美艳融合无间的精灵，她在暗香浮动、星汉西流的晶莹宁静中，能深切地感受到生命一刻不停地流逝；她在"欹枕钗横鬓乱"的缠绵时，在西风起于绿波带来的通体惬意时，依然能清醒地感知到一切都在不知不觉中"暗中偷换"，每个人都不过是这"流年"中的匆匆过客。

词的下半阕，抒情主体可以说是花蕊夫人，也可以说是作者本人。在这里，二者已经合二为一了。所以不像柳永的情词那样，这里没有形体情爱细节的展示，也不像寻常美女那样对"如花美眷，似水流年"产生莫名所以的惊悸、伤感。他们在这个夏夜里，在景美情浓之际，感知的是对生命、红尘、时空的更深刻的领悟。这是一种天人之间的浑然一体的神智相融，是思想在天人之间的徘徊徜徉。正是这种融合万物的宇宙意识，才使苏东坡历经磨难而仍然不失其赤子之心，但又显得那么从容淡定，优雅俊逸。

【名家评点】

唐歌词多宫体，又皆极力为之。自东坡一出，情性之外，不知有文字，真有"一洗万古凡马空"气象。虽时作宫体，亦岂可以"宫体"概之？

——［金］元好问《新轩乐府引》

鹧鸪天

林断山明竹隐墙，乱蝉衰草小池塘。翻空白鸟时时见，照水红蕖细细香。村舍外，古城旁，杖藜徐步转斜阳。殷勤昨夜三更雨，又得浮生一日凉。

【赏析】

这首词大约作于元丰六年（1083年）。词以轻松跳荡的节奏抒写了东坡农场一带美丽的自然景色和田园风光。

词中描写的景物极富视觉形象。林带的中断显现出山峦分明的岚光，山岚的映衬呈现出竹林掩映中的粉墙。垂柳蔓草环绕着一泓清幽的池塘，点缀于林断山明、翠竹披离的粉墙之前，更加显出田园之美。翻空白鸟不时贴着水面掠翅飞翔，朵朵荷花飘散着细细的清香。这两句虽是从杜甫"穿花蛱蝶深深见，点水蜻蜓款款飞"演化而来，同样工丽，同样纤巧，但又独具意趣，决无效颦之嫌。"村舍外，古城旁"不仅起承上启下之作用，而且点明词人在远离闹市的喧嚣后的愉悦和安适。他拄杖徐行，兴之所至，不管道路的曲折与远近，以至当夕阳西下时仍流连忘返。夜来三更时分下了一场好雨，今朝飘散着令人身心一爽的清凉。"殷勤"的天公以甘露的清爽解脱了浮生于人世的烦热之苦，大自然的美好慰藉了诗人心头的郁结。诗人以两句意近而旨远的词句，隐现了他贬官黄州后内心的不平和愤懑，同时也写出了他在大自然抚慰中的宁静与安详。

满庭芳

　　元丰七年四月一日，余将去黄移汝，留别雪堂邻里二三君子，会李仲览[1]自江东来别，遂书以遗之。

　　归去来兮，吾归何处？万里家岷峨[2]。百年强半，来日苦无多。坐见黄州再闰[3]，儿童尽，楚语吴歌[4]。山中友，鸡豚社酒，相劝老东坡。云何，当此去？人生底事，来往如梭。待闲看秋风，洛水清波。好在堂前细柳，应念我，莫翦柔柯[5]。仍传语，江南父老，时与晒渔蓑[6]。

【注释】

　　〔1〕李仲览：李翔，兴国人（今湖北阳新），受杨绘（时知兴国军）所托，至黄州，邀请苏轼赴汝途中往游其地。

　　〔2〕岷峨：指苏轼故乡的岷山和峨眉山。

　　〔3〕再闰：苏轼于元封三年（1080年）二月到黄州，元封三年闰九月，六年闰六月，故言再闰。

　　〔4〕"儿童"二句：意谓自己的孩子现在已学会了楚地方言俚曲。黄州在春秋战国时属楚地，三国时期属吴地，故称。

　　〔5〕莫翦柔柯：不要砍伐柔嫩的枝条，言外之意，是说要珍惜彼此的友情。苏轼曾在雪堂手植柳树，故有此语。

　　〔6〕"仍传语"三句：这是托李翔传语江南父老的话，说要父老经常晒晒他所穿之渔蓑，意思是说自己将来再来。江南，这里是指武昌（今鄂城县），与黄州隔江相望，苏轼

常去游玩。

【赏析】

苏轼终于要离开生活了近五年的黄州了。元丰七年四月，他接到圣旨，从黄州转到离京城不远的汝州（今河南临汝）。临行前作此词留别诸邻里，并书赠自江东来别的好友李翔。

苏东坡一生中无论走到哪里，都很快会在身边团结一大批人，有的是他的崇拜者，但大多数是他新结交的朋友。在苏东坡的心目中，人没有贵贱高下之分，因此他的朋友什么身份的人都有。在黄州这几年，他的邻人和朋友是潘酒监、郭药师、庞大夫和农夫，还有一个大嗓门的婆娘。黄州太守徐大用和武昌太守朱寿昌对他也是佩服得五体投地。更何况他有那一团永远在燃烧的仁爱之心，无论在哪里做官，官大官小，都会让治下的百姓感恩戴德。他在西湖疏浚淤塞，建筑苏堤；在徐州带领全城军民抗洪；后来在广州解决市民的饮水问题……在黄州时，听说武昌一带由于天灾人祸，普遍存在溺婴的惨剧，便发动富人并带头捐款，成立了"救婴会"。这其实都是太守的事，但苏东坡在他自身难保的处境下，坚持"同胞物与"的思想，行之不疑，义无反顾。他的这种物我一体、天地同怀的崇高境界，同样表现在了这首别友之作里。

起首对自己家在哪里的感叹，与"谁见幽人独往来，缥缈孤鸿影"的心境如出一辙。如果说当年陶渊明的"归去来兮"是在挣脱尘网樊笼后的吟唱，作者此刻的"归去来兮"只能是飘荡无依、有家难归的悲歌。"百年强半，来日苦无多"的一个"苦"字，流露出作者对生命流逝的惋惜以及对"来日"的珍惜。五年来，孩子们也已学会了当地方言和歌谣，然而作者没有把异域他乡写得那么悲惨，因为有邻里好友用酒肉款待"我"、安慰"我"、祝福"我"，让"我"把黄州当作自己的第二故乡。作者于此将笔锋一转，抛开对生命短促、人生无常的感叹，转而歌颂自己与黄州父老纯真质朴的情谊，使"起舞弄清影，何似在人间"附丽在富于生活情趣的画面中。这种温暖心灵的人性之光，始终不渝地点燃着他热爱生命的火花。

下片"云何，当此去？"是一倒装句，意思是说，当此离别远去的时候，说些什么好呢？"人生底事"二句是黄州父老的问话：人活着为什么要像穿梭般地往来无定呢？对于父老们的这个问题，坡翁没有回答，也无法回答。他只是在心里想，即便是到了汝州，我也不会有什么好运，等着我的只不过是在秋风落叶的日子里，闲看"洛水清波"罢了。这一句看似平淡，内里隐含的意味却非常深厚，既有对乌台诗案给词人心里带来的种种一言难尽的困扰，也有词人对人生意义的思索，同时表现出作者于逆境中旷达超脱、随遇而安的淡泊心态。世事难料，人生无常，"好在堂前细柳"是我亲手所植，请你们为我照管好，不要让人剪伐，并请转告大江南岸的父老，经常为我晒晒打鱼时披戴的蓑衣。这是对黄州父老的殷勤嘱托，不难看出，他还打算回来，还要泛舟长江，再作几篇《赤壁赋》和《念奴娇》呢。这些交代越是琐碎，越见其情致温厚，也越发表现出作者对黄州的真挚感情和对隐逸江湖、自由生活的向往。

在他启程离开黄州的那天，一大群人来为他送行，其中有当地士绅、朋友，有贫穷的农户、渔夫，还有对他感激涕零的父母，怀里抱着孩子，那孩子的命是这位即将离去的诗人救下来的。其中有十九个人一直把他送到慈湖，而怕老婆的陈季常则把他送到九江，诗僧参寥与他一路相伴，直到庐山。从此，苏东坡开始了他不可思议的晚年生涯。

【名家评点】

归根结底，文学上万古不朽的美名，还是在于文学所给予读者的快乐上。但谁又能说究竟怎样才可以取悦读者呢？……杰作之能使历代人人爱读，而不为短暂的文学风尚所淹没，甚至历久弥新，必然具有一种我们称之为发自肺腑的"真纯"。

——林语堂《苏东坡传》

水龙吟·次韵章质夫[1]杨花词

似花还似非花[2]，也无人惜从教坠[3]。抛家傍路，思量却是，无情有思[4]。萦损柔肠，困酣娇眼，欲开还闭[5]。梦随风万里，寻郎去处，又还被莺呼起[6]。不恨此花飞尽，恨西园，落红难缀。晓来雨过，遗踪何在？一池萍碎[7]。春色三分，二分尘土，一分流水[8]。细看来，不是杨花，点点是，离人泪。

【注释】

〔1〕章质夫：浦城人，与苏轼同官京师。历官吏部郎中、同知枢密院事。他咏杨花的《水龙吟》是当时一首名作，苏轼依原韵作此词，故题作"次韵"。

〔2〕"似花"句：古人把杨花当作花，但又觉得不像花。白居易《花非花》云："花非花，雾非雾。"有时亦指女性。

〔3〕"也无人"句：也没有人爱惜它，谁都不经意地任其飘坠。

〔4〕"抛家傍路"三句：杨花落在路上，看似无情，却也有它的深意。

〔5〕"萦损柔肠"三句：思恋之情愁损了杨花的弱质，它的媚眼犹如美人倦极时，双目欲开还闭。以拟人法写杨柳，暗喻愁思困倦的思妇。

〔6〕"梦随"三句：活用唐人《春怨》"打起黄莺儿，莫教枝上啼。啼时惊妾梦，不得到辽西"的诗意，写思妇对远方情人的怀念。

〔7〕一池萍碎：苏轼自注其句云："杨花落水为浮萍，验之信然。"他一直误以为浮萍即杨花落水所化。

〔8〕"春色"三句：杨花的美色，大部分委于尘土，小部分随水流去。后来套用这一句式的词作甚多。

【赏析】

这首词作于宋哲宗元祐二年（1087年），即作者离开黄州，回朝任四品中书舍人的第二年。

在我国诗词艺苑中，咏物之什不计其数，如若鉴别它们的高下，一是要看作者捕捉物象的慧眼；二是要看作者移情于物之真诚感人是否能引起读者强烈的共鸣，是否能使客观物象带有作者自己独特的个性和风格。章质夫的《水龙吟》本已曲尽杨花之妙，唱和之作要想超越，自非易事。历来词评家对章作与苏作之优劣有过许多评析和议论。我们先看章质夫的《水龙吟》：

"燕忙莺懒芳残，正堤上柳花飘坠。轻飞乱舞，点画青林，全无才思。闲趁游丝，静临深院，日长门闭。傍珠帘散漫，垂垂欲下，依前被风扶起。兰帐玉人睡觉，怪春衣雪沾琼缀。绣床渐满，香球无数，才圆却碎。时见蜂儿，仰粘轻粉，鱼吞池水。望章台路杳，金鞍游荡，有盈盈泪。"

晚清王国维说："东坡《水龙吟》咏杨花，和韵而似原唱；章质夫词，原唱而似和韵。才之不可强也如是。""咏物之词，自以东坡《水龙吟》为最工。"宋人魏庆之《诗人玉屑》说："余以为质夫词中所谓'傍珠帘散漫，垂垂欲下，依前被风扶起'，亦可谓曲尽杨花妙处。东坡所和虽高，恐未能及。"

可见对章词与苏词孰优孰劣，分歧很大。就艺术意蕴而言，章词咏物虽极尽神妙，然才情终嫌不足。故此，沈谦《填词杂说》云：苏词"幽怨缠绵，直是言情，非复赋物"；沈际飞《草堂诗余》曰：苏词"如虢国夫人不施粉黛，而一段天姿，自是倾城"；《蓼园词选》则说：苏词"情景交融，笔墨入化，有神无迹矣"。可谓均深得此词之意趣。苏词最神妙的地方在后片，真可说是超凡脱俗，神来之笔。"三分春色"各有所归，"二分尘土，一分流水"绝非庸才所能思及。春天的踪影忽地消失，难道不是已随杨花化作尘土和流水了吗？"细看来，不是杨花，点点是，离人泪"——只有思妇和游子的眼泪，才会如此漫无天际。至此，诗人以奇特的夸张，浓烈的情感，把全篇收束得妙到毫巅，后人再也无法企及。

【名家评点】

东坡《水龙吟》起句云："似花还似非花。"此句可作全词评语，盖不离不即也。

——［清］刘熙载《艺概》

蝶恋花

花褪残红青杏小。燕子飞时，绿水人家绕。枝上柳绵吹又少，天涯何处无芳草！墙里秋千墙外道。墙外行人，墙里佳人笑。笑渐不闻声渐悄，多情却被无情恼。

【赏析】

乍看之下，这只是一篇描写暮春时节的一次邂逅可又无法互通款曲的艳情故事。春光渐少，花红凋零，而"佳人"浑然不以为意，仍在秋千架上欢声笑语，尽情享受着春天给她们带来的快乐。她们知道，春天固然要渐渐离去，可燕子还在飞，绿水还在流；枝上柳絮固然被风吹的越来越少，但是天地如此辽阔，哪里会没有"芳草"呢？诸注家都说"天涯何处无芳草"这一句意谓春光已晚，芳草远及天涯。可我觉得应理解为"春日虽然无多，但天地之大，哪里没有芳草呢"？人们在平时也正是按照这一含义理解这一名句的。

《词林纪事》卷五引《林下丛谈》云：

"子瞻在惠州，与朝云闲坐。是时青女初至（指秋霜初降），落木萧萧，凄然有悲秋之意。命朝云把大白，唱'花褪残红'。朝云歌喉将啭，泪满衣襟。子瞻诘其故，答曰：奴所不能歌，是'枝上柳绵吹又少，天涯何处无芳草'也。子瞻幡然大笑曰：'是吾正悲秋，而汝又伤春矣！'遂罢。朝云不久抱疾而亡。子瞻终身不复听此词。"

纪事中提到的朝云可以说是苏东坡唯一的红颜知己。那是回朝任职、移家汴京后的一天，他在一顿丰盛的晚餐后，摸着自己的肚子问家人，他的腹中何所有？一个说是"一肚子墨水"，一个说是"一肚子诗文"。苏轼都摇头说"不是"。最后朝云说：你是一肚子不合时宜。苏轼听后大笑曰："知我者，朝云也！"如此知心之人，必定非常了解坡翁写作此词的真实用意，否则就不至于"日诵'枝上柳棉'二句，为之流泪。病极，犹不释口"了。

那么，坡翁的这首词，真正的意旨是什么呢？要想正确解读之，关键是作者本人的那句话："吾正悲秋，而汝又伤春矣！"

可以说，朝云是中国历史上第一个追随自己崇拜的偶像，并心甘情愿一起与之千里跋涉，向天涯海角走去的弱女子。她与东坡于元祐九年（1094年）到惠州，那一年她三十一岁，坡翁五十七岁。两个人都正处在对岁月极其敏感的年龄段。当她歌咏到"花褪残红""枝上柳绵吹又少"这类春色无多的词句时，自然要联想到自己也将华年远去，青春不再，就像这岁月把大好春光无情地带走一样。最让人伤感的是"天涯何处无芳草"，此处春色日暮，他方的芳草却正在萋萋离离地翠碧连天。虽然她和夫君这时都在潜心学佛，彼此已经不再有肌肤之爱，可是倘若自己先走了呢？那时，这个敏感的女子似乎已经预感到了情况不妙。在所有这些下意识的心理活动的作用下，"歌喉将啭，泪满衣襟"就尽在情理之中了。而年近花甲的坡翁，当时的处境更凶险，眼看朝中得势的那帮心肠歹毒的阴险小人步步紧逼，大有不把他整死誓不罢休之意，自己又体弱多病，犹如残秋将尽，严冬即至，看来结局只能是"好收吾骨瘴江边"了。因此之故，他才说"我正悲秋，而汝又伤春矣"。

可见，这曲《蝶恋花》全然是一首优美而清俊、平实而悠婉的辞章。前半阕写景，后半阕说理。所谓"墙里墙外"的情景，纯然是作者在想象中设计的一个场景，在他的生活中，未必真的有过这类情景，可这又是人们在现实中很可能会遇到的。"无情"的"佳人"在这里显然是暗喻"以万物为刍狗"的流逝不息的岁月；而"多情"的"行人"是比喻多愁善感的芸芸众生。"笑渐不闻声渐小"指时光就这样似乎在人世的喧嚣中悄悄地流走了，留给世人的却是"剪不断理还乱"的无穷烦恼。人与天、人与人之间永远无法化解的这一矛盾——有情与无情——给人们带来的困扰，只此"多情却被无情恼"一句，便尽括无遗了。

如此看来，这并不是一首很难解读的词。可是被词论家们高推文义、故弄玄虚地解说一番之后，反而弄得云里雾里了。正如俗语所言：你不说我还明白，你越说我越糊涂。比如清代王士祯在《花草拾蒙》中说："枝上柳绵，恐屯田（柳永）缘情绮靡，未必能过。"《草堂诗余正集》曰："枝上二句，断送朝云。一声何满子，肠断李延年，正若是耳。"现代词评家有的说："墙内是青春逼人的红粉少女，墙外是头发花白的老词人，墙内二八佳人的自由欢笑引发了老词人的无限遐想……"有的说："它不是只有一墙之隔吗，翻过墙不就可以看到了吗？……这就是一种隔膜。"有时候，你都不知道他们在说些什么。

西江月

玉骨那愁瘴雾，冰姿自有仙风。海仙时遣探芳丛，倒挂绿毛幺凤〔1〕。素面常嫌粉涴〔2〕，洗妆不褪唇红〔3〕。高情已逐晓云空，不与梨花同梦。

【注释】

〔1〕"倒挂"句：作者自注："岭南珍禽有倒挂子，绿毛，红喙，如鹦鹉而小，自东海来，非尘埃中物。"

〔2〕"素面"句：典出《太真外传》。据说杨贵妃的三姐虢国夫人从不化妆，常素面朝天，亦美不胜言。涴（wò），指污染。

〔3〕唇红：《冷斋夜话》："岭外梅花，与中国异。其花几类桃花之色，而唇红香著。"并举苏词此句为例。

【赏析】

在苏东坡的后半生中，王朝云起着十分重要的作用。朝云聪明活泼，善解人意，秦观赞美她美如春花，目似晨曦。她爱慕苏东坡这个诗人，向往他那超凡脱俗的精神境界。她是苏东坡真正的红颜知己。

苏东坡的一生，官运虽然糟糕至极，幸好有多个女人像守护神般地保佑他，否则这个给中国文化史平添夺目光华的奇才，早就被扼杀了。他的发妻王弗去世后，继室王氏（失其名）也是他们的同乡。苏夫人不像王弗那么精明睿智，但她是男人理想的那种女性。她对丈夫只知道崇拜，只知道顺从，只要是丈夫愿意做的，她都会满足，甚至丈夫不好意思说出口的，她也会满足。熙宁十年（1077年），苏轼在从杭州移知密州的时候，苏夫人买了一个十二岁的丫鬟，为的是有人能和她一起伺候丈夫。这个小丫鬟就是朝云。东坡被贬居黄州后不久，大约是在元丰三年至五年（1080—1082年）期间，由苏夫人一手操持，收朝云为妾，从此以后，朝云便成了苏氏家族中名正言顺的一员。

在苏东坡时代，先后有四个皇后当政，而且幸运的是这四个皇后都很明达贤德、是非分明。先是仁宗的皇后把他从乌台大牢里救了出来；后是英宗的皇后提拔他为朝廷重臣；甚至在他的晚年，要不是神宗的皇后代摄政事，他早就客死蛮荒了。不幸的是，元祐九年（1094年）秋，苏夫人和当政的皇太后相继去世，苏东坡的命运急转直下，从前炮制乌台诗案那帮小人卷土重来，发誓要把以他为首的反对派一网打尽、赶尽杀绝。他们开列了一份在元祐年间当政的三百零九人的黑名单，赫然列居首位的就是苏东坡。宋哲宗绍圣元年（1094年）夏，章惇拜相，他首先拿苏东坡开刀。苏轼横越逶迤荒野的五岭，成了历史上第一个被流放天涯海角的诗人。这时候，义无反顾追随他的就是朝云。

五十七岁的坡翁，拖家带口，好不容易在举目无亲的惠州安顿下来。想不到第二年，朝云因偶染疟疾而亡，因为她是虔诚的佛弟子，在临终时还不停地念着《金刚经》的那个偈子："一切有为法，如梦幻泡影，如露亦如电，应作如是观。"

坡翁遵照朝云的心愿，把她安葬在离丰湖栖禅寺大圣塔旁。他对朝云的情感，不仅表现在为她写的墓志铭和《悼朝云》一诗中，还表现在他们刚来惠州时为朝云所写的两首词上。有一首他把他们的爱情升华到了宗教境界，其词云：

"白发苍颜，正是维摩境界。空方丈，散花何碍？朱唇箸点，更髻鬟生彩。这些个，千生万生只在。好事心肠，著人情态。闲窗下，敛云凝黛。明朝端午，待学纫兰为佩。寻一首好诗，要书裙带。"

朝云死后的那年初冬，梅花盛开，坡翁写下这首《西江月》，以梅花象征长眠于地下的朝云。词的用语既像是在写花，又像是在写他心爱的女人。开篇作者引用了《庄子·逍遥游》中的故事：有仙女姑射仙子，肌肤如雪，不食五谷，只呼风饮露。然后作者说，这位白衣仙子仿佛绿毛么凤腾云驾雾而来巡视百花。岭南的梅花红艳如桃，而么凤的姿容圣洁，施粉是对她的沾污，卸装后的天然樱唇仍旧是那么红润。这位仙女在百花盛开之时，便升天而去，她是永远不会与春花争奇斗艳的。

这首词采取通篇比喻的手法，将朝云的圣洁比作梅花的冰肌玉骨，高雅的情怀犹如梅花的超凡脱俗，只有姑射仙子方可与之媲美。作者在这赞美中，寄托着对朝云的深深怀念。明人杨慎说："古今梅词，以坡仙绿毛么凤为第一。"

苏东坡来到惠州不久，心想看来自己要终老于此了，因此下决心在惠州安家久居。那时他的经济状况虽然捉襟见肘，好在他有许多故交新知，无论走到哪里，他都会有一大帮崇拜者为他慷慨解囊。他在惠州治下的归善县城东的白鹤峰找到一块空地，经过一年的辛劳，新居终于落成。一个月后，两个儿子苏迈、苏过举家来惠，万里相隔，已历三载，现在祖孙三代终于欢聚一堂，能享天伦之乐了。已是花甲之年的坡翁欣喜过望，赋诗一首曰："白头萧散满霜风，小阁藤床寄病容。报道先生春睡美，道人轻打五更钟。"

此诗传到京城，章惇看到后，狞笑着说："噢，原来苏东坡活得还这么舒服！"于是立即再下一道命令，把他贬往天涯海角的儋州，即现在的海南。祖孙三代在新居只住了两个月零三天，苏东坡就登上海船，挥泪告别亲朋好友，把尸骨未寒的朝云留在身后，驶向了波涛汹涌的茫茫大海，开始了他生命的最后旅程。

醉翁操

琅琊幽谷，山水奇丽，泉鸣空涧，若中音会。醉翁喜之，把酒临听，辄欣然忘归。既去十余年，而好奇之士沈遵闻之往游，以琴写其声，曰《醉翁操》，节奏疏宕而音指华畅，知琴者以为绝伦。然有其声而无其辞。翁虽为作歌，而与琴声不合。又依《楚辞》作《醉翁引》，好事者亦倚其辞以制曲。虽粗合韵度而琴声为词所绳约，非天成也。后三十余年，翁既损馆舍，遵亦没久矣。有庐山玉涧道人崔闲，特妙于琴，恨此曲之无词，乃谱其声，而请于东坡居士以补之云。

琅然[1]，清圆[2]，谁弹，响空山。无言，惟翁醉中知其天。月明风露娟娟，人未眠。荷蒉过山前，曰有心也哉此贤[3]。醉翁啸咏，声和流泉。醉翁去后，空有朝吟夜怨。山有时而童颠[4]，水有时而回川。思翁无岁年，翁今为飞仙[5]。此意在人间，试听徽[6]外三两弦。

【注释】

〔1〕琅然：玉的琳琅声，以此状流泉之声响。

〔2〕清圆：指月。以清圆之夜月，为琅然之流泉做陪衬。

〔3〕"荷蒉"二句：典出《论语·宪问篇》："子击磬于卫，有荷蒉而过孔氏之门者，曰：'有心哉，击磬乎！'"蒉是草筐。荷蒉者是卫国的隐士，荷草器而自食其力。这二句是说琴声打动了隐居的贤人。

〔4〕童颠：谓山无草木，如幼童之首。

〔5〕飞仙：能在空中飞行的仙人。《楞严经》卷八："情少想多，轻举非远，即为飞仙大力鬼王。"苏轼精通佛经，当取此义。

〔6〕徽：系琴弦的绳。后亦指七弦琴琴面十三个指示音节的标识。

【赏析】

由自序可知，词为琴曲《醉翁操》而作。醉翁即欧阳修。庆历中，欧阳修谪守滁州，筑醉翁亭，并为此写下《醉翁亭记》这一不朽名篇。他在滁州琅琊幽谷听天籁——鸣泉，且啸且咏，乐而忘返。十余年后，太常博士沈遵用琴声写下这自然之声，谱制为《醉翁操》；欧阳修曾为此曲撰写过《醉翁引》，但苏轼觉得欧阳公的歌词与琴曲不合，失去了琴曲的自然美，因此再作此词。

词的上片写流泉之自然声响及其感人效果。"琅然，清圆，谁弹，响空山"四句写鸣泉飞瀑之声若环佩，创造出一个美好的意境。词的开篇，作者首先描写了鸣泉这一天籁之美：在夜月清圆而又万籁俱寂的幽谷中，是谁在弹奏如此美妙的乐曲呢？这是天地间自然生成的绝妙乐章啊！这样的仙乐，很少有人能得其妙趣，只有醉翁欧阳公能于醉中欣赏这天籁。在此明月之夜，人们因被这美妙乐曲陶醉，久久不眠，然而不眠者中，只有醉翁一人是知音。

下片具体描述欧阳修如何与这天籁心心相印，作者用醉翁的啸咏与鸣泉的唱和来说明之。醉翁一旦离开滁州，流泉也就失去了知音，于是连那自然声响也仿佛带有怨恨之情了。

时光流逝，人世沧桑，如今林壑优美的琅琊翠屏，有的山峰已无草木，有的流水已改变了方向。醉翁也已仙逝，鸣泉之妙趣，再也无人能赏了。但鸣泉之乐章，醉翁为之陶醉的天籁却侥幸还留在人间，这就是鸣泉的另一知音沈遵用琴声描摹下来的《醉翁操》。词的最后将读者的注意力拉回到琴声上，从而突出了主题。

据精通音律的人说，苏轼的这首词音节和平，犹如流水清冷，非深解乐理者不能为。

【名家评点】

艺术上所有的问题，都是节奏的问题，不管是绘画、雕刻、音乐，只要美是运动，每种艺术形式就有隐含的节奏。

——林语堂《苏东坡传》

李之仪

李之仪（？—1117年），字端叔，自号姑溪居士，沧州无棣（今属山东）人。神宗元丰年间进士。苏轼守定州，辟掌机宜文字。徽宗朝以文章获罪，编管太平州（今安徽当涂）。终朝议大夫，年八十余。有《姑溪居士文集》。存词近百首，与秦观、黄山谷诸词人皆友善，屡有唱和。

卜算子

　　我住长江头，君住长江尾。日日思君不见君，共饮长江水。此水几时休，此恨何时已？只愿君心似我心，定不负相思意。

【赏析】

　　这首小令以长江起兴，抒写真情，意新语妙。首言相隔之远，次言相思之深。换头仍紧扣长江，言水无休，恨亦无已。末句言两情不负，实本顾夐《诉衷情》词："换我心，为你心，始知相忆深。"

黄庭坚

　　黄庭坚（1045—1105年），字鲁直，自号山谷道人，晚号涪翁，洪州分宁（今江西修水县）人。庭坚生而颖慧，八岁能诗，曾作一诗送人赴举云："送君归去玉帝前，若问旧时黄庭坚，谪在人间今八年。"治平四年（1067年）进士。初任国子监教授，改知太和县。苏门四学士之一。晚年两次被贬，死于西南荒僻的贬所。

　　山谷诗书俱佳。诗以奇崛矫轻俗之习，开一代诗风，成为江西派的开山之师；书法精妙，与苏轼、米芾、蔡襄并称"宋四家"。词与秦观齐名。他虽是苏轼的后辈，但在诗坛上与东坡齐名，人称"苏黄"。有《山谷集》等传世。

清平乐

　　春归何处，寂寞无行路。若有人知春去处，唤取归来同住。春无踪迹谁知，除非问取黄鹂[1]。百啭无人能解，因风飞过蔷薇。

【注释】

〔1〕问取黄鹂：因为黄鹂随春而来，推想它应知春的踪迹，所以问之。

【赏析】

上片提出问题，下片自己试为解答。"除非问取黄鹂"，莺啼虽十分婉转，却无人能解。飞过蔷薇，又是春尽的光景。全篇婉转一意，但何以特提出这黄鹂呢？冯贽《云仙杂记》云："戴颙携黄柑斗酒，人问何之，曰往听黄鹂声。"这里借寓自己的身世怀抱，非泛泛之笔。

词以清新细腻的语言，表现了词人对美好春光的珍惜与热爱。全词构思新颖委婉，思路回环反复；情意跳脱，风格清奇；语言轻巧，淡雅有味。结语暗喻身世，大有佳人空谷、自伤幽独之感。

【名家评点】

山谷词尤以《清平乐》为最新，通体无一句不俏丽，而结句"百啭无人能解，因风飞过蔷薇"，不独妙语如环，而意境尤觉清逸，不着色相。为山谷词中最上上之作，即在两宋一切作家中，亦找不着此等隽美的作品。

——薛砺若《宋词通论》

鹧鸪天

坐中有眉山隐客史应之〔1〕和前韵，即席答之。

黄菊枝头生晓寒，人生莫放酒杯干。风前横笛斜吹雨，醉里簪花倒著冠〔2〕。身健在，且加餐，舞裙歌板〔3〕尽清欢。黄花白发相牵挽，付与时人冷眼看。

【注释】

〔1〕史应之：名铸，眉山人，隐士。

〔2〕倒著冠：借用晋代山简醉后倒著白接篱（冠名）的故事写自己。

〔3〕歌板：乐器所用的拍板。

黄庭坚身为"苏门四学士"之一，在文坛上与苏轼齐名，自然会被章惇、李定、舒亶那帮阴险小人列为重点打击对象。宋哲宗绍圣二年（1095年），黄庭坚以修《神宗实录》不实之罪，被贬涪州别驾，黔州安置，后又改移戎州安置。初至戎州，寓居南寺，作"槁木寮""死灰庵"，暗喻他已形如槁木、心如死灰，可见其心中之抑郁愤懑。词即写于戎州贬所。

首句"黄菊"二字，点明与史应之相聚于菊花盛开的秋季。当"晓寒"徘徊黄菊枝头的时候，把酒浇愁，手持横笛，任它风劲雨狂，只求一醉方休。此刻，词人颜酡意醉，顺手摘下一朵菊花，插于发中，发冠倒扣，情态可爱之至。

承接上文酒醉之后的癫狂与放纵，词人高吟"身健在，且加餐。舞裙歌板尽清欢"。表达了他决心摒弃这些年来屈身事人、仰承鼻息、追逐名利的生活方式，要回到怡然自得、歌舞清欢的自由中来。结尾两句使作者的那种睥睨世俗、狂放特立的形象生动地展现在读者的眼前。他把表示朝官身份的发冠倒过来，苍苍白发上再插上一朵金黄色的菊花，就是要向世人表明：无论你们怎样冷眼相待，我是决心不和你们再随波逐流、奴颜取悦了！"黄花白发相牵挽，付与时人冷眼看"这两句，我们不妨看作是涪翁对黑暗势力的愤怒抗议，是表示自己将重新开始另一种迥然不同的生活的宣言，也是对把持朝政的那帮无耻政客的控诉。

渔家傲

江宁江口阻风，戏效宝宁勇禅师作古渔家傲。王环中云：庐山中人颇欲得之。试思索，始记四篇。

万水千山来此土，本提心印传梁武。对朕者谁浑不顾。成死语，江头暗折长芦渡。面壁九年看二祖，一花五叶亲分付。只履提归葱岭去。君知否？分明忘却来时路。

用一首小词，仅仅六十二个字，就把禅宗始祖达摩东来传法的始末概括殆尽，不能不让人钦佩作者笔力之高超。俄国诗人莱蒙托夫的《诗人之死》，讲述的仅是大诗人普希金被杀害一事，就用了七十二行一千多字，可见汉语的概括力有多么强（这里没有厚此薄彼的意思。《诗人之死》写的也非常好。这里只是对比线形文字与汉字的概括力，顺便说说而已）。

自从释迦牟尼在灵山法会上"拈花微笑"，开辟了禅宗教义，传到二十八代达摩大师，其时印度佛教已然式微，大师谓东土震旦（中国）有大乘气象，便渡海东来，与笃信佛教的梁武帝见面。梁武帝问他："我修造了那么多寺庙，做了许多佛事，你看有什么功德？"

达摩此来，肩负宣扬正信佛法的使命，于是说："并无功德，此但人天小果，有漏之因，如影随形，虽有非实。净智妙圆，体自空寂，不以世求。"彼此话不投机，大师于是一苇渡江，寓居嵩山少林寺，面壁九年。词的上阕讲的就是这桩公案。

当达摩始祖在少林寺面壁禅定之际，洛阳有少年姬光，博览群经，学识冠世。他觉得老庄孔孟未能穷极宇宙人生的至理，于是出家为僧，更名神光。自二十三岁始，静坐八年，后慕名前往少林寺拜见达摩，于雪中断臂求法。达摩认为他是可当大任的法器，于是传他"安心法门"，法号慧可，是为二祖。再传三祖僧璨、四祖道信、五祖弘忍、六祖慧能。此后衍成曹洞、临济、云门、沩仰、法眼五派，故称为一花五叶。下片首二句所言，即指此。

"双履提归葱岭去"讲的是一个非常有趣的故事。梁大通二年（528年），达摩大师"化缘已毕，传法得人"，遂自甘中毒而逝，葬熊耳山（今河南西部主要山脉），起塔于定林寺。有北魏宋云，奉命出使西域，在回国途中，于葱岭遇大师，见其手提一只草鞋，飘然独行。宋云问大师要去哪里，大师说要"去西天"。宋云回朝后，向魏孝庄帝奏明此事。帝令启圹验证，果然只见空棺中唯有一只草鞋而已。

结句"君知否？分明忘却来时路"是说达摩始祖已经完成中土传法的使命，还清了宿世业障，从此已将娑婆世界的恩恩怨怨全部了却，不会再来受红尘俗世的烦恼了。也就是"我生已尽，梵行已立，所作已办，不受后有"的意思。

浣溪沙

一叶扁舟卷画帘，老妻学饮伴清谈。人传诗句满江南。林下猿垂窥涤砚，岩前鹿卧看收帆。杜鹃声乱水如环。

【赏析】

这首词写的是日常生活中的几个画面，意趣盎然，洋溢着浓厚的生活气息。

上片写与老妻清江泛舟的野趣。词人卷起画帘，与老妻一面饮酒清谈，一面观赏如诗如画的秀美河山。夫妻二人在闲谈什么呢？"人传诗句满江南！"多么自豪，多么得意。仅此一句，蕴含着多少可以想象的故事啊！涪翁自信豪爽的翩翩风度，也朗然可见。

下片写归途中的几个有趣镜头：一只调皮的猴子，倒挂着，偷偷窥探词人洗涤砚台；靠岸收帆，岩前的小鹿安闲地躺在那里，不惊不怖，一直静静地看他怎样收卷船帆；涪翁与老妻舍舟登岸，惊起了岸边的杜鹃。在杜鹃的一片惊叫声中，可以看到小舟四周一环一环扩散开来的波纹。这首词的下片格外有特色，它打破常规，只写人的动作、鸟兽的反应，描写的全是景物。可是从这些景象上，巧妙地折射出了抒情主体的内心世界：自信闲适，恬淡自然。

小龙女

传闻为一过世少女。余无考。

江亭怨

帘卷曲栏独倚，江展暮云无际。泪眼不曾晴，家在吴头楚尾[1]。数点落花乱委，扑漉[2]沙鸥惊起。诗句欲成时，没入苍烟丛里。

【注释】

〔1〕吴头楚尾：大致相当于现今江西南昌地区，即下文所说之"豫章"。豫章区划在古代屡有变迁，唐宋时属扬州管辖。

〔2〕扑漉：即扑梭，鸟飞声。

【赏析】

这首小令附丽着一个凄美的故事。

宋哲宗绍圣初（1095年），身为"苏门四学士"之一的黄庭坚，被列入苏轼的同党，贬谪到江汉一带漂泊流浪的时候，一次登荆州亭，见柱间有词，调似《清平乐》。鲁直凄然曰：“写作此词的人，看其动笔之势，疑其出自女子之手，好像是为我而作。由‘泪眼不曾晴’之类的词语推断，作者很可能是一女鬼。”那天夜里，他在睡梦中见有女子对他说：“我家住豫章吴城山，搭乘客舟来到这里，不幸堕水而死。此词是登江亭有感而作，想不到竟被先生识破。”黄庭坚大惊，醒后说：“她必定是吴城的小龙女！”

看来小龙女确有其人，而且生前即已小有名气，否则涪翁不会这么说。

词的上片展现的是作者在暮色中行止和所见景物：“帘卷曲阑独倚，江展暮云之际。”她泪眼盈盈，遥望故乡，而家乡却远在“吴头楚尾”。魂幽幽，泪常流，她在词中对自己为什么会流落到荆州，又为什么会客死江舟，虽然没有透露一个字，但满腔哀怨已经毫不掩饰地流露在词句中了，使人禁不住遐想无已。

下片写花落鸟惊，把少女在茫茫夜色中的惊魂不定、彷徨无依表现得淋漓尽致。“诗句欲成时”，她想借此凄凉的景色抒发自己的悲苦，可是不得不在倏忽间“没入苍烟丛里”，这是指沙鸥，还是指冤魂？要是指沙鸥，黄庭坚就不会说这是一首“鬼词”了。

此词依音韵和字句，词牌应为《清平乐》，“江亭怨”似应为副题。

【名家评点】

词境极冷隽幽倩，如子规啼月，哀猿夜啸，为一切词家所无之境。即两宋最大手笔，亦不能写得如此凄冷动人……向来以为系龙女所作者，以词境过于凄冷，殊不类人间语，因有此传说耳。

——薛砺若《宋词通论》

窃杯女子

宣和年间民间女子。余无考。

鹧鸪天

灯火楼台处处新，笑携郎手御街行。贪看鹤阵笙歌举，不觉鸳鸯失却群。天表近，帝恩荣。琼浆饮罢脸生春。归来恐被儿夫怪，愿赐金杯作证明。

【赏析】

  词的作者是一位无名女子，叙述的是一个真实的故事。

  话说宋徽宗宣和六年（1124年）元宵佳节那一天，京城里照例灯如海，歌如潮，东风夜放花千树，宝马雕车香满路。是夜，家家户户张灯结彩，男男女女观灯游玩。一对年轻夫妻在熙熙攘攘的人群中被挤散了。年轻女子恰巧被挤到皇帝与民同乐的御赐酒席前，小女子喝完御酒后，偷偷把酒杯藏了起来。不幸被御林军发现了，便把她捉住去见皇帝。徽宗倒也仁慈，罚她作词，于是小女子不慌不忙口占一曲，说明了拿走酒杯的情由。皇帝不但没有怪罪她，还将她拿着的金杯赏赐给她，赦其无罪。

  一个民间女子，即兴即事赋词，出口成章，言词通达晓畅，叙事有条不紊，委实令人惊叹。由此可以看出，宋代的词曲创作，犹似唐代的诗歌创作，有着深广的群众基础。

  据《大宋宣和遗事》中的记载，窃杯女子所作之词，内容与这一首《鹧鸪天》相同，词牌却为《念奴娇》。其词云：

  "桂魄澄辉，禁城内，万盏花灯罗列。无限佳人穿绣径，几多妖艳奇绝。风烛交光，银灯相对射，奏箫韶初歇。鸣鞘响处，万民瞻仰宫阙。妾自闺门给暇，与夫携手，共赏元宵节。误到玉皇金殿砌，赐酒金杯满设。量窄从来，红凝粉面，樽前无凭说。假王金盏，免公婆责罚臣妾。"

晁端礼

  晁端礼（1046—1113年），字次膺，先世澶州清丰人，迁居彭门（今徐州）。熙宁六年（1073年）进士。两为县令，因忤上司落职。其词多咏物、颂谀之作。风格近周邦彦，气魄有余，工致不足。著有《闲适集》，已佚。今传《闲斋琴趣外篇》。

行香子

  别恨绵绵，屈指三年。再相逢，情分依然。君初霜鬓，我已华颠。况其间有，多少恨，不堪言。小庭幽槛，菊蕊阑斑。近清宵，月已婵娟。莫思身外，且斗樽前。愿花长好，人长健，月长圆。

【赏析】

词写老友离别三年，意外相逢后悲喜交加的情景。

前阕略言相逢时的惊喜，虽然三年未见，但情谊仍旧，欣慰之情溢于言表。再仔细端详，二人皆已鬓发如霜，不用细问，完全可以想见，这三年里各自经历了多少事，感受过"多少恨"啊！

下片略去了"不堪言"的往事，只写眼前的欢欣。秋高气爽，金菊灿灿，兰香幽幽，明月娟娟。景色如此宜人，友情如此诚挚，那就让我们一起把所有怨恨、所有烦恼都抛开吧！让我们开怀畅饮，祝愿"花长好，人长健，月长圆"吧！

词虽以"别恨"开篇，却一片豪情快意，爽朗高远。挥毫泼墨有如行云流水，美不胜收。

秦　观

秦观（1049—1100年），字少游，一字太虚，号淮海居士，扬州高邮（今属江苏）人。神宗元丰八年（1065年）进士。哲宗元祐年间，历官太常博士、秘书省正字兼国史院编修。新党掌权，因与苏轼友善，迭遭贬逐，流放到偏远的西南。徽宗即位召还，死于回京途中的滕州（今广西藤县）。少游与山谷、晁补之、张耒同为"苏门四学士"。长于诗文，尤工词。为婉约派具有代表性的词人。其词多写男女恋情和羁旅凄苦，笔墨致密，音律和美，语言自然清丽，艺术技巧极高，词评家对他极为推崇。

有《淮海集》和《淮海居士长短句》传世。集中误入大量他人尤其是张继的词（56首）。张何许人，已不可考。又说《生查子》（眉黛远山长）也是少游赠师之作。实为张孝祥词。

鹊桥仙

纤云弄巧[1]，飞星传恨[2]，银汉迢迢暗度[3]。金风玉露[4]一相逢，便胜却人间无数。柔情似水，佳期如梦，忍顾[5]鹊桥归路。两情若是久长时，又岂在朝朝暮暮。

【注释】

〔1〕纤云弄巧：意谓片片秋云变幻出无穷巧妙的花样。

〔2〕飞星传恨：意思是说流星飞驰，仿佛是在为牛郎织女传达离别之恨。

〔3〕"银汉"句：从南朝以降，即有牛郎织女于七月七日夜渡银河相会的传说。详见南朝梁吴均《续齐谐记》。银汉指天河。

〔4〕金风玉露：指秋天。

〔5〕忍顾：怎忍回顾。

【赏析】

这是一曲纯情的爱情颂歌，是秦观青年时期的作品。题材取自牛郎织女于七夕之夜一年一度相会的传说。全词一反历来为牛郎织女一洒同情之泪的相沿成习的思维方式，将情爱的境界升华，从而受到历代词评家的高度赞誉，也受到无数读者的喜爱，其中"两情若是久长时，又岂在朝朝暮暮"甚至成了恋人之间的爱情誓言。明李攀龙说："相逢胜人间，会心之语。两情不在朝暮，破格之谈。七夕歌以双星会少别多为恨，独少游此词谓'两情若是久长'二句，最能醒人心目。"（《草堂诗余集》）

七月七日，牛郎织女鹊桥相会的故事，自来是文人墨客喜欢歌咏的题材，从《古诗十九首·迢迢牵牛星》肇始，随后有曹丕的《燕歌行》，李商隐的《辛未七夕》，宋代的欧阳修、张先、柳永、苏轼等人也都有诗词吟咏歌叹，不过都因袭了"欢娱苦短"的传统主旨。唯有此词独出机杼，境界高远，因而使中国式的爱情观具有了超时空跨国界的审美价值。

爱情，在艺术创作中，是一个永恒的主题。古今中外的文学家，几乎没有不倾心尽力描写、歌颂这一主题的。然而在如何对待人类生活中的这一复杂而微妙的情感时，东西方文明却有着显著的不同，最鲜明的区别是，在我国古典文学中，爱情观的价值取向在意的是心灵的默契、情趣的融洽，用曹雪芹的话说，即所谓"意淫"，也就是柏拉图的所谓"精神恋爱"；而在西方人的心目中，说到爱情，更在意的是占有，如果得不到感官的满足，就会歇斯底里，愤怒疯狂。譬如德国诗人克尔纳的《到我这儿来，甜蜜的恋人》这样写道：

"到我这儿来，甜蜜的恋人，

我要给你千百个吻。

瞧我俯伏在你跟前!

姑娘,你那滚烫的嘴唇

给我力量和生活的勇气,

让我吻吻你!"

　　而我国的古代诗人对爱情从来未见有这样的表述,因为他们觉得这样做,是对爱情的亵渎。岂但如此,像秦观这样的诗人,将人间所有难得欢聚的情侣,以牛郎织女一年只见一面,然而年年坚守不渝的忠贞为象征,热情讴歌这"金风玉露一相逢,便胜却人间无数"的爱情奇葩,然后以"两情若是久长时,又岂在朝朝暮暮"作结,深情地揭示了爱情的真谛:只有经得起时间考验的爱情,才是真正的爱情!倘若只因为得不到本能的一时满足就彼此怨恨,分道扬镳,再奢谈什么爱情,就完全是一种谎言了。

　　这首词对于选词造句格外考究,像"纤云弄巧""柔情似水"这样的词句,可以引发十分美好的审美愉悦。作者善于将义理深致的议论、温情脉脉的叙述和优美凄楚的人物形象水乳交融地结合在一起,从而使这首词成了我国文学史上无以匹敌的千古绝唱。

【名家评点】

　　此为宋词名篇。写忠贞爱情,刻骨镂心,胸襟英爽洒落,意象冰清玉洁。历来以"七夕"为题的诗词,多不胜数。而此首一反众说,卓然独立,不同凡响……鄙弃尘俗识见,以流传千古之言情名句,警醒后人。

——周义敢等《秦观集编年校注》

满庭芳

　　山抹微云,天连衰草,画角声断谯门[1]。暂停征棹[2],聊共引离尊[3]。多少蓬莱旧事[4],空回首,烟霭纷纷。斜阳外,寒鸦万点,流水绕孤村[5]。销魂当此际,香囊暗解,罗带轻分[6]。谩赢得,青楼薄幸名存[7]。此去何时见也?襟袖上,空惹啼痕。伤情处,高城望断,灯火已黄昏[8]。

【注释】

　　〔1〕"画角"句:意谓城楼上的号角已经吹过,天色已晚。谯(qiáo)门,即谯

楼，古代建在城上用以瞭望军情的高楼。

〔2〕征棹：远行的船。

〔3〕引离尊：言饯行时频频举杯相属。引尊，即举杯。

〔4〕蓬莱旧事：指往日恋情。蓬莱，传说中的仙境，这里借指美女居所。

〔5〕"寒鸦"二句：化用隋炀帝（杨广）诗"寒鸦飞数点，流水绕孤村"。

〔6〕"香囊"二句：情侣相别，暗中解下香囊相赠，作为纪念品；用罗带打同心结，以示恩爱。轻解同心结，则表示离别。

〔7〕"谩赢"二句：意谓徒然落了个薄情之名。化用杜牧《遣怀》诗："十年一觉扬州梦，赢得青楼薄幸名。"谩，指徒然。

〔8〕"高城"二句：意谓回望高城，不见恋人，只见一片黄昏灯火。化用欧阳詹《初发太原途中寄太原所思》诗句："高城已不见，况复城中人。"

【赏析】

这首《满庭芳》是秦观最杰出的词作之一。词虽写儿女情长，却"将身世之感，打并入艳情，又是一法"（周济《宋四家词选》）。同代诗人叶梦得说"山抹微云，天连衰草"二句，在当时即已广被传诵。在"苏门四学士"中，坡翁最喜少游，凡是他的诗文，未尝不极口称善，曾戏称曰："山抹微云秦学士，露花倒影柳屯田。"

起拍开端"山抹微云，天连衰草"一个"抹"字语出新奇，足以流芳词史。词人另有"林梢一抹青如画，知是淮流转处山"的名句。两个"抹"字，一写林外之山痕，一写山间之云迹，都是以画法入词。起首二句，同为极目天涯之意：山被云遮，勾勒出暮霭苍茫之景；衰草连天，点明凉秋气象。全篇情怀，皆由此八字生发。

"画角"句点明时间。四五句叙明停鞭饯别，然后拓开一笔，追怀往事，不涉儿女语而托之蓬岛烟云，尤见超逸。"烟霭纷纷"四字虚实双关，前后照应。"纷纷"直承"微云"，是实写；"蓬莱旧事"，此时回忆，也如烟云，是虚写。接下来的三句"斜阳外，寒鸦万点，流水绕孤村"，抓住典型意象，巧用画笔点染，甚是传神。少游写这首词的时候，将一身薄宦、去国离群的游子之恨化入秋深日暮、寒鸦万点、流水孤村之景，将沉痛悲苦之慨升华为凄美的境界，其妙明灵性、超逸情怀令人赞叹。

下片"青楼薄幸"的语意出自杜牧的"十年一觉扬州梦，赢得青楼薄幸名"。为何会徒然落此薄情寡义之名？仅仅是因为"香囊暗解，罗带轻分"吗？非也。当此挥泪生离之际，焉知不是今生死别呢？如若知道何时再见，又何必泪满"襟袖"？分明是相见无期，故此才有"伤情处，高城望断，灯火已黄昏"这种近乎绝望的景象出现。由山林微云的傍晚到"寒鸦万点"的夕阳西下，再到夜色浓重的满城灯火，外景在步步推进，心绪也在渐渐凝重，"人有悲欢离合，此事古难全"的况味也尽在其中了。

这首词笔法高超，韵味深长，至情至性，境界超凡，少游因此被苏东坡称为"山抹微云君"，良有以也。

【名家评点】

诗重发端，惟词亦然，长调尤重。有单起之调，贵突兀笼罩，如东坡"大江东去"；有对起之调，贵从容整炼，如少游"山抹微云，天连衰草"是。

——［清］沈祥龙《论词随笔》

江城子

西城杨柳弄春柔[1]。动离忧，泪难收。犹记多情，曾为系归舟。碧野朱桥当日事，人不见，水空流[2]。韶华不为少年留。恨悠悠，几时休？飞絮落花时候、一登楼。便做春江都是泪，流不尽，许多愁[3]。

【注释】

〔1〕"西城"句：指北宋都城汴京西门外之金明池、琼林苑。弄春柔，意谓以柔情相撩拨。

〔2〕"碧野"三句：此言昔日师友同游京都名胜，宴饮酬唱。碧野、朱桥皆为当时汴京名胜，确切位置今已难考。

〔3〕"便做"三句：引申李煜"问君能有几多愁，恰似一江春水向东流"词意，进而慨叹离愁多于春江之水。便做，即纵使、即便。

【赏析】

这首词作于绍圣元年（1094年）四月，其时宋哲宗亲政，决意恢复王安石变法时推行的熙宁新政，一帮借助变法飙升的阴险小人因此卷土重来，推举以打击报复为能事的章惇为相，开列了309人的所谓"元祐党人"黑名单，或谋杀，或流放，或贬职，无所不用其极，甚至连死人都不放过，已经长眠于地下的司马光也被贬官二级。秦少游这首词借言情写此次政治巨变，伤痛之情波翻泉涌，一似滔滔春江，因而遂成名篇。

借私情写时事、身世，在古典诗词中屡见不鲜。此即所谓"寄托"。少游此词写于离京之际，有所寄托自在情理之中。

起首特别点明离别的地点是"西城"。当词人即将登舟，与友人分别在即的时候，离愁别绪涌上心头，禁不住热泪如泉，揩拭不止。他不禁想起从前也是在这里，情深意厚的朋友们不愿意他回归故里，曾经把船系在岸边不让他走；也想起当年访胜探幽、宴饮酬唱，"一文一诗出，人争传诵之，纸价为贵"的佳话。如今先后遭贬，风流云散，盛会难再，只有渭水长流，昼夜不息。

下片"韶华"三句以议论发端，将仕途蹉跎、壮志未酬的伤感尽情倾吐。"飞絮落花时候一登楼"更是把这满腔郁愤推至极点，顺理成章地使纵然"春江都是泪，流不尽，许多愁"成了心间自然流出的至情妙语，将"问君能有几多愁，恰似一江春水向东流"翻出新意，清新妥帖，毫无东施效颦之态。

此词隐去了历史背景，写的是春愁离恨，却将词人一生的悲愁浓缩而化之，具有很强的艺术感染力。全篇布局缜密，以"飞絮落花"应"杨柳弄春柔"；"春江"应"泪难收"；以"韶华不为少年留"总提全词旨意，浑然天成，气完神圆，令人赞叹。

【名家评点】

少游既是一个情种，自不免因落拓的宦途，羁旅的生涯，和失恋的萦绕所侵袭，因而使他变为一个伤心厌世的词人。所以他的词往往蕴含着极浓厚的凄婉情绪。

——薛砺若《宋词通论》

临江仙

千里潇湘挼蓝[1]浦，兰桡昔日曾经[2]。月高风定露华清。微波澄不动，冷浸一天星。独倚危樯情悄悄，遥闻妃瑟泠泠[3]。新声含尽古今情。曲终人不见，江上数峰青。

【注释】

〔1〕挼蓝：形容江水清澈。

〔2〕"兰桡"句：意谓往昔屈原、湘妃也曾经过这里。兰桡（ráo），船的美称。

〔3〕"遥闻"句：意谓听到远处湘灵鼓瑟传来的清越的瑶瑟之音。泠（líng），形容声音清越。

【赏析】

宋哲宗绍圣三年（1096年）十月，少游贬官郴州，途中夜泊湘江，有感而作。

起两句总叙，写词人泊舟之处。用"兰桡"暗示这一带正是当年屈原的兰舟所经过的地方。他从处州贬所来郴州时，乘船经过清澈如蓝的千里湘江，仿佛是在步屈原的后尘。两位在政治急流中沉浮的诗人，通过"千里潇湘"这一贯穿今古的江流，被自然而然地联系在一起了。只此两句，作者就把我们带入了楚骚的意境中。

接下来的三句写湘江夜景。月升中天，江风止息，两岸花草上的露水在月光下闪烁。水波不兴，寒星浸江，清冷宁静得让人忘却了时空的阻隔，当年屈原的悲惨命运及其千古绝唱，清晰地在词人的脑海中一一浮现了出来。

下片写情。词人泊舟江浦，独依危樯，凝神倾听，依稀仿佛从遥远的某处传来的，是湘妃清越的瑶瑟之音，那乐音如梦如幻，似乎是在抒发古往今来多情之人共同的哀怨。结尾以"曲终人不见，江上数峰青"收束，把词人猛然间从幻听幻觉中清醒过来的幽怨表现得淋漓尽致。江岸几座青冥苍郁的山峰，冷漠无情地耸立在眼前，把无边无际的哀伤怅惘和孤独冷峻表现得更其深邃，更其隽永。

据宋代吴炯《五总志》记载，这首在宋时即已广为流传：

"潭州知州宴客合江亭，令官妓悉歌《临江仙》，妓仅能唱两句。为索全篇，妓与同列数人夜饮湘江舟中，闻一男子三叹而歌。同列中有赵琼者倾耳坠泪，言少游迁时，经从一见而悦之。遣人问讯，即少游灵舟也。"

【名家评点】

词境感伤幽冷，苍凉悲苦，可见词风已由凄婉哀怨，变而为凄厉哀伤。此词宋时即在湘中流传。

——周义敢等《秦观集编年校注》

踏莎行

雾失楼台，月迷津渡。桃源望断无寻处。可堪〔1〕孤馆闭春寒，杜鹃声里斜阳暮。驿寄梅花〔2〕，鱼传尺素〔3〕。砌成此恨无重数。郴江幸自绕郴山，为谁流下潇湘去〔4〕！

【注释】

〔1〕可堪：哪堪，不堪。

〔2〕驿寄梅花：指朋友带来的礼物。语本《荆州记》："吴陆凯与范晔善，自江南寄梅花诣长安与晔，并赠诗曰：折梅逢驿使，寄予陇头人。江南无所有，聊赠一枝春。"

〔3〕鱼传尺素：指亲朋寄来的书信。语本古乐府："客从远方来，遗我双鲤鱼。呼儿烹鲤鱼，中有尺素书。"

〔4〕"郴江"两句：意谓郴江原本绕郴山流淌，又为什么要流向潇湘呢？郴江，在湖南郴州。潇湘，湖南两水名。

【赏析】

词作于绍圣四年（1097年）春，作者客居郴州旅舍。此为宋词之名篇，向来被誉为千古绝唱。

绍圣初，随着借王安石变法得势的一帮阴险小人的纷纷上台，秦观因与苏轼关系密切，同样成为被打击排挤的对象，一再贬谪，远涉郴州，他的许多名篇都作于此时。

上片写景。词人描写"雾失楼台、月迷津渡"的苍茫迷蒙，寄寓了寻求理想的栖身之所而不得的怅惘。"桃源望断无寻处"是对这一心情最形象的表述。四五两句于客愁之悲再加思乡之苦，将抒情主人公心绪之恶劣描写得非常充分。

下片借用两个典故，进一步用亲朋对自己的关心把"此恨"推向了高潮。贬谪之地迷茫朦胧的景象已经让人不知路在何方，亲朋好友的殷勤关爱平添无限孤苦彷徨，当此身陷绝境之际，词人望着环绕郴山流淌的郴江，又转身流向了潇湘，脑海中不由得灵光一闪，发出了千古一问："郴江幸自绕郴山，为谁流下潇湘去？"

对于这一结句，向来有多种解读。倘若仔细玩味，不难体会这深沉的一问，其主要意旨表达的是作者的追悔之情。但在这"追悔"中蕴含着诸多"剪不断，理还乱"的内容：自己为什么要背井离乡而沉浮于仕途？入仕之后，为什么要卷入党争？卷入政治斗争的旋涡时，又为什么要抱定一种政见而遭此厄运？如此等等。

这首词移情入景、以景见情、虚实结合、情景交融的艺术特色十分突出，选字用词的炼字功夫尤为讲究，如"雾失""月迷""孤馆""砌成""幸自"等，都为增强艺术感染力起到了很好的作用。

【名家评点】

少游词境最为凄婉，至"可堪孤馆闭春寒，杜鹃声里斜阳暮"，则变而为凄厉矣。

——工国维《人间词话》

东坡绝爱其尾两句，自书于扇。少游死，曰："少游已矣，虽万人何赎！"

——[宋]惠洪《冷斋夜话》

水龙吟

小楼连苑横空，下窥绣毂[1]雕鞍骤[2]。朱帘半卷，单衣初试，清明时候。破暖轻风，弄晴微雨，欲无还有。卖花声过尽，斜阳院落，红成阵，飞鸳甃[3]。玉佩丁东别后[4]，怅佳期参差难又[5]。名缰利锁，天还知道，和天也瘦[6]。花下重门，柳边深巷，不堪回首。念多情，但有当时皓月，向人依旧。

【注释】

〔1〕毂：车轮中心车轴贯入的圆木，代指车。

〔2〕骤：这里是车马竞相奔驰的意思。

〔3〕甃（zhòu）：用两两对称的砖石砌成的井壁，这里代指井。

〔4〕"玉佩"句：首句"小楼连苑"暗藏"娄婉"之名，此句暗藏"东玉"二字，楔入名字而不露痕迹，可谓用心良苦。

〔5〕"怅佳期"句：意谓相会之期阴差阳错，总难再有。

〔6〕"天还"二句：化用李贺"天若有情天亦老"诗句，意谓天若有情，亦不免要为因名利离别情人而消瘦。和，犹连也。

【赏析】

这是一首赠妓词，是写给营妓娄婉（字东玉）的。营妓是古代军营中的宫妓。元祐五年（1089年），少游在蔡州（今河南汝阳县），与娄婉过从甚密。在他为"名缰利锁"所诱惑而进京供职，离开蔡州时，作词题赠，此即作词之缘起。

上片词人换位构思，站在娄婉的角度设景言情，说她登上园林旁边横空而起的小楼，眺望恋人策马远去。此时佳人身着春衣，朱帘半卷，当此"清明时候"，风雨无定，丽人思情亦飘忽无定。接着七句一气贯注，写"清明"时节的独特景象，融思情于春景，蕴藉含蓄，荡人心魂。

下片转身写自己，重在言情。词人以藏头笔法，暗喻相别之人是"东玉"，与首句暗藏之"娄婉"相呼应，构思巧妙。刚刚言别，马上又说重逢难再。何以至此？"名缰利锁"给出了答案。为功名富贵而抛下情人，虽然实属无奈，可于情何堪！因此词人发出大胆地诅咒："天还知道，和天也瘦！"在词人而言，这是至情之叹，但在道学先生看来，是大逆不道。南宋理学家程颐看了这两句，勃然大怒，破口大骂："上穹尊颜，安得易而侮之？"意思是说，老天爷何等尊贵，怎么可以颠倒尊卑，侮辱老天爷呢？

"花下"三句，照应首句，回忆别前欢聚之地。煞尾三句，于极痛苦中聊寻安慰：花下、柳边之往事，皆已"不堪回首"，唯有这当时曾照二人的"多情"明月，依旧辉照着她，辉照着我。如此结尾，余音袅袅，余情缕缕，词句虽尽，韵味依然在久久回荡。

虞美人

碧桃天上栽和露，不是凡花数。乱山深处水萦回，可惜一枝如画为谁开。轻寒细雨情何限，不道春难管。为君沉醉又何妨，只怕酒醒时候断人肠。

【赏析】

元丰八年（1085年），秦观中举，初为定海主簿、蔡州教授，元祐二年（1087年），由苏轼引荐，为太学博士，后迁秘书省正字，兼国史院编修官。绍圣元年（1094年），宋哲宗亲政，被列入"元祐党人"黑名单的许多人皆遭罢黜，秦观出任杭州通判。在京城期间，曾有某贵官设宴，少游也在宴请之列。贵官有宠姬名碧桃，向少游频频劝酒，倾慕之情形于颜色。当他回敬时，碧桃举杯一饮而尽。少游感其深情，却又不能有别的表示，于是当即赋此《虞美人》。

起首二句赞美碧桃天生丽质，幽独不凡。随即感叹如此尤物却不得不幽居荒僻，默默绽放。过片写春光易逝，花期短暂，融入了词人伤春怨别之情。结语"为君沉醉又何妨，只怕酒醒时候断人肠"为全词点睛。作者将花与人合写，上片写花，以花喻人；下片表现花恼春、人惜花的幽独情怀。词人为美人的命运深情叹咏，其实也是在寄寓身世，自抒怀抱。

行香子

　　树绕村庄，水满陂塘。倚东风，豪兴徜徉。小园几许，收尽春光。有桃花红，李花白，菜花黄。远远围墙，隐隐茅堂。飏青旗流水桥旁。偶然乘兴，步过东冈。正莺儿啼，燕儿舞，蝶儿忙。

【赏析】

　　词以轻松活泼的笔墨，抒发作者在姹紫嫣红的春日里乘兴游园的欣喜之情。园林虽然不大，然而春意盎然，"有桃花红，李花白，菜花黄"，将满园春色渲染得色彩斑斓。烂漫的春光把词人也感染得春情勃郁，再也坐不住了，他要到更广阔的山水中去体验春天的无限风光。

　　于是词人的笔触由上片描写园中之春，延伸到下片对大自然之春的描绘。走出家门，首先映入眼帘的是远处长满青苔的院墙，隐约可见的几间茅房，有青旗在小桥流水的酒店上空冉冉飘扬。当他走过东边的山冈，听见的是"莺儿啼"，看见的是"燕儿舞，蝶儿忙"。

　　诚然，我们最好是亲自到大自然中去寻春、探春、赏春，但那必须是要等到春回大地的时候。如若是在冰天雪地的寒冬，我们吟咏这样美妙的歌词，不是同样会有一种身临其境的美感吗？

　　秦少游的不少词都像这首一样，写得跳动灵巧，如《迎春乐》：

　　"菖蒲叶叶知多少，惟有个蜂儿妙。雨晴红粉齐开了。露一点娇黄小。早是被晓风力暴，更春关斜阳俱老。怎得香香深处，作个蜂儿抱？"

　　唐圭璋先生疑《行香子》乃张继作，当代词评家在诠释此词时大多沿用此说。不管作者到底是谁，这首词可以给我们愉悦欢快的审美享受，却是无可置疑的。

调笑令十首并诗（选一）

　诗曰：

　　崔家有女名莺莺，未识春光先有情。
　　河桥兵乱依萧寺，红愁绿惨见张生。

张生一见春情重，明月拂墙花树动。

夜半红娘拥抱来，脉脉惊魂若春梦。

曲子：

春梦，神仙洞。冉冉拂墙花影动。

西厢待月知谁共？更觉玉人情重。

红娘深夜行云送，困軃^[1]钗横金凤。

【注释】

〔1〕困軃（duǒ）：因疲困而下垂貌。

【赏析】

《调笑传踏·莺莺》是秦观的名篇。他的《调笑令十首并诗》分别歌咏王昭君、盼盼、无双等，这是其中的第七首。

所谓《调笑传踏》，由唐代的《调笑转踏》演变而来。戏曲专家言："为杂曲著词小舞，专门为酒令所有，歌曲、舞容，均较简捷。一人任之，便于催酒而已。"入宋以后，改"转"为"传"，变为一诗一词咏一故事。诗为七言，词为《调笑令》。最初起于民间，后来的文人如晁补之、洪适等人均有仿作。这种辞令后来演变成了向戏曲过渡的一种艺术形式。

秦观的这套歌咏崔莺莺的"传踏"，与其本事唐元稹的《会真记》传奇，不久就被元人王实甫创作为《西厢记》。张生、莺莺缠绵悱恻的爱情故事，精彩之处是待月西厢。秦观的《调笑令》抓取的也正是这组镜头。七言律诗是对整个故事的概括，小令开头两个短语，一句一韵，表现了张生赴约幽会时的急切心情。前三句以景寓情，是对男主人公在特定情境中微妙心态的生动描述。"西厢"二句，张生不说自己对莺莺情深，偏说"玉人"对他情重。从对方立意，情致委婉。

"行云送"典出宋玉《高唐赋》"旦为朝云，暮为行雨"，暗喻莺莺前来幽会。"困軃钗横金凤"则是以象征手法表现幽会后女子的慵懒和娇媚。此句虽为艳语，但"终有品格"（王国维《人间词话》）。作者故意将此前的色情细节省略，让读者自己去想象。

这首词既抒情又叙事，抒情时用第一人称，叙事则用第三人称，但不像外国诗歌那样，要不厌其烦地点明"你我他"。以一首小词讲述一段复杂的爱情故事，且能做到有情有景，可谓把汉字的特殊功用发挥到了极致。

好事近·梦中作

春路雨添花，花动一山春色。行到小溪深处，有黄鹂千百。飞云当面化龙蛇[1]，夭矫[2]转空碧。醉卧古藤阴下，了不知南北。

【注释】

〔1〕"飞云"句：意谓飞云化作龙蛇形状，在碧空中舒卷自如。

〔2〕夭矫：舒卷自如貌。

【赏析】

绍圣初（1094年），作者被贬出京，徙郴州，再徙雷州。徽宗立，官复宣德郎，召还回京。至滕州（今广西藤县），出游光华亭，于梦中作此长短句。醒后索水，水至，笑视之而卒。

词写梦境。上片先写作者在一条山路上漫游，春路经雨，春雨催花，花动春色。他沿山路行到小溪深处，看见有千百只黄鹂在溪谷中盘旋。他被这奇异的景象惊呆了。

过片将视线移向天空，只见飞云扑面而来，在青碧的苍穹中盘曲舒展，有如龙飞蛇舞。歇拍两句，词人说他这时正醉卧古藤树下，全然不知东西南北。少游做此怪梦，而词又是在梦中所作，醒后记录，不久便阒然长逝，遂成绝笔。因此，"醉卧古藤阴下，了不知南北"既是少游之名句，也是他谢世之谶语。

贺 铸

贺铸（1052—1125年），字方回，自号庆湖遗老。山阴（今浙江绍兴）人，居卫州（今河南汲县）。宋太祖孝惠皇后族孙，授右班殿直。元祐中曾任泗州、太平州通判。晚年退居苏州，筑室于横塘。不附权贵，喜论天下事，长身耸目，面色铁青，相貌奇丑，头发短少，人称"贺鬼头"。为人豪侠仗义，博学强记，所作诗词，皆清婉佳丽，不类其人。他有名句"梅子黄时雨"为人称颂，因又绰号"贺梅子"。陆游说他"诗文皆高，不独工长短句"。今传《庆湖遗老集》《东山词》（一名《东山寓声乐府》）。

半死桐[1]

重过阊门[2]万事非，同来何事不同归？梧桐半死[3]清霜后，头白鸳鸯失伴飞。原上草，露初晞[4]。旧栖新垅[5]两依依。空床卧听南窗雨，谁复挑灯夜补衣？

【注释】

〔1〕即《鹧鸪天》。

〔2〕阊门：苏州西城门。

〔3〕梧桐半死：与下句之"鸳鸯失伴"皆喻丧偶。

〔4〕露初晞（xī）：意谓人生之短促，有如阳光下草头的露水。语本古乐府《薤露》："薤上露，何易晞！露晞明朝更复落，人死一去何时归。"

〔5〕旧栖：指昔日夫妻居住之所。新垅：指妻子的坟墓。

【赏析】

宋徽宗建中靖国元年（1101年），贺铸从北方回到苏州。他在年近五十时曾闲居苏州三年，其间与他相濡以沫的妻子亡故，今重回故居，因怀念亡妻，写下了这首宋词悼亡之作中不可多得的名篇。

词人于起首两句直抒胸臆，写重回苏州，经过阊门，物是人非，想起与自己同甘共苦的妻子现在已长眠地下，悲从中来，情不自禁发出"同来何事不同归"的慨叹。接着，词人以"梧桐半死"和"鸳鸯失伴飞"两句，借用典故，形容自己中年丧妻的悲苦与凄凉。

"原上草，露初晞"是借草头之露比喻生命之短暂，然后把往日双栖双息之"旧栖"和孤独清冷之"新垅"放在一起，说明现在虽然阴阳相隔，然而伉俪情深的恩爱仍旧两相"依依"，悼念之情，几近悲绝！结句"空床卧听南窗雨，谁复挑灯夜补衣"，将这种饮泣悲怆的伤痛再推进一层，描写词人雨夜独宿，辗转难眠，可是已经再不会有人为他"挑灯夜补衣"了。挑灯补衣，这是生活中平凡而又平常的事情，可是出现在这一特定的情景中，却获得了震撼人心的力量，读之不禁令人唏嘘不已，感慨万千。

这首词在艺术构思上的最大特色是句句将生者和死者、眼前和昔日紧紧地联系在一起，从而使从前夫妻间的恩爱与眼下的孤凄形成让人为之落泪的艺术感染力。这在历来的悼亡诗词中，也是独具特色的。

国学经典精神家园丛书

附带说一下，对于此词悼念的对象，有不同的说法。大多数词评家认为是悼念妻子赵氏的，但也有人认为是悼念侍妾的。理由是赵氏出身于显赫的宗室之家，不会干这些只有下人才会做的"挑灯夜补衣"的事。这种看法有失中肯，因为"宗室之家"不会永远"显赫"，一旦没落，他们与平民其实没有什么两样，怎么可以不做家务呢？

【名家评点】

此为作者重回苏州时为悼念夫人赵氏而作。……开端直倾哀思，接以"梧桐半死""鸳鸯失伴"，自喻自叹，无限凄婉。"原上草"二句，景兼借喻，悲"新垅"也；"空床"二句，景寓哀感，悲"旧栖"也。"两依依"将幽明两方情一笔写出。"挑灯补衣"，往日家常情景，至为逼真动人。语极平易而情极酸楚。

——刘乃昌、朱德才《宋词选》

捣练子（六首选三）

夜捣衣

收锦字[1]，下鸳机，净拂床砧夜捣衣。马上少年[2]今健否？过瓜时[3]见雁南归。

【注释】

〔1〕锦字：一种织在锦帛上的回文旋图诗。典出《晋书·窦滔妻苏氏传》。李商隐《即日》诗云："几家缘锦字，含泪坐鸳机。"

〔2〕马上少年：在军中服役的年轻男子，这里是指捣衣女子的丈夫。

〔3〕瓜时：即瓜代时，意为服役一年（以每年瓜熟计时），期满后换人接替。

【赏析】

这组词共六首。第一首残缺不全，其余尚有《剪征袍》《夜如年》。

北宋小令，大都写个人闲愁或儿女私情，触及社会现实的很少。贺铸的这组《捣练子》例外，题材和技法都有所突破。

首三句写思妇把织好的寒衣收了起来，走下织机。这寄给守边丈夫的寒衣非同寻常，上面织着她精心制作的回文诗。到了夜晚，她又把捣衣石和床架擦拭干净，对寒衣做最后一次加工。然而不幸的是，她还不知道丈夫如今是否健在。役期已过，却只见大雁南归，为什么不见丈夫平安归来呢？前四句皆用直笔，至此笔锋陡转，画龙点睛，可是依然把对战争的全部谴责之意隐藏其中，不予点破，可谓深得风人之旨。

杵声齐

砧面莹，杵声齐。捣就征衣泪墨题。寄到玉关应万里，戍人犹在玉关西。

【赏析】

"砧面莹"写女子年复一年地辛勤劳作，以致捣衣石面为之平滑。"杵声齐"形容此地远征边疆的男子之多。"泪墨题"描述此女子包裹好征衣，撰写家书之际，想到远在万里之外的丈夫饮风餐雪，艰难备至，可如今归期渺茫，生死未卜，不禁愁肠九转，泪随墨下。"泪墨题"三字写尽了一位因战争而独守空房的女子的无限辛酸悲伤。

结末两句从"戍人"的角度进一步加重悲剧的分量。玉门关（此处非实指）已是极其僻远之地，如今自己的丈夫"犹在玉关西"，她的伤痛谁能体会？

望书归

边堠[1]远，置邮[2]稀。附与征衣衬铁衣。连夜不妨频梦见，过年[3]惟望得书归。

【注释】

〔1〕边堠：边防侦伺敌情用的土堡。

〔2〕置邮：马递为置，步递为邮，这里概指古代的邮递工具和设施。

〔3〕过年：来年，明年。

【赏析】

这是《捣练子》的最后一首，承接前几首意脉，写了思妇和征人互通音讯之难以及思妇寄衣时的心理活动。

前两句描写思妇虽然知道征人远在玉门关外，通讯又如此困难，但她还是希望丈夫能早点收到她日夜赶制的征衣，把它衬在铁甲下面，紧贴肉体，这样就可以感觉到温暖了。言词似乎朴实无华，但她的用意极其深婉。这层深情在"连夜不妨频梦见"一句中表现得更加明显。这位与丈夫离别已久的女子在想象：当她的夫君贴身穿上自己亲手赶制的衣衫后，夜里一定会梦见她吧？一定会在梦中重温他们昔日的欢乐吧？她知道，盼望征人回乡，看来已经完全不可能了，夫妻二人能在梦中相见，明年开春能接到丈夫的来信，她就很满足了。把思妇对生活的要求降低到不能再低，仅有的这一点儿企求却又是那么可怜、渺茫。这是怎样的不幸，怎样的悲痛啊！

【名家评点】

方回词，笔墨之妙，真乃一片化工。《离骚》耶？《七发》耶？乐府耶？杜诗耶？吾乌乎测其所至……贺老小词，工于造句，往往有通首渲染，至绝妙处一笔叫醒，遂使全篇实处皆虚，归属胜境。

——［清］陈廷焯《白雨斋词话》

芳心苦

　　杨柳回塘[1]，鸳鸯别浦[2]，绿萍涨断莲舟路。断无蜂蝶慕幽香，红衣脱尽芳心苦[3]。返照迎潮，行云带雨，依依似与骚人语。当年不肯嫁春风[4]，无端却被秋风误。

【注释】

　　〔1〕回塘：环曲的水塘。

　　〔2〕别浦：江河的支流入水口。

　　〔3〕"断无"二句：虽然荷花散发着清香，可是蜂蝶断然不来，它只能在秋风里红花落尽，独自憔悴。

　　〔4〕"当年"句：语出韩偓《寄恨》"莲花不肯嫁春风"和张先《一丛花》"沉恨

细思，不如桃杏，犹解嫁东风"。

【赏析】

清代词论家周济说："词贵有寄托。"他认为作词应当以有寄托入，以无寄托出。贺铸的这首咏荷花的词，就寄寓了作者的悔恨之思。据《宋史·文苑传》载，贺铸早年"喜谈当世事，可否少假借。虽贵要权倾一时，少不中意，极口诋之无遗辞……竟以尚气使酒，不得美官，恓恓不得志"。他出身高贵而长期屈居下僚，其心中的苦楚是一般人难以体会的。这首词借荷花之清高脱俗却处境凄凉，表达的是对自己年轻时孤高自傲而一生蹉跎的追悔。

首写荷花生长之地。荷花盛开在回塘、别浦，暗示她身处不易被人发现的环境中，因而也不会被人爱慕。用杨柳、鸳鸯陪衬荷花的娇美，贴切自然。三四句连用比兴，说明美丽幽香的荷花不被见赏的原因，只在于"绿萍涨断"了她的通路。莲舟不来，蜂蝶不采，好花虽然香美，结局只能是自开自落。"芳心苦"既是写实，也是寓情。名花、才子，同病相怜，寄托之意，隐然其间。

这种以花拟人、移情于花的比兴手法，在过片中达到了完美的统一。落日的余晖返照在"回塘"的水波上；天空的流云带着细雨滴打着荷叶。这潮声、雨声、莲叶声，仿佛是在向作者深情依依地倾诉着自己的满腹幽怨。她在说什么呢？"当年不肯嫁东风，无端却被秋风误"——怨只怨自己在风华正茂的青春岁月里，孤高自傲，错过了大好时机，而今红衣尽脱，芳心独苦，没由来地被秋风耽误了终生。这不正是作者自己的内心独白吗？

作者的这首咏荷之作，将荷花比作幽洁贞静的女子，借以抒发才子沦落不遇的感慨。荷花、美人、君子达到了完美和谐的统一，让读者在欣赏荷花之清丽高雅、享受审美愉悦的同时，细细体味作者发自内心的倾诉，这该是所有艺术创作的最高境界吧。

【名家评点】

这首词是咏荷花的，暗中以荷花自比。诗人咏物很少止于描写物态，多半有所寄托。因为在生活中，有许多事物可以类比，情感可以相通，人们可以利用联想，由此及彼，发抒文外之意。

——沈祖棻《宋词赏析》

横塘路

　　凌波不过横塘路，但目送，芳尘去〔1〕。锦瑟〔2〕华年谁与度？月台花榭，琐窗朱户，只有春知处〔3〕。碧云冉冉蘅皋〔4〕暮，彩笔新题断肠句。试问闲愁都几许？一川烟草，满城风絮，梅子黄时雨〔5〕。

【注释】

　　〔1〕"凌波"三句：语本曹植《洛神赋》"凌波微步，罗袜生尘"。横塘，位于苏州城西。横塘老镇东至京杭大运河，南至胥江，为苏州著名景点。龚明之《中吴纪闻》："铸有小筑在姑苏盘门外十余里，地名横塘，方回往来于其间。"此三句写望见丽人轻盈地走过，却不过横塘，徒见其芳尘而已。

　　〔2〕锦瑟：语本李商隐《锦瑟》"锦瑟无端五十弦，一弦一柱思华年"。

　　〔3〕"月台"三句：意谓美人居住在哪里，只有春知道。琐窗，指雕花窗户。"月台花榭"句版本不同，颇多歧异，或作"月桥"，或作"月楼花院"。

　　〔4〕蘅皋：长满香草的水边高地。

　　〔5〕"梅子"句：江南春天多雨，正值梅子黄熟，故称黄梅雨。

【赏析】

　　贺铸在苏州附近的横塘有一别墅，有一天，他隔河看见一位佳丽，步履轻盈，水面倒影妩媚可人，衣裙拂花，芳香袭人。当她悄然离去时，四周复归宁静。正是在这宁静的时空中，词人的心底埋下了一个美丽的密码：这美若春花的情影倏然而来，飘然而去，她去了哪里？有谁陪伴在她的身旁？她的生活状况又是怎样？她为什么要在这空旷的暮色中独来独往？像她这样正当"锦瑟华年"的佳丽，住的地方，应当也是亭台琼楼，花团锦簇，雕窗绣户，恍若仙境吧？当词人苦苦探寻的答案统统迷失在这生机盎然的春光里时，一个接一个的揣测、想象，搅扰得他失去了自己曾经为之陶醉的宁静，生命原始的诱惑又开始在他的心间骚动了。

　　然而，这只不过是惊鸿一瞥式的邂逅，当丽人的身影消失在暮色中时，留给这个世界、留给词人的唯有无垠的惆怅和遗憾。她的出现，仿佛只为了暗示人生的偶然，温情的虚幻，仿佛永恒的寂寞和失落才是生命的真谛。

　　这首词字字句句弥漫着一种神秘的气氛。这神秘恰恰是来自那浓浓春意中这个情影所隐藏着的不可知晓的命运。正如当年曹子建被凌波而至的洛神所打动一样，贺方回也被这个在春光中飘忽有如精灵的尤物打动了。在无处不在的迷茫哀怨的困惑中，他激情勃发，按捺不住要用"彩笔新题断肠句"，写下词人自己的全部怅惘。

泼墨是一种很有效的情感宣泄。在激情过去之后，悲哀就转化成了淡淡的忧伤。而这忧伤此时化作了铺满山峦河谷的如烟如雾的青草，充塞天宇的飞飞扬扬的柳絮，还有那潇潇洒洒的梅雨。这无边无际的忧伤和迷茫，既是春色所赐，更是那个倩影留下的美丽的朦胧。而世人正是在这永远不能穷尽的追寻和迷茫中体味着生命的真谛。

【名家评点】

此首为幽居怀人之作，写境极岑寂，而中心之穷愁郁勃，并见言外。至笔墨之清丽飞动，尤妙绝一世。

——唐圭璋《唐宋词简释》

六州歌头

少年侠气，交结五都[1]雄。肝胆洞，毛发耸。立谈中，死生同，一诺千金重。推翘勇，矜豪纵，轻盖拥，联飞鞚[2]，斗城东。轰饮酒垆，春色[3]浮寒瓮，吸海垂虹。闲呼鹰嗾犬，白羽摘雕弓，狡穴俄空。乐匆匆。似黄粱梦，辞丹凤[4]；明月共，漾孤蓬[5]。官冗从，怀倥偬；落尘笼，簿书丛[6]。鹖弁[7]如云众，供粗用，忽奇功。笳鼓动，渔阳弄[8]；思悲翁，不请长缨，系取天骄种，剑吼西风[9]。恨登山临水，手寄七弦桐，目送归鸿[10]。

【注释】

〔1〕五都：泛指北宋的大城市。

〔2〕"推翘勇"四句：形容群雄争霸斗勇的奇观。翘勇，即勇敢。轻盖，指轻车快马。鞚（kòng），指有嚼口的马络头。

〔3〕春色：指酒。

〔4〕辞丹凤：意谓离开京城。

〔5〕漾孤蓬：指泛孤舟于江湖。

〔6〕"官冗从"四句：意思是说，自从任散职侍从官后，事务繁杂，心情焦虑，有如误入牢笼之鸟，不得不整天为案牍劳形费神。倥偬（kōng zǒng），指事多、繁忙。

〔7〕鹖弁（hé biàn）：武官的帽子，代指武官。

〔8〕"笳鼓动"二句：意谓战鼓响起，边疆有战事发生。渔阳，安禄山起兵叛乱之地，此指侵扰北宋的边患。

〔9〕"不请"三句：意谓当此之际，自己已经衰老，不能请战杀敌，生擒敌首，连腰间的宝剑都发出了怒吼。请缨，用汉武帝时终军上书请求出使匈奴、南越的典故，事见《汉书》本传。

〔10〕"恨登山"三句：此言既然不能保家卫国，就只好怀愤漫游，抚琴寄慨了。七弦桐，即七弦琴，琴为桐木所制，故以"桐"代"琴"。

【赏析】

这首词的节拍直如繁弦急鼓，短促紧迫，让人喘不过气来。气势苍凉悲壮，叙事、议论、抒情交替进行，笔力雄健劲拔，神采飞扬，在豪放派的作品中也难得一见。

词作于宋哲宗元祐三年（1088年）。当时西夏屡犯边界，贺铸在和州（今安徽和县一带）任管界巡检，负责地方上训治甲兵、巡逻州邑、捕捉盗贼等事务。虽然位卑人微，但面对国家正在内忧外患的危难时期，他既忧心忡忡，又义愤填膺，于是写下了这首激越慷慨的爱国名篇。

词人落笔，先从追忆在东京度过的豪侠干云的青年时代的生活写起。英豪意气，肝胆相照，生死与共，一诺千金；角逐、射猎、豪饮……无论是抒情议论，还是动作描写，无不让人热血沸腾，神采飞扬。连歇拍的"乐匆匆"三字，都显得那么豪情满怀，奋发昂扬。

下片"似黄粱梦"四字陡然翻转，从过去的豪纵任侠回到无情的现实中来。离京十多年来，孤舟漂泊，明月相伴。任职闲散无聊的地方武官，犹如落入囚笼的雄鹰，大好时光都在文牍书案、繁杂细务中溜走了。说什么保家卫国、建功立业，如今须发苍苍，纵然"笳鼓动，渔阳弄"，又当如何！"剑吼西风"一句直如冲天长啸，剑犹为之不平，主人的悲愤可想而知。结拍三句，好像仅是一种无可奈何的哀叹，这种把壮年时的豪情、中年时的雄心统统压灭的悲伤，是义愤填膺的别样表述。一个忧国忧民、报国无门的志士形象，通过"目送归鸿"这一悲愤莫名的动作，鲜明生动地屹立在了我们面前。

【名家评点】

由忆昔到抚今，由乐转化为恨，由"少年侠"过渡到"思悲翁"，前阕为后阕铺垫烘衬，前宾后主，而由侠、豪、悲、恨贯穿上下。健笔密韵，急管繁弦，雄思壮彩，不可一世。

——刘乃昌、朱德才《宋词选》

晁补之

晁补之（1053—1110年），字无咎，号归来子，济州巨野（今属山东）人。神宗元丰二年（1079年）进士。官至吏部员外郎、礼部郎中兼国史编修、实录检讨官。党论再起，出知河中府，徙湖州、密州、吴州。因屡受贬谪，晚年回乡隐居，一心学陶渊明，故号归来子。他是苏门四学士之一，以文章受知于东坡，与张耒并称。

晁补之的散文语言凝练流畅，风格近柳宗元；诗学陶渊明；其词格调豪爽，语言清秀，近东坡。诗词俱流露着强烈的归隐思想。著有《鸡肋集》《晁氏琴趣外篇》。

临江仙·信州[1]作

谪宦江城[2]无屋买，残僧[3]野寺相依。松间药臼竹间衣。水穷行到处，云起坐看时。一个幽禽缘底事[4]？苦来醉耳边啼。月斜西院愈声悲。青山无限好，犹道不如归。

【注释】

〔1〕信州：今江西上饶。

〔2〕江城：即信州，因处江边，故称。

〔3〕残僧：老僧。语本杜甫《山寺》："野寺残僧少，山园细路高。"

〔4〕幽禽：指杜鹃。缘底事：为什么。

【赏析】

宋哲宗元符二年（1099年），作者因"修神宗实录失实"的罪名再贬信州。词即作于此时。词中反映了作者谪居异乡的苦闷和对仕宦生涯的厌倦。上片写谪居生活的困窘无聊，下片写思归之情。全词意旨凄清，情感索莫。

到"野寺"中找残存无几的老僧闲话，在松荫下捣药，竹林中晒衣，于水源穷尽处坐看云起云飞，这几个典型细节，都说明远贬朝臣的清散无聊，与"因过竹院逢僧话，偷得浮生半日闲"异曲同工。

下片接着写在"野寺"中的所见所闻。作者巧妙地抓住"一个幽禽"悲啼的镜头，借以言情。在词人耳中，"青山无限好，犹道不如归"仿佛是杜鹃的悲鸣，实际上是他自己心声的流泄。这一结句是这首词的"心眼"。作者借鸟语外化了自身的隐秘心态，深得托物言情之意趣。

晁冲之

字叔用，初字用道。生卒年不详。晁补之同乡从弟。举进士，授承务郎。豪迈自放，游帝京，狎官妓李师师，一掷千万，酒船歌板，宾从杂沓，声艳一时。因党祸被谪，栖遁具茨山（在今河南省密县）下。徽宗时屡召不起。晚年悉焚其诗，故诗词所存不多。

临江仙

忆昔西池^[1]池上饮，年年多少欢娱。别来不寄一行书。寻常相见了，犹道不如初^[2]。安稳锦衾今夜梦，月明好渡江湖^[3]。相思休问定何如。情知^[4]春去后，管得落花无？

【注释】

〔1〕西池：汴京金明池，习称西池，当时为贵族游玩之所。作者当年与文友常于此地游宴。

〔2〕"寻常"二句：假使不经意间重逢了，也已不是当初的样子了。

〔3〕"安稳"二句：意谓希望今夜能安稳入睡，好让梦魂能随明月渡江，与友人相会。

〔4〕情知：深知，明知。

【赏析】

宋哲宗赵煦是个典型的昏君，自从他任章惇为相后，北宋的衰败已成定局。他一继位，苏轼、苏辙及"四学士"相继被贬。晁冲之也被当作元祐党人，被迫离京隐居于河南具茨山。从此，当年的诗朋酒侣天各一方，均遭困厄。词人在隐居时，对往日志同道合的朋友们深怀眷念，该词即因此而作。

上片是对昔日欢情与如今处境的概述：想当初志趣相投的朋友们欢聚胜地，纵论古今，是何等欢乐；如今被贬，天各一方，还要受到地方官员的监督，都不能书信往来，互诉衷肠。纵然是平平常常的相见，都已不能像往常那样了。这两句用语虽然平实，却充分反映了时局之险恶。

换头"安稳锦屏今夜梦，月明好渡江湖"二句，把渴望与友人相聚的殷切之情表达得既生动又深刻。他希望安顿好"锦衾"，好让明月带着梦魂，渡江湖，越关山，去与友人重逢。"相思休问定何如。情知春去后，管得落花无？"不要问"相思"到底是怎么回事了吧，明知春天已经过去，它哪里会管落花命运如何呢！这既是入睡前的腹语，也是准备在梦中与友人见面后的情话。"春天"在这里显然是指旧党执政的元祐元年至元祐八年他们春风得意的这段时间；"落花"比喻他们像落花一样，遭受政治风雨的摧残。作者巧用隐喻手法，道出了自己对眼前处境的冷静思考，旷达中隐含着深切的悲哀。

这首词由欢聚写到分离，由分离写到求梦，由假想的梦中相见而不愿相问，归结到春去花落。笔法层层转进，愈转愈深，愈深则愈令人痛楚难言，感慨不已。

【名家评点】

"休问"话外之意耐人寻味……短章写来如此跌宕曲折，言简情深，咀之无穷。

——刘乃昌、朱德才《宋词选》

侯　蒙

侯蒙（1054—1121年），字无功，高密（今属山东）人。元丰八年（1085年）进士。徽宗时，历官户部尚书、中书侍郎、资政殿学士。宣和三年（1121年）知东平府，未赴即卒。谥文穆。现仅存词一首。

临江仙

　　未遇行藏[1]谁肯信，如今方表名踪。无端良匠画形容[2]。当风轻借力，一举入高空。才得吹嘘身渐稳[3]，只疑远赴蟾宫[4]。雨余时候夕阳红。几人平地上，看我碧霄中。

【注释】

　　[1]行藏：指出处或行止。语本《论语·述而》："用之则行，舍之则藏。"

　　[2]形容：形体和容貌。

　　[3]吹嘘：吹助，指风吹。唐孟郊《哭李观》诗："清尘无吹嘘，委地难飞扬。"

　　[4]蟾宫：月亮。古人称科举及第为蟾宫折桂。

【赏析】

　　据宋人洪迈《夷坚志》载："侯蒙其貌不扬，年长无成，屡屡被人讥笑。有轻薄少年画其形貌于风筝上，侯蒙见之大笑，作《临江仙》词题其上。后一举登第，官至宰相。"

　　可见，这首词表面上写风筝，实际上是在借物言志。开篇首先说明自己长期没有显达的原因：没有遇到明主，隐居草莽，如今终于出人头地，名气天下，然而当年谁会相信我能"一举入高空"呢？"无端良匠"把我的形象绘制在风筝上，在尘世间嘲讽我还嫌不过瘾，还想弄到天上去丑化，可是他们万万没有想到，反而让我"当风轻借力，一举入高空"矣！《红楼梦》写众美咏飞絮，宝钗的"好风凭借力，送我上青云"也是这个意思。

　　下片再将这一富于哲理性的语义具体化：写风筝借风力高升，渐渐平稳地飘飞起来，仿佛可以到月宫折桂了。结尾三句写雨过天晴、风筝映日、世人仰望的壮观。作者将隐居日久，一旦金榜题名，翱翔碧空的踌躇满志的情况刻画得活灵活现。

　　有人把这首词解读为嘲讽势利小人。我觉得解读为词人借风筝表达自己的志向和命运似乎更切合题旨。

周邦彦

　　周邦彦（1056—1121年），字美成，号清真居士，浙江钱塘人。少年时，博涉百家之书，北游太学。元丰初年，因献《汴都赋》受神宗称赏，擢为太学正（大学里管训导的官员）。及至旧党执政，迭遭贬谪，长期浮沉于州县间。徽宗颁布《大晟乐》，召邦彦提举大晟府（管理乐府的官）。美成妙解音律，既为乐官，即与其他音乐家合作，创建了许多新谱，遂成词家大宗师，并被称为婉约派之集大成者和格律派的创始人。他的《清真集》是典型的文人词，因其讲究字字有来历，太过雕琢，所以虽然为学者型的读者所推崇，却不被普通读者所青睐。其词多写艳情，语言工丽，多用典故，形成浑厚、典丽、缜密的艺术风格，开姜夔、吴文英等人形式主义之先河。遗著有《清真集》，又称《片玉集》。

蝶恋花

叶底寻花春欲暮。折遍柔枝，满手真珠露。不见旧人空旧处，对花惹起愁无数。却倚阑干吹柳絮。粉蝶多情，飞上钗头住。若遣郎身如蝶羽，芳时争肯抛人去？

【赏析】

北宋两个最风流浪漫的词人，前有柳耆卿，后有周邦彦。两人的生活阅历和词的风格功力，都极其相似，其创作也流传最广，虽市井妓女皆能吟诵。

邦彦在宋代词誉极高。南宋末陈郁《藏一话腴》称他："二百年来，以乐府独步。贵人、市侩、妓女，皆知美成词为可爱。"他的词确实开南宋姜夔、史达祖一派之先河，对后世词坛影响甚大。沈义父《乐府指迷》曰：

"凡作词当以清真为主。盖清真最为知音，且无一点市井气，下字运意，皆有法度，往往自唐宋诸贤诗句中来，而不用经史中生硬字面，此所以为冠绝也。"

拿这段评语来看这首《蝶恋花》，即可领略美成词作风格之一二。此词构思非常奇巧。词写闺怨，主人公是位怨恨情郎抛下她远去的闺中少妇。她为什么在暮春时节还要到园中的绿叶底下寻觅落花呢？显然是因想到岁月无情，青春难再，自己美艳也将像这落花一样，在独守空房的期盼中悄悄消失。她本想折几朵花留住春光，可"折遍柔枝"，得到的却是满手的露珠，这露水的清凉和易逝，更让她浮想联翩，无比伤感。往日相依相伴的故交，如今人去楼空，面对这物是人非、"绿肥红瘦"的暮春景象，惹出她漫天哀愁。从"叶底寻花"，到"惹起愁无数"，女主人公的形象栩栩如生。

过片的艺术构思更妙。这位少妇为排遣闲愁，独倚阑干，口吹空中飘飞的柳絮来。这样的动作看似无聊，却颇具深意。词人通过这一细节描写，把她的百无聊赖刻画得活灵活现。下面粉蝶飞上玉钗的镜头格外传神，也极富意蕴。本来没有情感的粉蝶，看见如此姣美的丽人，尚且要"多情"地飞过来与她亲近，相比之下，本来有情感的"旧人"之冷酷无情不是显而易见了吗？可见女主人公对"旧人"的谴责、怨恨，是多么委婉，又多么深刻！

结句"若遣郎身如蝶羽，芳时争肯抛人去"因粉蝶"飞上钗头住"而生此奇想，画龙点睛，确是意料外、情理中的神来之笔。

全词化用前人诗文，却不露丝毫痕迹。如"真珠露"出自白居易的"露似真珠月似弓"；"旧人"出自《诗经·唐风·绸缪》"旧人不覆，良人未归。墨染锦年，物是人非。子兮子兮，如此良人何！""纷蝶多情，飞上钗头住"出自刘禹锡的"行到中庭数花朵，蜻蜓飞上玉搔头"等等。

【名家评点】

美成词乍近之，觉疏朴苦涩，不甚悦口，含咀之久，则吞本生津。

——［清］程洪《词洁》

少年游

朝云漠漠散轻丝，楼阁淡春姿。柳泣花啼，九街泥重[1]，门外燕飞迟[2]。而今丽日明金屋[3]，春色在桃枝。不似当时，小楼冲雨，幽恨两人知。

【注释】

〔1〕九街泥重：街巷泥泞不堪。九街，指京师街巷。

〔2〕燕飞迟：意谓燕子羽翼被雨水打湿了，飞行艰难。

〔3〕金屋：典出《汉武帝故事》。汉武帝少时说："若得阿娇为妇，当作金屋贮之也。"阿娇是陈皇后幼时小名。

【赏析】

婚姻与恋爱到底是一种怎样的关系？有人说，结婚是恋爱的坟墓；有人说，婚姻是爱情的果实……古人是怎样看待这一问题的？周邦彦的这首《少年游》，正好是一个有代表性的回答。

对于这首《少年游》，有多种不同的解读。孙民先生的《婚恋的思索》较为肯契，也较有新意。现摘编如下。

词的上片，写细雨满天，词人冒雨前去与恋人相会时，在路上见到的情景。下片写婚后的美满，以及回溯昔日热恋时的独特感受：婚后金屋赏娇娘，不如当年雨中会蓝桥，亦即"婚"不如"恋"。

"雨"在词中是个符号，象征恋爱路上的阻力。词中恋人冒雨赴约，不畏艰难，当时的那份执着来自哪里？来自"楼阁淡春姿"的魅力，来自"幽恨两人知"的共同希望。换言之，恋爱路上的前方，总是充满了魅力和希望。为了赢得这一切，情侣们才携手并肩，不畏险阻，走完恋爱的风雨历程。在这一过程中，他们痛苦并快乐着。或者说，越是恋得苦，就越是爱得甜。年轻的生命因苦恋才变得坚强，爱情因苦恋才感到幸福。因此，苦恋体现的是生命的价值和爱情的光辉。

同样，"丽日"在词中也是一个符号，象征婚姻的美满。风雨过后是丽日，苦恋尽头是新婚。目的已经达到，苦尽甘来，春色醉人，而今终于可以享受新婚之喜了。然而结局固然美好，可意义何在？没了希望，魅力还会在坐享中永存吗？没了奋斗，生命还会在坐享中坚强吗？没了热恋时的希望和奋斗，婚后之爱还会在坐享中天长地久吗？

这就是周美成认为"婚"不如"恋"的理由。

这首词表现对"婚"不如"恋"的理解，但并非提倡只"恋"不"婚"，而是另有深意。这深意是走过恋程的夫妇们，能否不断地提升爱的境界并为之不离不弃地奋斗，一如热恋中的风雨同舟，再携手走完人生之旅？这才是婚姻的真正意义！

（孙文见《文史知识》2006年第8期）

苏幕遮

燎沉香，消溽暑[1]。鸟雀呼晴，侵晓窥檐语。叶上初阳干宿雨，水面清圆，一一风荷举。故乡遥，何日去。家住吴门，久作长安旅。五月渔郎相忆否？小楫轻舟，梦入芙蓉浦。

【注释】

〔1〕"燎沉香"二句：意谓点燃沉香，驱散夏天的潮气。燎，指烧燃。沉香，一种香料。溽（rù）暑，指夏天的潮气。

【赏析】

美成词以雅艳精工著称，但这首《苏幕遮》清新自然，实为例外。词写雨后风荷，引入归乡之梦，表达思乡之情，意旨比较清纯。

上阕先写室内燎香消暑，继写屋檐鸟雀呼晴，再写室外风荷池水，视点不断变换，但层次井然。王国维称赞其写荷花"真能得荷之神理者"，故为绝唱。

下阕由眼前之景，想到故乡吴门（即今苏州）五月的风物，尽情吐露思乡之情。作者说他如今只身在长安（借指汴京开封）已客居很久。"五月渔郎相忆否？"不写自己思乡心切，却问家乡的渔郎是否想念自己，以衬托对亲朋的深情厚谊。"小楫轻舟，梦入芙蓉浦"以虚构的梦境作结，情深委婉。

【名家评点】

久困汴京，为感慨的由头。周邦彦元丰二年入都，六年为太学正。五岁不迁，颇伤沦落。睹池中绿荷，遂念及故乡的荷塘、舟楫。乡愁一缕，虚际盘旋。骚雅清虚，确为本色佳制。

——周笃文《宋百家词选》

曹希蕴

女郎，卖诗都下。宋史《艺文志》有《曹希蕴歌诗后集》二卷，今不传。《汴京集异记》云：曹仙姑，名道冲，字冲之，宁晋人，初名希蕴。苏轼曾叹赏其诗。

西江月·灯花

零落不因春雨，吹嘘何假东风。纱窗一点自然红，费尽工夫怎种？有艳难寻腻粉，无香不惹游蜂。更阑人静画堂中，相伴玉人春梦。

【赏析】

咏物词自北宋肇始，后期渐多，南宋尤盛。清初词论家邹祗谟说："咏物固不可不似，尤忌刻意太似。取形不如取神，用事不若用意。"（《远志斋词衷》）希蕴女郎的这首咏灯花词，可谓深得其中三昧。

灯花虽似花而非真花。作者巧妙地抓住"花"的形似，对比描写，字字不言灯花，却处处是灯花，妙笔灵心，形象贴切，引人入胜。

上片写灯花外在特点：开放不须东风，零落不因春雨。绽放凋谢，皆与气候无关。进而赞叹灯花天然之美：她在暗夜中给人带来光明，却无须像春花那样去刻意栽培，倘若你真要在土壤里种一朵"灯花"，即便"费尽工夫"也是枉然。言外之意，灯花比真花更值得人们珍视。

下片转换角度，着眼于灯花的高尚品格：她美艳悦目，然而她的美并非靠浓施粉黛而致；她没有芬芳，当然不会招蜂惹蝶。"更阑人静画堂中，相伴玉人春梦"这一结句特美：只有她才是佳人的真正知己，忠实难友；只有她才会在夜深人静的时候，通宵达旦地陪伴不眠的佳人，安慰相思，替人垂泪。

这是在描写"灯花"，还是作者出家为尼后对自己青灯古佛生涯的形象写照？其中深意，耐人寻思。

惠　洪

惠洪（1071—1128年），字觉范，后易名德洪。俗姓彭，筠州新昌（今江西宜丰）人。著名诗僧。自幼家贫，少时父母双亡，入寺为沙弥，不久入京师，于天王寺剃度为僧。一生多遭不幸，曾两度入狱，后又被发配海南岛。精通佛学，长于诗文，著述颇丰，尤以《冷斋夜话》著名。成语"满城风雨""脱胎换骨""大笑喷饭""痴人说梦"等典故均出此书中。

千秋岁

半身屏外，睡觉唇红退。春思乱，芳心碎。空余簪髻玉，不见流苏带。试与问，今人秀整谁宜对？湘浦曾同会，手搴轻罗盖。疑是梦，今犹在。十分春易尽，一点情难改。多少事，却随恨远连云海。

【赏析】

　　词写思妇春睡之慵态。她半身探出屏外，唇红已褪，玉簪横枕，罗衣没有了流苏彩带束系，衣裙零乱。如此慵懒，把少妇"春思乱，芳心碎"的心理刻画得淋漓尽致。末句忽作诘问之辞：如此风流俊逸的可人，有谁能配得上她呢？

　　下阕是女主人公对湘水之滨一次幽会的回忆。她说当时自己手擎轻罗小伞，双双偎依在雨中伞下。如今虽然怀疑那是一场春梦，可当时的情景依然历历在目。紧接着以"十分春"与"一点情"对举，突出春之浓、情之专；以"易尽"与"难改"对举，强调欢会之短暂，情爱之悠长。两句话十个字，道尽了古今爱情的真谛。末句是她的自我表白"却随恨远连云海"，遗恨无垠，远接连天云海。少妇为什么会有此绵绵无尽的遗恨？答案都留给读者发挥想象力去进行再创作了。

万俟咏

　　字稚言，自号大梁词隐。绝意科举，纵情歌酒，每制一词，哄传京中。徽宗年间充大成府制撰。绍兴五年（1120年）补下州文学。其词注重音律，风格淡雅。有《大声集》五卷，不传。近人辑得其词二十九首。

长相思·雨

　　一声声，一更更，窗外芭蕉窗里灯。此时无限情。梦难成，恨难平，不道愁人不喜听。空阶滴到明。

【赏析】

　　这首小令抒写孤客彻夜听雨的愁思。上片渲染雨夜的孤寂。夜深人静，雨打芭蕉，永不停息，无眠人之寂寞悲凄难以言传。下片直抒愁怀，突出一个"愁"字。雨夜难眠，幽恨莫名，而这不愿意听的雨声偏偏彻夜不停。其怨恨、烦恼、凄凉可想而知。

通篇写雨而不见"雨"字，颇得咏物之妙趣，语浅情深，韵致深婉。

朱敦儒

朱敦儒（1081—1159年），字希真，号岩壑，洛阳人。绍兴三年（1133年），以荐补右迪功郎。五年赐进士出身，官秘书省正字、摧兵部郎中，迁两浙东路提点刑狱。秦桧当国，为鸿胪少卿。桧死，敦儒亦废。有词三卷，名《樵歌》。

鹧鸪天·西都作

我是清都山水郎[1]，天教分付与疏狂[2]。曾批给雨支风券[3]，累上留云借月章[4]。诗万首，酒千觞。几曾着眼看侯王。玉楼金阙慵归去[5]，且插梅花醉洛阳。

【注释】

〔1〕清都山水郎：天上管理山水的郎官。清都，传说中天帝的宫阙。

〔2〕"天教"句：意谓我之所以狂放不羁，是上天让我这样做的。

〔3〕"曾批"句：天帝特批我持有在人世间呼风唤雨的凭证。

〔4〕"累上"句：意思是说我曾屡上奏章，允许我留云借月。

〔5〕"玉楼"句：表示不愿回朝做官。玉楼金阙，代指象征皇权的庙堂。

【赏析】

这首词写得豪爽俊逸，洒脱啸傲，在当时即已风行汴洛。可以说，这是作者的自画像，给人留下的印象非常鲜明，非常深刻。

词人开篇便自豪地声明：我是天上掌管山水的命官，我的疏狂是上天特许的。"给雨支风""留云借月"是我的使命，也是我的职责，也就是说，风、雨、云、月都得由我差遣。这二句写得浪漫而快意，充满奇思妙想。

过片以"诗万首，酒千觞"统领全篇，大有诗仙兼酒仙李白之风。"几曾着眼"四字，把他睥睨王侯、气干虹霓的傲慢表现得淋漓尽致。结尾"玉楼"二句，更是令人惊叹，词人对功名利禄的鄙薄，对诗酒风流的迷恋，跃然纸上。

词系作者从京师临安（今杭州）返回洛阳后所作，故题"西都作"。这是他前期辞章的代表作，也是他前半生人生观的集中反映。

【名家评点】

敦儒志行高洁，虽为布衣，而有朝野之望。靖康中，召至京师，将处以学官，敦儒辞曰："麋鹿之性，自乐闲旷，爵禄非所愿也。"固辞还山。

——［元］蔑里乞·脱脱《宋史·文苑传》

西江月

世事短如春梦，人情薄似秋云。不须计较苦劳心，万事原来有命。幸遇三杯酒好，况逢一朵花新。片时欢笑且相亲，明日阴晴未定。

【赏析】

这首小词是词人暮年对人情世态的彻悟，也是对人生哲理的浓缩。

作者以散文笔法入词，上下片都是议论，对仗工巧，义理深刻。写世态炎凉、人情冷暖，笔法悲怆而深邃；写生活情趣，却又超脱豁达。其实作者是在世事的反复无定和自己的强颜欢笑之中挣扎。

一说这是朱秋娘的作品。见《彤管遗编》卷十二。

好事近·渔父词

摇首出红尘，醒醉更无时节。活计绿蓑青笠，惯披霜冲雪。晚来风定钓丝闲，上下是新月。千里水天一色，看孤鸿明灭。

【赏析】

这是作者闲居嘉禾（即嘉兴）时期的作品。陆游说他当时的生活情景是"与朋侪诣之，闻笛声自烟波间起，倾之，棹小舟而至，则与俱归"。

开篇即写词人渔父般无拘无束、潇洒疏放的生活。"摇首"二字，极具情态。三四两句是对渔父形象的描写。

下片对晚景的描绘空明迷人。夜晚明月升空，水天一色，万籁俱寂，只有孤鸿的身影时隐时现。在这空旷宁静的山水中，只有一位渔夫在安闲自在地垂钓于明月上下浮动的江中。这样的结句与开篇的"摇首出红尘"形成了相映成趣的呼应。

朱敦儒有《渔父词》六首，这首是其中之一。

周紫芝

周紫芝（1082—1155年），字少隐，号竹坡居士，宣城（今属安徽）人。家贫，数日而一炊。里中人笑之，不顾，力学益苦，年六十一始以廷对登第。官枢密院编修、右司员外郎，出知兴国军。秩满奉祠，归居庐山。著有《太仓稊米集》《竹坡诗话》。

鹧鸪天

一点残红[1]欲尽时，乍凉秋气满屏帏。梧桐叶上三更雨，叶叶声声是别离。调宝瑟，拨金猊[2]，那时同唱鹧鸪词[3]。如今风雨西楼夜，不听清歌也泪垂。

【注释】

〔1〕残红：将熄的灯焰。

〔2〕金猊（ní）：狮形香炉。

〔3〕鹧鸪词：表现爱情的词。

【赏析】

周紫芝喜欢晏几道的词，创作上也多有模仿。这首《鹧鸪天》的章法和取材也与晏几道写得最多的"忆别歌女"主题近似。

词先从室内写起。"一点残红"两句点染环境之寂寥、清冷。然后用温庭筠《更漏子》"梧桐树，三更雨，不道离情正苦。一叶叶，一声声，空阶滴到明"之词意，强化凄苦之情。

换片过渡到对往事的追忆。情侣一起抚琴调瑟，拨燃炉香、同唱情歌，那时的情景，是多么亲密而快乐啊！

末句以西楼夜雨呼应上片所写之情景，又与昔日之欢乐形成对比，从而引出"不听清歌也泪垂"的慨叹。泪为往昔而流，更为今日之悲苦而流。

词作结构层次分明，对比强烈，转折有度，感情绵延悱恻，深沉委婉。

【名家评点】

彼时情景与如今西楼夜比衬，反差强烈，触动流泪不止，情深意挚，语言爽畅。

——刘乃昌、朱德才《宋词选》

赵 佶

赵佶（1082—1135年），宋神宗十一子，哲宗弟。1100年即位，在位二十五年，重用蔡京、童贯，穷奢极欲，以致国政日堕。宣和七年，金兵南下，禅位太子。靖康二年，为金人停掠北去。绍兴五年卒于五国城（今黑龙江依兰县）。在位时广收古玩书画，吹弹、书画、声歌、辞赋无一不精。平生著述极多，惜散失殆尽。近人辑有《宋徽宗词》。

燕山亭·北行见杏花

裁剪冰绡，轻叠数重，淡著胭脂匀注[1]。新样靓妆，艳溢香融，羞杀蕊珠宫女[2]。易得凋零，更多少，无情风雨。愁苦！问院落凄凉，几番春暮。凭寄离恨重重，这双燕，何曾会人言语。天遥地远，万水千山，知他故宫何处。怎不思量，除梦里有时曾去。无据[3]。和梦也[4]新来不做。

【注释】

〔1〕"裁剪"三句：形容杏花之美。冰绡，即白绸。

〔2〕蕊珠宫女：天上宫殿中的仙女。

〔3〕无据：不可靠、没来由之意。

〔4〕和梦也："和"是"连"的意思。意思是说，梦本来就不可靠，可现在连梦也不做了。

【赏析】

公元1127年，宋徽宗和他的儿子钦宗赵桓被金兵掳掠北上。一个曾经贵为九五至尊的泱泱大国的皇帝，当他拖着屈辱的身子，一步步疲惫地行进的时候，突然间看见杏花盛开，于是有感而作此词。他当时都会想到些什么呢？他的心境又是如何呢？这都不是我们普通百姓所能知道的。幸好有这首词为我们留下了真实的记录。

首阕特写杏花之美艳。这位已经走上穷途末路的皇帝，描绘杏花的时候，依然没有忘记他作画时惯用的细腻工笔，将杏花勾勒得绚丽灿烂，精美艳绝。他先是刻画眼前的杏花，朵朵鲜花的形态、色泽无不予以精准描绘：杏花的瓣儿宛若一沓沓冰清玉洁的白绫，又像是巧手剪裁出的层层花瓣，再在顶端匀称地点染上淡淡的胭脂，光艳照人，暖香馥郁，宛若施粉着黛的美人，连天上的仙女见了都怕会"羞杀"。词人将在北方看到的杏花描写得如此美艳，不难感觉到，在艰辛的长途跋涉中，他突然有此发现，该是多么意外，多么惊喜。

然而，与眼前的美景相对照的是他当下的狼狈处境，于是他马上想到娇花被风雨摧残后的残酷情景。"更多少无情风雨。"这与其说是在惜花，不如说是在怜己。更可叹的是如到暮春之时，庭院无人，美景皆随春光而去，杏花能经得起"几番"摧残？"愁苦"就是词人在上片留给读者的最后悲叹。

后阕集中笔墨倾诉自身的无穷痛苦。作者见有紫燕双飞，他想托付燕子寄上重重离恨，可是燕子怎么会听懂他的话语呢？他用"天遥地远，万水千山"来概括自己父子现在身为臣虏，与宗室臣僚三千余人被驱赶到这里的残酷现实。回首南望，汴京的故宫知在"何处"？故国情思，除非在梦中才能带来些许安慰。"怎不思量"四字已经沉痛之至了，更让人不忍卒读的是结尾的两句："无据。和梦也新来不做。"这无疑是万念俱灰的绝望！这真是字字泣血、痛煞千古的绝唱。

不要忘记，宋徽宗虽然是一个不够格的皇帝，却是一个道地的艺术家、书画家、美学家，因此他和隋炀帝、李后主这类帝王一样，对情感有着极其敏锐的感知，对美有着极其精致的鉴赏力。所以他在以一个俘虏的身份流落北地之后所作的词曲，有着普通诗人无法比拟的艺术价值。

【名家评点】

尼采谓一切文学，余爱以血书者。后主之词，真所谓以血书者也。宋道君皇帝《燕山亭》词，亦略似之。然道君不过自道身世之戚，后主则俨有释迦、基督担荷人类罪恶之意，其大小固不同矣。

——王国维《人间词话》

吕本中

吕本中（1084—1145年），字居仁，世称东莱先生，寿州（治所在今安徽凤台）人，南渡后居金华。靖康初，官祠部员外郎。绍兴六年（1136年）赐进士出身。历中书舍人、权直学士院。以忤秦桧，罢职，提举太平观。卒谥文清。著有《东莱先生诗集》《紫微诗话》《紫微词》等。

采桑子

恨君不似江楼月，南北东西。南北东西，只有相随无别离。恨君却似江楼月，暂满还亏。暂满还亏，待到团圆是几时？

【赏析】

词写思妇念远恨别。作者善用对比重叠手法，语意自然流畅，通俗浅显，纯是民歌风情，尤以用喻奇巧、构思别致著称。同一喻体，立喻者各取所需，分别取其不同性能作喻，即钱钟书先生《管锥编》所称"喻之二柄""喻之多边"。钱先生本指在不同作品中不同取喻而言。本词则巧妙地用于一篇作品之内。同以江月为喻，但取意不一，上片恨其"不似"，取其处处相随，形影不离之意；下片又恨其"却似"，取其圆少缺多、聚短离长之意。上下两片取喻角度不同，貌似相反、矛盾，实则相反相成，殊途同归，都是殷切期盼行人归来之意。

此词抒情主人公既可以是男子，也可以是女子。因为这种相思之情是男女共有的通感。不确指是男是女，自然就扩大了词旨的普适性。这是我国诗词与西方诗歌最显著的区别之一。

李清照

李清照（1084—1155年），号易安居士，齐州章丘（今属山东）人。父李格非曾为京东提刑官，是当时名士，工于诗文，受知于苏东坡。母王氏是状元王拱辰之女，能诗善词。十八岁嫁吏部侍郎赵挺之子赵明诚。明诚曾任青莱两州的知州，性喜收藏金石字画，是当时有名的金石学家。夫妇伉俪情笃，闺房中以诗词酬唱和金石学研究为乐。

易安四十六岁时，金兵南下，易安流寓南方，珍藏金石丧失殆尽，丈夫病死于流亡途中。后于愁苦凄凉中与世长辞。

著有《易安居士文集》《易安词》，已佚。后人有《漱玉集》辑本。今人辑有《李清照集校注》。

如梦令

常记溪亭日暮，沉醉不知归路。兴尽晚回舟，误入藕花深处。争渡，争渡，惊起一滩鸥鹭。

【赏析】

这首小词当为清照少女时期的作品。词写酒后泛舟，兴尽归来，误入荷花丛中，因找不到出口，彷徨摇桨，惊动了滩头栖宿的鸥鹭。词人捕捉生活中瞬间的一个镜头，写出少女的贪玩好游和天真烂漫。该词形式虽小，而环境、人物、行动、心态，宛然在目，生活情趣于字里行间沛然而出。

如梦令

昨夜雨疏风骤，浓睡不消残酒。试问卷帘人，却道海棠依旧。知否？知否？应是绿肥红瘦。

【赏析】

这也是易安居士的早期词作。小词，只有短短六句三十三言，却写得曲折委婉，意蕴深厚，被历代词评界誉为名篇，点赞者甚众。如果在这里我强作解人，反觉多此一举，倒不如从众多词论家的评析中择其要者，选录如下，读者通过比较这些从各自不同的审美情趣角度出发所做的评析中，反而可以领悟到更多解读诗文的方法。

明沈际飞《草堂诗馀正集》卷一：

"'知否'二字，叠得可味。'绿肥红瘦'创获自妇人，大奇。"

明徐伯龄《蟫精隽》：

"当时赵明诚妻李氏，号易安居士，诗词尤独步，缙绅咸推重之。其'绿肥红瘦'之句暨'人与黄花俱瘦'之语传播古今。"

清黄苏《蓼园词选》：

"一问极有情，答以'依旧'，答得极淡，跌出'知否'二句来。而'绿肥红瘦'，无限凄婉，却又妙在含蓄。短幅中藏无数曲折，自是圣于词者。"

清陈廷焯《白雨斋词话》卷六：

"词人好作精艳语，如左与言之'滴粉搓酥'，姜白石之'柳怯云松'，李易安之'绿肥红瘦''宠柳娇花'等类，造句虽工，然非大雅。"

吴熊和：

"这首词表现了对花事和春光的爱惜以及女性特有的关切和敏感。全词仅三十三字，巧妙地写了同卷帘人的问答，问者情多，答者意淡，因而逼出'知否，知否'二句，写得灵活而多情致。"

吴小如《诗词札丛》：

"此词乃作者以清新淡雅之笔写秾丽艳冶之情，词中所写悉为闺房昵语，所谓有甚于画眉者是也，所以绝对不许第三人介入……第二天清晨，这位少妇还慵卧未起，便开口问正在卷帘的丈夫，外面的春光怎么样了？答语是海棠依旧盛开，并未被风雨摧损……丈夫对妻子说'海棠依旧'者，正隐喻妻子容颜依然姣好，是温存体贴之辞。妻子却说，不见得吧，她该是'绿肥红瘦'，叶茂花残，只怕青春即将消失了……如果是一位阔小姐或少奶奶同丫鬟对话，那真未免大煞风景，索然寡味了。"

周汝昌：

"一篇小令，才共六句，好似一幅图画，并且还有对话，并且还交代了事情的来龙去脉。这可能是现代的电影艺术的条件才能胜任的一种'镜头'表现法，然而它却实实在在是九百年前的一位女词人自'编'自'演'的作品，不谓之奇迹，又将谓之何哉？"

鹧鸪天

　　暗淡轻黄体性柔，情疏迹远只香留。何须浅碧深红色，自是花中第一流。梅定妒，菊应羞，画阑开处冠中秋〔1〕。骚人可煞无情思，何事当年不见收〔2〕？

【注释】

　　〔1〕"画阑"句：化用李贺《金铜仙人辞汉歌》"画栏桂树悬秋香"之句意，谓桂花为中秋时节的花木之冠。

　　〔2〕"骚人"二句：骚人，指屈原。可煞为疑问词，犹可是。情思指情意。何事指为何。此二句意谓《离骚》多载花木名称而未及桂花。

【赏析】

　　词作于易安与丈夫赵明诚隐居青州（今属山东潍坊市）之时。由于受北宋末年党争的牵累，明诚之父赵挺之死后，易安随丈夫屏居乡里一年有余。离开了都市的喧嚣，在"归来堂"收藏、研玩金石书画，给他们的生活带来了无穷乐趣。他们沉醉于艺术天地中，在游乐文海之余，常常"索句赌酒"为戏：丈夫说出古籍中的某一句话，她要指出这句话出自何典，哪篇文章，第几卷第几页，说错则罚酒一杯。易安每每胜出。这首词就是在这种背景下创作的。

　　咏物诗词一般都是通过咏物，寄托抒情，很少议论。李清照一反常规，在这首咏叹桂花的词中，议论多而状物少。"暗淡轻黄体性柔，情疏迹远只香留"十四字形神兼备，写出了桂花的独特风韵。随即马上转入议论。"何须"二字把以"色"取胜的群花一笔荡开，用特写镜头把色淡香浓、品格高逸的桂花推到前面，令人眼前一亮。围绕"色"和"香"展开的形象化议论，突出强调了词人独特的审美情趣，由此给出结论：桂花"自是花中第一流"。这是第一层议论。

　　"梅定妒，菊应羞，画阑开处冠中秋"是第二层议论。冬有寒梅夏有荷，春天桃杏秋菊娇。春花固然姹紫嫣红，仪态万千，但是面对淡雅轻柔的桂花，也不免自叹不如。金菊固然深秋独放，暗香醉人，但是面对中秋时节异香满天涯的桂花，也不得不心悦诚服。因此八月桂花，理所当然应当成为花中之冠了。

　　"骚人可煞无情思，何事当年不见收？"既是一句考问，也是第三层议论。屈原作

《离骚》，遍收名花美卉，唯独桂花不在其列。易安居士因此为桂花大是不平，她问道：这位大诗人当年列数群芳，为什么会偏偏遗漏了香冠中秋的桂花，是不是因为他没有这样的"情思"。

李清照在这里歌咏的虽然是桂花，但完全可以说也是她的自我写真。作者从三个层次的议论中，明白地表述了自己超逸不群的审美观。从别出心裁的角度，全方位地赞美桂花，这在诗词史上还是第一次。

【名家评点】

"暗淡"，它生得不像其他花卉那样鲜艳、明丽；"轻黄"，不像其他花卉那样媚人眼目。它似乎没有超然的容颜。"体性柔"，体质柔弱，性格和顺。写出桂花没有绰约妖娆的风姿……此词，易安也以"第一流""冠中秋"的桂花自喻自勉。"端庄其品""清丽其词"的李清照自然是人中"第一流"的女杰了。

——刘瑜《李清照词欣赏》

醉花阴

薄雾浓云愁永昼，瑞脑消金兽[1]。佳节又重阳，玉枕纱厨[2]，半夜凉初透。东篱[3]把酒黄昏后，有暗香盈袖。莫道不销魂，帘卷西风，人比黄花瘦。

【注释】

〔1〕"瑞脑"句：意谓香炉里香料已经燃完。瑞脑，指香料。金兽，即兽形铜香炉。

〔2〕玉枕：枕之美称。纱厨：一种卧具，外有纱帐。

〔3〕东篱：语本陶潜《饮酒》："采菊东篱下，悠然见南山。"

【赏析】

宋徽宗建中靖国元年（1101年），十八岁的李清照嫁给太学生赵明诚。婚后不久，丈夫"负笈远游"。崇宁二年（1103年），时届重阳，易安以"《醉花阴》词函致明诚。明诚叹赏，自愧弗逮，务欲胜之，一切谢客，忘食忘寝者三日夜，得五十阕，杂易安作以示友人陆德夫。德夫玩之再三，曰：'只三句绝佳。'明诚诘之，答曰：'莫道不销魂，帘卷西风，人似黄花瘦。'正易安作也"。（元伊世珍《琅嬛记》）

作者在词中，抓住重阳节把酒赏菊这一典型情节，描述了因丈夫的远游而生的孤独和寂寞以及对丈夫的彻骨相思。

"薄雾浓云愁永昼"是写一天从早到晚的环境气氛。在词人与夫君欢度燕尔新婚的时候，却不得不劳燕分飞，自己独守空房，因此在她的眼里，仲秋的流云薄雾也好，铜炉流溢出来的如云似雾的香烟也罢，都只能撩人愁绪，惹人烦恼，叫人觉得"永昼"难挨。"佳节又重阳"，又有玉枕横陈，纱帐轻曼，本应是绛纱帐里睡鸳鸯的温柔时光，而今却形单影孤，夜凉侵骨，重阳佳节岂不令人更加难堪！"半夜"时分着一"凉"字，已然不堪；再着一"透"字，把侵骨的凄楚刻画得入木三分。

尽管如此，在黄昏后，她还是在初月如弓的时候，强打精神"东篱把酒"，希图聊慰愁怀。菊花美艳，花香袭人。这时她想起《古诗十九首》的那句"馨香盈怀袖，路远莫致之"的诗来。菊花再美再香，也无法送给远方的丈夫啊！品酒赏花，本该是幸福中人的乐事，如今她孤身一人在黄昏后还要"东篱把酒"，岂不是在这良辰美景之时自寻烦恼，自讨苦吃！"莫道不销魂，帘卷西风，人比黄花瘦"三句，于是就成了她一整天所有的行为、思情的结论，也是人为什么会比"黄花瘦"的答案。"瘦"字是画龙点睛的一笔，使词中之"愁""凉""销魂"等字顷刻之间全部活了起来，仿佛赋予了抒情主人公不朽的灵魂。这三句之所以会成为千古盛传的名句，受到历代词论家的交口称誉，其奥秘也许就在这里吧。清谭莹《古今词辩》赞美曰："绿肥红瘦语嫣然，人比黄花更可怜。若并诗中论位置，易安居士李青莲。"

【名家评点】

"莫道不销魂，帘卷西风，人比黄花瘦。"是全词的高潮，也是千古名句。其所以备受称赞，因为人们都公认其言美妙无比。一则，以帘外之黄花与帘内之玉人相比拟映衬，境况相类，形神相似，创意极美；再则，因花瘦而触及己瘦，请宾陪主，同命相恤，物我交融，手法甚新；三则，用人瘦胜似花瘦，最深至最含蓄地表达了词人离思之重，与词旨妙合无间，给人以余韵绵绵，美不胜收之感。

——刘乃昌《情浓意蜜离恨深》

凤凰台上忆吹箫

香冷金猊[1]，被翻红浪[2]，起来慵自梳头。任宝奁[3]尘满，日上帘钩。生怕离怀别苦，多少事，欲说还休。新来瘦，非干病酒，不是悲秋。休休!这回去也，千万遍阳关，也则难留。念武陵人远[4]，烟锁秦楼。惟有楼前流水，应念我，终日凝眸。凝眸处，从今又添，一段新愁。

【注释】

〔1〕金猊：狮形香炉。

〔2〕被翻红浪：指红棉被乱堆在床上。

〔3〕宝奁：精美的梳妆盒。

〔4〕武陵人远：指丈夫远去。用陶渊明《桃花源记》与刘晨、阮肇入天台山遇仙女的典故。

【赏析】

这是词人的早期作品。其时丈夫或有外任，清照独居青州（今属山东潍坊），时间约在宣和三年（1121年）前后。与屏居乡里十余年的丈夫一旦分别，思情殷殷，满腹心事，该如何表达呢？请看这位词坛大家的手笔。

词写离情，只截取别前和别后两个断面予以精细刻画。金炉香冷，是女主人公在特定心境下的感受；锦被凌乱，表明她百无聊赖的精神状态。以下写无心梳头、任宝镜尘满、日上三竿，其慵懒之态，可谓至矣！抒情主人公内心无法医治的哀愁，于此慵态中也就自然流露出来了。"生怕离怀别苦"本已切入主旨，"生怕"二字似乎正要表述其内心的真实情态，可是作者又用一句"多少事，欲说还休"轻轻荡开，在这种欲言又止的克制中，隐藏着多少委屈多少愁苦啊！紧接着以"新来瘦"振起，让人自然要想：为什么会日渐消瘦呢？可是作者又把话题荡开，没有正面回答，只说既不是因为"病酒"，也不是因为"悲秋"。清代词论家读到这里，赞叹道："婉转曲折，煞是妙绝！"

从"悲秋"到"休休"，作者从别前跳到别后，略去话别的缠绵和饯行的伤感，笔法极为精练。《阳关曲》离歌纵然唱了千万遍，也无法留住行人，分别既成定局，于是从别前想到别后。"念武陵人远"合用刘阮误入武陵溪和陶渊明《桃花源记》两个故事，"烟锁秦楼"合用萧史弄玉之"凤楼"和古诗《陌上桑》之"秦氏楼"两个典故，把别后人去楼空的相思之情做了极其精练的概括。下片后半段节奏加快，愁情也随之增强，使词中所写的"离怀别苦"达到了高潮。"楼前流水"衔接上句之"秦楼"，"凝眸处"与上句之"凝眸"形成修辞学上的所谓顶真格，再以一"念"字统领，设想远去的"武陵人"定然会想到她一个人孤零零地独倚"秦楼"，呆呆凝望，唯有楼前流水，映照着她那无助的身影，承接她那无尽的眼泪。倘若是才力平平的词家，行笔至此，恐怕难以为继矣。然而在这位才情冠世的女词人笔下，结尾用"凝眸处，从今又添，一段新愁"又使情思荡漾，"新愁"再起。前愁接后愁，其愁何日是了！

词写离愁，因情设景，步步深入。前片用"慵"点染，用"瘦"形容；后片用"念"深化，用"痴"烘托，将"离怀别苦"表现得淋漓尽致。诚如词评家张祖望所言："词虽小道，第一要辨雅俗。结构天成，而中有艳语、隽语、奇语、豪语、苦语、痴语、没要紧语，如巧匠运斤，毫无痕迹，方为妙手。"

【名家评点】

上片不说离愁，却说生怕离愁，不说因离愁而消瘦，却说不关病酒和悲秋；下片不说云遮视线，却说烟锁秦楼；不说想寄情流水，却说流水应念我：都是深一层写法。

——夏承焘、盛静霞《唐宋词选》

一剪梅

红藕[1]香残玉簟[2]秋。轻解罗裳，独上兰舟。云中谁寄锦书来[3]？雁字[4]回时，月满西楼。花自飘零水自流。一种[5]相思，两处闲愁。此情无计可消除，才下眉头，却上心头。

【注释】

〔1〕红藕：荷花。

〔2〕玉簟：凉席。

〔3〕"云中"句：是谁从远方捎来了信呢？谁，实指作者所思念的丈夫赵明诚。

〔4〕雁字：雁群飞行时列队如字，故称"雁字"。

〔5〕一种：一样的。

【赏析】

　　在李清照的所有词作中，属于上品的并不是这首《一剪梅》，然而倾倒了无数读者的恰恰是这首《一剪梅》。这大概是因为"花自飘零水自流。一种相思，两处闲愁。此情无计可消除，才下眉头，却上心头"道出了所有恋爱中人的心声吧。

　　词的上片主要是写景，其审美情趣很浓；下片主要是抒情，其审美情趣更感人。在易安居士的词作中，清愁犹如她生活中不可或缺的影子，无时无刻不从她的心灵深处渗透出来，而愁绪的出现伴随着作者的行动，让我们从中看到了她和她的愁的美丽。在这首《一剪梅》中，我们发现，李清照的所有行为仿佛都是在静候相思的到来，而当相思弥漫在四周的时候，她却开始细细品味起这缕缕愁思来，咀嚼它的柔媚，咀嚼它的至味。

　　由上片我们看到她在花残天凉的清秋，独自一人从容地脱下裙子的外罩，登上兰舟，等待云中的大雁带着"锦书"飞来。我们也正是在这兰舟卧波、雁字回时、月满西楼的漫长期待中，看到了词人因相思而引发的清愁有如主人一样美丽，一样真纯妩媚。

　　花自飘零水自流。人的青春有如落花流水，也正在漂向迷蒙的远方。作者没有刻意去描写人生中的这一悲哀，不过她分明深切地体验到了这一悲哀，但她还是让相思变成整个生命，与花同落，与水同流，滔滔汩汩，不能自己。在这里，易安居士的愁是由生命所滋养，因相思而孵化，同时又回护着愁人的生命。"此情无计可消除，才下眉头，却上心头"，这愁仿佛也获得了生命，具有生命的形态、生命的流动、生命的情感了。

　　诗词论家一向认为，诗人如果能在作品中善于将自己的审美情感与客观物象水乳交融地化为一体，便是上乘之作。李清照在她的一些词作中，不但完美地达到了这一极致，而且能使其中呈现出来的情感获得一种神奇的生命力，这是不是更高一筹呢？

【名家评点】

　　李后主云："问君能有几多愁，恰似一江春水向东流。"只是以愁之多比水之多而已。秦观云："便做春江都是泪，流不尽许多愁。"则愁已物质化，变为可以放在江中随水流尽的东西了。李清照又进一步把它搬上了船，于是愁竟有了重量，不但可随水而流，并且可以用船来载……

——沈祖棻《宋词赏析》

国学经典精神家园丛书

行香子

　　草际鸣蛩〔1〕，惊落梧桐。正人间，天上愁浓。云阶月地〔2〕，关锁千重。纵浮槎来，浮槎去，不相逢〔3〕。星桥鹊驾〔4〕，经年才见，想离情别恨难穷。牵牛织女，莫是离中？甚霎儿〔5〕晴，霎儿雨，霎儿风。

【注释】

　　〔1〕蛩（qióng）：蟋蟀。

　　〔2〕云阶月地：指天宫。语本杜牧《七夕》："天阶夜色凉如水，卧看牵牛织女星。"

　　〔3〕"纵浮槎"三句：张华《博物志》记载，天河与海可通，每年八月有浮槎，来往从不失期。有人矢志要上天宫，带食浮槎而往，航行十数天竟达天河，看到牛郎在河边饮牛，织女却在很遥远的天宫中。浮槎，指往来于海上和天河之间的木筏。此三句系对张华上述记载的隐括，借喻词人与其夫的被迫分离。

　　〔4〕星桥鹊驾：参见前秦观《鹊桥仙》。

　　〔5〕甚霎儿："甚"是领字，此处含有"总是"的意思。霎儿，即一会儿。

【赏析】

　　据考证，这首词作于建炎三年（1129年）池阳（今安徽池州）。是年三月，赵明诚罢江宁守；五月，至池阳，独赴建康应召。这对在离乱中相依为命的夫妻，又一次被迫分离。其时，李清照暂住池阳，转眼到了七月七日，她想到天上的牛郎织女今夕尚能聚首，而人间夫妻，此刻却不得不天各一方，因此创作了这首凄婉动人的双调小令。

　　开篇即以七夕写景发端，词人抓住秋天的两个突出景象着墨：草丛中蟋蟀嘶鸣，惊得梧桐树叶飘然而下。只此二句，即将秋景展现无余。然后作者由眼前之景和七夕时令，联想到人间天上的浓愁别恨。接下来描写牛郎织女除在这七夕之夜"一年一度一相逢"外，其余时间则只能在浩渺的银河中的浮槎飘游，无法相会。用牛郎织女的故事来暗喻自己，说明"人间天上"，自古伤离别恨，如出一辙。

　　下片紧承题旨，继续抒写对牛郎织女的同情与同病相怜的情怀。词人仰望星空，猜想此时鹊桥已架，"牵牛织女，莫是离中"是不是还在分离之中？如若不然，为什么总是一会儿晴，一会儿雨，一会儿又刮风呢？关注之情，溢于言表。

作者在七夕这一特殊的日子里，巧妙地把人间和天上连为一体，用牛郎织女隐喻自己和丈夫的离愁别绪，颇有新意。

渔家傲·记梦

天接云涛连晓雾，星河欲转千帆舞[1]。仿佛梦魂归帝所。闻天语，殷勤问我归何处？我报路长嗟日暮，学诗谩有惊人句[2]。九万里[3]风鹏正举，风休住，蓬舟吹取三山去[4]。

【注释】

〔1〕"天接"二句：意谓夜色将晓，云雾迷茫，银河流转，成千的帆船在银河里破浪前进。

〔2〕"学诗"句：语本杜甫"语不惊人死不休"。谩有，即空有。

〔3〕九万里：典出《庄子·逍遥游》大鹏"抟扶摇羊角而上者九万里"句意。

〔4〕蓬舟：张满风帆的船。吹取：吹向。三山：传说中渤海有蓬莱、方丈、瀛洲三座仙山，皆为仙人居所。

【赏析】

南宋有两位大名鼎鼎的女词人，一是李清照，一是朱淑真。尤其是李清照，可谓旷世奇才，词坛泰斗。她在词坛上的地位，可以媲美南唐李后主。

李清照生于两宋之际山河破碎之时。她的前半生过着绮丽奢华的生活，享尽人间尊荣；后半生则颠沛流离，尝尽了人间的辛酸。南渡江浙后，她曾一度再嫁，受尽后夫的凌辱。这种曲折不幸的身世也颇似李后主。正由于此，才锻炼出她那哀怨顽艳的辞章。不过这首《渔家傲》气势磅礴，音调豪迈，显示了作者性情中豪放不羁的另一面。梁启超说此词"绝似苏（轼）辛（弃疾）派"，是易安词中仅见的浪漫主义名篇。

词写梦中遨游太空和与天帝的对话，打破了先写景后抒情的老套，以故事性的情节为主干，以人神对话为内容，展示了一幅迷离绚丽的梦幻美。

词的起首两句，把读者直接带进了拂晓时分银河里千帆齐舞的壮丽景象中。在令人昏眩的波涛、云雾和风浪的颠簸、船帆的飞舞中，她的梦魂仿佛飞升到了天帝的居所。

"归"字暗示她原本就是天界的仙人，现在又重新回家了，因此有了接下来的天帝的问话："殷勤问我归何处？"关怀备至地问她回归天界的具体处所是哪里。

下面是女词人的回答和心愿。"我报"二字说明以下的"路长"和"学诗"二句都是作者的回答。许多注释和鉴赏这首词的文章，都说"路长嗟日暮"是套用《离骚》中的"路漫漫其修远兮，吾将上下而求索"，好像古人的文学创作，不套用前人的成语就不能说话似的。如果非要说"路长"是套用屈原的话，那"日暮"不是可以列举前人更多的诗句吗？其实这一句只不过是梦中人在回答天帝垂问时的实话实说：人生一世，旅途漫长，可叹我华年已逝，行将桑榆，为文作诗，徒有声誉，但这并不是我所渴望的生活呀！词人随即用一句"九万里风鹏正举"从对话中拓开，直言不讳地表明了她的心愿："风休住，蓬舟吹取三山去！"我只想乘风破浪，有如大鹏那样，击水三千，扶摇而起，离开这充满悲欢离合、痛苦烦恼的红尘世界，去那清凉仙界与天人同住。上片写天帝询问"归何处"，回到蓬莱仙界是词人对回归天庭之具体处所的明确回答。

【名家评点】

清照词的最好处，就是经过了音律的锤炼，仍能出之以自然，有如不雕之美玉，有如豆蔻年华之少女，无处不表示着她的高洁与可爱。这实是她同时代的任何一个词家所不可及的。

——梁乙真《中国文学史话》

临江仙

欧阳公作《蝶恋花》，有"深深深几许"之句，予酷爱之，用其语作"庭院深深"数阕，其声即旧《临江仙》也。

庭院深深深几许？云窗雾阁常扃。柳梢梅萼渐分明。春归秣陵树，人老建康城。感月吟风多少事，如今老去无成。谁怜憔悴更凋零。试灯[1]无意思，踏雪没心情。

【注释】

〔1〕试灯：宋人最重元宵节，节前几天就陆续张灯，称为试灯。

【赏析】

　　李清照的词以南渡为界，分为前后两个时期。前期以描写闺情相思为主，表现了对大自然的热爱和对爱情的咏叹；后期则更多地描写了国破家亡的离乱哀愁。这首《临江仙》是她南渡以后的第一首词作。国破家亡，奸人当道，个中愁苦，只能用曲笔表达。少女时代的清纯，中年时代的忧郁，一化而为老年时期的沉隐悲怆。

　　起首作者连用三个"深"字，前两个"深"字为形容词，形容庭院之深；后一个"深"字为动词，加重语气。次写楼阁云雾缭绕，门窗紧闭，表明词人自闭阁中，不愿步出门庭。虽然其时柳梢吐绿，梅萼泛青，春光明媚，但她十分害怕目睹这充满诗情画意的春光。为什么？因为在此"春归"建康（秣陵）城，亦即丈夫与她永别之地（赵明诚于建炎三年八月病死于建康）的时候，也正是她只身漂泊，客居建安（今福建建瓯市）的时候。千里迢迢，战乱频仍，连亲自去给丈夫上坟祭奠也不可能，自是不忍心独自一人去观赏春光了。词人用生机盎然的春光反衬愁苦落寞的心境，创造了一种悲恸欲绝的气氛。

　　意承上片怕触景伤怀的表述，下片进而追思往昔。"感月吟风"两句是对当年夫妻二人烹茗煮酒、吟咏唱和、展玩金石的幸福生活的回忆。"多少事"饱含无限感慨。如今孤苦老迈，飘零他乡，对一切都已心灰意冷。"谁怜憔悴更凋零"，这是一声愤懑的哭诉，一种饮恨吞声的挣扎。结句"试灯无意思，踏雪没心情"并非虚设，据（宋）周辉《清波杂志》载："明诚在建康日，易安每值天大雪，即顶笠披蓑，循城远览以寻诗，得句必邀其夫赓和。"当年，她对"试灯"和"踏雪"是那么兴致勃勃，如今却觉得"无意思""没心情"，将其悲凄孤苦的内心世界表现得非常充分，读来令人倍感凄婉。

孤雁儿·世人作梅诗

　　世人作梅词，下笔便俗。予试作一篇，乃知前言不妄耳。

　　藤床纸帐朝眠起，说不尽，无佳思。沈香断续玉炉寒，伴我情怀如水。笛声三弄[1]，梅心惊破[2]，多少春情意。小风疏雨萧萧地[3]，又催下，千行泪。吹箫人去玉楼空[4]，肠断与谁同倚？一枝折得，人间天上，没个人堪寄。

【注释】

〔1〕三弄：即"梅花三弄"，古代笛曲名，或称"梅花引"。

〔2〕梅心惊破：指梅花闻笛而心伤。

〔3〕萧萧地：淅淅沥沥。地，语助词。

〔4〕"吹箫"句：典出《列仙传》："萧史者，秦穆公时人也，善吹箫，能致孔雀、白鹤于庭。穆公有女字弄玉，好之。公遂以女妻焉。"此言其夫赵明诚去世。

【赏析】

词作于丈夫去世之后。作者把自己比作失伴的孤雁，以近乎绝望的凄楚哀鸣寄托了对亡夫的思念，抒发了内心深处的无限悲伤。全词以"梅"起兴，写相思之情被梅笛挑起，被梅心惊动；又因折梅无人共赏，无人堪寄，而陷入难以排遣的悲凄之中，读之令人鼻酸。

首写闺房景象。这里，床为藤竹编制的单人床，帐为简陋的茧纸帐。这样的床帐暗示了词人淡泊清苦的生活处境。炉寒香断是对这种凄凉的环境和心境的进一步强调。沉寂中，有人笛吹梅花三弄，这哀婉动人的笛声惊破了梅心，预示了多少春的消息、春的情思啊！

下片是对眼前景象的如实描绘：尽管春回大地，而今"吹箫人去"，淅淅沥沥的轻风细雨唤起的不是春情萌动，而是"催下"了千行相思之泪！一个"催"字，充分表达了国破家亡、亲人生离死别的残酷现实对抒情主人公身心的摧残，既说明了无情现实之不可抗拒，也流露出受害者的柔弱无奈。如果说从前还有人相互依傍扶持，而如今"人去楼空"，肝肠寸断，孤独无依，对春景，伤悲怀，满腹凄苦不要说无人倾诉，即便是折得春梅，有谁"堪寄"？寻遍"人间天上"，连个接受报春消息的人都没有，其心之苦，其情之惨，词人为之痛绝，读者亦为之痛绝矣！

作者在这首词里，将凄苦之情从室内扩展到室外，从外景扩展到内心；从视觉扩展到听觉，从嗅觉扩展到触觉。笛声、雨声、风声，藤床、纸帐、玉炉，无一不被凄苦孤寂之情浸染。此即词人能取得如此非凡的艺术感染力之原因所在。

【名家评点】

这是一首悼亡之作，约写于建炎三年（1129年）赵明诚逝世后。序中说明这是一首咏梅词，实际上既没有直接描绘梅的色、香、姿，也没有去歌颂梅的品性，而是把梅作为作者个人悲欢的见证者。从表达上看，是把梅作为全词的线索，着力描写了丈夫去世后自己清冷孤寂的生活和凄凉悲绝的心情。

——侯健、吕智敏《李清照诗词评注》

添字丑奴儿

窗前谁种芭蕉树？阴满中庭。阴满中庭，叶叶心心，舒卷有余情。伤心枕上三更雨，点滴霖霪[1]。点滴霖霪，愁损北人，不惯起来听。

【注释】

〔1〕霖霪：本为久雨之意，此处指雨声连绵不停。"霖霪"一本作"凄清"。

【赏析】

这首词写于建炎三年（1129年）之后，其时作者南渡避难已有三年，年四十六岁。

此词通过雨打芭蕉引起的愁思，表达作者追怀故国的深情。首句"窗前谁种芭蕉树"，似询问，似埋怨。接着作者摄取芭蕉叶心长卷、叶大多荫的特点，迭出"阴满中庭"，把视线引向蕉叶的舒展翻卷。"叶叶心心"两对叠字连用，暗示愁情之反反复复，绵绵无尽。下片继续以此手法，通过雨声的叠韵，烘托"伤心"人的悲凉凄绝。结尾言有尽而意无穷，为读者留下了充分的想象余地。

这首小令用笔轻灵、顿挫有致，抒写情感却深沉厚重，很能代表作者后期词作的特点。

【名家评点】

李清照在此词中所写的"伤心""愁损"，绝非无病呻吟，实际上交织着对北宋亡国之恨、民族之爱、颠沛流离之苦，流落江浙，心系乡国。其中也蕴含着对自己种种不幸遭遇的感慨，又客观反映了宋代人民历经战乱，身陷水火的深重苦难。

——刘瑜《李清照全词》

永遇乐·元宵

　　落日熔金[1]，暮云合璧[2]，人在何处？染柳烟浓，吹梅笛怨[3]，春意知几许!元宵佳节，融和天气，次第[4]岂无风雨？来相召，香车宝马，谢他酒朋诗侣。中州[5]盛日，闺门多暇，记得偏重三五。铺翠冠儿[6]，捻金雪柳[7]，簇带[8]争济楚。如今憔悴，风鬟雾鬓，怕见[9]夜间出去。不如向，帘儿底下，听人笑语。

【注释】

　　〔1〕熔金：形容落日火红，有如熔化的金属。

　　〔2〕暮云合璧：形容暮云弥合，光洁如玉。

　　〔3〕吹梅笛怨：吹奏《梅花落》的幽怨曲调。

　　〔4〕次第：接下来，转眼间。

　　〔5〕中州：指汴京。

　　〔6〕翠冠儿：粘贴翡翠的帽子。周密《武林旧事》卷二："元夕节物，妇人皆戴珠翠、闹娥、玉梅、雪柳、菩提叶……"

　　〔7〕金雪柳：用金线捻丝的头饰。

　　〔8〕簇带：头上插戴许多饰物。

　　〔9〕怕见：懒得。

【赏析】

　　词作于易安流寓临安即今杭州。其时，她孤苦一人，举目无亲，适逢正月十五元夕之夜，自然而然会想起从前在京都汴梁时欢度元宵时的情景。作者通过南渡后元宵节两种情景的对比，抒发了国破家亡之感和悲苦落寞之情。

　　词人起首以浓墨重彩描写了傍晚时分眼前所见的自然美景和感受到的初春气息。元宵佳节，太阳刚要下山，月亮就从东方升起，它透出轻纱般的云层，恍如浑圆的璧玉，晶莹明亮；西边低空，太阳仿佛熔化的金子。然而如此良辰美景，她却被《梅花落》的哀怨所笼罩，发出了一连串的疑问。一句"人在何处"的伤感，一句"春意知几许"怀疑，一句"次第岂无风雨"的质问，把她独在异乡为异客和饱经忧患的凄凉蕴含在余意尽在不言之中。难怪刘辰翁会每诵此词要"为之涕下"了。

在这样的心境下，"酒朋诗侣"们纵然是用"宝马香车"来邀请她欢度佳节，她已经完全没有了那份兴致，回绝他们的盛情是必然的了；把自己孤独地关在屋子里，回忆"中州"元宵聊以自慰也是必然的了。

下片转入对"中州盛日"的回忆。对昔日欢乐、热闹的情景描述得越是如诗如画，把眼前的凄凉寂寞就衬托得越让人不忍卒读。往昔"铺翠冠儿，捻金雪柳，簇带争济楚"的欢愉如今变成了"风鬟霜鬓，怕见夜间出去"的酸楚。容颜的憔悴，内心的凄凉，让她不敢面对眼前的繁华，宁可把自己包裹在孤独中黯然神伤；可往昔的旧梦又时刻萦绕心头，使她不忍心拒绝眼前的美景，因而只好"向帘儿底下，听人笑语"了。此刻，我们仿佛看见她正茕茕孑立于窗前，默默地倾听着别人的欢笑而在暗自饮泣，也情不自禁要一洒同情之泪了。

这首词在绚丽的背景下，写到自己时，用语却极平常极平淡，然而正是这平平淡淡的日常用语，却句句沉痛，字字千钧，显示出了异乎寻常的艺术力量。

【名家评点】

余自乙亥（1275年）上元诵李易安《永遇乐》，为之涕下，今三年矣。每闻此词，辄不自堪，遂依其声，又托之易安自喻。虽辞情不及，而悲苦过之。

——［宋］刘辰翁《永遇乐》

易安在宋诸媛中，自卓然一家，不在秦七、黄九之下。词无一首不工，其炼处可夺梦窗之席，其丽处直参片玉班，盖不徒俯视巾帼，直欲压倒须眉。

——［清］李调元《雨村词话》

声声慢

寻寻觅觅，冷冷清清，凄凄惨惨戚戚。乍暖还寒时候，最难将息[1]。三杯两盏淡酒，怎敌他，晚来风急？雁过也，正伤心，却是旧时相识。满地黄花堆积，憔悴损，如今有谁堪摘？守着窗儿，独自怎生得黑！梧桐更兼细雨，到黄昏，点点滴滴。这次第[2]，怎一个愁字了得！

国学经典精神家园丛书

【注释】

〔1〕将息：保养、休息。

〔2〕次第：情形，光景，这里指一整天所发生、所见到的情景。

【赏析】

这是李清照南渡以后的杰作。南渡是易安居士生活逆转的分水岭。金兵南侵，她的丈夫赵明诚病死于流亡途中。她把丈夫安葬后，随流亡中的朝廷流落浙东。亡国之恨，丧夫之痛，孀居之苦，郁结于心，无法排遣，于是用血泪写下了这首千古绝唱《声声慢》。

开篇三句，连用七对叠字，在诗词史上已属绝无仅有。十四个叠字一气而下，笼罩全篇，使后面依次出现的情景无不染上愁苦凄凉的感情色彩。由"寻寻觅觅"可知她从清晨开始便百无聊赖，若有所失，总想找点什么来排遣这寂寞无聊。她在寻觅什么呢？从前的安宁温馨、家庭幸福、伉俪情深、心爱的图书文物……全都如烟如梦，化为灰烬了。"寻寻觅觅"的结果不但一无所获，反而落到了"冷冷清清"的境地，于是只能用"凄凄惨惨戚戚"来哀叹自己的凄苦和酸楚了。后十个叠字既写环境又写情怀，将难以名状的复杂感情层层叠叠写来，读者情不自禁也被带入一种无以名状的伤感之中。

在这"乍暖还寒时候"，她想借酒浇愁，偏偏又遇上"晚来风急"，酒淡且又是"三杯两盏"，喝下去仿佛都成了苦汁。这还不是全部的难堪，恰恰在这时，又看见"旧时相识"的鸿雁飞过，从前有"云中谁寄锦书来，雁字回时，月满西楼"，丈夫会托鸿雁传书，如今还会有谁捎信来呢？连相思也不可寄，这份惨痛还怎么说？

下片由空间的描述转到眼前的景物。园中菊花堆积，秋意正浓。过去曾因相思而觉得"人比黄花瘦"，如今山河破碎，夫君早逝，自己的身心憔悴不堪，已经再没有赏花摘花的心情了。在这种百感交集的伤痛中，一个人孤零零地"守着窗儿"，期盼着天黑，希望用睡梦来忘掉这一切，然而天黑之后，"梧桐树，三更雨，不道离情正苦；一叶叶，一声声，空阶滴到明"，这"梧桐更兼细雨"的凄楚，"点点滴滴"洒在心头，从早到晚这一连串愁苦，"怎一个愁字了得！"这一切的一切，怎能用一个"愁"字囊托得了呢！

《声声慢》最明显的艺术特色是叠字的创造性运用。叠字本身有一种奇妙的语境情愫，可以诱导特殊的心理感应。叠字使用最频繁的情况，在生活中是出现在儿童的语言中；在艺术上，是出现在民歌中。这不是没有原因的，因为叠字表示着真诚纯朴的心声的一种天籁般的律动。这一特点，在《声声慢》中，同样以最完美最自然的意象表现了出来。"寻寻觅觅"是女主人公的动作，她清晨起来，走来走去，目光游移，似乎是在寻找什么，可又不知道要寻找什么，那种彷徨无依、百无聊赖的情态只用四个叠字就表露无遗了。"冷冷清清"是对环境的描述,是对心境的表述,也是"寻寻觅觅"的结果。而读诵"凄凄惨惨戚戚",我们仿佛可以听到女主人公一声声的抽泣和眼泪在心头的点滴。这样的艺术效果,单凭描述是难以实现的。这首词传入法国后,法国诗人克洛岱似乎也感觉到了叠字的这种奇异的艺术力量,他把《声声慢》翻译成法文,可是在线性文字中,根本没有相应的叠字,于是他用词汇的叠加,把这首词勉强翻译成这样:

"呼唤!呼唤!

乞求!乞求!

等待!等待!

梦!梦!梦!

哭!哭!哭!

痛苦!痛苦!我的心充满痛苦!

仍然!仍然!

永远!永远!

心!心!

存在!存在!

死!死!死!死!"

《声声慢》除了创造性地运用叠字外,还用诸如将息、黄花、憔悴、黄昏、点滴等许多双声叠韵,把汉语言文字的形式美、音乐美运用得炉火纯青,发挥到了登峰造极的水平。

【名家评点】

开头连用十四个叠字,把内心的愁苦吐露无遗,造句甚奇,却不失自然。后人仿造无一成功之作。运用口语而无损其典雅工稳,无凑合痕迹,在有宋词人中最为奇崛。

——黄瑞云《词苑英华》

宋 江

宋江其人,正史不载。据话本与《水浒传》言,字公明,排行第三,原籍为山东郓城县宋家村,江湖人称"及时雨",又号"呼保义"。

念奴娇

　　天南地北，问乾坤何处，可容狂客？借得山东烟水寨[1]，来买凤城[2]春色。翠袖围香，鲛绡笼玉，一笑千金值。神仙体态，薄幸如何销得[3]？回想芦叶滩头，蓼花汀畔[4]，皓月空凝碧。六六雁行连八九，只待金鸡消息[5]。义胆包天，忠肝盖地，四海无人识。闲愁万种，醉乡一夜头白。

【注释】

　　〔1〕山东烟水寨：指梁山泊。

　　〔2〕凤城：京都的别称。

　　〔3〕"薄幸"句：薄幸，指薄情，负心。消得，指消受得了。语本杜牧《遣怀》"十年一觉扬州梦，赢得青楼薄幸名"。

　　〔4〕芦叶滩头、蓼花汀畔：均指梁山水泊。

　　〔5〕金鸡消息：黄鸡报晓的声音。

【赏析】

　　这首词出现在小说《水浒传》第七十二回《柴进簪花入禁院　李逵元夜闹东京》中。话说浪子燕青引宋江再次见到名妓李师师，李以酒食款待。席间，李低唱苏东坡《念奴娇·赤壁怀古》词，宋江乘兴填写此词，以赠李师师。抛开小说家的演义不说，单就词论词，这曲小令还是值得一读的。

　　上片回溯往事，作者诉说自己不为天地所容，只好聚义梁山水泊。当初他的目的很明确，就是要以梁山为根据地，云集天下英雄好汉，通过武力暴动改朝换代。对于"翠袖围香……薄幸如何锁得"五句，有两种解读。一种意见，认为这是回答天下何以没有"春色"？因为"春色"都被京城里的那些珠光宝气、一掷千金的红男绿女们霸占了，他们虽然貌似神仙，其实都是行尸走肉，"我"是不屑一顾的。另一种解读，认为这是在赞美李师师，说她衣袖飘香，肌肤似雪，对她倾慕之至，觉得自己无缘消受如此尤物。如果想到这首词是写赠李师师的，似乎后一种解读更合理一些。

　　下阕前五句回忆英雄聚义梁山水泊后的那些痛快酣畅的峥嵘岁月。作者希望好汉们能像雁连长空那样，把天下的英雄豪杰都联络在一起，开辟新的天地。有人把"金鸡消息"

理解为期待朝廷降旨招安。金鸡报晓向来表示新的一天的开始，不知解释成"期待招安"有何依据。至于"六六"连"八九"，明显是与《水浒传》中所说的一百单八将相照应，这应该是没有疑义的。

结尾五句表明心迹，说他忠义之心"包天盖地"，却不被人理解，他常常因此而借酒浇愁，竟至"一夜"之间，头发都愁白了。

陈与义

陈与义（1090—1138年），字去非，号简斋。本蜀人，后徙居河南叶县。政和三年（1113年）进士。绍兴中，历中书舍人，拜翰林学士，寻参知政事。以病乞祠，提举洞霄宫。诗祖杜甫，下宗苏轼。有《简斋集》。

临江仙·夜登小阁，忆洛中[1]旧游

忆昔午桥[2]桥上饮，坐中多是豪英。长沟流月去无声，杏花疏影里，吹笛到天明。二十余年如一梦，此身虽在堪惊。闲登小阁看新晴。古今多少事，渔唱起三更。

【注释】

〔1〕洛中：即洛阳。

〔2〕午桥：桥名，在洛阳城南。

【赏析】

通过回忆在洛阳的游乐，抒发对国土沦陷的悲痛和漂泊异乡的寂寞。以对比的手法，明快的笔调，把作者的抒情形象勾画得相当丰满、感人。

"忆昔"领起词旨。洛阳午桥是观赏牡丹的景点，也是唐宋文人雅士歌咏宴饮的胜地。作者青年时期，追寻遗韵，仰慕前贤，与当时"豪英"一起在午桥畅饮，晚上聚在杏树下吹笛抒怀，直到天明。这样的描绘，使整个画面富有静美、闲逸的时空感，把作者当时的生活情趣反映得非常充分。明人沈际飞十分赞赏这两句，他说："'流月无声'，巧语也；'吹笛天明'，爽语也。"

下片感怀。靖康之变，北宋沦亡，与义随文武朝官一同避难江南，饱尝颠沛流离、国破家亡之苦。"二十余年如一梦"的感触就是在这种背景下产生的。想起昔日曾在一起煮酒吟诗的英豪们，如今风流云散，生死未卜，自己死里逃生，真成了杜甫所说的"飘飘何所似，天地一沙鸥"，能不"堪惊"！结句"闲登小阁看新晴。古今多少事，渔唱起三更"点明题旨。如今的闲散无聊与往昔的桥上豪饮形成对照，两种天壤之别的心境于景中自然显露出来。"古今多少事，渔唱起三更。"这是作者经历了国家和个人的巨变后，对人生忧患、千古兴亡的总结性地慨叹。诚如沈际飞所言，这是一句意味深长的"冷语"。

【名家评点】

《临江仙》笔意超旷，逼近大苏。……"长沟流月"，七字警绝；"杏花"二语，自然流出，若不关人力者；"古今"二语，有多少感慨！情景兼到，骨韵苍凉，下字亦警绝。

——［清］陈廷焯《云韶集》

刘 彤

字文美，江宁（今江苏南京市）章文虎妻。工诗词，今存词仅此一首。

临江仙

千里长安名利客，轻离轻散寻常。难禁三月好风光。满阶芳草绿，一片杏花香。记得年时临上马，看人眼泪汪汪。如今不忍更思量。恨无千日酒，空断九回肠。

【赏析】

清代诗论家兼诗人袁子才曾说："作人贵直，而作诗文贵曲。"这首出自女子之手的小词，行文山重水复，起伏转折，弹尽心曲。时而述游子，时而写思妇；时而眼前景，时而当年事；时而景物描绘，时而内心勾勒；时而恨，时而喜，时而悲，时而愁……如此曲折，便生出了如波似浪的艺术效果。连画龙点睛的结句"恨无千日酒，空断九回肠"也曲尽其妙，可谓深得作文三昧。

此女子并不以文名世，甚至连她的生平事迹都无法稽考，仅存的一首小词，其艺术造诣已然如此，可见词之于宋代，有如诗之于唐代一样，已经达到了文学史上所谓的群体效应。

【名家评点】

波澜开阖，如在江湖中，一波未平，一波已作。如兵家之阵，方以为正，又复是奇；方以为奇，忽复是正；出入变化，不可纪极，而法度不可乱。

——［宋］姜夔《白石道人诗说》

张元幹

张元幹（1091—1170年），字仲宗，长乐（今属福建）人。自号芦川居士。曾为李纲行营属官。官至将作少监。四十一岁致仕。绍兴中，坐以词送胡铨，得罪除名。有《芦川归来集》。

贺新郎·送胡邦衡[1]待制

梦绕神州路。怅秋风，连营画角，故宫离黍[2]。底事昆仑倾砥柱，九地黄流乱注？聚万落千村狐兔[3]。天意从来高难问[4]，况人情老易悲难诉。更南浦[5]，送君去。凉生岸柳催残暑。耿斜河[6]，疏星残月，断云微度。万里江山知何处？回首对床夜语。雁不到，书成谁与？目尽青天怀今古，肯儿曹恩怨相尔汝[7]。举大白，听金缕[8]。

【注释】

〔1〕胡邦衡：详见下"胡铨"词条小传。

〔2〕故宫离黍：指汴京故宫长满了庄稼，一片荒凉。语本《诗经·王风·黍离》：

"彼黍离离，彼稷之苗。知迈靡靡，中心摇摇。"后世常用"离黍"表示故国之思。

〔3〕"底事"三句：意谓为什么昆仑天柱倾倒，而使洪水到处泛滥，无数村落变成荒野，狐兔成群。这里比喻北宋破灭，金兵横行，天下大乱的情景。

〔4〕"天意"句：暗指统治者意图难测。

〔5〕南浦：泛指送别之处。

〔6〕耿斜河：意谓天河明亮，横斜天际。

〔7〕"目尽"二句：放眼青天，怀想古今兴亡，在此离别之际，怎能效小儿女之态，计较恩怨得失呢。儿曹，指儿辈。恩怨相尔汝语出韩愈《听颖师弹琴》"妮妮儿女语，恩怨相尔汝"，形容儿女亲昵之语。这两句是勉励胡诠之语。

〔8〕"举大白"二句：举杯痛饮，听高歌，送友人。大白，即大酒杯。金缕，这首《贺新郎》词牌又名《金缕曲》。

【赏析】

词为送别友人而作，时在1142年初秋。这首词写得情感激昂，悲壮沉郁，抒情曲折，意蕴深邃。

上片概述时事。概括北宋灭亡的历史事实，综述中原沦陷的惨状，然后由此提出疑问：为什么会出现这种悲剧？词人在此稍作停顿，他没有回答这一问题，也无法回答。但他心里是清楚的。绍兴年间，秦桧主和，固然难逃罪责，但"误国当时岂一秦"皇帝宋高宗才是真正的罪魁祸首，因为他是主和派的后台。"天意从来高难问"已经把矛头直接指向了高宗：他内心的真实意图到底是什么，为什么要奴颜婢膝地割地求和？接下来，词人回转笔锋写朋友胡铨和自己。他说，年老易悲是人之常情，而这种悲情却又难以诉说。作者在此运笔极为巧妙，既对宋高宗一帮主和派表示了强烈的不满，也对主战派的朋友胡铨遭受贬谪而打抱不平，同时自然过渡到送别上来。"更南浦，送君去"两句，苍劲有力，字字有如掷地金石。

下片承接上片歇拍语意，叙述离别之情。"凉生岸柳催残暑"至"断云微度"为第一层，形容与友人分别时的景象，说明送别的季节是初秋的深夜。"万里江山知何处"至"书成谁与"为第二层，设想别后之心情，说明分别之后，满腹心事书之于笺，也无人可寄，收复山河的希望也只能在梦里寻求了。"目尽青天怀今古"三句为第三层，意谓大丈夫应当放眼天下，心怀古今，岂能为个人的暂别而做小儿女情态！

结尾通过激情昂扬而行文依旧井然有序的多次转折，把汹涌在心间的全部感情推向高潮——举起酒杯，听我为你唱这《金缕曲》吧！"举大白，听金缕"，把酒高歌，他要唱出心中的全部豪情、全部悲愤、全部梦想！

【名家评点】

慷慨悲凉，数百年后，尚想其抑塞磊落之气。

——［清］纪晓岚《四库全书总目提要》

贺新郎·寄李伯纪[1]丞相

曳杖[2]危楼[3]去。斗垂天[4]，沧波万顷，月流烟渚。扫尽浮云风不定，未放扁舟夜渡。宿雁落寒芦深处。怅望关河空吊影，正人间鼻息鸣鼍鼓[5]。谁伴我，醉中舞。十年一梦扬州路[6]。倚高寒，愁生故国，气吞骄虏[7]。要斩楼兰三尺剑[8]，遗恨琵琶旧语[9]。谩暗涩铜华尘土[10]。唤取谪仙平章看，过苕溪，尚许垂纶否[11]？风浩荡，欲飞举！

【注释】

〔1〕李伯纪：李纲（1083—1140年），字伯纪。宋高宗建炎元年任宰相，力主抗金。后因上书反对和议，被罢职寓居长乐。绍兴八年（1138年），宋金和议，高宗向金称臣，李纲上书反对无效。是年十一月，张元幹以此词寄李纲，表示对他的支持和敬意。

〔2〕曳杖：拖着手杖。

〔3〕危楼：高楼。

〔4〕斗垂天：北斗星高垂于天宇。

〔5〕"正人间"句：意谓世人酣睡，鼻息像鼍鼓声一样震响。鼍（tuó），即扬子鳄，皮可蒙鼓。

〔6〕"十年"句：十年前，即高宗建炎元年，赵构这年在南京（今河南商丘）称帝，用李纲为相，图谋恢复。后金兵南侵，高宗逃往江南，扬州遭金兵屠城，离张元幹作此词，恰好十年。句用杜牧《遣怀》"十年一觉扬州梦"，但取义完全不同。

〔7〕"倚高寒"三句：意谓倚楼望月，心系故国，心生灭敌之浩气。高寒，指倚高楼望月。故国，指沦陷于金人的中原国土。骄虏，指金兵。

〔8〕"要斩"句：以楼兰喻金，即杀敌复国之意。楼兰，汉西域鄯善国，故址在今

国学经典精神家园丛书

新疆罗布泊西。

〔9〕"遗恨"句：这里借王昭君和亲，批评朝廷和议之策。语本杜甫《咏怀古迹》："千载琵琶作胡语，分明怨恨此中论。"

〔10〕"谩暗涩"句：意谓空使宝剑生锈，英雄无用武之地。谩，空。铜华，铜锈。

〔11〕"唤取"三句：此言征询李纲的意见，问此时该不该隐退？谪仙，李白，代指李纲。平章，即评论。苕（tiáo）溪，浙江水名，源出浙江天目山，入太湖。垂纶，即垂钓，指隐居。

【赏析】

李纲是宋代著名的爱国英雄，他在钦宗靖康元年（1126年），金兵围攻京城的危急时刻，力主抗战，坚守开封，被钦宗任命为亲征行营使，最终击退金兵。张元幹当时是他的僚属，后来李纲被罢免，元幹也连带获罪，离京南下。高宗绍兴八年（1138年），秦桧再次入相，宋派王伦使金，力图和议。十二月，李纲上书反对议和，被罢，回福建长乐。作者为此写了这首词。

起首四句以携杖登楼遥望领起词旨，然后开始对夜景展开铺叙。夜空中北斗星悬挂在寥廓的天宇，波涛万顷，月光流泻在烟雾迷蒙的洲渚之上。此时江风浩荡，吹散了空中的浮云，江岸寂寥，因风大而不能开船。一群南来的鸿雁夜宿在芦苇深处。此情此景，触发了作者的满腹忧思，于是他直吐胸臆，抒写愤懑。词人觉得，当他怅望祖国山河之际，猛然间生起一种徒然形影相吊的伤感。在这夜深人静的时候，他依稀仿佛，听见熟睡的人们鼾声如雷，全然不把国耻放在心里，苟安求和之辈不以为耻，反以为荣。在这长夜漫漫之时，"谁伴我，醉中舞"呢？文行至此，转入词寄李纲的本题，感情也由开篇的慢板转入激越。

过片用典故暗喻的手法，表明对当政者屈膝议和的强烈不满，并抒写了对李纲的敬仰之情。"十年"一句是金兵进犯、汴京失守、赵构仓皇南逃、偏安称帝这段历史悲剧的高度概括性回顾。"倚高寒"三句，继续描写作者夜倚高楼，远眺中原大地，不由得愁思满腔，感到自己雄心犹在，足以气吞强虏。"要斩楼兰"比喻李纲等主战志士；"遗恨琵琶"影射和议是屈辱之策，继不可行。"谩暗涩"二句以宝剑生锈，弃置于尘土之中，比喻李纲等主战将领被排斥压制，使英雄无用武之地。作者的愤懑不平之气也在这一气呵成的铺叙中痛快淋漓地表现出来了。"唤取"两句进一步深化了词的主旨。作者问：请你（李纲）评论一下，在和议已成定局的形势下，爱国之士是否可以隐退苕溪，垂钓自遣，而不问国事呢？其实作者的真正用意是希望李纲不要消极退隐，而应为抗金事业再建新功。"风浩荡，欲飞举"，这才是张元幹写作此词的本意。

【名家评点】

一起雄阔，笼罩全篇。词中用了许多象征手法抒发政见。"风不定"，指朝政的徘徊；"人间鼻息"，批评过去当政者的浑浑噩噩。过片以后，愈唱愈高。"要斩楼兰"和"遗恨琵琶"，是从正反两方面阐发主张，力斥和议之非。最后归结到敦促李纲复出这一中心议题上来。写得忠义奋发，慷慨激昂，不愧千古名作。

——周笃文《宋百家词选》

胡　铨

胡铨（1102—1180年），字邦衡，号澹庵，吉州庐陵（今江西吉安）人。建炎二年（1128年）进士，擢枢密院编修官。因坚持抗金，上书请斩秦桧等三人，遭秦桧迫害，谪吉阳军。秦桧必欲杀之，桧死得免，孝宗即位，擢起居郎，历官至权兵部侍郎，以资政殿学士致仕。卒谥忠简。有《澹庵文集》。

好事近

富贵本无心，何事故乡轻别？空使猿惊鹤怨，误薜萝秋月[1]。
囊锥刚要出头来，不道甚时节[2]。欲驾巾车归去，有豺狼当辙[3]。

【注释】

〔1〕"空使猿惊"二句：典出孔稚珪《北山移文》。意思是说，离开隐居的山林，连猿和鹤都感到诧异，都要埋怨。薜萝，借指隐者居所。

〔2〕"囊锥"二句：典出毛遂自荐，详见《史记·平原君列传》。不道，即想不到。这两句是说，正当我像毛遂那样，刚要显露自己的才干，想不到权奸在位，大局已定，因此遭此厄运。

〔3〕"欲驾巾车"二句：典出《后汉书》张纲本传。大略是说，汉顺帝年间，各地

举贤，张纲因年少位微，在他人受命时，张纲独埋其车轮于洛阳都亭，曰："豺狼当路，安问狐狸！"并弹劾大将军梁冀，帝因其言刚直，终不用。巾车，指有遮盖的马车。

【赏析】

词作于绍兴十八年（1148年），作者被贬居广东新州（今新兴县）时。词的主题表现了词人不畏强权的高尚气节。

上片是说自己既然无心于富贵，为什么要轻率地离开故乡呢？连猿猴和白鹤都不理解，奇怪他离开故乡的山山水水，为什么要放弃山中的美景和悠闲的岁月。

下片借用毛遂自荐的典故，对权奸误国给予愤怒的谴责。"囊锥"两句是悔恨，也是清醒的反思：我本来像毛遂那样，初露锋芒，想不到国家大计已被奸臣控制，结果遭此厄运，被远谪边荒之地，真是不合时宜。如今纵然"欲驾巾车归去"，全身而退，无奈"有豺狼当辙"，恐怕为时晚矣！"豺狼"二字，直指把持朝政的秦桧一帮奸佞，表现了作者虽然屡遭迫害，但不畏权势、刚正不阿的斗争精神，正如他在十年前上书所说："臣有赴东海而死，宁能处小朝廷求活耶！"其浩然正气，可与日月同光。

岳 飞

岳飞（1103—1141年），字鹏举，相州汤阴（今属河南）人。家世务农，少年时应征入伍，英勇善战，屡建奇功。历任少保、黄河南北诸路招讨使，进枢密副使，封武昌郡开国公。以不附和议，绍兴十一年腊月廿九（1141年1月27日）为秦桧所陷，殒大理寺狱，年三十九。淳熙六年（1179年）赐谥武穆。嘉定四年（1211年）追封鄂王。淳祐六年（1246年）改谥忠武。工诗词，然词仅存三首，内容皆为壮志难酬的深沉慨叹，风格悲壮，意气豪迈。文集《岳武穆集》为后人所编。

满江红·写怀

怒发冲冠，凭栏处，潇潇雨歇。抬望眼，仰天长啸，壮怀激烈。三十功名尘与土，八千里路云和月[1]。莫等闲，白了少年头，空悲切。靖康耻[2]，犹未雪。臣子恨，何时灭。驾长车，踏破贺兰山〔3〕缺。壮志饥餐胡虏肉，笑谈渴饮匈奴血〔4〕。待从头收拾旧山河，朝天阙〔5〕。

【注释】

〔1〕"三十"二句：意谓回顾三十年来功业微薄，展念前程，转战千里，任重道远。据"三十功名"一句推断，此词当作于宋高宗绍兴二年（1132年）。

〔2〕靖康耻：指宋钦宗靖康二年（1127年），金兵攻破汴京，虏徽宗、钦宗二帝北去，北宋灭亡之耻。

〔3〕贺兰山：在今宁夏西北与内蒙古交界处，这里泛指边塞关山。缺，即山的入口处。

〔4〕"壮志"二句：极言对金兵的仇恨。胡虏、匈奴，此处均借指金兵。

〔5〕朝天阙：朝见皇帝。天阙，即皇宫。

【赏析】

倘若我们因袭通常的解读，可以这样概括：岳飞的这首《满江红》真实、充分地反映了岳飞精忠报国、一腔热血的英雄气概，表现了岳飞急于立功报国的宏愿，"还我河山"的决心和信心。这首历来作为激励中华儿女爱国心的热血宏词，令人神往，叫人起舞……

岳武穆另有一《满江红·登黄鹤楼有感》，与此主旨略同，风骨殊异。其词云：

"遥望中原，荒烟外，许多城郭。想当年，花遮柳护，凤楼龙阁。万岁山前珠翠绕，蓬莱殿里笙歌作。到如今，铁骑满郊畿，风尘恶。兵安在？膏锋锷。民安在？填沟壑。叹江山如故，千村寥落。何日请缨提锐旅，一鞭直渡清河洛。却归来再续汉阳游，骑黄鹤。"

此词见近人徐用仪所编《五千年来中华民族爱国魂》一书卷端之《岳武穆墨迹》。原系照片，并有（元）统甲戌谢升孙跋及宋克、文徵明诸跋。其为岳武穆之作，殆无可疑。

【名家评点】

"莫等闲"二语，当为千古箴铭。何等气概！何等志向！千载下读之，凛凛有生气焉。

———［清］陈廷焯《白雨斋词话》

小重山

　　昨夜寒蛩不住鸣，惊回千里梦，已三更。起来独自绕阶行，人悄悄，帘外月胧明。白首为功名。旧山松竹老，阻归程。欲将心事付瑶琴，知音少，弦断有谁听？

【赏析】

　　岳飞于北宋宣和四年（1122年）参军，至北宋灭亡前的四年里，在抗金名将宗泽麾下英勇作战，从此献身沙场，转战长城内外，大江南北。但他哪里知道，不想让钦宗返回中原从而危及自己皇位的宋高宗赵构，起用大汉奸秦桧为相，停止抗金，迫害主战派，大好的抗金复国形势从此付诸东流。《小重山》一词，正是创作于这样的背景下。

　　就字面而言，这首词明白如话，无须逐字逐句解说。但是就其意蕴而言，有许多耐人寻味的地方，切不可随意看过。其中的意韵，只可意会，难以言传，如何心领神会，就全看玩赏者的慧心了。

　　从写作手法上说，《满江红·怒发冲冠》多用赋体，直陈其事，慷慨激昂，是岳飞一生精忠报国的豪情和斗志的结晶。而这首《小重山》则多用比喻，含蓄委婉，抑扬顿挫，情景交融，艺术手法十分高妙，真切地表达了作者壮志难酬和忧国忧民的悲苦情怀。

【名家评点】

　　岳鹏举《满江红》，悲愤之怀，壮烈之志，和盘托出，绝无隐蓄，此不关乎寄托也。至其《小重山》词，则真有寄托之作也。故国怕回首，而托诸惊梦；所愿不得偿，则托诸空阶明月；咎忠贞不见谅于当轴，致坐失机宜，而托诸瑶琴独奏，赏音无人。盖托体比兴也。陈藏一《话腴》谓："欲将心事付瑶琴，知音少，弦断有谁听。盖指和议之非。"斯言得之。故求寄托于词中者，当在此而不在彼。岳鹏举《满江红》词一阕，非不慷慨激昂，可歌可泣。顾其耐人寻味之程度，殊不若其《小重山》也，故从词之本身论，则以《小重山》为高格。

——詹安泰《词学讲义》

朱淑真

　　自号幽栖居士，杭州钱塘人，一说海宁人。生卒年无考，一般认为她生活在南宋中叶，晚于李清照数十年。她出身于仕宦之家，尝随夫宦游吴越荆楚。自幼聪明美貌，喜读书，工诗词，通音律，善丹青。死后曾有临安人王唐佐为之作传。又有人辑其诗词，由宛陵人魏端礼为之序，题名为《断肠集》。现在，传记已失，词集也只留下断简残篇，其中还窜杂着他人的作品，已非本来面目。淑真因其命运使然，其词多写幽怨感伤，语淡情浓，形象鲜明，风格婉丽。

谒金门·春半

　　春已半，触目此情无限。十二阑干闲倚遍，愁来天不管。好是风和日暖，输与莺莺燕燕[1]。满院落花帘不卷，断肠芳草远。

【注释】

　　〔1〕"好是"二句：意谓大好春光被莺燕占去。这是在抒写自己与春光无缘的孤寂情怀。

【赏析】

　　关于朱淑真的身世，我们所知道的仅仅是些片段的资料。她性情风流蕴藉，多情善感。后来因父母之命，媒妁之言，嫁给了一个不学无术的俗夫。夫妻之间，毫无情趣可言。淑真悲伤抑郁，写有许多断肠词。这是其中的一首。

　　"春已半，触目此情无限。"开篇即紧扣题旨，点明时令，由此而生出伤春之意。倚遍阑干，愁怀依然难遣，因此责怪老天不管她的忧愁，设语奇特。下片怨恨之情仍旧萦绕心头，不过发泄的对象已由"天"转向了"人"：春色正浓，风和日暖，却无人与我同赏，眼望那莺莺燕燕，成双成对，在明媚的春光比翼飞翔，而我孤苦一人，活着还不如鸟儿。表面上是在自怨自艾，实际上是抱怨把她抛弃的那个无情无义的人。那人是谁？这只有她自己知道了。结句点明题旨：落花满院不去扫，春光明媚帘不卷。为什么？因为她此刻正在肝肠寸断地思念着远方的"芳草"——她只能刻意隐讳那个意中人。

　　从淑真的词和若干传说里，可以推测她后来似乎别有所恋，但与恋人未能结合，又复分离。她有一首《江城子》言道：

"斜风细雨作春寒。对尊前，忆前欢。曾把梨花，寂寞泪阑干。芳草断烟南浦路。和别泪，看青山。昨宵结得梦姻缘。水云间，悄无言。争奈醒来，愁恨又依然。展转衾绸空懊恼。天易见，见伊难。"

淑真就是在这种悲伤寂寞、憔悴坎坷中，一生落落寡合，被命运折磨而死。可怜她死时年纪尚轻，父母依然健在。她的双亲似乎对她颇有不谅之处，感伤之余，将其尸骨和她的诗文一并焚之。这个多愁善感的生命，和她的诗文，一起化为一缕轻烟，随风消散了。

【名家评点】

词写思妇伤春，怀念往昔情侣，侧面反映出词人婚事之不幸。怨上天不管，羡莺燕双双，以寻常语度入音律，然皆天生好语。结拍呼应篇首，满院花落，而所思却远在芳草天涯，怎不令人为之断肠。

——刘乃昌、朱德才《宋词选》

眼儿媚

迟迟春日弄轻柔，花径暗香流。清明过了，不堪回首，云锁朱楼。午窗睡起莺声巧，何处唤春愁？绿杨影里，海棠亭畔，红杏梢头。

【赏析】

这首词笔触轻柔细腻，语言婉丽自然。作者用鸟语花香来衬托自己的惆怅，这是以乐景写悲情的传统手法。作者写景不断变换画面，既可从中感到春的暖意，嗅到花的馨香，也可听到婉转动人的莺啼，看到姹紫嫣红的春花。下片自问自答，更是妙趣横生。是什么唤起她的"春愁"呢？"绿杨影里，海棠亭畔，红杏梢头"的黄莺。引入黄莺的巧啭，把抒情主人公与鸟合二为一，创造了一个非常优美的意境。

蝶恋花·送春

楼外垂杨千万缕，欲系青春，少住春还去[1]。犹自风前飘柳絮，随春且看归何处。绿满山川闻杜宇[2]，便做无情，莫也[3]愁人苦。把酒送春春不语，黄昏却下潇潇雨。

【注释】

〔1〕"楼外"三句：意谓尽管杨柳对即将逝去的春光依依不舍，极力挽留，但是春天还是匆匆去了。

〔2〕杜宇：即杜鹃。

〔3〕莫也：莫非的意思。

【赏析】

对于如何鉴赏这首词，读者的问题是词人爱春、惜春的情感是如何表现的，又是如何借景抒情的？

阅读此词，我们看到首先出场的是垂杨的形象。作者没有直接表述爱春、惜春之情，而是通过垂杨的形象传达给读者的。女词人说，垂杨想用它那柔弱细长的无数枝条把春天系住，可是"青春"（这里是借指春天）经过短暂的逗留，还是毅然而去了。春天就要离开时，大地不舍春的离去，又飘起柳絮，追随春天，想看看它到底去了哪里。柳絮是暮春鲜明的象征，所以诗人有"飞絮著人春共老"之类的说法。朱淑真独出心裁，把天空随风飘舞的柳絮，描写成似乎要尾随春天，去探寻春的去处，把它找回来。女词人的爱春、惜春之情就是这样借垂杨和柳絮巧妙地表现出来的。

我们进一步要问，朱淑真爱春、惜春，只是因春而发吗？她是不是因为自己婚姻的不幸，青春又在抑郁寡欢中悄悄流逝，因而产生了"系春"的幻想，进而又想"随春"归去，寻找她那梦想中的美满幸福呢？

我们既然明白了女词人想要表达的情感是什么，所谓借景抒情的问题也就容易解读了。

下片前两句作者不说自己为春归而愁，却说即使无情的杜鹃也会因人之愁而苦啼。这是借物言情，用想象中杜鹃对自己的同情，以烘托她"春愁"之悲苦何其深远。在上片，从"楼外"两字，我们知道她是在楼内张望；从"系春""随春"，知道她的惜春之情是借垂杨和柳絮传达。现在则由侧面烘托转向正面描写。"把酒送春春不语"，系春既不可能，随春又无结果，主人公看到的只是暮春的碧野，听到的又是宣告春去的鸟鸣，于是她只好无可奈何地"送春"了。遗憾的是，殷勤"送春"，春却不言不语，无动于衷，黄昏中天空反而飘洒起潇潇暮雨来。这就更加深了春归之后，女词人内心的孤独、凄冷、寂寞。这雨是春天漠然而去的步履声吗？是春天不得不去而洒下的惜别之泪吗？总而言之，碧野、杜鹃、黄昏、暮雨……这都是作者借以抒发"春愁"的景物，抒情主人公悲凉忧伤的爱春、惜春之情，到此已经表现得非常充分、非常坦率了。

张　抡

字才甫，自号莲社居士，开封人。生卒无考。淳熙五年（1178年）为宁武军承宣使。其词多描写山水，风格清丽秀雅。有《莲社词》一卷百余首，多残缺不全。

踏莎行

秋入云山，物情潇洒，百般景物堪图画。丹枫万叶碧云边，黄花千点幽岩下。已喜佳辰，更怜清夜，一轮明月林梢挂。松醪常与野人期[1]，忘形共说清闲话。

【注释】

〔1〕野人：山野之人，这里是指隐居山林的人。期：约会之意。

【赏析】

张抡的词，多写山水景物。他曾作《踏莎行·山居十首》，风格清丽秀美，境界优雅。这是其中的第七首。

此词集中笔墨描绘秋景。上片写仲秋山景，下片写秋夜赏月。"云山"点明山势高峻，"潇洒"说明秋高气爽，秋景清俊秀丽，所以说"百般景物堪图画"。在这充满诗情画意的美景中，词人特别推出如火的丹枫和如金的黄花两个镜头，与"碧云"和"幽岩"形成强烈的色彩对比，使秋景显得格外靓丽、鲜活。

下片前三句写秋夜月色之美。中秋佳节，月圆如环，高挂林梢，银辉流洒，清光满地，正是赏月的好时光。故而结句云："松醪常与野人期，忘形共说清闲话。"与山中隐居的雅士相约，对月饮酒，在丹枫树下、金菊丛中不拘形迹地谈天说地，俗世红尘中，哪有如此闲适惬意、清雅自得的乐趣！

张抡还有咏四季词各十首，如其中的《醉落魄·咏秋》之五，把作者这种逍遥物外的情怀表达得更明白。其词曰：

"流年迅速，君看败叶初辞木。若非寿有金丹续，石火光中，难保鬓长绿。区区何用争荣辱，百年一梦黄粱熟。人生要足何时足？赢取清闲，即是世间福。"

这两首词都写得音韵和谐，清丽秀润，亲切自然。可以看出，词人在意境的营造和语言的运用上，确实功力非凡。

袁去华

字宣卿，奉新（今属江西）人。生卒无考。高宗绍兴十五年（1145年）进士。曾知善化县，因反对郡守于荒年向百姓征赋，贬为醴陵县丞。后知石首县。学识渊博，文笔精健，尤长于辞赋。表现壮怀报国的愤世之作慷慨悲凉，描写离情别绪的风月之作又凄婉忧伤。著有《适斋类稿》《袁宣卿词》。

浣溪沙

一夕高唐梦里狂，云情雨意两茫茫[1]。袖间依约去年香。乳燕鸣鸠闲院落，垂杨芳草小池塘。墙梢冉冉又斜阳。

【注释】

〔1〕"一夕"二句：引用楚王高唐会神女的典故。这个典故，频繁地出现在历代诗文中，详见宋玉《高唐赋》《神女赋》。

【赏析】

如果道学先生们看到这首词，肯定要把它打入"淫荡"之列，痛加贬斥。尽管我国古代诗人在描写情爱的时候，绝对不会直接使用"性交""做爱"这类西文字眼，而是用"云情雨意"这样富有诗意的隐喻，让读者自己去想象，但仍然逃脱不了道学家的挞伐。说实话，"云雨"这样的词语，既有优雅的内涵，又可以让人生发诗情画意的联想，所以即便知道这是在写男女之间的颠鸾倒凤，也不会让人觉得不堪入目。可是西方作家在这一题材面前，连歌德这样的大诗人都不能免俗。他在叙事长诗《科林斯的未婚妻》中，有一段这样写道：

> "爱情使他们更加紧密地接合，
>
> 在欢乐之余，不由泪珠涌迸。
>
> 她贪婪地吸他口中的欲火，
>
> 彼此都不愿离开，相爱相亲。"

袁去华的这首小词，起首二句写的也是一次情人的幽会，但他采取的手法是用典故暗喻。要说有露骨之处，也就是那个"狂"字了。至于到底"狂"到什么程度，虽然那是去年的事情，可如今回想起来，仍旧记忆犹新。不是吗，现在衣袖上还依稀留着"去年香"呢！下片写词人是在什么样的环境下想起那次温柔缠绵的：夕阳正在缓缓地西沉，他徘徊在垂杨依依、芳草萋萋的池塘边，闲庭院落沉寂宁静，只有乳燕和斑鸠在树荫中发出求偶的欢叫声。这是最容易刺激人回忆美好往事的环境和景象。词人采取倒叙的手法，先写那"一夕高唐梦"，然后再写现在所处的环境。这样安排叙事的次序，为的就是要突出主题，强调那次疯癫张狂的云雨之会，有多么刻骨铭心，令人终生难忘。

陆　游

陆游（1125—1210年），字务观，号放翁，越州山阴（今浙江绍兴）人。生甫周岁，即遭金兵之乱，避难东阳，三岁回归山阴。自幼天资颖悟，性情忠厚。年十二能文。少有大志，二十九岁应进士试，名列第一，次年礼部复试，因"喜论恢复"，被秦桧除名。桧死三年，始为福州宁德主簿。孝宗继位初，赐进士出身，任枢密院编修，出通判建康府、隆兴府，后判夔州，适范成大为四川制置使，遂聘为参议官。孝宗淳熙五年（1178年），离蜀东归，在江西、浙江等地任职，终因坚持抗金复国，不为当权者所容，遂告老还乡，家居二十余年。

放翁才气纵横，精力弥满，平生著述等身，计有《渭南文集》《剑南诗稿》《南唐书》《老学庵笔记》《入蜀记》等。词有《渭南词》等。

钗头凤

红酥手，黄滕酒[1]，满城春色宫墙柳[2]。东风[3]恶，欢情薄。一怀愁绪，几年离索[4]。错，错，错！春如旧，人空瘦，泪痕红浥鲛绡透[5]。桃花落，闲池阁。山盟虽在，锦书[6]难托。莫，莫，莫[7]！

【注释】

〔1〕"红酥手"二句：写唐琬举杯奉酒致意。黄滕酒，即黄封酒，一种官酒。

〔2〕宫墙柳：以柳喻唐琬，意谓唐已嫁人，有如宫禁里的杨柳，难以亲近。

〔3〕东风：暗喻陆母。

〔4〕离索：离散、分居。

〔5〕"泪痕"句：意谓沾着脸上胭脂的泪水把手帕都湿透了。鲛绡，传说南海鲛人所织的丝绢，这里指丝织手帕。

〔6〕锦书：书信。

〔7〕莫：犹如今语"罢，罢，罢"。

【赏析】

这是陆游与前妻唐琬于沈园邂逅，怆然伤感，不能自己，题写于园壁的一首名篇。从周密记述的本事和其他文史资料，我们知道此词背后有一个令人感慨万千的悲剧故事。

绍兴十四年（1144年），年方弱冠的陆游与其表妹（有学者考证，唐琬并非陆游的表妹）成婚。陆游少年才俊，博识多情；唐琬饱读诗书，秀外慧中。况且二人青梅竹马，爱意方浓。婚后伉俪情深，可是陆游的母亲不喜欢这个媳妇，迫于母命，陆游不得不与唐氏离异。十年后，夫妻二人在沈园偶然相逢。沈园是绍兴东南禹迹寺旁的一处私家花园，历经沧桑，故园虽在，粉墙已颓，现又新筑一道断垣，壁上以草书与行书分别刻有陆游和唐琬二人的《钗头凤》供游人观赏。

词的上阕作者追叙今昔之异：昔日的欢情，有如枝头繁花，被强劲的东风一扫而空。别后数年，心境索漠。满怀愁绪，未尝稍释。而此恨既已铸成，事实已无可挽回。下阕改拟女子口吻，写唐氏泣诉别后相思之情：眼前风光依稀如旧，而人事已非。为思君消瘦憔悴，终日以泪洗面。任花开花落，已无意再临池阁之胜。当年山盟海誓都成空愿，虽欲托书通情，无奈碍于再嫁的处境，只好作罢。

词中用"红酥"来形容肤色，其中寓有爱怜之意。词人不仅以描写手来衬托唐氏仪容的婉丽，同时联系下句"黄滕酒"来看，也是暗示唐氏捧酒相劝的殷勤之意。"宫墙柳"虽是写眼前实景，但同时也暗含着可望而难近的意思。"东风恶，欢情薄"是借春风吹落繁花来比喻好景不长，欢情难再。最后结以"错，错，错"三字，却是一字一泪。但此错既已铸成，即便引咎自责也于事无补，只有含恨终身了。

下阕的"春如旧"一句与"满城春色"呼应。"人空瘦"的"空"字写出了自知相思无用，消瘦无益，但情之所钟，却不能克制心绪。结句"莫，莫，莫"三字一叠，低回幽咽，肝肠欲断，这是绝望无奈的叹息，也是劝慰前夫、自怨命薄的最后诀别。据说唐氏在沈园与陆游会晤之后，不久便抑郁而死。

前人评论陆游《钗头凤》说"无一字不天成"。正因为词人亲身经历了这千古伤心之事，所以才有这千古绝唱之词。这段辛酸的往事，成为陆游终生的隐痛，直到晚年他还多次到沈园，泫然凭吊这位红颜知己，如有《上西楼》一词恨叹其事曰：

"江头绿暗红稀，燕交飞。忽到当年行处，恨依依。洒清泪，叹人事，与心违。满酌玉壶花露，送春归。"

【名家评点】

放翁咏《钗头凤》一事，孝义兼挚，更有一种啼笑不敢之情于笔墨之外，令人不能读竟。

——［清］张宗橚《词林纪事》

鹧鸪天·送叶梦锡[1]

家住苍烟落照间，丝毫尘事不相关。斟残玉瀣[2]行穿竹，卷罢黄庭[3]卧看山。贪啸傲，任衰残，不妨随处一开颜。元知造物心肠别[4]，老却英雄似等闲！

【注释】

〔1〕叶梦锡：叶衡（1114—1175年），字梦锡，官至右丞相兼枢密使。金华人，绍兴十八年（1148年）进士。

〔2〕斟残玉瀣（xiè）：意谓喝尽美酒。玉瀣，指美酒。

〔3〕黄庭：《黄庭经》，为道家养生之书。

〔4〕"元知"句：意谓本来知道苍天别有用意。元知，本来的意思，"元"同"原"。造物，即万物之创造者，犹言苍天、上天。

【赏析】

起首二句，作者把自己的居住环境写得秀美如画。以"苍烟落照"形容居处，意在与龌龊的仕途做对比，"丝毫尘事不相关"说的正是这层意思。这也如陶渊明《归园田居》所说："户庭无尘杂，虚室有余闲。"

三四句对仗工整。大意是说，喝过美酒，散步在竹林中；看完《黄庭经》，躺下来观赏山水烟云，起居坐卧无不惬意。写完大环境之优美，后写日常生活之闲适。

下阕开头三句写足了放翁的人生情态：自己贪恋这种旷达的生活，即便终老于田园，也无所谓，随它的便吧；只要能随时随地看到使人开心之事，为什么不开颜一笑呢？这真是疏放旷达到了极致！然而末尾两句陡然一转："元知造物心肠别，老却英雄似等闲！"我本来就知道苍天别有心肠，不能以常理猜度。它才不会把英雄的年华消逝当作一回事，所以才这样无情地让英雄老死而等闲视之。这是在怨天吗？是，也不是。苍天才不管人间的恩怨是非呢！这分明是在抱怨南宋统治者处心积虑地推行投降主义国策。使英雄老死于山野的，除了朝廷，能是虚幻不实的苍天吗？

这样看来，作者虽然极力描写隐居之乐，但抑郁不平之气仍然按捺不住，在篇末终于流露出来了。正因为有一番超脱尘世的表白，所以篇末的两句才显得尤其冷峻愤激。

【名家评点】

词作于乾道二年（1166年），诗人四十二岁。是年春，陆游因"力说张浚用兵"而罢归家乡山阴。词写隐居生涯中的矛盾心态。词共八句，前六句或赋居处之幽谧，或歌生活之闲适，或咏随遇而安之人生态度，一派旷达飘逸。煞拍二句始翻出胸中一段郁懑，貌怨"造物"无情，实恨朝廷不以"老却英雄"为念。

——刘乃昌、朱德才《宋词选》

国学经典精神家园丛书

诉衷情

　　当年万里觅封侯，匹马戍梁州[1]。关河梦断何处？尘暗旧貂裘[2]。胡未灭，鬓先秋，泪空流。此生谁料，心在天山[3]，身老沧州[4]。

【注释】

　　〔1〕"当年"二句：指自己在汉中时曾有过金戈铁马的从军生活。梁州，古陕西汉中一带。陆游四十八岁时曾在汉中川陕宣抚使署任职。

　　〔2〕"尘暗"句：意谓身上的貂皮裘衣已积满灰尘，仍无建功立业的机会。

　　〔3〕天山：汉代祁连山亦称天山，这里泛指边防前线。

　　〔4〕沧州：水边洲渚，指隐者所居之地。

【赏析】

　　词作于淳熙十六年（1189年）作者罢官家居后。

　　开笔回忆当年从军觅侯之壮举，雄姿英发，豪气干云。次二句调转现实，梦断关河，唯见貂裘尘封。此一层转折，化雄壮为悲凉。"此生谁料，心在天山，身老沧州"与《鹧鸪天》"元知造物心肠别，老却英雄似等闲"旨意相同，隐含着对腐败无能、屈膝事敌的小朝廷的批判。这是又一层转折，化悲凉为愤慨。

卜算子·咏梅

　　驿外断桥边，寂寞开无主。已是黄昏独自愁，更著风和雨。无意苦争春，一任群芳妒。零落成泥碾作尘，只有香如故。

【赏析】

　　词人借梅言志，表述了在险恶的政治环境中，仍旧坚持高洁志行的决心。不怕寂寞，不畏风雨，无论形势怎样严酷，依旧孤芳自赏、超凡脱俗，坚守着色相虽灭、神魂永在的信念。这也正是梅的神韵，梅的灵魂。词人认为，梅花傲雪斗霜，独领风骚，但她的美艳是大自然赋予的色相，终归是要化为尘土的，只有她的神识（香）不会因形体的灭亡而消失，只有这种弥漫天宇的灵性才是永恒的。作者以梅自托，物我神交，笔致独特，意蕴深隽，丝毫没有五浊恶世的庸俗气，的确是咏梅词中的绝唱。

【名家评点】

此首咏梅，取神不取貌，梅之高格劲节，皆能显出。起言梅开之处，驿外断桥，不在乎玉堂金屋；寂寞自开，不同乎浮花浪蕊。次言梅开之时，又是黄昏，又是风雨交加，梅之遭遇如此，故惟有独自生愁耳。下片，说明不与群芳争春之意，"零落"两句，更揭出梅之真性，深刻无匹。咏梅即以自喻，与东坡咏鸿同意。东坡放翁，固皆为忠忱郁勃，念念不忘君国之人也。

——唐圭璋《唐宋词简释》

唐　婉

陆游妻，游母甥女。生卒年不详。与陆游成婚不到三年，为婆母煎逼，离异后改适赵士程，郁郁早逝。《全宋词》仅存其词一首。

钗头凤

世情薄，人情恶，雨送黄昏花易落。晓风干，泪痕残。欲笺心事，独语斜阑[1]。难！难！难！人成各，今非昨，病魂常似秋千索[2]。角声寒，夜阑珊[3]。怕人寻问，咽泪装欢。瞒！瞒！瞒！

【注释】

〔1〕阑：栏杆。

〔2〕"病魂"句：形容自己神思忧结，有如摇摆不定的秋千索。

〔3〕阑珊：衰残，将尽。

【赏析】

将这首词与陆游的《钗头凤》参阅，许多与之相关的因由、背景就无须重复了。

这首出自当事女主人公的词，是特意为回应放翁一词而作。此词交织着十分复杂的感情。"世情薄，人情恶"两句是对封建礼教主导下的世态人情的控诉，作者对于封建礼教的深恶痛绝在这两句中得到了充分的宣泄。"雨送黄昏花易落"说明女主人公的身心遭到了怎样无情的摧残。"晓风干，泪痕残"以黄昏中的花草已被晓风吹干，而自己的泪水到天明残痕犹在，说明其幽怨之无穷。歇拍连用三个"难"字，千愁万恨，与泪俱下矣！

过片起首三句，是对被迫离异后相思成疾的沉痛自白。"角声寒"四句已经隐约透露出女主人公即将与这个"世情恶，人情薄"的丑恶世界含恨诀别的讯息。结句以三个"瞒"字作结，表明她只有将一腔情深和满腹幽恨带到另一个世界了。

与陆游的同题词比较，唐婉的处境要比陆游更艰难也更悲惨。因此，唐婉"未几，快快而卒，闻者为之怆然"，可以说是必然的结局了。

关于唐婉这首词的真伪，宋人的记载中只有"世情薄，人情恶"两句，并说当时已"惜不得其全阕"，所以俞平伯怀疑这是后人依据残存的两句补写而成。

范成大

范成大（1126—1193年），字致能，号石湖居士，平江吴郡（今江苏苏州）人。高宗绍兴二十四年（1154年）进士，任徽州司户参军，累迁吏部侍郎、礼部员外郎。后出知处州，减免赋税，兴修水利，颇有政绩。孝宗年间以资政殿大学士出使金国，慷慨不屈，几乎被杀。后历任静江、成都、建康等地行政长官。官至参知政事（副宰相），因与孝宗政见不合，去职隐居故乡石湖。他是南宋最负盛名的诗人之一，与陆游、杨万里、尤袤并称诗坛四大家。著有《石湖诗》《揽辔录》《吴船录》《桂海虞衡志》和《石湖词》。

水调歌头·燕山九日作

万里汉家使，双节[1]照清秋。旧京[2]行遍，中夜呼禹济黄流。寥落桑榆西北[3]，无限太行紫翠，相伴过芦沟[4]。岁晚客多病，风露冷貂裘。对重九，须烂醉，莫牢愁[5]。黄花为我，一笑不管鬓霜羞[6]。袖里天书咫尺，眼底关河百二，歌罢此生浮[7]。惟有平安信，随雁到南州[8]。

【注释】

〔1〕双节：唐代节度领刺史都出行时的仪仗，后泛指高官出使时的仪仗。

〔2〕旧京：指汴梁开封。

〔3〕"寥落"句：意谓在夕阳斜照西北地区的桑榆的黄昏时分，显得十分冷落寂寞。

〔4〕芦沟：即卢沟桥。

〔5〕莫牢愁：意谓无须牢骚满腹、忧愁不止。

〔6〕"一笑"句：意谓只想开怀一笑，不管自己鬓发已白，因此而害羞。

〔7〕"袖里"三句：大意是说，我的衣袖里藏着国书，自己虽与家国远隔万里，却又近在咫尺。眼望山河险固，只要国泰民安，我放声歌罢，纵然殉国于此，此身本为浮尘，有何可惜。天书，这里是指使臣所带的国书。生浮，即浮生一词的倒置。因诗词格律的韵脚要求而为。

〔8〕南州：指江南家乡。

【赏析】

在文学史上，范成大的突出成就是田园诗，长短句非其所长。不过，这首《水调歌头》写得荡气回肠，慷慨悲壮，在南宋大量爱国主义的篇章中，亦属上乘之作。

南宋在高宗时期，丧权辱国，奉金为叔，自认为侄，使者使金，都必须行跪拜之礼。这是一个国家的奇耻大辱。宋孝宗继位，想改变这种有失国格的局面，但又不敢与金公开决裂，于是想出一个可笑的外交策略：正式向金方提出归还河南北宋诸帝的陵寝之地，但不作为南宋的官方要求写进外交文书中，而是作为使臣的个人要求提出。这无疑是一个让使臣送命的外交伎俩，但是范成大还是慨然请行了。是年为乾道六年（1170年），范成大以起居郎和以资政殿大学士身份出使金国。他在出使前已抱有必死之心，北上燕京后，在重阳节这一天，回忆出使前后和千里跋涉时的所见所闻，感慨万端，于是写下这阕《水调歌头》以抒发情怀。

开篇两句，作者自豪地亮明身份，说他作为大汉使臣，不远万里，在国使仪仗的拥护下，于清秋时节，堂堂正正地来到了金朝。"万里""照"等字，都有力地展示了一个大国使臣发自内心的自豪感。下面五句，是回忆从临安（杭州）出发，到金朝的都城燕山（今北京市，全国当时名为中京）的途中所经之地。这里不单单是地名的罗列，每一处都饱含着词人的无限深情。他曾在旧日的京都汴梁徘徊，走遍大街小巷，黍离之感让他感慨唏嘘；当中夜时分渡过黄河的时候，他曾呼叫着大禹的名字，祝祷保佑他的使团；当他们回望夕阳西下时，黄昏时分的暮色冷漠地笼罩着大西北的桑榆；穿越重峦叠嶂、葱茏苍翠的太行山，又"相伴"经过了卢沟桥。这时候，他才感觉到自己年事已高，况又客居他乡，即便身着"貂裘"，也经不起风霜雨露的侵凌了。

过片集中笔墨写重阳节。当时作者远在异国他乡，所负使命又把他置于险象环生之地，值此"每逢佳节倍思亲"的九九重阳，他干脆置生死于度外，开怀畅饮，不去想那么多的牢骚和忧愁；他甚至摘下一朵菊花插到发际，不管别人的耻笑。词人为什么会如此豁达、乐观？因为他此时摸索着衣袖里藏着的国书，自己虽与家国远隔万里，却又近在咫尺；放眼祖国，山河险固，只要国泰民安，在此良辰佳节，只想纵情高歌，纵然殉国于此，此身本为浮尘，又有可惜！这位充满爱国情怀的民族英雄，此时唯一的希望是"惟有平安信，随雁到南州"。

虽说范成大这次出使，并未获得成功，但他将自己的性命置之度外，坚贞不屈的大无畏的气概，赢得了敌国的敬重，从而使之流芳百世，名垂千古。

朱 熹

朱熹（1130—1200年），字元晦，一字仲晦，号晦庵、紫阳等，徽州婺源（今属江西）人。绍兴十八年（1148年）进士。初居崇安，筑书院于武夷山，学子云集。历官泉州同安县主簿、漳州知府、秘阁修撰等。他是理学之集大成者。卒谥文，配享孔庙。

朱子遗著甚多，后人编纂有《晦斋先生文公集》和《朱子语类》等。

水调歌头

富贵有余乐，贫贱不堪忧。谁知天路幽险，倚伏互相酬[1]。请看东门黄犬[2]，更听华亭清唳[3]，千古恨难收。何似鸱夷子，散发弄扁舟[4]。鸱夷子，成霸业，有余谋。致身千乘卿相，归把钓渔钩。春昼五湖烟浪，秋夜一天云月，此外尽悠悠。永弃人间事，吾道付沧洲[5]。

【注释】

〔1〕"倚伏"句：老子《道德经》之"祸兮福所倚，福兮祸所伏"的缩语。

〔2〕东门黄犬：典出《史记·李斯列传》：丞相李斯腰斩咸阳市，临刑谓其子曰："吾欲与若复牵黄犬，俱出上蔡东门逐狡兔，岂可得乎！"用以作为官遭祸，抽身悔迟之意。

〔3〕华亭清唳：即华亭鹤唳。典出刘义庆《世说新语·尤悔》：陆机常与弟云游于华亭墅中，被诛临刑，叹曰："欲闻华亭鹤唳，可复得乎？"华亭在今上海市松江县西。后以之为感慨悔入仕途之典。

〔4〕"何似"二句：鸱夷子即春秋时越国谋臣范蠡，助越王勾践复国雪耻后，功成身退，自号鸱夷子，扁舟泛五湖。化用李白《古风》："何如鸱夷子，散发弄扁舟。"事见《史记·越王勾践世家》。

〔5〕"吾道"句：意谓我的志趣到那时只求退隐江湖。沧洲，古诗文中常用作隐居之地的代名词。

【赏析】

作为南宋理学之集大成者，朱熹在中国学术史上所产生的影响，可以说是继孔孟后之第一人。他虽然极力鼓吹"存天理，去人欲"，以"言忠信，行笃敬，惩忿窒欲，迁善改过"为修身之要，然而在其潜意识中，对政治斗争中的钩心斗角、尔虞我诈深感恐惧和憎恶，同样向往着悠悠岁月、放浪形骸的世外桃源般的生活。这首词就是他这种心态的最好诠释。

这位理学家一上来便开宗明义，说富贵确实可以带来诸多欢乐，贫贱确实有许多难以忍受的忧患，然而冥冥之中自有天意，在富贵的欢乐中隐藏着灾祸，而在贫贱的忧患中同样有着富人想象不到的快乐。紧接着，他列举秦二世时的李斯和西晋时的陆机两个悲剧性的事例，说明富贵和才华最后带来的悲惨结局，以此来证明自己对人生的认知。有了这一哲理性的前提，"何似鸱夷子，散发弄扁舟"的结论就有了说服力。

下片以富有诗意的笔墨，表述了他对范蠡的钦佩和神往。说范蠡虽然"致身千乘卿相"，只因为他明白"狡兔死，走狗烹；高鸟尽，良弓藏；敌国破，谋臣亡"的道理，功成身退，悬崖撒手，所以才能够"春昼五湖烟浪，秋夜一天云月，此外尽悠悠"。最后作者坦言，他也要像范蠡那样："永弃人间事，吾道付沧洲。"然而，这不过只是说说而已，像朱熹这种名利心极强的人，是永远不会这样做的。

严　蕊

原姓周，字幼芳，生卒无考。出身低微，自小习乐礼诗书，沦为台州（今属浙江）营妓（军营里的妓女），改严蕊艺名。周密《癸辛杂识》称她"善琴弈、歌舞、丝竹、书画，色艺冠一时。间作诗词，有新语。颇通古今"。四方闻名，有不远千里慕名相访者。南宋淳熙九年（1182年），台州知府唐仲友为严蕊落籍，回黄岩与母居住。词作多佚，仅存《如梦令》《鹊桥仙》《卜算子》三首。

卜算子

不是爱风尘，似被前缘误。花落花开自有时，总赖东君主。去也终须去，住也如何住！若得山花插满头，莫问奴归处。

【赏析】

朱熹虽被推崇为继孔孟之后第一人，且配享孔庙，但他的"穷理致知灭人欲"的主张贻害千年，连他自己都不能遵循。而在学术理论方面，朱熹也是一个不诚实的人，他吸取了佛法中大量的思想，却对佛学极尽诋毁之能事。由他迫害严蕊一案，亦可见其虚伪之一斑。

南宋淳熙九年，浙东常平使朱熹巡行台州，因唐仲友的永康学派反对朱熹的理学，朱熹欲加之罪，连上六疏，弹劾唐与严蕊有伤风化之罪，下令黄岩通判抓捕严蕊，施以鞭笞，逼其招供。严说："身为贱妓，纵合与太守有滥，科亦不至死；然是非真伪，岂可妄言以污士大夫，虽死不可诬也。"此事朝野议论，震动孝宗。后朱熹改官，岳飞之孙岳霖任提点刑狱，释放严蕊，问其归宿。严蕊写了这首《卜算子》作为回答。

这位女主人公一开篇表述了对自己不幸命运的思索，她说自己并不贪恋这种风花雪月的生活，她之所以会沉沦其中，只能用前生数世的业障来解释。"花落花开"是地对自己风尘生活以及因此而落难的形象概括，这都是天意时运使然，自己作为一个弱女子，毫无办法。这一切都只能依靠主宰其命运的"东君"来做主。这里既有自伤自怜，也隐含着对主管刑狱的长官岳霖的期待——希望他能成为护花的"东君"，拯救她脱离囹圄之灾。

下片则承前不能自主之意，坦率地表明了词人对自由生活的渴望。"去也终须去，住也如何住"二句对这一愿望表述得委婉而坚决。结句"若得山花插满头，莫问奴归处"情致婉约，风味可爱。她在设想，如果有朝一日能冲破牢笼，自由飞翔，她将用"山花插满头"，那时就不要问她的去向了。这一心愿正好与篇首的"不是爱风尘"做了回应，她用对简朴而自由生活的向往，证明了自己发自内心的表白。

这首词写得情真意切，明快生动，用词委婉但意志坚决。她虽为风尘女子，但就其在狱中受尽凌辱，至死不愿诬陷他人的操守和此词所表现出来的风骨而言，其品格和气节，真该让以儒学正宗自居的朱熹报然汗颜。

鹊桥仙

碧梧初出，桂花才吐，池上水花微谢。穿针人在合欢楼，正月露，玉盘高泻。蛛忙鹊懒，耕慵织倦，空做古今佳话。人间刚道隔年期，指天上，方才隔夜。

【赏析】

赋诗作文，既需要突破陈规，翻出新意，又不能为求新而求新，流于哗众取宠。这既取决于作者平时能否善于观察物象，沉淀感情，也取决于作者的艺术才华和审美意趣。严蕊的这首《鹊桥仙》就是一个很好的说明。

这首词虽然选取传统的题材，但由于作者体物细腻，才情出众，一个已经被许多名家反复歌咏的素材，到了这位女词人的笔下，却写得新颖别致，令人惊喜不已。作者起笔先写七夕之夜屋里屋外的景象：庭院里有在月光下摇曳的碧绿的梧桐，有馨香飘逸的桂花，还有那池塘中即将凋谢的荷花；"合欢楼"上，姑娘们此刻正在一边忙着穿针引线，一边默默地诉说着渴望与意中人早日团聚的美好心愿。她们的乞求是那么诚恳，有高空中清辉流泻的明月可以为她们作证。

下阕转入作者的感想。女词人心思缜密，出语惊人：姑娘们盒子里的蜘蛛都已经开始忙着结网了，却不见银河里的喜鹊搭桥，也不见牛郎耕田、织女纺织。多少年来，空让人们为他们说了那么多好话。人们年年在这一天为他们"一年一度一相逢"而同情感慨，殊不知"天上方一日，人间已千年"，世俗间的人要时隔一年，才会等到七月七这一天，实际上牛郎织女仅仅过了一夜而已。天上人间，到底谁的爱更难求，更渺茫呢？世俗之辈对爱情的看法，真的是那样吗？

这才是女词人真正要表达的吧？

张孝祥

张孝祥（1132—1169年），字安国，号于湖居士，祖籍四川，卜居历阳乌江（今安徽和县）。高宗绍兴二十四年（1154年）进士，廷试第一。因触忤秦桧而下狱。孝宗时，任中书舍人（审阅公事、草拟诏令）、直学士院（在翰林学士院里值班，替皇帝草拟诏令）。隆兴元年（1163年），为建康留守，因支持张浚北伐而被免职。后任荆南湖北路安抚使，治水有政绩。

张于湖是著名的文学家，谢尧仁在《于湖居士文集序》里说："自渡江以来，将近百年，唯先生文章翰墨，为当代独步。"其词早期多清丽婉约之作，南渡后转为慷慨悲凉，激昂奔放，风格近苏轼。他和张元幹可以说是南宋初期词坛的双璧，对后来辛派词人的创作多有影响。著有《于湖集》，有《于湖词》一卷二百余首。

六州歌头

长淮望断，关塞莽然平[1]。征尘暗，霜风劲，悄边声，黯销凝[2]！追想当年事，殆天数，非人力。洙泗上，弦歌地，亦膻腥[3]。隔水毡乡，落日牛羊下，区脱[4]纵横。看名王[5]宵猎，骑火一川明。笳鼓悲鸣，遣人[6]惊。念腰间箭，匣中剑，空埃蠹，竟何成！时易失，心徒壮，岁将零[7]。渺神京，干羽方怀远，静烽燧，且休兵[8]。冠盖使，纷驰鹜，若为情[9]！闻道中原遗老，常南望，翠葆霓旌[10]。使行人到此，忠愤气填膺，有泪如倾。

【注释】

〔1〕"长淮"二句：意谓极目远望，淮河一带草木苍茫，都和关塞一般高了。长淮，即淮河，是南宋与金的界河。

〔2〕"征尘暗"四句：意谓飞尘阴暗，秋风劲猛，边境上静悄悄的，处处都让人黯然神伤。

〔3〕"洙泗上"三句：意思是说，连孔子讲学之地都被金人占领了。洙水、泗水流经山东曲阜，借指孔子讲学之地。弦歌、乐歌亦指圣人讲学之地。

〔4〕区（ōu）脱：土室，此指金兵哨所。

〔5〕名王：指金兵将领。

〔6〕遣人：使人。

〔7〕岁将零：意谓一年将尽，而年光虚度。

〔8〕"渺神京"四句：故都邈远，光复无日，朝廷热衷于礼乐治国，偃兵息武，根本无意于守边复国。神京，指南宋国都临安（今杭州市）。干羽，指木盾和雉尾，都是舞具，表示礼乐文化。

〔9〕"冠盖使"三句：意谓赴金讲和的使者奔走往返，真让人感到难为情。

〔10〕翠葆霓旌：皇帝的车驾仪仗，这里代指北伐的王师。

【赏析】

绍兴三十一年（1161年）夏，金主完颜亮亲率大军，号称六十万，分四路大举南侵。前年张浚北伐，因兵败符离（今安徽宿县北），主和派得势，撤销淮河前线边防，向金国遣使乞和。张浚时任建康府行宫留守，他召集抗金义士于建康（今南京），拟上书反对议和。张孝祥既痛边备空虚，敌势猖獗；尤恨南宋王朝媚敌求和的可耻，在张浚的一次宴会上，"忠愤气填膺"，即席挥毫，写下了这首著名的爱国篇章。

上阕描写在江淮一带宋金对峙的态势。绍兴十一年（1141年），宋"与金国和议成，立盟书，约以淮水中流画疆"（《宋史·高宗纪》）。昔日曾是南北大动脉的淮河，如今成了边防。极目千里淮河，南岸一线的防御无屏障可守，只是莽莽平野而已。"征尘暗，霜风劲，悄边声"三句，将宋金两国隔河而峙的态势写得触目惊心，作者用"黯销凝"三字，把这种让人不堪其忧的形势做了高度凝练的概括。其局势之惊心动魄，心情之悲急如焚，跃然纸上。

接下来是作者对当年靖康之变的回溯：二帝被掳，宋室南渡，究其因由，何以至此？天耶？人耶？孔子当年讲学的地方，如今也为金人所占；一水之隔，昔日稼穑之地，今成游牧之乡。更应警觉的是，金兵的哨所纵横，防备严密；烈火照野，笳鼓频闻，金人南下之心未死，偏安半壁的南宋岌岌可危。可怕的是，面对如此明显的危急形势，幻想苟且偷生的主和派依然还在梦中。

下阕以一"念"字领起，直贯以下七句，有回顾，有现实，写复国壮志难酬，写当政者苟安求和，写中原人民空盼光复，情感更加悲壮。"闻道"两句写生活在水深火热中的中原父老是如何企盼复国，南望王师以拯救他们于倒悬，从沦陷区民众的角度，进一步谴责称臣纳贡之可耻，光复山河之刻不容缓。结尾"使行人到此，忠愤气填膺，有泪如倾"三句顺势所至，愤激之情不可遏制，一泻如注：如果普天之下的热血男儿到了这里，目睹此情此景，不知他们将会如何气愤填膺，痛哭流涕！

古意大利有位哲人曾经说过：愤怒出诗人。张孝祥的这首《六州歌头》正好印证了这句名言。在这首长调中，作者忠肝义胆有如"惊涛出壑"，用激越紧张的节拍，熔铸了民族的与文化的、现实的与历史的、人民的与个人的诸多元素，喷涌而出，铿锵有声，多层次、多角度地展示了那个时代的历史画卷，因此受到历代有识之士的交口称誉。

【名家评点】

张孝祥安国于建康留守席上赋《六州歌头》，致感重臣罢席。然则词之兴观群怨，岂下于诗哉。

——［清］刘熙载《艺概》

水调歌头·闻采石矶战胜

雪洗虏尘静，风约楚云留[1]。何人为写悲壮，吹角古城楼？湖海平生豪气，关塞如今风景，剪烛看吴钩。剩喜燃犀处[2]，骇浪与天浮。忆当年，周与谢[3]，富春秋。小乔初嫁，香囊未解，勋业故优游[4]。赤壁矶头落照，肥水桥边衰草，渺渺唤人愁[5]。我欲乘风去，击楫誓中流[6]。

【注释】

〔1〕"雪洗"二句：大意是说，这次击败金兵，澄清了敌人荡起的战尘，可惜我因事滞留，未能参加这次战斗。

〔2〕剩喜：更喜的意思。燃犀处：指采石矶，又名牛渚矶，在安徽马鞍山市长江东岸，有石矶突出江中，形势险要。

〔3〕周与谢：指三国周瑜和东晋谢玄。

〔4〕"小乔初嫁"三句：当年周瑜娶小乔的时候，年方二十四岁，谢玄也正是佩带香囊的少年，二人都那么年轻，就从容不迫地建立了盖世功名。

〔5〕"赤壁"三句：当年周瑜和谢玄建立功业的地方，于今都已荒凉，只剩下矶头落照，桥边衰草，英雄远去，想到他们，只能徒然唤起无边的哀愁。渺渺，意为悠远无尽貌。

〔6〕"我欲"二句：乘风典出《南史·宗悫传》：宗悫少时，叔父问其志向，对曰："愿乘长风破万里浪。"击楫中流典出《晋书·祖逖传》：祖逖率军北伐，"渡江，中流击楫而誓曰：'不能清中原而济者，有如大江！'辞色壮烈，众皆慨叹。"

【赏析】

小这首词与前面的《六州歌头》在内容上有着直接的因果关系。

就在绍兴三十一年（1163年），于湖居士满怀悲愤，写下《六州歌头》后不久，局势发生了戏剧性的变化：十一月，南朝名将虞允文率水师于采石矶大败金军，完颜亮退至扬州，旋即被部下杀死。张孝祥听到这一消息，倍感振奋，因此作此词以表惊喜。

这首词上下阕由于用典太多，大部分词语也是随手取自前人的成语，如若一一加以诠释，势必要抛开题旨，影响鉴赏，所以这里只疏通文义。

作者起手第一句开门见山，抒发了对这次胜利的欣喜之情，同时对自己因事羁留抚州（今属江西省），不能亲自参加战斗而深感遗憾。接下来，词人说，尽管"我"失去了这次杀敌报国的机会，可"我"要为这次胜利写下一曲颂歌，命令军乐队在抚州的古城楼上高奏凯歌。往昔的边塞前线有敌人威胁我们，如今虏尘已净，"我"平生豪迈，遇上这样的大好形势，兴奋得彻夜不眠，可惜身在后方，只能挑灯看剑，聊慰情怀矣！可"我"的心这时早已飞到虞将军大败金兵的采石矶了，想必此时此刻，那里正激战江中，浪与天高吧？

下片是对历史上的两个青年才俊建功立业的英雄事迹的赞美。词意大略是说，周瑜当年在谈笑风生之间，便打败了曹操的百万大军，当时"小乔初嫁了"，他正值雄姿英发的美好年华；谢玄也是在"香囊未解"的少年时代就显示出了超凡特立的俊才。如今赤壁虽然只留下夕阳残照，淝水也已衰草连天，但是遥想往古的英雄伟业，反观自己壮志难酬，能不顿生无穷忧愁！然而，我现在三十岁，也正像周瑜和谢玄一样，年"富春秋"，理当树立宗悫那种"乘长风破万里浪"的志向，像祖逖那样"中流击楫"，实现廓清中原、扫荡顽敌的理想。

在这一阕中，作者在用典的同时，反复使用前人的现成语句，如苏东坡的《念奴娇》

等，但作者感情的抒发全然是出自内心的肺腑之言，所以仍然显得十分贴切自然，激情感人。如果说《六州歌头》抒发的是这位爱国诗人的愤怒和悲壮，那么这首《水调歌头》表达的则是因复国有望而产生的欣喜和豪放。

念奴娇·过洞庭

洞庭青草[1]，近中秋，更无一点风色。玉鉴琼田[2]三万顷，著我扁舟一叶。素月分辉，明河共影，表里俱澄澈。悠然心会，妙处难与君说。应念岭表经年[3]，孤光[4]自照，肝胆皆冰雪。短发萧骚[5]襟袖冷，稳泛沧溟[6]空阔。尽挹西江，细斟北斗，万象为宾客。扣舷独啸，不知今夕何夕。

【注释】

〔1〕洞庭青草：洞庭湖和青草湖，两湖相连，自来并称。

〔2〕玉鉴琼田：形容月光下湖面澄澈晶莹。

〔3〕岭表经年：指作者在广南西路任经略宣抚使的一年时光。岭表，即五岭以南地区，今广东、广西一带。

〔4〕孤光：月光，意同苏轼《西江月》之"中秋谁与共孤光，把盏凄然北望"。

〔5〕萧骚：稀疏貌。

〔6〕沧溟：水波浩渺。

【赏析】

词作于孝宗乾道二年（1166年）。当时，张孝祥被谗落职，从广西经洞庭归来，词即作于舟过洞庭时。

这首词通篇景中见情，笔势雄奇，境界空阔，表现了作者的磊落胸襟，俊逸情怀。南宋学者魏了翁说："张于湖有英姿奇气……洞庭所赋，在集中最为杰特。"

上阕集中笔墨描写洞庭美景。作者把中秋之夜的洞庭湖写得如梦如幻，有如仙境。连词人自己都觉得"悠然心会，妙处难与君说"。既然如此，我们还是多读几遍，用心品味，而不要强作解人了吧。

下阕重在抒情。开头三句是其内心独白。"孤光自照"也可以理解为作者说他反观

"自照"自己的内心深处，光明磊落，可鉴日月。联系到他这次是因为被谗言中伤才有此行旅，问心无愧、清者自清的感慨不言而喻。因此四五句的写景言情也就显得十分自然。他说：虽然现在发稀衣单，但他仍然心安理得、悠然自得地泛舟在这碧波无际的湖面上。岂但如此，他要尽汲长江之水为酒，举北斗当杯，请宇宙万象为宾客，来和他一起开怀畅饮。结句的景象尤为动人：此时他浑然忘却了天地物我，醉意陶然中击打着船舷，仰天长啸，天人合一，已经完全不知道也不想知道今天是什么日子了。

作为南宋豪放派的先驱，张于湖上承苏轼，下启稼轩，在词坛上地位卓然。这首词就其所开创的意境以及艺术手法上的独到，理应予以足够的重视。

【名家评点】

写景不能绘情，必少佳致。此题咏洞庭，若只就洞庭落想，纵写得壮观，亦觉寡味。此词开首从洞庭说至"玉鉴琼田三万顷"，题已说完，即引入"扁舟一叶"。以下从舟中人心迹，与湖光映带，写隐现离合，不可端倪，镜花水月，是一是二，自尔神采高骞，兴会洋溢。

——［清］黄蓼园《蓼园词选》

赵长卿

自号仙源居士，宋宗室。生卒里籍无考。其词模仿张先、柳永，颇得其精髓，能于艳丽中见清幽。有《惜香居士乐府》，存词三百余首。

水调歌头·遣怀

贪痴无了日，人事没休期。白驹过隙，百岁能得几多时。自古腰金结绶，著意经营辛苦，回首不胜悲。名未能安稳，身已至倾危。空剜刻，休巧诈，莫心欺。须知天定，只见高塚与新碑。我已从头识破，赢得当歌临酒，欢笑且随宜。较甚荣和辱，争甚是和非？

【赏析】

赵长卿的生平事迹不甚其详，统览他传世的三百多首词作，约略可知他少时孤苦高洁，虽贵为皇室宗裔，但他厌恶豪奢，后辞帝京，纵情山水，隐居江南，过着悠闲自在的生活。他同情平民，友善邻里，人缘甚好。《四库提要》云："长卿恬于仕进，觞咏自娱，随意成吟，多得淡远萧疏之致。"他的人生哲学，从这首词亦可见一斑。

词作通篇说理。"以理入诗"，自宋代以降，已经成了一种普遍现象。这在文学发展史上，也是合乎艺术规律的。正如神话只是人类童年时代的产品一样，随着哲学思想的发展，人类的形象思维势必要越来越趋于退化。比方说，有了"意志坚强"这一抽象的概念，就再不可能产生类似精卫填海这样的神话故事了。不过话说回来，像赵氏这首词，把无法转换为形象的哲学概念如名利、荣辱、是非等，艺术化为押韵的歌曲体，一来好听好记，二来可以给人留下深刻的影响。

这首词的主要题旨是要人们勘破生死荣辱，体认名缰利锁对人性的残害。生死有命，富贵在天，冥冥之中自有天意，计较争斗，到头来只不过是春梦一场。有精神，有才志，还不如寻求一种舒心快意的生活方式，就像作者说的那样：当歌临酒，欢笑随意。

人生到底有什么意义？人的一生到底应当怎样度过？大大小小的哲学流派各有各的说法，这不是一个能在这里讨论的问题。然而无论是什么流派的哲学，对人生意义的探索，最终都不约而同地指向两个字：幸福。什么是幸福？幸福其实只是一种自我快活舒适的感觉，这种感觉与功名利禄、荣华富贵其实并没有直接的关系，高贵者在新婚之夜所感受到的快活和贫贱者在新婚之夜所感受到的快活并没有什么差别。人生在世，不求得意，只求适意——这就是作者想要告诉我们的人生真谛。

诚然，"以理入诗"似乎有违赋比兴的艺术法则，但是如果说理精辟独到，警策深刻，有如醍醐灌顶，让人猛然醒悟，还是会受到读者喜爱的。"少壮不努力，老大徒伤悲""问渠那得清如许，为有源头活水来"等说理名句，至今仍在广泛传播就是很好的例证。

词的副题是"遣怀"，所谓"遣怀"，就是抒发情怀，也就是人生观的自我表白。

行香子·马上有感

骄马花骢，柳陌经从。小春天，十里和风。个人家住，曲巷墙东。好轩窗，好体面，好仪容。烛炧[1]歌慵，斜月朦胧。夜新寒，斗帐香浓。梦回画角[2]，云雨匆匆。恨相逢，恨分散，恨情钟。

【注释】

〔1〕炧（xiè）：蜡烛的余烬。

〔2〕画角：古代管乐器，用于军中昏晓时分报警，这里是指报时的号角声。

【赏析】

《在惜香居士乐府》中，有许多类似这首小令的香艳之什。可见除了诗酒书画之外，风花雪月也是这位王室宗裔不可或缺的生活内容。

作者在上片写他骑着青白色相间的骏马，驰过熟悉的柳陌，去找他的情人。那是一个暖风温和的春日。她住在弯弯曲曲的一个小巷的东墙外。然后作者连用三个"好"字，既赞美了她的居处之优雅，也赞美了她的仪容之姣好。

下片写恋人相会时室内外的情景以及他们的云雨之乐、鱼水之欢。道学先生们看到这里，大概又要皱眉了。其实这里写得很美。你看，在一个月色融融的春夜里，室内还有些微微的寒意。他的情人大概是位歌女，因为高兴，给他唱着情歌，直唱到蜡烛燃尽。然后他们在浓香馥郁的斗帐中卿卿我我，直到报晓的号角声才把他们从云情雨意中唤醒。结拍三句，把二人悲喜交集的心绪概括得跌宕有致。"恨分散"好理解，为什么要"恨相逢"呢？因为相逢相识而不能长相厮守，纵然偶尔相逢，也只能"云雨匆匆"。又为什么"恨钟情"呢？因为情爱越深，遗恨也就越多，分别后的相思也就更加刻骨铭心。

这首词的副题说"马上有感"，可见这里写的是作者离开情人，在骑马返回的路上对这次幽会的回忆。

辛弃疾

辛弃疾（1140—1207年），字幼安，号稼轩，济南历城人。作为沦陷区的宋室遗民，弃疾曾登金朝进士第，但不愿为仕北朝。绍兴三十一年（1161年），聚集山东忠义军投奔耿京，从事复国事业。耿京遇难，率部南归，历任两湖、浙东、福建等地安抚使。一生力主抗金，不被采纳，长期落职闲居。

稼轩的词激昂跌宕，苍浑沉郁，寄托深远，慷慨纵横，大有不可一世之慨。刘潜夫说他的词"横绝六合，扫空万里"。在苏东坡之后，把豪放风格发扬光大，使之蔚然成为一大宗派，成为词坛的主流，首功当属辛弃疾，因此与苏轼并称"苏辛"。同时，由于稼轩长期闲居乡村，出色地描绘出一批清新活泼的农村风景画。同时，作者继承苏轼，不把艺术形式放在第一位，在更大程度上冲破了词体的格律，突显出自由奔放的神韵。作者以文为词，议论风生，不论经史诸子，都能随心所欲地将其入词，这就使这种艺术形式概括了更丰富的思想意境，风格也更加多样化。他的词，有的豪放，有的轻浅，有的隽永，有的苍凉而洒脱，真可谓洋洋大观，横绝古今。有《稼轩长短句》，存词六百多首，是宋传世辞章最多的一个。

木兰花慢·滁州送范倅[1]

老来情味减，对别酒，怯流年。况屈指中秋，十分好月，不照人圆。无情水，都不管，共西风，只管送归船[2]。秋晚莼鲈江上，夜深儿女灯前[3]。征衫，便好去朝天，玉殿[4]正思贤。想夜半承明，留教视草，却遣筹边[5]。长安故人问我，道愁肠殢酒只依然[6]。目断秋霄落雁，醉来时响空弦[7]。

【注释】

〔1〕范倅：范昂，乾道六年（1174年）任滁州（今安徽滁县）通判，助稼轩理事（此时稼轩任知州）。乾道八年（1172年）任满返京，稼轩作此词送行。倅，指副职。

〔2〕"无情"四句：意谓江水与西风无情，不管离人愁绪，只管吹送友人归船迅速离去。

〔3〕"秋晚"二句：设想范昂水上行舟与归家团聚的情景。莼鲈，即莼菜和鲈鱼脍。

〔4〕玉殿：代指朝廷。

〔5〕"想夜半"三句：悬想范昂被皇帝重用的情景。承明，汉宫中设有承明庐，文臣在此为皇帝起草诏书。视草，审定翰林院为朝廷起草的诏书。筹边，即筹划边境事务。

〔6〕"长安"二句：意谓如果故人问我，你只说我现在依然以酒浇愁，无用武之地。殢（tì）酒，即病酒。

〔7〕"目断"二句：意谓只能目尽秋空鸿雁，酒醉时拉响空弦。醉里引弓比喻不能在前线杀敌。

【赏析】

　　南宋的第一位大词人是辛弃疾。他不仅是一位伟大的词人，而且是一位伟大的爱国志士、民族英雄。他的那段可歌可泣的历史所谱写的充满忠义郁勃之气的辞章，可与陆游比美。一诗一词，成为南宋文坛上两颗光芒万丈的巨星。

　　上面这首词作于乾道九年（1173年）秋，作者在滁州任上期间，与他的副职范昂愉快合作，在滁州的地方建设上，政绩斐然。如今范昂应诏赴京，想必会得到朝廷重用，而自己却不得不仍旧留在滁州，不能为国建功立业。临别之际，感慨万端。当时稼轩年仅三十有三，可是起手却说"老来情味减"，怎么能说是老了呢？

　　我们知道，辛弃疾体格雄伟，精于武技，不仅词动人，而且有许多神武的故事。他归国时年仅二十四岁，历经孝宗、光宗、宁宗三朝，多次任两湖江浙各路地方官。到他逝世的四十四年中，所至之地，皆有政声，平定民乱，肃清豪强，拯灾济民，组织兵勇，做了许多轰轰烈烈的大事。他为人敢作敢为，勇于担当，既有经邦济世之才，又有澄清四海之志，性情豪迈而有气节。初到南朝时，他是坚决的主战派，曾多次上书陈说恢复大计。然而朝中当权者忌恨他，四十三岁时落职于江西信州（今上饶市）卜居，构筑新宅，取名稼轩，因以为号。他在四十四年的军政生涯中，两度被人弹劾而罢官退休，其间过了二十年的园林生活，徜徉山水，寄情诗酒。他的许多优美诗词大都是在这种背景下完成的。徐釚在《词苑丛谈》中说：

　　"辛稼轩当宋末造，负管（仲）乐（毅）之才，不能尽展其用，一腔忠愤，无处发泄。观其与陈同父（亮）抵掌谈论，是何等人物！故其悲歌慷慨，抑郁无聊之气，一寄之于其词。"

　　现在，回首往事，作者感到一事无成，年未"老"而叹"老"，显然是对青年时代壮志未酬的遗恨。"对别酒，怯流年"是同友人离别时，对年华流逝、虚度终生的畏怯，是将"抑郁无聊之气"一寄于词的"悲歌慷慨"。

　　下面从"秋晚莼鲈江上"到"却遣筹边"，都是对范昂回乡与家人团聚，享受天伦之乐以及回朝效忠国事之种种情景的悬想。这时自然也会想到京都故人一定要向范昂问起他的近况。该如何让范昂传达友人的询问呢？"道愁肠殢酒只依然。目断秋霄落雁，醉来时响空弦。"这一结语，出现在款款深情的叙述之后，不难体味到词人有冤难伸，被压抑已久的悲愤的骤然爆发。"空弦"突响，却是在"醉来"时分，这真是神来之笔，能不夺人心魂！

【名家评点】

词既依依惜别，又倍加勖勉，更借以抒发胸中一段抑郁不平之气。上片惜别，从对酒感时写入，以下撇开现实，纯从想象着笔，层层推进。从未成行，却先想出中秋月圆人散之悲。继之，又怨江水江风合力送舟，有理无情。"秋晚"联承上"归船"而来，既文思跳宕，又一气流贯，奇佳。下片"长安"以下托为问答，语淡愁浓；结韵忧谗畏讥，尤觉勃郁深沉。

——刘乃昌、朱德才《宋词选》

水龙吟·登建康赏心亭[1]

楚天千里清秋，水随天去秋无际。遥岑远目[2]，献愁供恨，玉簪螺髻[3]。落日楼头，断鸿声里，江南游子[4]，把吴钩看了，栏杆拍遍，无人会，登临意！休说鲈鱼堪脍，尽西风，季鹰归未[5]？求田问舍，怕应羞见，刘郎才气[6]。可惜流年，忧愁风雨，树犹如此[7]！倩何人唤取，红巾翠袖[8]，揾[9]英雄泪！

【注释】

〔1〕赏心亭：位于建康（今江苏南京），为当时的游览胜地。

〔2〕遥岑远目：意谓纵目远处的群山。

〔3〕玉簪螺髻：群山秀丽，有的如美人头上的玉簪，有的如螺形发髻。

〔4〕江南游子：作者自称。

〔5〕"休说"三句：反用张翰（字季鹰）思乡弃官典故。《世说新语·识鉴》：张季鹰辟齐王东曹掾，在洛见秋风起，因思吴中菰菜羹，鲈鱼脍，曰："人生贵得适志尔，何能羁宦数千里以要名爵！"遂命驾便归。这里是说，尽管秋风引起思乡之情，但也不愿弃官归乡。

〔6〕"求田"三句：用刘备唾弃许汜的故事，表示不愿买田置屋，过安逸的生活，被贤者耻笑。《三国志·陈登传》载，刘备谓许汜："君有国士之名，今天下大乱，帝王失所，望君忧国忘家，有救世之意，而君求田问舍，言无可采……"刘郎指刘备。

〔7〕树犹如此：《世说新语·言语》："桓公（温）北伐，经金城，见前为琅琊时种柳，皆已十围，慨然曰：'木犹如此，人何以堪！'攀枝执条，泫然流涕。"此处慨叹

岁月流逝，功业难成。

〔8〕红巾翠袖：代指美人。

〔9〕揾（wèn）：揩擦。

【赏析】

这首词是文学史上的名篇。作于建康通判任上，即孝宗乾道四年至六年（1168—1170年）。

辛弃疾从二十三岁南归，二十六岁写《美芹十论》奏章，提出抗金策略，奉行投降主义的南宋政府以"讲和方定，议不行"不予采纳。宋孝宗淳熙元年（1174年），辛弃疾将任东安抚司参议，闲置为一地方小官。一次，他登上建康的赏心亭，极目远眺祖国的山光水色，百感交集，痛惜自己满怀壮志而老大无成，于是写下了这首《水龙吟》。

上片大段写景，由水写到山，层次井然。开头两句写水，气象阔大，笔力遒劲；写山美如图画，却只能"献愁供恨"，忧愤之情，更进一层。"落日楼头"六句用"落日"二字比喻南宋国势衰颓，以"断鸿"比喻自己的飘零与孤寂。看吴钩，拍栏杆，"无人会，登临意"，直抒胸臆，淋漓尽致地抒发了报国无门、壮志难酬的悲愤。

下阕用三个典故对于四位历史人物进行褒贬，从而表白自己以天下为己任的抱负。进而叹惜流年如水，壮志成灰。最后三句是全词的"心眼"。身为英雄而竟至于热泪盈眶，竟至于无人同情、无人理解，唤取红巾"揾英雄泪"而不可得，可谓伤痛极矣！叹被遗弃，叹无知己，与"无人会，登临意"相呼应，可谓悲愤极矣！

【名家评点】

前四句写登临所见，起笔便有浩然之气。"落日"句以下，由登楼说到旅怀，而仍不说尽，仅以吴钩独看，略露其不平之气。下阕写旅怀，即使归去奇狮卜筑，而生平未成一事，亦羞见刘郎。"流年"二句以单句旋折，弥见激昂。结句言英雄之泪，未要人怜，倘揾以红巾，或可破颜一笑，极言其潦倒，仍不减其壮怀也。

——〔清〕俞陛云《唐五代两宋词选释》

菩萨蛮·书江西造口〔1〕壁

郁孤台下清江水，中间多少行人泪〔2〕。西北望长安，可怜无数山〔3〕。青山遮不住，毕竟东流去〔4〕。江晚正愁余，山深闻鹧鸪〔5〕。

【注释】

〔1〕造口：在今江西省万安县西南。造口又名皂口，有皂口溪流入赣江。建炎三年（1129年），金兵南侵，追逼隆裕太后，至造口而返。

〔2〕"郁孤"二句：意谓清江水中，饱含着当年流亡者的血泪。郁孤台，在今赣江西北。清江，此指赣江。行人，指流亡者。

〔3〕"西北"二句：遥望西北的故都，群山遮住了目光。长安，借指汴京。

〔4〕"青山"二句：青山虽然能阻挡远望的目光，却遮不住赣江之水向前奔流。

〔5〕"江晚"二句：意谓正当江天晚景让我忧愁的时候，偏又听到深山的鹧鸪鸟"行不得也哥哥"的叫声，更加使我愁肠百回。

【赏析】

"郁孤台"横空凸起一座孤峙勃郁之高台，随即呈现在眼前的是奔腾不息的清江水。词人在此突然顿住，插入"中间多少行人泪"，悲愤之情喷薄而起，让人不能不想到建炎三年（1129年）的那次灾难：金兵南侵，一路由鑫金兀术率领，直逼南京、杭州，宋高宗赵构逃亡海上；另一路从湖北进军江西，追踪隆祐太后（高宗伯母），太后乘舟夜行，"质明至太和县，又追至万安县，兵卫不满百人……太后乃自万安县至皂口，舍舟而陆，遂幸虔州（今江西赣州）"。追随南宋小朝廷逃亡的难民，有多少人把他们的血泪抛洒到了这滔滔江水中啊！词人身临隆祐太后被追之地，痛感国脉如缕之危，羞国耻之未雪，将满怀之悲愤，化为此悲凉愤懑之辞，遥望西北已经沦陷的汴京，禁不住要"可怜无数山"了。"可怜"二字，声泪俱下，怨恨之情，赤子之心，溢于言表。

下片作者将这满腔的悲愤转入另一种境界：青山可以遮断行人的望眼，却遮挡不住江水的奔流。言外之意是，全国人民的抗战洪流，绝不是苟且偷安的主和派所能阻挡的！恰于此时，正当愁情无尽的时候，忽然听到群山深处鹧鸪那一声声"行不得也哥哥"的哀鸣，顿然使人肝肠寸断。这充分体现了作者羁留后方，不能驰骋沙场、收复失地的苦闷至极的心情。

这首词情感悲壮苍凉，风格沉郁顿挫，艺术手法融情入景，直抒胸臆，清放中有无限蕴藏。抒发对建炎年间国事艰危之沉痛追怀，对靖康以来失去国土之深情萦念，竟成南宋爱国精神深沉凝聚之绝唱。陈廷焯曰："结二语号呼痛哭，音节之悲至今犹隐隐在耳。"

此词运用比兴手法，以眼前景，道心上事，达到意内言外之极高境界。其眼前景不过是清江水、无数山，心上事则包举家国之悲、今昔之感。显有寄托，又难以一一指实。但其主要寓托则可体认，其胸怀亦可领会。此种以全幅意境寓写整个襟抱，运用比兴，寄托又未必一一指实之艺术造诣，实为东方美学理想的最高体现。全词一片神行，而又潜气内转，兼有神理高绝与沉郁顿挫之美，在词作的艺术造诣上，完全可与李太白同调媲美。

【名家评点】

就词的作法而论，句句写山写水，周济云："借水怨山。"（《宋四家词选》）梁启超云："《菩萨蛮》如此大声镗鞳，未曾有也。"（《艺蘅馆词选》）固不仅个人身世之感，殆兼有家国兴亡之戚。

——俞平伯《唐宋词选释》

摸鱼儿

淳熙己亥，自湖北漕移湖南，同官王正之置酒小山亭，为赋[1]。

更能消[2]几番风雨，匆匆春又归去。惜春长怕花开早，何况落红无数。春且住，见说道[3]，天涯芳草无归路。怨春不语。算只有殷勤，画檐蛛网，尽日惹飞絮[4]。长门事，准拟佳期又误。蛾眉曾有人妒。千金纵买相如赋，脉脉此情谁诉[5]？君莫舞，君不见，玉环飞燕皆尘土[6]！闲愁最苦。休去倚危栏，斜阳正在，烟柳断肠处[7]。

【注释】

〔1〕"淳熙己亥"句：小序意谓孝宗淳熙六年（1179年），作者由湖北转运副使改调湖南转运副使，接替他的同僚王正之为其饯行，于是写了这首词。

〔2〕消：经得住。

〔3〕见说道：听说道。

〔4〕"算只有"三句：算来只有檐下的蜘蛛网整天沾住飞絮，好像要把春天挽留住似的。

〔5〕"长门"五句：意谓自己遭受小人嫉妒，又难以倾诉内心的怨情。长门事，汉武帝时陈皇后被幽居长门宫，曾请司马相如作《长门赋》，武帝读后悔悟，终于重归于好。蛾眉，指陈皇后。

〔6〕"君莫舞"三句：告诫善妒者不要太得意了。玉环，指玄宗宠妃杨玉环死于马嵬兵变事。飞燕，即赵飞燕，汉成帝宠后，自杀而死。

〔7〕"斜阳"二句：斜阳暮霭，烟柳凄迷，令人断肠。

【赏析】

稼轩的这阕《摸鱼儿》是历来各种选本入选次数最多的一首。梁启超称赞它"荡气回肠，至于此极，前无古人，后无来者"。近千年来，在稼轩词的接受史中，《摸鱼儿》以其所蕴含的"生命精神"而为历代读者所论说。伴随着读者的品评，其文本意义也从思想意蕴的探讨逐渐拓展到艺术精神的分析和归纳，向读者展示的密码也在品评中逐渐被破解。同时由于读者的阅读权力，由于"文学的不可知性是文学深层的永恒主题"（布朗绍《文学空间》），词史上对稼轩大有寄托的这篇杰作在接受过程中，伴随词学理论的深化，对其"意义"的诠释也在逐步进入。

上片以春去作为比喻，却分作若干层次。先说春天再经不起几番风雨了，这是一层。因怕花落，便常常担心花开太早（另词《蝶恋花》所谓"晚恨开迟，早又飘零近"），何况今已落红无数，这又是一层。但春虽归去，春又何归？故反振一笔"春且住"。为什么要住？听说"天涯芳草无归路"，这又是一层。明明无处可去，它却偏偏去了，那更无话可说，算起来只有檐前蜘蛛网挂着的飞絮是春光仅有的残痕。蛛网纤微，柳花轻薄，靠它们来留春，能留住几何？这些其实都是在反映作者对当时政局国事的不满，无须比附，意自分明。

下片多引典实，"长门事"以下，叙说故事，脉络贯注。上片泛写南渡的局势，下片侧重小朝廷里还有许多妒宠争妍的丑态，殊不知劫后湖山已成残局，得意失意，将同归于尽。结用李商隐《北楼》"轻命倚危栏"诗意，一片斜阳烟柳，真是愁到极处，也危险到极处，无怪当时传说宋孝宗看了这首词很不高兴了。

总起来说，这首《摸鱼儿》的内容是热烈的，而外表上是婉约的。使热烈的内容与婉约的外表和谐地统一在一首词里，这说明了辛弃疾这位大家的才能。最后，我们可以套用夏承焘对这首词的评语"肝肠似火，色貌如花"八字，作为就词论词之结论。

【名家评点】

词意殊怨，然姿态飞动，极沉郁顿挫之致。

——〔清〕陈廷焯《白雨斋词话》

丑奴儿·书博山^[1]道中

少年不识愁滋味，爱上层楼。爱上层楼，为赋新词强说愁。而今识尽愁滋味，欲说还休。欲说还休，却道天凉好个秋。

【注释】

〔1〕博山：在今上饶广丰县西约二十里。辛弃疾闲居上饶时，于其山旁曾筑"稼轩书屋"。

【赏析】

写人生之"愁"的文学作品，在古今中外的所有诗文中，这是写得奇妙、最深刻的千古绝唱。

这首小令，是辛弃疾率义军南归后，第一次被弹劾去职，闲居上饶带湖期间（1181—1192年）的作品。写后他还将其刻在信州永丰县（今江西广丰县）西约二十里的博山的一处岩壁上。

"愁"是本词的核心、主旨。古今写"愁"的诗词多矣，但没有哪个诗人将"愁"写得如此透彻、如此深邃。作者通过"少年不识愁滋味"的肤浅表现和而今老来"识尽愁滋味"的对比，把什么是"愁"以及在人生的两个不同的阶段对"愁"的体会、认知，说到了骨子里。只有历尽沧桑、饱经磨难的过来人，才会把人生的全部愁苦囊括在"却道天凉好个秋"这七个字里！

下片虽然纯是抒情语，但在这似乎简易平常的言语中，包含着稼轩多少无法讲述的辛酸故事啊！从他二十三岁率军归宋，到如今的二十多年里，所受到的冷遇、排挤和陷害，只要对稼轩的生平经历略有了解的，都会体会到"欲说还休"四字中包含着多少内容。即便是对稼轩的经历不甚了然，只要是有过较为丰富艰辛的人生阅历，随着年岁的增长、身世的坎坷和身心之磨难的人，对于"愁"之一字，谁都会发出与稼轩同样的感慨的。如果想不出恰当的表达方式，那么在看了词人"而今识尽愁滋味，欲说还休。欲说还休，却道天凉好个秋"之后，能不大声惊呼吗！

【名家评点】

不识愁的，偏学着说。如登高极目，是何等畅快，为做辞章，便因文生情，也得说说

国学经典精神家园丛书

一般的悲愁。乃真知愁味，反而不说了。如晚岁逢秋，本极凄凉，却说秋天真是凉快啊。今昔对比，含蓄而又分明。中间用叠句转折。末句似近滑，于极流利中仍见此老倔强的意态。将烈士暮年之感恰好写为长短句，"粗豪"云云殆不足以尽稼轩。

——俞平伯《唐宋词选释》

青玉案·元夕[1]

　　东风夜放花千树。更吹落，星如雨[2]。宝马雕车香满路。凤箫声动[3]，玉壶[4]光转，一夜鱼龙舞[5]。蛾儿雪柳黄金缕[6]，笑语盈盈暗香去。众里寻他千百度，蓦然回首，那人却在，灯火阑珊处。

【注释】

　　[1] 元夕：元宵节。

　　[2] "东风"三句：元宵节之夜，花灯宛若春风吹开千树好花，焰火飘洒时如满天星雨。

　　[3] 凤箫声动：箫声如凤鸣。

　　[4] 玉壶：指月亮。

　　[5] 鱼龙舞：鱼龙状的灯在舞动。

　　[6] "蛾儿"句：皆指妇女头上的饰物。

【赏析】

　　这是一首借元宵夜花灯满城、万众狂欢，反映自己幽独情怀的绝唱。作者开场为我们极力呈现出的景象，使我们也仿佛亲临其境：满街满巷的花灯如千树开花，满天的焰火如繁星纷纷然降落，乘坐着豪华马车的美女们芳香了全城，通宵达旦凤箫盈耳，明月流转，鱼龙狂舞……当成群结队的丽人们，颤动着翠翘花钿，拂动着芳香，"笑语盈盈"地远去时，"我"却在这狂欢的人群中苦苦地、千百遍地寻找着"她"。这时候，"蓦然回首，那人却在，灯火阑珊处"，该是多么惊喜，多么叫人怦然心动啊！

　　辛弃疾作为南宋豪放派的大家，对婉约派的翘楚李清照的词情有独钟。他曾自供"效易安体"作词。那么他在作这首《青玉案·元夕》的时候，自然而然会受到李清照写元夕之夜的《永遇乐》的感染。易安曾经这样写道："元宵佳节，融和天气，次第岂无风雨？来相召，香车宝马，谢他酒朋诗侣。"热闹的元宵佳节唤起了她对汴京往事的回忆："中州盛日，闺门多暇，记得偏重三五。铺翠冠儿，捻金雪柳，簇带争济楚。"然而自从游落江南之后，每逢元宵佳节，与昔日盛况形成鲜明对照的却是"如今憔悴，风鬟雾鬓，怕见夜间出去。不如向帘儿底下，听人笑语"。可见，易安和稼轩对元宵佳节描写的是同样的狂欢，也是同样的失落。然而易安抒发的"自怜幽独"仅仅是对自身落魄的伤感，稼轩抒发的"自怜幽独"却是独处的妙悟。换言之，他苦苦寻觅的"那人"其实是自己的化身，是"自我"的象征。"那人却在，灯火阑珊处"是词人内心的一种人生境界，是不同凡欲的人生顿悟。

几乎所有赏析这首词的文章，都要引述王国维的那段名言。王国维曾用"蓦然回首"比喻"古今之成大事业、大学问者"必然经历的三境界之一。他说，只有经历了"独上高楼，望尽天涯路"的寂寞求索，"蓦然回首"时，才会有发现"那人"所在何处的惊喜和成就。这只是王国维的"读者义"，辛弃疾在创作这首词的时候，不会想到做学问、干事业之类的事情吧？稼轩的"作者义"是在把自己置身于一个特殊的情景中——倾城狂欢的元宵之夜，全身心地感悟"众人皆醉我独醒"的人生况味。这是有着深刻的历史责任感的知识分子特有的人生情怀，是一种深刻反省的人生境界。为什么要"众里寻他千百度"？就是要找回失落的自己！

【名家评点】

上片用夸张的笔法，极力描绘灯月交辉，上元盛况。过片说到观灯的女郎们。"众里寻他"句，写在热闹场中，罗绮如云，找来找去，总找不着，偶一回头，忽然在清冷处看见了，亦似平常的事情。结尾只用"那人却在灯火阑珊处"一语，即把多少不易说出的悲感和盘托出了。

——俞平伯《唐宋词选释》

清平乐·村居

茅檐低小，溪上青青草。醉里吴音相媚好，白发谁家翁媪？大儿锄豆溪东，中儿正织鸡笼。最喜小儿无赖[1]，溪头卧剥莲蓬。

【注释】

〔1〕无赖：这里是活泼顽皮的意思。

【赏析】

　　读过《宋史》辛弃疾本传的都知道，稼轩十分重视农业生产，对农村生活也非常喜欢。这首作于他闲居博山时的描写农村生活的小令，把他的乡土情怀表现得格外真切生动。

　　低矮的茅屋傍溪临水，青草倒映在溪水中，碧绿青翠。茅屋后传来略带醉意的吴地方言，卿卿我我，哝哝喃喃，听得出来是在软语调情。作者直以为是一对年轻的情人，转过茅屋，却发现原来是一对白发夫妇！这时候，他大概哑然失笑了吧？再看小溪东边，长子在锄豆，次子在屋前编制鸡笼；最顽皮滑稽的是小儿子，这时正躺在溪边的草地上，自得其乐地剥吃莲子呢！

　　这一幅世外桃源般的农家乐，真让人羡慕，真让人神往！

【名家评点】

　　作者在短短的一首小令中写了五个人物，这些人物的一举一动都十分切合他们各自的年龄、身份和性格特征。其中尤以老人和最小的孩子写得最为生动活泼，形象鲜明。

——刘杨忠《稼轩词百首译析》

破阵子·为陈同甫〔1〕赋壮词以寄

　　醉里挑灯看剑，梦回吹角连营。八百里分麾下炙〔2〕，五十弦翻塞外声〔3〕。沙场秋点兵。马作的卢〔4〕飞快，弓如霹雳弦惊。了却君王天下事，赢得生前身后名。可怜白发生。

【注释】

〔1〕陈同甫：即陈亮，字同甫，力主抗金，是作者好友。详见"陈亮"篇。

〔2〕"八百里"句：八百里范围内的部队都可以分到元帅帐下的烤牛肉吃。

〔3〕"五十弦"句：军乐奏出雄壮的乐曲。翻，即演奏。塞外声，指悲壮粗犷的军乐

〔4〕的卢：骏马名。《世说新语·德行》曾载刘备乘的卢马获救事。

【赏析】

宋孝宗淳熙十五年（1188年），辛弃疾与陈亮在铅山瓢泉再次相见，此即所谓二次"鹅湖之会"。两位志同道合的好友分手后，稼轩写下此词寄上。整首词以想象中事写来，以寄托其抗击外敌、恢复国土的雄心壮志，只有最后一句才落到实处，却成了一声千古常叹。

起首两句十二个字，却写出了六种景象。从时空上来看，前后两句陡然间就完成了现下醉酒、挑灯、看剑、梦醒到梦境中出现的多少年前"吹角连营"壮观情景的转换：拂晓时分，突然响起此起彼伏的雄壮的号角声，正在军营帅旗下分吃烤牛肉的军士们，听到军乐阵阵，纷纷一跃而起，全副披挂，紧急集合——他们知道，这是在"沙场秋点兵"。

下片写投入战斗的激动人心的场面，可惜依然是睡梦中的事：将军率领铁骑，奔赴前线，弓弦劲鸣，万箭齐发；将军身先士卒，乘胜追杀，凯歌高奏，欢声雷动；一战获胜，功成名就，既"了却君王天下事"，收复了沦丧的中原，完成了国人企盼已久的心愿。又"赢得生前身后名"，成就了爱国志士的千秋伟业。就艺术创作而言，这两句是一个漂亮之至的转身，即可以说是对梦中光复大业成就时的真实情景的描述，也可以说是作者梦醒后的热切期盼。然而一旦大梦初醒，一旦跌回到严酷的现实中来，却不得不浩然长叹："可怜白发生！"

是啊，自从辛弃疾二十三岁率部回到南宋，抱着收复失地、统一全国的雄才大略，曾经披荆斩棘、奋力拼搏过，不幸的却是受尽了把持朝政的投降派的打击、排挤、陷害，不得不在江西上饶和铅山赋闲二十余年，其余十多年任流转各地的散官杂职，能够一展身手的大好年华就这样虚度了。最后这一句"可怜白发生"是终其一生，对理想和现实之巨大差距的高度概括，是对理想幻灭的最沉痛的悲叹。

【名家评点】

"了却君王天下事"二句，是假想如此，说到此正兴高采烈，蓦然一跌"可怜白发生"，人已老矣，而一切落了空。

——吴则虞《辛弃疾词选集》

西江月·夜行黄沙^[1]道中

　　明月别枝惊鹊，清风半夜鸣蝉。稻花香里说丰年，听取蛙声一片。七八个星天外，两三点雨山前。旧时茅店社林^[2]边，路转溪桥忽见。

【注释】

　　〔1〕黄沙：指江西上饶的黄沙岭。

　　〔2〕社林：土地庙附近的树林。社，即土地庙。古时，村村有社树，为祀神处。

【赏析】

　　和《清平乐·村居》一样，这也是一首写农村生活的妙作。不同的是，《清平乐·村居》写的是白天的农家乐，这一首写的是夜晚的农村景色。

　　农村的夏夜，月明如昼，乌鹊从树上突然惊飞，深夜里的蝉儿仍然在清风中厮鸣不已；有稻花飘香，有田蛙鼓吹，有农人在稻田欢言笑语，可以听得出来，他们是在诉说丰年在望的喜悦……这时候，抬头仰望，天边有七八个星星在闪烁，可是突然有几点清凉的雨滴洒在脸上。行人只好加快脚步，转过溪上的小桥，猛然间发现从前来过的那个土地庙附近林中的茅店小屋就在眼前。这该是多么叫人惊喜的美好啊！

　　这首词的素材选择的都不过是一些常见的农村景象，语言没有任何雕饰，不用一个典故，层次安排似乎也不讲究，一切都显得那么平淡自然。可正是在这看似平淡自然之中，有着词人不留痕迹的精心构思，蕴含着作者对农村生活淳朴深厚的情感。在这里，我们可以领略到稼轩歌词于雄浑豪迈之外的另一种境界：亲切、自然、纯朴。

【名家评点】

　　结韵最是妙极，就急寻避雨之处而言，先推出"茅店"，后补以"忽见"，则恍惚惊喜之态，跃然纸上，化平庸为精警。就全篇而言，乃点睛之笔。前六句纯作景语，似孤立不贯，至此方点出夜行之人。返照全词，则无一不是作者"夜行黄沙道中"的见闻和感受，词脉由是畅通一体。

——朱德才《辛弃疾词选》

贺新郎

邑中园亭，仆皆为赋此词。一日，独坐停云，水声山色，竞来相娱。意溪山欲援例者，遂作数语，庶几仿佛渊明思亲友之意云。

甚矣吾衰矣[1]！怅平生，交游零落，只今余几？白发[2]空垂三千丈，一笑人间万事，问何物，能令公喜？我见青山多妩媚[3]，料青山见我应如是。情与貌，略相似。一尊搔首东窗里，想渊明《停云》诗就，此时风味。江左沈酣求名者[4]，岂识浊醪妙理！回首叫云飞风起[5]。不恨古人吾不见，恨古人不见吾狂耳。知我者，二三子[6]。

【注释】

〔1〕甚矣吾衰矣：语出《论语·述而》，子曰："甚矣吾衰矣，久矣吾不复梦见周公。"

〔2〕白发：化用李白《秋浦歌》："白发三千丈，缘愁似个长。"

〔3〕"我见"句：语出《新唐书·魏征传》载唐太宗语："人言征举动疏慢，我但见其妩媚耳。"

〔4〕"江左"句：化用苏轼《和陶潜饮酒诗》："江左风流人，醉中亦求名。"

〔5〕"回首叫"句：化用刘邦《大风歌》"大风起兮云飞扬，威加海内兮归故乡，安得猛士兮守四方"。

〔6〕二三子：孔子语，《论语·先进》："非我也，夫二三子也。"

【赏析】

词为稼轩新筑瓢泉的一座名叫停云的亭子而作。时在宋宁宗庆元年间（1195—1200年）。大约在1196年春，他居住了十年之久的带湖庭院不幸失火，房舍毁于一旦。幸好他于前几年曾买下铅山县（今属上饶市）瓢泉的一片土地，整饬修造，到1195年春已告竣工。他有意效仿陶渊明，受其《停云》一诗的启发，在新居特地建亭，名之为停云轩。

有感于名家的作品进行创作，尚且还是套用陶潜《停云》"思亲友"的意旨，这是非常不容易的事情。弄不好，势必会落到狗尾续貂的窘境。辛弃疾会写出什么新意呢？

作者首先用一小序交代：这一天他心绪颇佳，天气也不错。他一个人独自坐在新起的停云轩里，透过窗户，可以听见流水潺潺，四面的青山苍翠葱茏。青山绿水仿佛明白他的心情，一同来和他分享这乔迁之喜，而且还似乎有意邀请他赋词志贺。他想自己曾为邑中其他园亭也写过这样的词，这次怎好拒绝，于是写了这首《贺新郎》，权当效仿陶渊明的《停云》，算作是对亲友的思念吧。一篇交代创作缘起的四五十字的小序，写得如此别出心裁，情趣盎然，已经够让人惊喜了。

然后词人接着说，我如今太老了，回首平生，禁不住一阵怅惘。好友相继过世，如今所剩无几。现在看看自己，满头白发，老大无为，世事纷纷，皆成笑谈，还有什么东西值得高兴呢？如果说有的话，也就是这满目青山了。你看这翠微如染、千姿百态的青山该有多么妩媚！我见青山妩媚娇美，青山看我，想必也很可爱吧。为什么会这样？大概是因为青山和我有着相似的心性和体貌吧。

这真是石破天惊的神来之笔！稼轩之前，还没有哪位诗人这样写过青山。史载，稼轩体格魁梧，须发浓密，情思深邃，精力充沛。"情与貌，略相似"，在这位词人的心目中，确然有巍巍乎我似青山，郁郁乎青山似我之意。

下片写饮酒之后的所思所想。作者连用四个典故，表现自己不甘寂寞，渴望再度出山，重赴沙场，收复山河的心愿。他并不遗憾自己看不到历史上的那些风云人物，遗憾的是历史上的这些豪杰看不到他的万丈豪情、绝世癫狂！他说，真正了解我的，恐怕也只有二三好友啦。

稽查一下当时了解并赏识辛弃疾的那些人，诸如陆游、朱熹、周必大等有十多人，此时大部分已经相继作古，在世的只剩下陈亮和黄干二三人了。陈亮不但是与辛弃疾最投合最知心的挚友，而且也是一位坚定的爱国志士；而黄干是朱熹的门生、稼轩的知音。说"知我者，二三子"，指的就是这几个人。自斟自饮，抚今思昔，能不有"知音少，弦断有谁听"之感慨！

【名家评点】

词至东坡，倾荡磊落，如诗如文，如天地奇观，岂与群儿雌声学语较工细；然犹未至用经史，牵雅颂入郑声也。自辛稼轩前，用一语如此者必且掩其口。及稼轩横竖烂漫，乃如禅宗棒喝，头头皆是；又如悲笳万鼓，平生不平事并厄酒，但觉宾主酣畅，谈不暇顾。词至此足矣。

——［宋］刘辰翁《须溪集》

永遇乐·京口北固亭[1]怀古

千古江山，英雄无觅，孙仲谋[2]处。舞榭歌台，风流总被，雨打风吹去。斜阳草树，寻常巷陌，人道寄奴曾住[3]。想当年，金戈铁马，气吞万里如虎。元嘉草草，封狼居胥，赢得仓皇北顾[4]。四十三年，望中犹记，烽火扬州路[5]。可堪回首，佛狸祠下，一片神鸦社鼓[6]。凭谁问，廉颇老矣，尚能饭否[7]？

【注释】

〔1〕京口北固亭：在江苏镇江市。京口，即今镇江市。

〔2〕孙仲谋：即三国时东吴称帝的孙权，字仲谋，他曾在京口建都，后迁建康。

〔3〕寄奴曾住：寄奴是南朝宋武帝的小名，他曾在京口起兵，推翻东晋，立国称帝。

〔4〕"元嘉"三句：宋文帝刘义隆为刘裕之子。元嘉二十七年（450年），命王玄谟伐北魏，由于准备不足，大败而归。封狼居胥，汉将霍去病追击匈奴，直至狼居胥山（在今内蒙古自治区西北），筑台祭天而还。仓皇北顾，指刘义隆北伐失败后仓皇而逃。

〔5〕"四十三年"三句：意谓至今仍然记得自己四十三年前在扬州一带的战斗生活。作者南归，至写此词，恰好是四十三年。

〔6〕"可堪"三句：最不能忍受的是，当年的佛狸祠下，如今人们却在那里迎神赛社。佛狸祠，北魏太武帝拓跋焘小字佛狸。他击败王玄谟，在长江北岸的瓜步山（今江苏六合县东南）顶建行宫，称佛狸祠。神鸦，吃祭品的乌鸦。社鼓，社日祭神的鼓声。

〔7〕"凭谁问"三句：意谓自己虽然老大，但仍像廉颇一样，雄心犹在，可惜无人过问。廉颇，赵国名将。秦攻赵，赵王想起用廉颇，派人察看其身体状况。廉颇为之米饭一斗，肉十斤，被甲上马，以示尚可用。使者受贿，回来报告赵王说："廉颇将军虽老，尚善饭，然与臣坐，顷之三遗矢矣。"赵王以为廉颇已老，遂不用。详见《史记·廉颇蔺相如列传》。

【赏析】

此词写于宋宁宗开禧元年（1205年）镇江知府任上，作者是年六十六岁。当时韩侂胄执政，正积极筹划北伐，闲置已久的辛弃疾又被起用为浙东安抚使，次年再受命镇江知府。北伐抗金，本是稼轩一生的心愿，但是对韩侂胄轻敌冒进的做法，又使他感到忧心忡忡。他认为北伐之举，绝不能草率从事，否则难免重蹈覆辙，惨遭失败。一次他来到京口北固亭，登高眺望，怀古忆昔，心潮澎湃，感慨万千，于是写下了这篇爱国悲歌。

上片怀古抒情。起手三句，气势雄伟，可与苏轼"大江东去"媲美。作者站在北固亭上，瞭望祖国河山，千百年来曾经在这片土地上叱咤风云的英雄人物在脑海里一一闪过：建立吴国的孙权，于建安十四年（209年）在京口建京城，然后迁都建康，打败了曹操。如今像孙权这样的英雄已经没有了。江山依旧，英雄不再，连孙权当年修建的"舞榭歌台"也被"雨打风吹"，杳无痕迹了。与京口有关的第二个历史人物，是出身于草莽，即"寻常巷陌"的刘裕。"想当年"三句，热情赞颂了刘裕两度挥戈北伐的声威，灭燕秦，收两都，作者用"金戈铁马，气吞万里如虎"这样极富情色彩的词句，表达了他对这位英雄的无限向往。

下片"元嘉草草"三句，用历史事实对比现实，向当权者尖锐地指出：一定要记取宋文帝急功近利，轻启战端，在元嘉年间贸然北伐的惨痛教训。"四十三年"以下，由怀古转入伤今。作者回首自己四十三年来在战火连天的扬州地区参加抗金斗争，后来渡淮南归，原想凭借祖国的实力恢复中原，孰料南宋朝廷昏聩无能，致使自己蹉跎一生，老大无成。如今"佛狸祠下"，沦陷区的人民已经安于异族的统治，甚至开始对异族君主顶礼膜拜了。"可堪回首"表达了作者目睹眼前的现实，既悚然心惊，又于心不忍。"神鸦社鼓"表达了作者的隐忧：倘若不尽快收复失土，安于异族统治的民众，必然要日渐淡忘自己是宋室的臣民，复国大业终将成为泡影。

最后作者以廉颇自比，颇具深意，一是表白他和廉颇一样，只要朝廷信任，自当随时奔赴疆场，抗金杀敌；二是显示他虽然年老，但英武不减当年，依然可以担任北伐主帅；三是抒写忧虑，担心自己也会像廉颇那样，被小人算计，致使才能无法施展，壮志不能实现。他的忧虑并非空穴来风，果然，韩侂胄一伙人不但不采纳他的意见，甚而至于在北伐前夕，以"用人不当"为借口，把他降职，调离镇江。辛弃疾虽然烈士暮年，壮心不已，渴盼为光复大业出力，但是生命临终之前，他的这一愿望还是被彻底葬送了。

评论辛弃疾词作的文章，向来把他用典太多当作一大诟病。不过，这首词用典虽多，幸好这些典故都用得自然妥帖，恰到好处。每一个典故，都与作者内心真诚热烈的思想感情紧密相关，不但毫无堆砌之感，而且加强了辞章的说服力和感染力。这反而形成了这首词难得的语言特点。

【名家评点】

　　此词拉杂使事，而以浩气行之，如猊之怒，如龙之飞，不嫌其堆垛。岳倦翁谓此作微觉用事多，非也。句句有金石声，吾怖其神力。

　　　　　　　　　　　　　　　　　　——［清］陈廷焯《白雨斋词话》

南乡子·登京口北固亭有怀

　　何处望神州，满眼风光北固楼。千古兴亡多少事？悠悠，不尽长江滚滚流。年少万兜鍪[1]，坐断[2]东南战未休。天下英雄谁敌手？曹刘。生子当如孙仲谋。

【注释】

　　[1]兜鍪（móu）：头盔，这里代指兵士。

　　[2]坐断：占领，占据，守卫。

【赏析】

　　这首《南乡子》和上一篇《永遇乐》是同年、同地、同为登京口北固亭的怀古之作。两首词的主旨也一样，都是通过写景、怀古抒发渴望收复中原故土的情感，但艺术手法、风格和角度却大异其趣。《永遇乐》通篇用典，一气贯注，茫茫滔滔，有如长江大河，铺叙议论相形益彰。这一首却生动轻快，以三问三答，表现了作者指点江山、激扬慷慨的豪情。

　　上片写千古兴亡有如滚滚长江，流不尽，也留不住。下片作者特地选出孙权作为效法的典型、英雄的榜样予以热情歌颂。史书上说，孙权十九岁即已统率三军，力敌雄兵百万的曹操，平抑独霸西蜀的刘备，虽然连年征战，然而能在那动荡不安、瞬息万变的时局下，稳坐东南，独霸一方。天下英雄谁能与之抗衡？也就是曹操和刘备而已。

　　"生子当如孙仲谋"，这句话暗含着非常辛辣的讽刺。如将祈盼换作直白，这句话等于是说：如今偏安一隅的南宋小王朝，论韬略，论气概，都不如当年的东吴；宋皇室生出来的子孙，具体点说，如今的皇帝宋高宗、宋孝宗等人，哪一个也比不上当年的孙权。我们当然理解，辛弃疾万万不能这样直说，那是要掉脑袋的。如此看来，这首词全然是表示对朝廷的不满和轻蔑的。

鹧鸪天·代人赋

晚日寒鸦一片愁，柳塘新绿却温柔。若教眼底无离恨，不信人间有白头。肠已断，泪难收，相思重上小红楼。情知已被山遮断，频倚栏干不自由。

【赏析】

这首词是作者代一位女子而作。他换位思忖，感情用事，其情愫，其造词，把女性的神情刻画得惟妙惟肖。

"晚日寒鸦"，这是送人归来后的眼中景。夕阳西下，夜幕降落，此时此刻，意中人孤孤零零地走向何方，又会在何处投宿呢？如此遥想，那"晚日"和"寒鸦"，在她的眼中都化作"一片愁"了。下一句是这位女子对她和情人欢聚时的回忆：当时池塘四周柳丝摇金，春波泛绿，鸳鸯戏水，春光明媚，那是何等的"温柔"啊。以相聚之欢衬离别之苦，更见出"愁"之深长。因此，她发出"若教眼底无离恨，不信人间有白头"的感叹，就再自然不过了。可惜"无离恨"只能是假设，"离恨恰如春草，更行更远还生"，"白头"也就是必然的人。下片紧承"离恨""白头"，以"肠已断，泪难收"开头，尽情吐露，略无含蓄。结句的"频"字，与"相思重上小红楼"的"重"字呼应。行人已在青山外，这女子却频频倚栏远望，无法控制自己。

人们只记得辛弃疾是南宋豪放派第一人，可这首词写得如此委婉深致。可见真正的艺术家，从来都是多才多艺的。

赵师侠

一名师使，字介之，燕王德昭七世孙，新淦人。生卒年不详。淳熙二年（1175年）进士。淳熙十五年为江华郡丞。有《坦庵长短句》一百五十余首。作品内容比较广泛，琴棋书画、山光水色、行旅羁愁无所不咏。

行香子

　　春日迟迟，春景熙熙。渐郊原，芳草萋萋。夭桃灼灼，杨柳依依。见燕喃喃，蜂簇簇，蝶飞飞。闲庭寂寂，曲沼漪漪。更秋千，红索垂垂。游人队队，乐意嬉嬉。尽醉醺醺，歌缓缓，语低低。

【赏析】

　　词论家向来推崇作词要善于使事用典，寄托深远。因为善于使事（借用历史事件比类）用典，说明作者学养渊博；寄托深远，说明作者阅历丰富，对人生的认识深刻独到。清末的词论家谭献甚至说："以有寄托入，以无寄托出，千古辞章之能事尽，岂独填词为然！"另一位同时代的词论家冯煦甚至提出词贵"幽涩"的主张。诚然，就审美情趣而言，浅露浮滑确实是作诗填词之大忌。然而够得上如此高论的诗词，恐怕只能是供象牙塔里的文人雅士欣赏的贵族文学，普通老百姓是无缘享受了。再说，没有寄托的诗词未必就不是美文，那么多传唱千古的民歌就没有多少寄托，能说它们不是绝唱吗？换个角度说，绝大多数读者其实并没有多少文化历史知识，诗词中倘若使事用典太多，再好再美也无法赏识；倘若读者对作者的生平事迹不甚了然，这类读者也无法明白其作品中的微言大义。因此，普通的读者更喜欢不用典、少寄托、明白如话的诗词。如此看来，像赵师侠的这首《行香子》，肯定不入词论家的"法眼"，却无疑会受到更多普通读者的喜爱。

　　这首词是描写春日美景的。春色满园，繁花似锦，莺歌燕舞，蝶飞蜂忙，游人徜徉，醉歌笑语……好一派烂漫春光！受到感染的词人，满怀欢欣，用轻快活泼的语言，用色彩斑斓的画笔，精心描绘了一幅万物闹春图，让我们也仿佛身临其境地享受到了春的美妙、春的喧闹、春的芳香。这是一种多么令人心醉的审美享受啊！

　　至于使事用典，也不能说这首词完全没有。比如"桃之夭夭，杨柳依依"二句，显然是出自《诗经》的《桃夭》和《采薇》。不过，即使不知道这两句的用典，也丝毫不影响我们对这首词的欣赏。再说，用典并不是这首词最明显的艺术特点，明眼人都会发现这首词的最大特点是叠字的运用——全词十八句，叠字就有十六对。在文学创作中，有如在日常生活中儿童对叠字的运用一样，在特定的语境中，可以给人一种特别亲昵特别温馨的感觉。这首词也一样，我们正是通过这些叠字的音乐美和亲昵感，才如临其境、如闻其声地感受到了春天的躁动、春天的烂漫。叠字的这种奇妙的审美效果，随着在宋诗中的大量出现，后来在元曲中得到了自觉地运用，并且最终形成了文学史上又一个崛起的奇峰。不妨说，通过这首《行香子》，我们似乎已经看到了元曲的滥觞。

陈　亮

陈亮（1143—1194年），字同甫，世称龙川先生，婺州永康（今属浙江）人，为永康学派的领袖。《宋史》本传称他"为人才气超迈，喜谈兵，议论风生，下笔数千言立就"。孝宗时曾多次上书朝廷反对和议，力主恢复，因而触怒当权者，三次被诬入狱，遂愤而归家治学十年。光宗绍熙四年（1193年）擢进士第一，授签书建安府官厅公事，未至即病卒。

陈亮的词"不作一妖语、媚语"（毛晋《龙川词跋》），但不能说他所有的词都是"谈天下大略"，也不能说他的词于豪放之外别无境界。他的词于慷慨悲歌之外，不乏婉约绮丽之作。

著有《龙川文集》。《龙川词》存词七十余首。

水调歌头·送章德茂大卿使虏〔1〕

不见南师久，漫说北群空〔2〕。当场只手，毕竟还我万夫雄〔3〕。自笑堂堂汉使，得似洋洋河水，依旧只流东〔4〕！且复穹庐拜，会向蒿街逢〔5〕。尧之都，舜之壤，禹之封，于中应有，一个半个耻臣戎〔6〕。万里腥膻如许，千古英灵安在，磅礴几时通〔7〕？胡运何须问，赫日自当中〔8〕。

【注释】

〔1〕章德茂：章森，字德茂。淳熙十二年（1185年）奉命以大理寺少卿、试户部尚书出使金国，陈亮作此词送之。

〔2〕"不见"二句：意谓不要说南师长期以来不北伐，就认为南宋无人。北群空，没有良马，喻指无人才。语本韩愈《送温处士赴河阳军序》："伯乐一过冀北之野，而马群遂空。"这里是反用韩语，言并非没有人才。

〔3〕"当场"二句：意谓章森独当一面，有力敌万夫的气概。只手，指独立支撑。

〔4〕"自笑"三句：堂堂汉使不会屈辱事金，应当像洋洋江河之水，勇往直前，奔流向东。这是代章立志的口气。

〔5〕"且复"二句：意谓现在暂且去朝拜金主，将来有朝一日定将其诛灭。穹庐，北方民族居住的圆形毡帐。蒿街，汉长安街道名，外国使节集中的街区。

〔6〕耻臣戎：以向金人称臣为耻的英杰。

〔7〕"磅礴"句：意谓何时磅礴正气能通贯天地之间呢？

〔8〕"胡运"二句：金国注定会灭亡，南宋国运将如日中天。

【赏析】

陈亮是南宋著名哲学家、文学家。他不仅在政治上，在学术上也提出了自己独到的见解。他有着积极的用世精神，虽中进士，但一生并未当官从政，个人的生活多有不幸。他的诗词多反映现实生活，并将政治议论融入辞章，表达经世方略，雄辩自然，独具特色。刘熙载《艺概》说："陈同甫与稼轩为友，其人才相若，词亦相似。"就陈亮那种不可一世的豪迈气概，像"风雨云雷，交发而并至"的不可抑勒的才气，似有压倒稼轩的声势，惜其文采稍逊。陈亮对于写作的态度，从他一篇《书作论法后》可以窥知一二：

"大凡论不必好语言，意与理胜，则文字自然超众。故大手之文，不为诡异之体，而自然宏富；不为险怪之辞，而自然丽典。奇，寓于纯粹之中；巧，藏于和易之内。不善学文者，不求高于理与意，而务求于文采辞句之间，则亦陋矣。"

他为文如此，作词亦然。请看这首《水调歌头》，便可窥豹一斑。

词的上阕紧扣"出使"的题目，起手概括章德茂出使金国时的形势。作者对南朝人才济济，大国使臣足以"只手"了却军国大事充满自信。如今对金人固然不得不委曲求全，但总有一天会让他们俯首听命。

下阕首先热情歌颂了几千年来孕育了无数英雄豪杰的华夏文明；"于中应有一个半个耻臣戎"即对国运衰微、士气低迷之现状的惋惜、悲痛，也是充满热切期待的呼唤。接着作者在发出一连串责问后，以"胡运何须问，赫日自当中"总挽全词，充分表达了他对抗金大业的信心。

以论入词而又震撼感人，是这首词的一大特色。在陈亮所有的爱国辞章中，这首送章德茂的《水调歌头》立意深远，章法整饬，可以说这正是他鲜明个性的化身，也是他治世理念的宣言。

【名家评点】

（这类作品）都是情感突变，一烧烧到白热度，便一毫不隐瞒，一毫不修饰，照那情感的原样子，迸裂到字句上。我们既承认情感越发真，越发神圣；讲真，没有真得过这一类了。这类文学，真是和那作者的生命分劈不开！

——梁启超《中国韵文里头所表现的情感》

水龙吟·春恨

闹花深处层楼，画帘半卷东风软。春归翠陌，平莎茸嫩〔1〕，垂杨金浅。迟日〔2〕催花，淡云阁雨〔3〕，轻寒轻暖。恨芳菲世界，游子未赏，都付与，莺和燕。寂寞凭高念远，向南楼，一声归雁。金钗斗草〔4〕，青丝勒马〔5〕，风流云散。罗绶分香〔6〕，翠绡封泪〔7〕，几多幽怨！正销魂，又是疏烟淡月，子规声断。

【注释】

〔1〕平莎茸嫩：平原上莎草柔嫩的意思。

〔2〕迟日：即春日，语本《诗经·七月》"春日迟迟"。

〔3〕阁雨：指不下雨。

〔4〕金钗斗草：古代女性的一种游戏，以花草品色多少或是否珍贵赌胜。

〔5〕青丝勒马：古代男性的游春活动，用青丝绳做马络头，骑马踏青。

〔6〕罗绶分香：指临别时赠以香罗带。

〔7〕翠绡封泪：意谓绿丝巾中包含着分别时的眼泪。翠绡，指青丝手帕。

【赏析】

这首词初看起来是在伤春念远，实则寄寓着因国土南北分裂，国耻未雪的悲愤。首片写春光烂漫，忽然转折，说春色如此美好，可惜无人欣赏，却"都赋予莺和燕"。为什么？因为山河破碎，国土沦丧，纵然观赏，或者不能，或者无心。于此，作者对国破家亡的悲痛表述得非常委婉深致。

次阕开篇即已点明全词的"念远"主旨，接下来通过回忆，写昔日邂逅的情境与别后的"幽怨"，然后又回到眼前，烟月迷离，子规声咽，一片凄清景致，更增几多离愁。写赏心乐事的一去不返，别远离久的深情怀念，别时景色的触目销魂，都是在刻画主人公的深挚情怀。黄宗羲说，陈亮是一位"推倒一世之智勇，开拓万古之心胸"（《宋元学案·龙川学案》）的大丈夫，所以说他假托闺怨抒发激愤，谴责偏安，渴望复国，不是没有道理。

【名家评点】

此词幽秀妍丽，一往情深，居然小晏、秦郎风调。"闹花"以下八句，以画笔写淑景，见出韶光之美艳，是宾；"恨芳菲"以下，转写人事之孤寂，是主。"都付与，莺和燕"，则春光深锁，触目成愁了。所谓以乐写哀，一倍增其哀怨者，正是此类。所哀何事？由下片补出：斗草之戏，勒马之游，都随分香、封泪而化为离恨了。结拍三句，以景足情，是加倍写法。其境界与辛弃疾"斜阳""烟柳"之词相似，也是托意问情寄慨时事的作品。

——周笃文《宋百家词选》

点绛唇·咏梅月

一夜相思，水边清浅横枝瘦[1]。小窗如昼，情共香俱透。清入梦魂，千里人长久。君知否？雨僝云僽[2]，格调还依旧。

【注释】

〔1〕"水边"句：用林逋《山园小梅》"疏影横斜水清浅，暗香浮动月黄昏"语意。

〔2〕雨僝（chán）云僽（zhòu）：指风吹雨打而憔悴。

【赏析】

小令题作"咏梅月"，实则是在借月抒怀，托梅言志。

前写月下梅影，横斜水边。词人在一个月色如银的夜晚，临窗独坐，幽幽的梅香透过窗户飘进来，作者此时仿佛与梅之深"情"神交情合，感到温馨而又知心。

后写梅魂与人格之高洁清俊。"清入梦魂"是"魂入清梦"的倒装句。"清"既指梅之清香，亦指月之清辉。而把梅魂、月魄、水波融化为一体的，唯有置身其中的"人"能做到，而且彼此融汇得那么和谐，那么绵邈。因此作者问："君知否？"梅花纵然备受风雨摧残而容颜憔悴，但品格并不会因此而有丝毫改变！这在凄风苦雨中"依旧"傲然屹立、风骨峥嵘。这既是说梅，也是在说人。因为在这里，人和梅已融为一体了。

抛开词人在这首词里于家国身世有所寄托不说，就人与万物同体大悲的情怀而言，从这首小令，我们可以看到在传统文化中，时时处处，弥漫着怎样一种"同胞物与"的情怀。同样是在"花"的面前，西方人是怎样一种心态呢？英国诗人丁尼生有一首写花的诗是这样表述的：

"墙上的花，

我把你从裂缝中拔下——

握在掌中，拿到此处，连根带花。

小小的花，如果我能了解你是什么，

一切一切，连根带花，

我就能够知道神是什么，

人是什么。"

请看，西方人看到花，第一个冲动是把它"连根带花"一齐拔下。显然他不预备想花也是有生命的，他只是想占有它，然后像屠夫一样地肢解它、研究它，即便它是"神"也不怕。西方人把有生命的动植物都当作他们认识世界从而主宰世界的工具。而中国诗人只想亲近它、欣赏它、感悟它，与它一同感受生命历程中的悲欢离合。

将陈亮的这首《咏梅月》和丁尼尔的诗比较阅读，你可以体悟到许多东西。

张　镃

张镃（1153—？），字功父，号约斋，西泰（今甘肃西南部）人，居杭州。张浚孙。孝宗朝为大理司直，累官司农少卿。开禧兵败，与史弥远合谋，诛杀韩侂胄。后被除名，编管象州，卒于贬所。承其祖荫，生活极其豪奢。善画竹石古木，诗词亦颇有造诣，浮艳工丽，风骨近晚唐。著有《南湖集》《仕学规范》。有《玉照堂词》八十余首。

满庭芳·促织儿

月洗高梧，露溥幽草[1]，宝钗楼外秋深。土花[2]沿翠，萤火坠墙阴。静听寒声断续，微韵转，凄咽悲沈。争求侣，殷勤劝织，促破晓机心[3]。儿时曾记得，呼灯灌穴，敛步随音。任满身花影，犹自追寻。携向华堂戏斗，亭台小，笼巧妆金[4]。今休说，从渠床下[5]，凉夜伴孤吟。

【注释】

〔1〕露溥幽草：意谓阴暗处的草上洒满了露水。溥，即普遍。

〔2〕土花：苔藓。

〔3〕"促破"句：蟋蟀的鸣叫声仿佛是在劝说纺织的人殷勤织布，叫声一直持续到天明。

〔4〕笼巧妆金：意谓把蟋蟀装进镶嵌金饰的小巧笼子里。

〔5〕从渠床下：意谓听着床下蟋蟀的鸣叫声。渠，指蟋蟀。

【赏析】

这是一首即席之作，写好后是要歌女在筵席上演唱，以佐酒兴的。歌词吟咏的对象是蟋蟀，挥笔而成，体情状物，能写得如此生动传神，细腻工巧，实属不易。

词首先由深秋月夜的露草、墙围、苔藓、萤火虫……然后引出蟋蟀的鸣叫声，再移情于物，说它"凄咽悲沉"，仿佛是在"求侣"，是在催促纺织娘。次阕则是对儿时捉蟋蟀、斗蟋蟀的回忆，写得形象生动，形神皆佳。作者用大段儿时的乐趣反衬如今的"凉夜伴孤吟"，寓意亦颇新颖。

姜夔的《齐天乐》与张是在同一场合下，题咏的也是蟋蟀。姜夔在他的词前有小序云：

"丙辰岁（1196年）与张功父会饮张达可之堂，闻屋壁间蟋蟀有声，功父邀予同赋，以授歌者。功父先成，辞甚美。"

后世的词评家认为张词不及姜词，张词虽细腻，但不如姜词由物及人，闻声动情，一气贯注，传神而清空。姜、张既然是"同赋"，不妨把姜词也放在这里对比鉴赏：

"庾郎先自吟愁赋，凄凄更闻私语。露湿铜铺，苔侵石井，都是曾听伊处。哀音似诉，正思妇无眠，起寻机杼。曲曲屏山，夜凉独自甚情绪？西窗又吹暗雨，为谁频断续，相和砧杵？候馆迎秋，离宫吊月，别有伤心无数。幽诗漫与，笑篱落呼灯，世间儿女。写入琴丝，一声声更苦。"

刘　过

　　刘过（1154—1206年），字改之，号龙洲道人，吉州太和（今江西泰和县）人。宋子虚称其为"天下奇男子，平生以气义撼当世"。曾伏阙上书，力陈恢复方略，未被采纳而落魄江湖。宁宗时曾为辛稼轩幕僚，彼此常以词唱和。他渴望恢复中原，抱有"不斩楼兰心不平""算整顿坤终有时"的雄心壮志。他热烈歌颂抗金名将岳飞，反映了作者自己的心声和民众对民族英雄的怀念。其词多写政治抱负与怀才不遇，词句峻拔，风格豪放。他从思想意识到诗词风格，都是道地的辛派，歌词写得放达道劲，正好冲淡了宋词的脂粉气，使衰靡的宋词又充盈着勃勃生气。

　　有《龙洲集》。《龙洲词》存词约八十首。

沁园春

　　风雪中欲诣稼轩，久寓湖上，未能一往，因赋此词以自解[1]。

　　斗酒彘肩，风雨渡江，岂不快哉[2]！被香山居士[3]，约林和靖[4]，与坡仙老[5]，驾勒吾回[6]。坡谓西湖，正如西子，浓抹淡妆临镜台[7]。二公者，皆掉头不顾，只管衔杯。白云天竺飞来，图画里，峥嵘楼阁开。爱东西双涧，纵横水绕。两峰南北，高下云堆[8]。逋曰不然，暗香浮动，争似孤山先探梅。须晴去，访稼轩未晚，且此徘徊。

【注释】

　　〔1〕"风雪"句：小序另本作："寄辛承旨。时承旨招，不赴。"辛承旨即指辛弃疾。辛任枢密院承旨时，年已六十八岁，未受命而卒。刘过也于此前过世，承旨之称当为后人所加。

　　〔2〕"斗酒"三句：意谓如果能风雨渡江，会见辛弃疾，开怀宴饮，堪称人生快事，岂能不赴约？斗酒彘（zhì）肩，鸿门宴上，项羽以斗酒、生彘肩（猪腿）赐樊哙，哙饮斗酒，以剑切彘肩而啖之。事见《史记·项羽本纪》。

　　〔3〕香山居士：白居易，号香山居士。

〔4〕林和靖：林逋，谥号和靖先生。

〔5〕坡仙老：苏轼，号东坡。

〔6〕驾勒吾回：即勒吾驾回，执意拉我回去的意思。

〔7〕"坡谓"三句：由东坡《饮湖上初晴后雨》"欲把西湖比西子，淡妆浓抹总相宜"句意化出。

〔8〕"白云"七句：化用白居易"湖上春来似图画""楼殿参差倚夕阳""东涧水流西涧水，南山云起北山云"句意。

【赏析】

这首词的创作缘起是嘉泰三年（1203年），作者在杭州接到辛弃疾一封信，约他到绍兴小住几日，他因有事无法践约，于是填此词寄上，作为答复。《桯史》作者岳珂说："辛得之，大喜，致馈数千百，竟邀之去，馆燕弥月。"

全篇构思新颖奇妙，完全可以视之为黑色幽默。作者让三位时代不同但都与杭州有密切关系的前辈诗人起死回生，上演了一场挽留词人、高谈畅饮的喜剧。又活用他们描绘杭州美景的佳句，编排了三段精彩的对白，说明让他暂缓"辛承旨"邀约的理由。最后三位大诗人一起建议："须晴去，访稼轩未晚，且此徘徊。"如此谲幻的构思，有词以来尚未拜读。

【名家评点】

借苏、白、林三人之词语，往复成词，逸气纵横。如宜僚弄丸，靡不如意，虽非正调，自是创格。

——［清］俞陛云《唐五代两宋词选释》

这首词的突出特点是想象丰富和章法奇横。正欲作风雨壮游，忽被三位古贤拖去做伴，把西湖的佳胜夸耀了一通。空间、时间陡然变化，可谓异想天开。最后三句回到本题，表示雪霁天晴，再去造访。完全打乱了上下片的结构，以游戏三昧的笔墨恣意挥洒。活泼、诙谐，造语奇拔，深得辛弃疾的赏识。

——周笃文《宋百家词选》

唐多令

安远楼〔1〕小集，侑觞歌板之姬，黄其姓者，乞词于龙洲道人，为赋此《唐多令》。同柳阜之、刘去非、石民瞻、周嘉仲、陈孟参、孟容，时八月五日也。

芦叶满汀洲，寒沙带浅流。二十年重过南楼〔2〕。柳下系船犹未稳，能几日，又中秋。黄鹤断矶头〔3〕，故人今在否？旧江山浑是〔4〕新愁。欲买桂花同载酒，终不似，少年游。

【注释】

〔1〕安远楼：在武昌西南黄鹤山上。当时武昌是南宋和金人的交战前线。

〔2〕南楼：即安远楼。南楼初建时，刘过曾漫游武昌，有过一段"黄鹤楼前识楚卿，彩云重叠拥娉婷"（《浣溪沙》）的豪纵经历。

〔3〕黄鹤断矶头：黄鹤矶在武昌城西蛇山。断矶，即形容崖矶荒凉。

〔4〕浑是：全是。

【赏析】

词写旧地重游，言简意赅，情致哀婉。小序说明这首词是为酒宴上劝饮的歌女而作。

刘过的词之能在词苑占重要地位，不仅仅是因为他的词作与辛弃疾的词之豪纵恣肆风骨相近，还在于他能在豪放中显俊逸。正如刘熙载所说："刘改之词，狂逸之中自饶俊致，虽沉着不及稼轩，足以自成一家。"

这是一首登临名作。起笔写登楼之所见，呈现在面前的是一泓寒水，满目荒芦。接下来，笔触从空间的凭眺，转入时间的溯洄。"二十年重过南楼"一句含有诸多感慨。二十年前刘过离家赴试，在这里曾有过一段"醉槌黄鹤楼，一掷赌百万"（《湖学别苏召叟》）、"黄鹤楼前识楚卿，彩云重叠拥娉婷"（《浣溪沙·赠妓徐楚楚》）的狂放不羁的经历；二十年过去了，以身许国的他仍然是一袭布衣。此时故地重游，而且是在危机四伏、祸乱不远的时候，词人耶能不凄然以悲！"柳下"三句说明行色匆匆，岁月不居，流年似水，大有时不我待之慨。

过片抒情，都从"重过"一义生发。江山依旧，人事已非，一言以蔽之，"浑是新愁"。结末以买花载酒，与友同乐，排遣愁绪，再请歌伎清唱佐酒收束。这一设想有没有付诸行动呢？作者没说。他只以一句"终不似少年游"的感慨中止了全词，言有尽而意无穷，在这位豪迈酣畅的词人之作中，确实别具一格。

【名家评点】

　　胜地重经，旧情易感，况二十年之久，故友凋零，新愁重叠，人何以堪!结句感喟尤深，章良能所谓旧游可寻，而少年心难觅也。

——［清］俞陛云《唐五代两宋词选释》

六州歌头·题岳鄂王庙

　　中兴诸将[1]，谁是万人英？身草莽，人虽死，气填膺，尚如生。年少起河朔，弓两石[2]，剑三尺，定襄汉[3]，开虢洛[4]，洗洞庭[5]。北望帝京，狡兔依然在，良犬先烹。过旧时营垒，荆鄂有遗民。忆故将军，泪如倾。说当年事，知恨苦，不奉诏，伪耶真[6]？臣有罪，陛下圣，可鉴临，一片心。万古分茅土[7]，终不到，旧奸臣。人世夜，白日照，忽开明。衮佩冕圭[8]百拜，九泉下，荣感君恩。看年年三月，满地野花春，卤簿[9]迎神。

【注释】

　　〔1〕中兴诸将：南宋初抵御金人入侵这段历史称为"中兴"，其中有四位抗金统帅岳飞、韩世忠、张俊、刘光世被称为"中兴四将"。

　　〔2〕"年少"二句：意谓岳飞从少年时便在河北从军，那时他就臂力过人，可拉开力抵两石的硬弓。

　　〔3〕定襄汉：意谓岳飞在绍兴初年平定襄阳、汉阳竺六郡的战绩。

　　〔4〕开虢洛：指岳飞曾于绍兴十年（1140年）中原大捷，进军到离汴京四十五里的朱仙镇。

　　〔5〕洗洞庭：指剿灭盘踞在洞庭湖区域，以杨么为首的农民起义的军队。

　　〔6〕"不奉诏"二句：秦桧等人强加于以一日十二金字牌召回岳飞回朝而拒不从命，到底是真是假。

　　〔7〕分茅土：古代帝王分封诸侯时用茅草包裹泥土，授予被封者。

〔8〕衮（gǔn）佩冕圭：古王公诸侯所用的仪仗、冠冕。

〔9〕卤簿：曾王的仪仗。

【赏析】

今存《龙洲词》中，有三首风格相近的《六州歌头》。前二首写凭吊岳庙，此为其中之一。《宋史·岳飞传》说孝宗时"建庙于鄂，号忠烈"，这一千古冤案终于得以昭雪。孝宗淳熙六年（1179年），又谥号"武穆"。宋宁宗嘉定四年（1211年），追封鄂王。刘过凭吊岳庙，缅怀英烈，表达了他对这位民族英雄的赞颂，对这一千古冤案的追问。

前阕主要是概述岳飞的生平事迹和盖世功绩以及宋高宗与秦桧等人合谋，以"莫须有"的罪名将这位爱国名将杀害于风波亭的一系列史实。岳飞死时三十九岁，正是人生大有可为之时。岳飞死后，已被金兵占领的湖北北部荆鄂地区的民众听到这一噩耗，每当走过当年岳飞驻军扎营的旧址，想起这位英雄时，无不痛哭流涕。

次阕重在探究、反思这一千古奇冤。掩隐在追问、辩驳、庆幸之类的言辞背后的真实含义，与其说是在"论罪"，毋宁说是怀疑和控诉（关于岳飞冤案，详见《宋史·岳飞传》和《三朝北盟会编》）。"不奉诏，伪耶真？"是反问也是质问；"臣有罪，陛下圣，可鉴临，一片心"气势凌厉，怒不可遏。四十年后，孝宗朝虽然有建忠庙、谥武穆、封鄂王等一系列平反昭雪的措施，但冤案已成，英魂已逝，于事何补？写岳飞于九泉之下头戴王冠、手执圭玉，"百拜"谢恩，只不过是设想而已。只有天下民众对英雄的敬仰和祭奠世代相传，万世不歇才是真实的、永恒的。

全词以气势取胜，悲壮浑厚，寓意深远。

姜　夔

姜夔（1155—1221年），字尧章，号白石道人，饶州鄱阳（今江西波阳）人。幼从父宦游汉阳，后往来于长沙、合肥、扬州、苏杭等地。夔性情恬淡，以布衣交游于公卿间，与范成大、吴潜相友善。多才多艺，工诗词，善书法，妙解音律，自制乐曲。其词或感慨时世，或抒写恋情，或写景咏物，或记述交游，琢句精工，韵律谐婉，格调高旷，寄意幽邃，艺术造诣甚高，以清冷刚健的妙笔开创了体制高雅的风雅词派。

著有《白石道人诗集》《诗说》《续书谱》等。词有《白石道人歌曲》。

扬州慢

淳熙丙申至日^[1]，余过维扬^[2]。夜雪初霁，荠麦弥望^[3]。入其城，则四顾萧条，寒水自碧，暮色渐起，戍角^[4]悲吟。余怀怆然，感慨今昔，因自度此曲。千岩老人^[5]以为有《黍离》之悲也。

淮左名都^[6]，竹西佳处^[7]，解鞍少驻初程^[8]。过春风十里^[9]，尽荠麦青青。自胡马窥江去后，废池乔木，犹厌言兵。渐黄昏，清角吹寒，都在空城。杜郎俊赏^[10]，算而今重到须惊。纵豆蔻词工，青楼梦好，难赋深情。二十四桥仍在，波心荡，冷月无声。念桥边红药^[11]，年年知为谁生？

【注释】

〔1〕淳熙丙申至日：宋孝宗淳熙三年（1176年）冬至日，时白石约二十二岁。

〔2〕维扬：扬州。

〔3〕荠麦弥望：满眼都是野麦。荠麦，即野生的麦子。

〔4〕戍角：军营的号角。

〔5〕千岩老人：萧德藻，字东夫，闽清人。晚年居湖州，自号千岩老人。赏识姜夔，以侄女妻之。《黍离》之悲，典出《诗经·黍离》，指故国之思。

〔6〕淮左名都：意谓扬州是淮东的著名都城。淮左，扬州在淮水东，古人以东为左。

〔7〕竹西佳处：指扬州风景名胜竹西亭。

〔8〕"解鞍"句：意谓解鞍下马，在旅途的头一程稍事休息。

〔9〕春风十里：指扬州路，语本杜牧《赠别诗》"春风十里扬州路"。

〔10〕杜郎俊赏：指杜牧在扬州时的风流韵事。俊赏，即风流俊逸、审美情趣高雅的意思。

〔11〕红药：芍药，扬州以此花闻名。

【赏析】

这首词是姜夔的代表作，创作于宋孝宗淳熙三年（1176年）。白石存词，以此篇为最早，亦以此篇为压卷之作，以其能反映扬州遭金兵屠城后的惨状，为后世留下了这一苦难时代的印记。

　　开篇二句点明扬州昔日之繁华，"解鞍少驻"表示对传闻中的扬州之向往；然而触目所见，却使他大失所望·昔日的"春风十里扬州路"，如今映入眼帘的只是一望无际的野麦。"自胡马"三句说明导致眼前残败荒凉的原因：自金兵南侵，烧杀掳掠，扬州城剩下的也只是"废池乔木"了。对于那场战争，人们至今心有余悸，言谈话语，从来不愿意提起。日落黄昏，凄厉的号角声回荡在扬州城孤寂的上空，也回荡在词人的心间。

　　下片大量化用杜牧的诗句，诸如"娉娉袅袅十三余，豆蔻梢头二月初""十年一觉扬州梦，赢得青楼薄倖名""二十四桥明月夜，玉人何处教吹箫"等，以抒写自己哀时伤乱、怀昔感今的情怀。结句寓意深致，作者向象征扬州的名花芍药发问：你年年到时蓬勃盛开，可如今城荒人稀，你是在"为谁"而开呢？用语冷峭峻拔，笔法空灵，寄寓深长。

　　作者词前小序明确交代了写作此词的时间、地点、原因和主旨，这就可以使读者更深入地了解作者当时的内心情态，而不至于产生歧义。

【名家评点】

　　扬州遭到金兵的摧残，珠帘十里的名都，顿成了荞麦丛生的空城。作者用杜郎俊赏的盛况与今日对比，繁华与惨寂合参，格外显得触目惊心，俨然是一篇《芜城赋》了。

——周笃文《宋百家词选》

点绛唇·丁未冬过吴松作〔1〕

　　燕雁无心，太湖西畔随云去。数峰清苦，商略〔2〕黄昏雨。第四桥〔3〕边，拟共天随〔4〕住。今何许？凭栏怀古，残柳参差舞。

【注释】

　　〔1〕丁未过吴松作：丁未是宋孝宗淳熙十四年（1187年）。吴松，今江苏吴江县。

　　〔2〕商略：商量，酝酿。

　　〔3〕第四桥：指吴江城外甘泉桥。

　　〔4〕天随：晚唐诗人陆龟蒙自号天随子，曾隐居吴江甫里，时人号为江湖散人。

【赏析】

词以"燕雁"起兴，通篇写景，极淡远之致，而胸襟之洒落亦可略见。姜夔论诗有四要素："气象欲其浑厚，体面欲其宏大，血脉欲其贯通，韵度欲其飘逸。"移之于词，也甚贴切。上片写景，写燕雁随云，南北无定，实以自况，潇洒自在之情飘然若仙；下片因地怀古，表达无限沧桑之感。

白石以隐居江湖的诗人陆龟蒙自比，其实他不但从未隐逸，而且是许多名公巨卿的清客。当时范成大、杨万里、辛弃疾诸人都很赏识他的才华。范石湖赞他的词有"裁云缝月之妙手，敲金戛玉之奇声"。张炎说："白石之词，如野云孤飞，去留无迹。"

【名家评点】

通首只写眼前景物。至结处云（略），感时伤事，只用"今何许"三字提唱；"凭栏怀古"下仅以"残柳"五字咏叹了之，无穷哀感，都在虚处。令读者吊古伤今，不能自止，洵推绝调。

——［清］陈廷焯《白雨斋词话》

白石写景之作，如"二十四桥仍在，波心荡，冷月无声""数峰清苦，商略黄昏雨""高树晚蝉，说西风消息"虽格韵高绝，然如雾里看花，终隔一层。

——王国维《人间词话》

念奴娇

余客武陵[1]，湖北宪治在焉。古城野水，乔木参天。余与二三友，日荡舟其间，薄荷花而饮，意象悠闲，不类人境。秋水且涸，荷叶出地寻丈，因列坐其下，上不见日，清风徐来，绿云自动，间于疏处，窥见游人画船，亦一乐也。揭来[2]吴兴，数得相羊[3]荷花。又夜泛西湖，光景奇绝。故以此句写之。

闹红一舸[4]，记来时，尝与鸳鸯为侣。三十六陂[5]人未到，水佩风裳无数。翠叶吹凉，玉容销酒[6]，更洒菰蒲雨。嫣然摇动，冷香飞上诗句。日暮青盖亭亭，情人不见，争忍凌波去。只恐舞衣寒易落，愁入西风南浦。高柳垂阴，老鱼吹浪，留我花间住。田田多少，几回沙际归路[7]。

【注释】

〔1〕武陵：今湖南常德市。宋朝荆湖北路提点刑狱官署在武陵。

〔2〕褐（qiè）来：往来于。

〔3〕相羊：徜徉。

〔4〕闹红一舸：意谓一叶小舟在盛开的荷花丛中穿行。

〔5〕三十六陂（bēi）：很多荷塘。陂，指池塘。三十六，泛言其多。

〔6〕玉容销酒：意谓荷花的颜色好似酒意刚消的美女的面容。

〔7〕"田田"二句：意谓荷叶让我几次回顾，不忍离去。田田，指荷叶茂盛状。

【赏析】

这首咏荷词，把读者带进一个清幽空灵的荷花的世界。由小序可知，作者曾多次与友人徜徉于江南荷塘的美景之中，因感其"意象悠闲，不类人境"，而有是作。

"水佩风裳"本指美人妆饰，这里是指荷叶荷花。美景使人留恋：荷花犹如玉颜酒消般清丽，飒飒雨声中飘来阵阵幽香，仿佛是在抒写着迷人的诗意；亭亭玉立的绿荷宛若等候情人的凌波仙子……还有那"高柳垂阴，老鱼吹浪"，似乎都要挽留词人住在这红花绿叶中间，不要走开。词人说：田田的荷叶，你可曾记得我在沙堤旁边的路上，有过多少次依恋徘徊，不忍离去吗？

倘若我们不说这是在咏花，而是在用工笔重彩描绘一位隐藏在荷花中的美人，不是更贴切吗？花如美人，美人如花，恍惚迷离，两无不可，正是这首词的绝妙之处。因此不妨说，这首《念奴娇》实则是一曲"荷花之恋"。由于荷花是"出淤泥而不染"的象征，所以作者对荷花的爱恋，寄托着他对心灵之高洁脱俗的追求。他把自己的人生价值取向融入花中，寓意颇为深远。

【名家评点】

此首写泛舟荷花中境界，俊语纷披，意趣深远。首言与鸳鸯为侣，即富逸趣。"三十六"两句，写湖远无人，荷叶无数，亦清绝幽绝。"翠叶"三句，兼写荷叶及雨、酒、菰蒲。"嫣然"两句，写荷花姿态生动，不说人闻香，而说冷香飞来，缀句峭俊。换头，言日暮不忍便去。"只恐"两句，言西风愁入不得去。"高柳"三句，言虽然拟去，但柳、鱼犹留我暂住。"田田"两句，言终于归去，仍扣住田田莲叶作收。上片写景，下片笔笔转换，一往情深。

——唐圭璋《唐宋词简释》

淡黄柳

客居合肥南城赤阑桥之西，巷陌凄凉，与江左异。

唯柳色夹道，依依可怜。因度此阕，以纾客怀。

　　空城晓角[1]，吹入垂杨陌。马上单衣寒恻恻。看尽鹅黄嫩绿，都是江南旧相识[2]。正岑寂，明朝又寒食。强携酒，小桥宅，怕梨花落尽成秋色。燕燕飞来，问春何在？唯有池塘自碧。

【注释】

　　[1]晓角：早晨军营中的号角声。

　　[2]旧相识：指柳色依旧。

【赏析】

　　时在宋光宗绍熙二年（1191年），姜夔寄居合肥。

　　因金人入侵，江淮一带已成边区。作者客居南城，其时已近寒食，春光明媚，但人去城荒，只有绿柳夹道，仿佛在向作者哀鸣诉苦，作者有感而作是词。

　　首曲写拂晓时分，暂寓垂杨巷陌的凄凉。作者在《扬州慢》一词中曾说："自胡马窥江去后，废池乔木，犹厌言兵。"与此词取意略同。接下来的一句是倒叙，点出马上行客在此地此时的凄寒感受。"看尽"两句又转入写景，柳色虽与江南相似，但情怀已非昔日可比。

　　尾曲以"正岑寂"承上启下。当此心情索寞之际，又逢"寒食"，虽然城池荒漠，但幸好有姐妹情侣相伴。白石在他的词中曾提到合肥的相好实有姊妹二人，一是能拨春风的大乔，一是能弹琴筝的小乔。"强携酒，小桥宅"说明本无意绪而勉强遨游，载酒寻欢不过是在寂寞无聊中强遣客怀而已，因为他"怕梨花落尽成秋色"。下三句便将花落春尽的遐想化作实景，以"燕燕归来，问春何在"领起，以"唯有池塘自碧"景语代答。从眼中之春跳到心中之秋，因而伤春悲秋，反映了同时代人隐然回荡在心间的忧惧，因此张炎赞此词曰："不惟清空，且又骚雅，读之使人神现飞越。"

【名家评点】

　　词作于词人客居合肥赤阑桥之时。合肥地处江淮边区，多历战事，民生凋敝，景物荒凉。寒食清明时节，春光正好，却一派凄凉。词人感慨良多。以生机勃勃，夹道依依的杨柳来反衬空城巷陌的荒凉，引发种种慨叹。这飘零与迟暮是在特定的地点和时代中生发的，也就暗中寓含了一种家国之痛。只是不露痕迹，耐人咀嚼。

——诸葛忆兵《宋词名篇赏析》

江梅引

　　丙辰之冬，予留梁溪[1]，将诣淮而不得，因梦思以述志。

　　人间离别易多时。见梅枝，忽相思。几度小窗，幽梦手同携。今夜梦中无觅处，漫徘徊。寒侵被，尚未知。湿红恨墨浅封题。宝筝空，无雁飞。俊游巷陌，算空有，古木斜晖。旧约扁舟，心事已成非。歌罢淮南春草赋，又萋萋[2]。漂零客，泪满衣。

【注释】

　　〔1〕梁溪：无锡市之别称。梁溪本为流经无锡市之河，源出无锡惠山，北接运河，南入太湖，习惯上代指无锡。

　　〔2〕"歌罢"二句：用《楚辞》淮南小山赋春草"王孙游兮不归，春草生兮萋萋"句意。

【赏析】

　　白石的词，咏梅常与回忆合肥的情人联系在一起，这已成了他心中解不开的"情结"。

　　词作于宋宁宗庆元二年丙辰（1196年）冬，作者寓居无锡梁溪张鉴的庄园里，时值园中蜡梅绽放，引发他对合肥恋人的怀念，思深成梦，故作此词，借记梦而抒相思。

　　首句点出主旨。时光流逝，相会无期。见蜡梅，惹相思，思之不见，只能在梦中寻觅。

　　可恨的是"悠悠生死别经年，魂魄不曾来入梦"，词人只好在庭院中独自徘徊，以致寒侵衾被也感觉不到。前写有梦的欢欣，后写无梦的凄凉，创意新奇独特。

下片"湿红"三句写书已成而信难通。"无雁飞"一指伊人不见，无人弹筝，又指无雁传书，音讯难通。"俊游"以下五句先忆旧日同游之地巷陌依稀而人事已非，只有斜阳古木徒增悲思；再忆泛舟同游的旧约难以实现。如今春草萋萋，归期渺茫，能不令人惆怅？最后以"漂零客，泪满衣"收束，余味无穷，让人嘘唏。

白石词中写爱情的词占相当比例。他的情词不注重外在形色的描写，着意于反复倾诉难言的内心感受，意境凄楚幽邃，深沉凝重，毫无浮艳轻佻之嫌。他的情词总是寄寓着一种对真爱深恋的永恒追忆，因此受到历代读者的喜欢。

鹧鸪天·元夕有所梦

肥水东流无尽期，当初不合种相思。梦中未比丹青见，暗里忽惊山鸟啼。春未绿，鬓先丝。人间别久不成悲。谁教岁岁红莲夜，两处沈吟各自知。

【赏析】

这是一首记梦词，作于宋宁宗庆元三年（1197年）元宵节。

作者采用倒叙手法，先写梦醒之后的惆怅。肥水是情缘发生之地，词人怅恨的是当初不该彼此相恋，因为情缘一种，相思就会像肥水东流一样，永无尽期。词意至此，转入梦境。室内悬挂着恋人的写真肖像，所以他说梦中见到的她迷离恍惚，还没有画像真切分明，况且梦中的匆匆相会，又被几声鸟啼惊破，让人懊恼不已。

作者写作此词时已是四十多岁，老境渐至，追忆的又是二十多年前的恋情，所以才有下片的无限伤感。"人间别久不成悲"是一句颇耐玩味的佳句，与"不思量，自难忘"有着同样的意趣。上面那首《江梅引》也是写梦中与情人相会的，可以与这一首对比参赏，不难体味到迥然不同的意境之美。"谁教"两句结尾，回到对元宵之夜的描述上来，与副题呼应，说明值此佳节，千门万户红灯高挂，昔日曾携手同赏，如今却只能闭门忆旧，能不叫人黯然神伤！这有如"肥水东流无尽期"的长相思，究竟是谁造成的呢？也只能以"当初不合种相思"聊以排遣。而个中甘苦，也只有两人各自去体味了。

这首小令数字虽然不多，所容纳的心理活动却颇为丰满。词人用倒叙、补叙、衬托、追忆、写实、想象等多种艺术手法，把一段历时二十多年的恋情浓缩在元宵节一个晚上的画面里，这需要多么高超的艺术功力啊!

踏莎行

自沔东来，丁未元日^{〔1〕}，至金陵，江上感梦而作。

　　燕燕轻盈，莺莺娇软，分明又向华胥^{〔2〕}见。夜长争得薄情知？春初早被相思染。别后书辞，别时针线，离魂暗逐郎行远。淮南皓月冷千山，冥冥归去无人管^{〔3〕}。

【注释】

〔1〕自沔东来，丁未元日：淳熙十四年（1187年）元旦，词人由沔州东下湖州，经金陵时，江上感梦而作此词。沔东，指湖北汉阳。

〔2〕华胥：梦里。《列子·黄帝》有黄帝梦游华胥国的说法，后即以"华胥"代指梦。

〔3〕"淮南"二句：意谓梦中的恋人于冰冷的月光下独自在幽暗的夜空中飞过千山，回到了淮南，却无人照管。冥冥，指幽暗。

【赏析】

由词前小序可知，这是作者从汉阳东下湖州，途经金陵时，于淳熙十四年（1184年）正月初一，在江上感梦而作。这首词和前两首《江梅引》《鹧鸪天》一样，都是因梦而为，而且梦见的情人亦同，可见词人对这两个早年的恋人是多么一往情深！

"莺莺燕燕"暗喻早年在合肥时与之相爱的姐妹二人。他赞美她们一个体态"轻盈"如燕，一个声音"娇软"如莺。然后又通过梦中的对话，互相诉说相思之苦。她们埋怨薄情人不能体察她们思情之悠长深重；他则感到相思之情来得比春天还早。梦中相聚的欢欣与悲苦，同时出现在一个画面之中。

过片写梦醒之后睹物思人。"别后书辞"是指情人寄来的书信；"别时针线"是情人为自己所做的衣服。接着承上片梦中情景，说这是她们的魂魄在追逐他才飞越万水千山，来这里和他相会的。王国维特别推崇"淮南皓月冷千山，冥冥归去无人管"这两句。这是作者梦醒后对情人魂魄归去情景的想象：皓月当空，淮南千山是如此清冷，她们独自返回故里而无人关照，该有多少凄凉！惜玉怜香之情，殷殷关切之意，洋溢在字里行间，感人至深。

【名家评点】

　　这首感梦之作，是寄怀他在合肥的情人……除夕之际，姜夔自汉阳舟行至金陵，翘望合肥（淮南），不禁魂萦梦系。"薄情"两句，似怨艾而实深情，所谓愈朴愈厚之句。"离魂"以下，自梦境生出。怜彼远来，更怜其独归可念。笔极虚幻，意极温厚，语极健峭，境极凄黯，第一等本色佳制。

——周笃文《宋百家词选》

暗　香

　　辛亥〔1〕之冬，余载雪诣石湖〔2〕。止既月，授简索句，且征新声，作此两曲。石湖把玩不已，使工妓肄习之，音节谐婉，乃名之曰《暗香》《疏影》。

　　旧时月色，算几番照我，梅边吹笛。唤起玉人，不管清寒与攀摘。何逊而今渐老，都忘却春风词笔〔3〕。但怪得竹外疏花，香冷入瑶席。江国，正寂寂。叹寄与路遥，夜雪初积。翠尊易泣，红萼无言耿相忆。长记曾携手处，千树压西湖寒碧。又片片吹尽也，几时见得？

【注释】

　　〔1〕辛亥：宋光宗绍熙二年（1191年）。

　　〔2〕石湖：即范成大，范自号石湖居士。

　　〔3〕"何逊"二句：意谓如今自己渐老，也没有当年的才情了。何逊，南梁诗人，其《咏早梅》《咏春风》诗很有名。这里是作者以何逊自喻。

疏　影

　　苔枝缀玉，有翠禽〔1〕小小，枝上同宿。客里相逢，篱角黄昏，无言自倚修竹。昭君不惯胡沙远，但暗忆江南江北。想佩环，月夜归来，化作此花幽独。犹记深宫旧事，那人正睡里，飞近蛾绿[2]。莫似春风，不管盈盈，早与安排金屋[3]。还教一片随波去，又却怨玉龙哀曲[4]。等恁时[5]，重觅幽香，已入小窗横幅。

【注释】

〔1〕翠禽：翠鸟，传说中的梅神。

〔2〕"犹记"三句：记得梅花飞落在寿阳公主的额上，而形成了好看的"梅花妆"。蛾绿，指女子的眉毛，典出《太平御览》引《杂五行书》："宋武帝女寿阳公主，人日卧于含章殿檐下，梅花落公主额上，成五出花，拂之不去……宫女奇其异，竞效之，今'梅花妆'是也。"

〔3〕"莫似"三句：意谓不要像春风那样，不管梅花凋落，而应把它藏之金屋，保护起来，用金屋藏娇的典故写惜花之情。

〔4〕玉龙：笛名。哀曲：指《梅花落》笛曲。

〔5〕等恁时：等到梅花凋零的时候。

【赏析】

从题序可知，《暗香》和《疏影》这两首词皆作于绍熙三年辛亥（1191年）冬。当时词人应邀到范成大退休隐居的苏州石湖别墅做客。范也爱梅，买园种梅，并著有《梅谱》。白石投其所好，创作了这两首咏梅名篇，供其歌伎演唱。

白石咏梅词共十七首，此二篇应为上品。张炎在《词源》中说："词之赋梅，惟姜白石《暗香》《疏影》二曲，前无古人，后无来者，自立新意，真为绝唱。"

先看《暗香》。作者起笔便寄寓了情思绵邈的感慨。"旧时"明月"照我"吹笛，将词人年轻时的潇洒俊雅表现得栩栩如生。那时候为了赏梅，曾不畏"清寒"，唤起美人一同"攀摘"。至此，词人忽然转笔，慨叹如今日渐衰老，纵然命笔题咏，也只是因为倚竹之疏梅将其幽香入席，不得已而为之矣。

下片全是忆旧。在雪积泽国、江山寂寥之时，本欲折梅寄"玉人"，无奈"路遥"且"夜雪"。眼前有绿酒悲泣追思，窗外有红梅"无言"相忆，酒和梅似乎也在为"我"凄然。"长记"雪后西湖梅花绚烂，惜其美景已成往事；如今又是繁花似锦，可总有一天会"片片吹尽"，良辰美景，何时再有？

《暗香》触景生情，睹物思人；《疏影》则集中笔墨刻画梅花的形貌和神韵。作者连用王昭君、寿阳公主和陈阿娇三个典故米形容梅花之不同凡俗，幽独高贵。他说梅花是王昭君的幽魂因不忘江南，"月夜归来"所化。如此娇美绝世的幽灵，只有像寿阳公主和陈阿娇这样高贵的人才有资格与之亲近。可惜梅花尽管如此美艳清绝，终归要被东风吹落，"随波"而去，于是词人把所有的怨气都发泄到了笛声吹起的"梅花落"上来。最后词人为了留住梅神，只好无可奈何地到"重觅幽香，已入小窗横幅"中去寻找，在画着梅花的图画上，回味、欣赏她那幽姿艳态。

《疏影》所刻画的梅貌、梅神和梅魂，表现了作者高洁的审美情趣，寄托了身世飘零之感以及对人间尤物的珍爱和深情。

作者使《疏影》中的"玉龙"与《暗香》的"梅边吹笛"相呼应，临近收拍，又着力使"小窗横幅"与《暗香》起首的"旧时月色"相呼应，从而形成一种勾连相接的结构，他所独创的这种"连环体"在这两首词中得到了完美地体现。

【名家评点】

同是咏梅，但手法与《暗香》有异。一是品咏中强化梅花本体，二是通篇用典拟人。上片叠用三事，分咏梅之形、梅之神、梅之魂，突出其纯洁、孤高、幽独之品格和气质。下片又用二事，花恋人，人恋花，哀叹梅之凋谢、飘零，重在抒发词人爱梅、惜梅之情。结拍以转为收：不闻幽香，唯见疏影，依然紧扣词题。

——刘乃昌、朱德才《宋词选》

角 招

甲寅春[1]，予与俞商卿[2]燕游西湖，观梅于孤山之西村。玉雪照映，吹香薄人。已而商卿归吴兴，予独来，则山横春烟，新柳被水，游人容与飞花中。怅然有怀，作此寄之。商卿善歌声，稍以儒雅缘饰。予每自度曲，吟洞萧，商卿辄歌而和之，极有山林缥缈之思。今予离忧[3]，商卿一行作吏，殆无复此乐矣。

为春瘦，何堪更绕西湖，尽是垂柳？自看烟外岫。记得与君，湖上携手。君归未久。早乱落香红千亩。一叶凌波缥缈，过三十六离宫，遣游人回首。犹有画船障袖，青楼倚扇，相映人争秀。翠翘光欲溜，爱著宫黄。而今时候，伤春似旧。荡一点春心如酒。写入吴丝自奏。问谁识，曲中情，花前友。

【注释】

〔1〕甲寅：绍兴熙五年（1194年）。

〔2〕俞商卿：名灏，世居杭州，绍熙四年登第，晚年筑室西湖九里松，与作者友善。

〔3〕离忧：遭遇忧患。

【赏析】

姜夔填词有两大特点，一是创制词牌，如暗香、疏影、江梅引、淡黄柳等皆是；二是几乎词前都有小序。这些小序写得简略明白，可以让读者清楚地了解其创作缘起和时代背景。这首《角招》也一样，作者告诉我们，这是他在绍熙五年（1194年）春至杭州，曾与俞灏于孤山西村（又名西泠桥）赏梅，二人不久分手，他独游孤山，对景怀人，写下此词，以托情怀。

"为春瘦"三字总揽全词，说明因与友分别于春日而伤感。更何况又是在"绕西湖尽是垂柳"的时候。在古代，杨柳总是与伤离别远的情怀联系在一起。此时"自看"云烟远岫，缅怀昔日与友"湖上携手"，进而想到好友归后，"玉雪照映，吹香薄人"的千亩红梅凋零殆尽，春光不可挽留，唱和不能再续，怎不令人伤神！"一叶"写词人独自登舟游湖，荡漾于碧波之中，行过那鳞次栉比的离宫别殿，依然叫人恋恋不舍，频频回首。

下阕"犹有"以下，用七句集中笔墨描写西湖之美：彩绘的游船上，有半遮玉容的飘飘杏袖；青楼上的歌女们，持扇卖俏，相映争秀；她们个个发式时尚，眉着宫黄，华丽的头饰闪着光芒……作者彩笔如流，一路写来，色彩纷呈，婀娜多姿，令人神驰魂荡，应接不暇。而这如梦如幻的铺叙，为的是更加突出自己的孤寂。

写"春心如酒"，意在表明游湖、伤春、怀友所触发的复杂感情，是伤感，是低落，是怀念？凡此种种，恰如饮酒"荡一点春心"，情迷意乱，一言难尽。词人想把这些情感谱入乐章，如今"我"遭遇忧患，知音入仕，纵然乐曲谱就，又有谁能体察"我"之曲中深情，谁能理解"我"这花下挚友呢？

全词紧扣西湖美景，却处处将读者的审美点引入作者的内心世界。词文几经转折，波澜起伏，喜忧哀悲，令人莫辨。

汪莘

汪莘（1155—？），字叔耕，休宁人（今属安徽）人。早年屏居黄山，精研《易经》。后筑室于柳溪，自号方壶居士，布衣而终。其词风骨清丽，意境空明。有《方壶存稿》，存词近七十首。

沁园春·忆黄山

三十六峰，三十六溪，长锁清秋。对孤峰绝顶，云烟竞秀，悬崖峭壁，瀑布争流。洞里桃花[1]，仙家芝草[2]，雪后春正取次游。亲曾见，是龙潭[3]白昼，海涌潮头。当年黄帝浮丘，有玉枕玉床还在否[4]？向天都月夜，遥闻凤管[5]，翠微霜晓，仰盼龙楼[6]。砂穴长红，丹炉已冷，安得灵方闻早修[7]？谁知此，问源头白鹿，水畔青牛[8]。

【注释】

〔1〕洞里桃花：相传黄山炼丹峰的炼丹洞里有二桃，毛白色异，为仙家之物。

〔2〕仙家芝草：相传黄山轩辕峰为黄帝采芝处，今峰下有采芝源。

〔3〕龙潭：即白龙潭，在桃花溪上游、白云溪白龙桥下。

〔4〕"当年"二句：神话传说中，古有浮丘公来黄山炼丹峰炼得仙丹八粒，黄帝服七粒，与浮丘公一起飞升。至今炼丹峰上鼎炉、灶穴、药杵、药白仍然依稀可辨。

〔5〕凤管：即凤箫。相传春秋时有萧史善吹箫，秦穆公以女弄玉妻之。萧史教弄玉吹箫引凤，穆公为之筑凤台。后萧史、弄玉俱乘凤仙去。

〔6〕龙楼：指海市蜃楼。

〔7〕"砂穴"三句：浮丘公炼丹的石穴虽依然长红，可丹炉火尽，早已冷却，又怎能得到仙丹，修炼成仙呢？

〔8〕"谁知此"三句：神仙修成没有，问白鹿和青牛才能知道。相传浮丘公曾在黄山石人峰下驾鹤驯鹿。翠微寺左溪边有一牛，通体青色，一樵夫欲牵回家中，青牛入水无踪。溪即称为青牛溪，至今仍在。

国学经典精神家园丛书

【赏析】

宋词写黄山的不多，写得好的更少，汪莘的这首可谓珍品。

在这首词里，作者展开丰富瑰丽的想象力，以恣意汪洋的彩笔，结合神奇动人的神话传说，把黄山犹如天界仙境般地呈现在读者眼前，使曾经游过黄山的人可以重温旧梦，使没有到过黄山的人如临其境，委实是一首不可不读的绝妙好词。

词人多年屏居黄山，耽于其云林文化，访胜境，采民风，所写奇景妙境皆为亲见亲历，所叙奇闻轶事皆为世代相传，因此信笔写来，无不曲尽其妙，动人心魂，令人神往。明人程敏政《游黄山记》说："黄山之为景也，非太白之句不能当其胜，非摩诘之图不能尽其变。"

汪莘这首神采飞扬、情致跌宕的"忆黄山"，说其可当太白之诗、王维之画，不为过也。

俞国宝

号醒庵，临川（今江西抚州）人，淳熙太学生。有《醒庵遗珠集》。余不详。

风入松

一春长费买花钱[1]，日日醉湖边。玉骢[2]惯识西湖路，骄嘶过，沽酒楼前。红杏香中箫鼓，绿杨影里秋千。暖风十里丽人天，花压鬓云偏。画船载取春归去，馀情付，湖水湖烟。明日重扶残醉[3]，来寻陌上花钿[4]。

【注释】

〔1〕买花钱：意指花边醉酒的钱。

〔2〕玉骢：毛色青白相间的马。

〔3〕重扶残醉：指再次带醉而来。

〔4〕花钿：妇女的首饰，这里代指歌妓。

【赏析】

与这首小令相关，有一则有趣的轶事。据周密《武林旧事》云：淳熙间，已做太上皇的宋高宗赵构游幸湖山，舟经断桥，有小酒肆颇雅静。见有《风入松》一词书于素色屏风上，赵构注目称赏久之，问："何人所作？"报曰："太学生俞国宝醉笔也。"上笑曰："此词甚好，但末句'明日重携残酒'未免儒酸。"因改为"明日重扶残醉"。俞国宝也因而得到即日解褐授官的殊荣。

此词确实写得很美，记述的是杭州有钱有闲的人在春天里的日常生活。这与今天在歌舞场中追欢逐乐的那些人们的生活方式，在本质上并没有什么不同，差别只不过是今天所使用的生活用具比十二世纪前的人们的生活器具更先进、更精巧而已。就其追求享受的欲望而言，千古一率，毫无二致。

作者用整篇美轮美奂的词语，将"浓妆淡抹总相宜"的西湖描写得有如人间天堂，使人对西湖油然生起"未睹心先醉"的向往。他把自己首先放置在这"香风薰得游人醉"的美景中，说他为寻花问柳，把一整个春天的钱都花光了，为的是能日日陶醉在"红杏"飘香的歌舞场上。"暖风十里"两句是对白天西湖春光图的描绘；"画船载春"两句是一幅暮归图，说他余兴未尽，把仅有的"余情"都留给"湖水湖烟"了。行文至此，也就算了，岂知这位没有换下布衣的穷太学生更贪，他要"明日重扶残醉"，到柳陌花丛中再去寻找美娇娘。原作为"再携残酒"，太上皇觉得这未免寒酸，擅自改为"再扶残醉"，说明在这个阶层的人看来，面子比事实更重要。

【名家评点】

"金勒马嘶芳草地，玉楼人醉杏花天"，有此香艳，无此情致。结二句余波绮丽，可谓"回头一笑百媚生"。

——［清］陈廷焯《白雨斋词话》

崔与之

崔与之（1158—1239年），字正子，号菊坡，谥清献。原籍宁都白鹿营（今江西省宁都县黄石镇营底村）人，幼年随父移居广东增城（中新坑背崔屋村），故《宋史》载其广州人。绍熙四年（1193年）进士。累官秘书监、工部侍郎、广东路经略安抚使，以观文殿大学士致仕，封南海郡公。他曾节录刘皋语"无以嗜欲杀身，无以货财杀子孙，无以政事杀百姓，无以学术杀天下后世"为座右铭。为官德威并施，军民悦服。曾是抗金功臣，金兵对其闻风丧胆。有《菊坡集》行世。

水调歌头·题剑阁

万里云间戍，立马剑门关。乱山极目无际，直北是长安。人苦百年涂炭，鬼哭三边锋镝，天道久应还。手写留屯奏，炯炯寸心丹。对青灯，搔白发，漏声残。老来勋业未就，妨却一身闲。梅岭[1]绿阴青子，蒲涧[2]清泉白石，怪我旧盟寒。烽火平安夜，归梦到家山。

【注释】

〔1〕梅岭：这里是指广东北部五岭之中的大庾岭，因岭上多梅，又称梅岭。传说鸿雁南飞至此回转。

〔2〕蒲涧：广州白云山蒲涧寺之简称。

【赏析】

宋宁宗嘉定十二至十五年（1219—1222年），作者出任成都知府兼成都府路安抚使期间，曾登剑阁，写此词。当时，淮河、秦岭以北大片国土尽丧敌手。词人立马剑门，眺望中原，感慨万端，因有此作。

起句居高临下，气势豪放，为全词奠定了主旋律。"乱山"以下笔锋急转，放笔总述"极目无际"的满目疮痍、生灵涂炭。"人苦百年涂炭，鬼哭三边锋镝"两句把战乱之苦描写得淋漓尽致。睹此惨景，词人禁不住呼喊道：天道好还，否极泰来，苦难的日子应该到头了！

接着由对国土民情的关切转入对自己职责的思索。他说他要亲自撰写奏章，表示愿意留在四川，守边屯田，准备长期抗敌卫国，以表其爱国爱民之炯炯丹心。

次阕"对青灯，搔白发，漏声残"三句写赋词时的环境气氛，由此引出"老来勋业未就，妨却一身闲"的慨叹。进而沉思，由于自己这种老骥伏枥、壮心不已的襟怀，违背了功成身退、归老林泉的"旧盟"，辜负了故乡山水，似乎连白云山蒲涧的流泉，梅岭的梅子，都在责备他了。结句"烽火平安夜，归梦到家山"将上述旨意推进一层：请不要责备我负约吧，尽管我暂时不能回归故里，其实我无时无刻不在想念家乡；每当战事暂停的"烽火平安夜"，我的梦魂都在绕在家乡的山山水水踌躇徘徊呢。多么深切的乡愁！多么赤诚的胸怀！

程 珌

程珌（1164—1242年），字怀古，自号洺水遗民，休宁人。绍熙四年（1193年）进士。历官翰林学士、知制诰、宝文阁学士。出知福州兼福建路安抚使，封新安君侯。词风近稼轩。有《洺水集》，词集名《洺水词》。

水调歌头·登甘露寺多景楼[1]望淮有感

天地本无际，南北竟谁分？楼前多景，中原一恨杳难论。却似长江万里，忽有孤山两点，点破水晶盆[2]。为借鞭霆力，驱去附昆仑[3]。望淮阴，兵冶处，俨然存[4]。看来天意，止欠士雅与刘琨[5]。三拊当时顽石，唤醒隆中一老[6]，细与酌芳尊。孟夏正须雨，一洗北尘昏。

【注释】

〔1〕多景楼：在京口（今江苏镇江）北固山甘露寺内，这里面临长江，地势突兀，极目远眺，万里山川尽收眼底。

〔2〕"却似"三句：长江本来犹如水晶盆，却因上有两点孤山，使之白璧有瑕。这里暗指国土有缺。

〔3〕"为借"二句：意谓要用鞭策雷霆的力量把小山驱赶到昆仑山上去。这里暗指收复失地。民间传说，孤山是昆仑山上落下的小石而成。

〔4〕"兵冶处"二句：指冶城（今江苏六合县东），汉吴王濞曾在此冶铸钱币和兵器，遗址如今尚存。淮阴在冶城北。

〔5〕"止欠"句：祖逖字士雅。这两句是说，收复中原是天意使然，只是缺少像晋代祖逖、刘琨那样的爱国之士而已。

〔6〕"三拊"二句：隆中一老指诸葛亮。甘露寺内有石被称作"狠石"，据传诸葛亮曾坐其上，与孙权商讨破曹大计。

【赏析】

这首爱国辞章在写作手法上，紧扣多景楼展开主题，以孤山"点破"祖国大好河山起兴，表示要用雷霆万钧之力，驱之回归昆仑，暗喻作者收复失地的坚定决心。后阕对此表示出了极大的信心。《晋书·祖逖传》说，祖逖北伐，渡江，"屯于淮阴，起冶铸兵器，得二千人而后进"。祖逖与刘琨友善，素以恢复之事互相鼓励，为练杀敌本领，常常中夜闻鸡起舞。作者再用誓师北伐的诸葛亮表示作者对统一大业的念念不忘。最后以"孟夏正须雨，一洗北尘昏"的景语收束全篇，充分显现了词人亟待宋军挥师北上，能像盛夏的甘霖那样，救北方民众于水深火热之中的迫切心情。

戴复古

戴复古（1167—？），字式之，自号石屏，天台黄岩（今属浙江）人。仕途失意，终生落拓，漫游天下。曾从陆游学诗，是江湖派重要作家。词近苏辛，风格豪放。有《石屏诗集》《石屏词》。

贺新郎·兄弟争涂田而讼[1]，歌此词主和议

蜗角争多少？是英雄，割据乾坤，到头休了。一片泥涂荒草地，尽是鱼龙故道。新堤上，风涛难保。沧海桑田何时变，怕桑田，未变人先老。休为此，生烦恼。讼庭不许频频到。这官坊，翻来覆去，有何分晓？无净人中为第一，长讼元非吉兆。但有恨，平章[2]不早。尊酒唤回和气在，看从来，兄弟依然好。把前事，付一笑。

【注释】

〔1〕涂田：河流入海处泥沙淤积而成的可垦殖的田地。

〔2〕平章：辨别彰明。

【赏析】

　　曾有兄弟二人因争田诉讼，而所争之"涂田"只是河流入海处临时堆积成的沙田。作者有感于为薄利而伤手足之情，作此词以调解劝和。将一桩讼案写成韵文，而且能说理透彻，言情感人，实属不易。

　　词人起手一问，即可唤醒许多痴迷于蝇头蚊血的梦中人——为争夺"蜗角"般的薄利，纵然得手，能有多少？紧接着作者用三个典型的事例：英雄争天下、鱼龙争河道、沧海变桑田，来说明争蝇头微利之可笑。结论是"休为此，生烦恼"。

　　上片先讲大道理，过片集中就诉讼之弊端，说明经常出入公堂必然凶多吉少。只要能明辨此理，兄弟二人把酒言欢，和好如初，一笑泯恩仇，这才是"人中第一"！已经过去的事情，有什么过不去的！

　　词写得明白通达，良言警世，有如暮鼓晨钟。

洞仙歌

　　卖花担上，菊蕊金初破。说着重阳怎虚过？看画城簇簇〔1〕，酒肆歌楼，奈没个巧处，安排着我。家乡煞远〔2〕哩，抵死思量，枉把眉头万千锁。一笑且开怀，小阁团栾〔3〕，旋簇〔4〕着，几般蔬果。把三杯两盏记时光，问有甚曲儿，好唱一个。

【注释】

　　〔1〕画城：赞美临安城美丽如画。簇簇，指整齐貌。

　　〔2〕煞远：很远，宋时口语。

　　〔3〕小阁：雅座。团栾：围成圆形而坐。

　　〔4〕旋簇：很快摆设好。

【赏析】

南宋临安（今杭州市）酒肆光景，吴自牧《梦梁录》一书有过具体描述：

"诸店肆俱有厅院廊庑，排列小小稳便阁儿。吊窗之外，花竹掩映。垂帘下幕，随意命妓歌唱。虽饮宴至达旦，亦无厌怠也。"

戴复古的这首词之所以会受到后人赞赏，是因为他不但真实地记录了临安酒肆宴饮听唱的情景，而且寄寓着词人的深沉感慨。

首句点出时间是在重阳金秋，地点是在"卖花"声声的临安闹市。名城如画，花团锦簇，雕梁画栋，处处灯红酒绿，轻歌曼舞……然而这位风流名士却找不到可供自己享受这良辰美景的处所。想不"虚过"，又奈其何！先扬后抑，以乐景写哀伤，以美景衬乡愁，甚得章法。

过片以方言口语抒写乡愁。"煞远""抵死""枉把"层层递进，句句都是乡思客愁。"小阁团栾""几般蔬果""三杯两盏"，想"一笑且开怀"，只不过是自欺欺人而已。他想用记住这短暂的欢欣"时光"，忘掉思乡的忧愁，甚至"问有甚曲儿，好唱一个"，可惜这"酒肆歌楼"不是"安排着我"的"巧处"。把酒听歌，无非是想自我麻醉罢了。

个人的不幸是时代之不幸的折射。词人用看似平实俚俗的艺术手法，以重阳佳节的浮华自嘲自讽，其实暗蕴着颇为丰富的社会内容。

木兰花慢

莺啼啼不尽，任燕语，语难通。这一点闲愁，十年不断，恼乱春风[1]。重来故人不见，但依然，杨柳小楼东。记得同题粉壁，而今壁破无踪。兰皋[2]新涨绿溶溶，流恨落花红。念著破春衫，当时送别，灯下裁缝。相思谩然[3]自苦，算云烟，过眼总成空。落日楚天无际，凭栏目送飞鸿。

【注释】

〔1〕恼乱春风：谓心绪为春风所乱。恼乱，宋时口语，缭乱之意。

〔2〕兰皋：芳草丛生的水湾。

〔3〕谩然：徒然。

【赏析】

这首词的背后隐藏着一个悲惨的故事。据元人陶宗仪《南村辍耕录》载：戴复古早年曾流落江右武宁，当地有一富翁，因慕其才，遂以女妻之。居两二年，忽欲作归，妻问其故，以家有发妻相告。其父大怒，妻婉转劝解，并尽赠积蓄，以资旅途之用。临行又作《祝英台近》相送。复古走后，妻投水而死。

戴词写在十年后旧地重游之时，所以这是一首悼亡词。当词人重又回到曾与之共同生活了两三年的亡妻家园时，已然人去楼空，荒草没人。他想从莺燕那儿得到些许消息，无奈人鸟语言不通；他想在曾经与妻子同题粉壁的诗句中寻找痕迹，无奈壁破墙坏，了无影踪。"故人不见"，只有他们曾经温柔同眠的"小楼东"的杨柳萧萧，仿佛是在向他诉说悲情……

在上阕所展现的那个凄苦的环境中，词人大概痛苦得无法再流连其间了，于是他来到了下阕所写的春水新涨的江边，碧波可以带走落花残红，却带不走心中的悔恨。抚弄着身上的春衫，虽然已经破旧，可那是十年前临别之夜，妻子在灯下为他缝制的啊！读到这里，真让人为之鼻酸眼涩。下面"相思漫然"三句，显然是故作豁达、自我排遣之语，"落日楚天无际，凭栏目送飞鸿"才是他孤苦伶仃身影的真实写照。此时作者的心情何其低落，何其怅惘，或许只有他这种经历过的人方可体味一二吧。

词写得情真意切，感人至深。

戴复古妻

武宁人（今属江西）。姓名、生卒年皆不详。从陶宗仪《辍耕录》记述，可知其生平事迹之一二。详见戴复古词篇。

祝英台近

惜多才，怜薄命，无计可留汝。揉碎花笺，忍写断肠句。道旁杨柳依依，千丝万缕，抵不住，一分愁绪。如何诉？便教缘尽今生，此身已轻许。捉月盟言，不是梦中语。后回君若重来，不相忘处，把杯酒，浇奴坟土。

【赏析】

我们在欣赏戴复古的《木兰花慢》的时候，已经知道了故事的原委，也知道了这首《祝英台近》是他妻子在分手时写给他的送别词。说是送别，其实是一首临终遗言。

人之将死，其言也善。这位痴情女子，知道这是一次永别，因此把她心里话和盘托出，哀伤悲绝，让人不忍卒读。她首先坦诚，自己是因为爱其才而以身相许的，可惜自己命苦，红颜薄命，没有办法把心爱的人留住。她想把自己埋在心底的所有"断肠句"写下来，然而千言万语，字字令人肝肠寸断，如何忍心书之于笺？因此写了一次又一次，又一次次把花笺揉碎。此时此刻，揉碎的说是"花笺"，实乃芳心也。"道旁杨柳依依，千丝万缕，抵不住，一分愁绪。"这样的词语，也只有悲痛欲绝的痴情人才能说得出来。

"如何诉？便教缘尽今生，此身已轻许。"教"我"怎样向你诉说"我"的悲苦呢？纵然尊缘今生已尽，可既然此身已经轻率地相许，"我"就决心从一而终，再不会变心了。"捉月盟言"这是只有他们夫妻二人知道的闺房秘语，不过我们可以大略揣度出来，那可能是在一个月色如银的夜晚，他们彼此海誓山盟时说：从今往后，无论多么艰难，哪怕是摘星星捉月亮，也决不背弃！现在她坚定不移地说：我那时的盟誓，绝不是像"梦中语"那样脱口而出的！言外之意，肯定自己，无异于是在责问对方：你的誓言是真的吗？当共同生活了三年的丈夫突然承认他家有妻室，她一下子全都明白了，但是这位温柔敦厚、善良坚贞的女子除了自叹"薄命"，没有歇斯底里地哭闹，没有申冤告官，更没有反目成仇，而是委婉地劝阻了怒不可遏的父亲后，还把自己的全部积蓄拿出来给丈夫做盘缠。她留给丈夫的最后遗言是"后回君若重来，不相忘处，把杯酒，浇奴坟土"。戴复古看到这句话，应当明白这是绝命书啊！他还能装糊涂吗？可是他居然在十年后才回来追悼亡妻，表示忏悔，有什么用呢？在这一点上，戴复古的冷酷绝情，是应当受到谴责的。

结尾的三句绝命遗言，虽然句句以平常语说出，但是我们不能不感觉出其中悲痛、决绝、深婉、坚贞之情感力量，直可感天地、泣鬼神矣。

史达祖

字邦卿，号梅溪，汴京（今河南开封）人，后居杭州。韩侂胄当国，他是最亲信的堂吏，负责撰拟文书。韩败，史亦受黥刑，贬死于贫困。词以咏物擅长。今有《梅溪词》传世。

绮罗香·咏春雨

做冷欺花，将烟困柳[1]，千里偷催春暮。尽日冥迷，愁里欲飞还住。惊粉重[2]，蝶宿西园。喜泥润，燕归南浦。最妙它，佳约风流，钿车不到杜陵路[3]。沉沉江上望极，还被春潮晚急，难寻官渡。隐约遥峰，和泪谢娘眉妩[4]。临断岸，新绿生时，是落红，带愁流处。记当日，门掩梨花，剪灯深夜语[5]。

【注释】

〔1〕"做冷"二句：意谓春雨以寒冷和烟雨来欺凌花柳。将烟，即用烟。

〔2〕惊粉重：指蝴蝶身上的花粉经雨而分量加重，使之不能高飞，故云惊。

〔3〕"最妙它"三句：意谓因春雨连绵，道路泥泞，妨碍了佳人赴约。钿车，即华贵的车马。杜陵即汉宣帝陵，此处代指繁华游乐之地。

〔4〕"隐约"二句：意谓远山朦胧隐约，如美人含泪的黛眉。谢娘，唐时歌妓，后泛指歌女。

〔5〕"记当日"三句：这是在回忆昔日与情人雨夜幽欢的情景。语出秦观《鹧鸪天》"雨打梨花深闭门"和李商隐《夜雨寄北》"何当共剪西窗烛，却话巴山夜雨时"句意。

【赏析】

词咏春雨，却全篇没有一个"雨"字，春雨之情态又尽在字里行间。修辞炼句，煞费苦心。词中有意无意偷取前人写雨名句而不露痕迹。不过有词论家认为，这类词有为咏物而咏物之嫌。这种观点有失公允，词的下片因雨怀人的寄寓，其委婉情思与咏雨已然融洽无间。

同为春雨，而感受各别。蝶惊燕喜，人却怕妨碍他（她）的春游佳约。上片细腻描绘春雨之景，下片重在念远怀人。将烟雨迷离中的遥青远翠，与美人的妩媚泪眼联系起来，于单纯写雨中，暗含性情，审美情趣不经然地透露出来，不失词家本色。以回忆"剪灯深夜语"作结，景情两得，为此词之妙笔。

【名家评点】

此词上片描写春天烟雨景致。"做冷"两句，已将春雨写活。"偷催春暮"，一

国学经典精神家园丛书

"偷"字尤能传出它无声的步履来，可谓摄住了春魂。蝶宿燕飞，佳约被阻，或动或静，从侧面写出了雨中的景物，笔致活泼，清隽可思。下片重在怀人。一"望"一"寻"，写出了孤旅的酸辛。似黛的远山，飘零的花瓣，更勾起了他对情人的思念。歇拍两句以追想昔日的欢情作结，仍旧春雨一题生发，化实为虚，意婉情深，弄姿无限，与一味玩弄文字技巧的词作不同。

——周笃文《宋百家词选》

双双燕·咏燕

过春社[1]了，度帘幕中间，去年尘冷[2]。差池欲住，试入旧巢相并。还相雕梁藻井，又软语，商量不定[3]。飘然快拂花梢，翠尾分开红影[4]。芳径，芹泥[5]雨润。爱贴地争飞，竞夸轻俊。红楼归晚，看足柳昏花暝。应自栖香[6]正稳，便忘了，天涯芳信[7]。愁损翠黛双蛾，日日画栏独凭。

【注释】

〔1〕春社：春分前后祭祀土神以祈丰年的村社活动。

〔2〕"度帘幕"二句：意谓燕子飞过去年筑好的旧巢已经布满灰尘，因而觉得冷冷清清。度，即飞过。

〔3〕"还相"二句：燕子细看屋梁和天花板，又好像在呢呢喃喃地商量什么似的。相，即细看。藻井，即绘有彩藻、饰如井栏图案的天花板。

〔4〕红影：花影。

〔5〕芹泥：水边长有芹菜的泥土，燕子可衔以筑巢。

〔6〕栖香：指双燕在巢中温馨并栖，睡得香甜。

〔7〕天涯芳信：指远方征夫给闺中人的书信。传说燕能捎书，故云。

【赏析】

向来认为，这首咏燕词，是白描的佳作。写春归双燕之轻盈活泼，极尽妖妍，一派春情荡漾。"过春社了"起得洒脱。想空巢"去年尘冷"，今需"相并"温暖，从燕子着眼，空际传神。"软语商量不定"，惟妙惟肖地写出了燕子的呢喃语态，真是神来之笔也。

　　成双成对的紫燕为衔泥筑巢，"贴地争飞"，仿佛是在比赛看谁更轻灵俊俏——没有对燕子体贴入微地观察，是写不出如此逼真的佳句的。"红楼"以下，掺入人事，笔意俱转。以"栖香"的双燕反衬倚阑的思妇，捎信无凭，征人不返，目视归燕，徒增怅惘。是美是妒，是怨是艾？无限牢愁幽怨，至此和盘托出。词旨倩丽，匠心独运，形神兼备，又无卖乖弄巧之痕迹，因此可以说，作为咏燕之什，这是一首审美情趣十分高雅的佳作。

【名家评点】

　　上片从正面描写燕子，"软语商量"云云自为佳句。下片多从侧面，燕子与人的关系等等来说，情形既复杂，则意思含蓄，风格浑成，亦是自然的格局。上下片互成，前后一体，相比较则可，若争论其孰为优劣，似无谓也。

——俞平伯《唐宋词选释》

临江仙·闺思

　　愁与西风应有约，年年同赴清秋。旧游帘幕记扬州。一灯人著梦，双燕月当楼。罗带鸳鸯尘暗淡，更须整顿[1]风流。天涯万一见温柔，瘦应缘此瘦，羞亦为郎羞。

【注释】

　　〔1〕整顿：这里是修饰的意思。

【赏析】

　　毫不夸张地说，这首词句句精妙，意趣可人。起首两句造语便隽永巧妙之至，不说因秋生愁，而说与西风有约，要年年在这"清秋"时节一同赴"愁"——愁仿佛成了一个固定的牢城。以下追写愁之缘由。扬州旧游，飞入梦魂。一梦醒来，月明空楼，迷离恍惚，遐思无尽。次阕续写梦醒之后的近景：绣着鸳鸯的合欢带已经不鲜亮了，进而想到整个人都应当用心修饰一番了。为什么会想到整容修饰呢？给出的答案既出人意料，又合情合理：有朝一日，恋人"万一"天涯归来，再见"温柔"可人，就让他（她）知道：瘦是为你而瘦，因为瘦了而觉得害羞，那羞也是为你而羞。此片结构细密，句句关联，环环相扣，心理刻画已臻化境。

读完全词，不由得会产生一个问题：这里的主人公是男是女？就副题"闺思"和"为郎羞"等字句来看，自然是位女性；可从"旧游宿幕记扬州"而言，又像是位男子。仔细揣摸，下片当为男主人公的换位揣度，是站在他的恋人的角度，状写她的心理活动。这种手法在古诗词中屡见不鲜。

高观国

字宾王，号竹屋，山阴（浙江省绍兴）人。其词多写男女恋情，缠绵悱恻，风格婉丽。与史达祖同为诗社词友，迭相唱和，一时并称。有《竹屋痴语》。

江城子

绿丛篱菊点娇黄。过重阳，转愁伤。风急天高，归雁不成行。此去郎边知近远，秋水阔，碧天长。郎心如妾妾如郎。两离肠，一思量。春到春愁，秋色亦凄凉。近得新词知怨妾，无处诉，泣兰房。

【赏析】

词中的主人公是位被情郎冤枉的女子。

上阕写她在篱菊娇黄、亲人团聚的重阳节企盼情郎归来，可是除了新近收到了他的一封书信，仍然不见他的踪影。因此佳节过后，更添愁思。她登高望远，想知道情郎到底去了哪里。看到的唯有碧天无际、秋水茫茫和高空中的一只孤雁。此时此刻，情何以堪？

次阕转入对思妇的心理刻画。她希望将此心换他心，离肠虽别，思量如一。她深深感到，"春愁"固然难挨，秋天的"凄凉"更加无法排遣。她说，由近来收到的你的新词中，知道你在埋怨我，我无处辩白，只能躲在闺房中暗自饮泣。情郎为什么要怨她，不得而知。只能狂想，这对恋人（也许是夫妻）肯定出现了什么感情危机或人事纠葛，否则她不会如此直言不讳地提到这件事。

这首小令写得情景并茂，对重阳节后秋景的描绘逼真如画，对女主人公的心理活动描写得深刻入微。虽然写的是悲思，读之却亲切感人，耳目一新。

魏了翁

魏了翁（1178—1237年），字华父，号鹤山，邛州蒲江（今属四川）人。庆元五年（1199年）进士。累官签书枢密院事、资政殿学士、福建安抚使。卒赠太师，谥文靖。有《鹤山集》。

八声甘州·偶书

被西风吹不断新愁，吾归欲安归。望秦云苍淡，蜀山渺漭^[1]，楚泽平漪。鸿雁依人正急，不奈稻粱稀^[2]。独立苍茫外，数遍群飞。多少曹苻气势，只数舟燥苇，一局枯棋^[3]。更元颜何事，花玉困重围^[4]。算眼前，未知谁恃。恃苍天，终古限华夷^[5]。还须念，人谋如旧，天意难知。

【注释】

〔1〕渺漭（mǎng）：漭的本义是指水面广阔无边，这里是说蜀山苍茫无际。

〔2〕"鸿雁"二句：以鸿雁因灾荒无食，到处寻找有人烟的地方觅食，比喻沦陷区人民的饥寒交迫。

〔3〕"多少曹苻"三句：借用曹操被孙刘联军大败和苻坚侵犯东晋大败两个典故，说明金人入侵南宋，同样不会有好下场。

〔4〕"更元"二句：指金主元（完）颜氏南侵，至镇江，被大将韩世忠和妻子梁红玉围困在黄天荡，大败而退的史实。

〔5〕"恃苍天"二句：依靠上天，自古以来对华夏和狄夷的边界就划出了明确的界限。

【赏析】

魏了翁在南宋中期是一位颇有影响的人物。宋宁宗开禧初，以武学博士对策，谏开边事，御史劾其狂妄，遂辞官筑室白鹤山下，授徒讲学。理宗亲政，始召还，卒赠秦国公。他的词作几乎都是祝寿庆诞之作，余则或酒宴酬唱，或饯祖送别，像这样激昂慷慨之篇，难得一见。

作者首先以无家可归领起，再以热情奔放的笔触歌颂祖国大好河山，然后笔锋一转，用哀鸿遍野隐喻战乱给中原地区的人民带来的深重苦难。"独立苍茫"生动地雕塑了一位忧国忧民的爱国志士的感人形象。

次片作者起用历史上的三件影响巨大的战事，取其一反一正之喻义，意欲证明自己对历史法则的认识。词人说，三国时曹操扬言雄兵百万，气势汹汹，妄想一举灭吴，结果呢？被孙权和刘备的联军火烧赤壁，大败而逃；前秦苻坚狂妄自负，不可一世，亲率八十万大军，扬言投鞭断流，企图消灭东晋，一统天下，结果肥水一战，溃不成军。曹操和苻坚发动战争时的百万雄兵、千艘战舰，如今只剩下破船断苇，成了历史的笑柄。历史上像曹、苻这样的事例有多少啊！相反，金人于建炎四年（1130年），由完颜宗弼统率十万铁骑南侵，在黄天荡被韩世忠、梁红玉夫妇围困，全军覆没，大败北归。这些历史事实说明什么？说明玩火者必自焚，觊觎他国、发动战争的人没有好下场；相反，保家卫国的正义之师必将最终取得胜利。所以作者紧接着问："算眼前，未知谁恃。"就目前南北对峙的局面来看，应当仰仗、依靠谁呢？如果是依靠"苍天"，那么，华夷的国境线自古以来都有明确的界定；虽然说，近百年来，南北打打停停，似无定算，但是"人谋如旧"，南朝志士仁人抗金雪耻的复国谋略依然如故。然而"天意难知"啊，这明显是套用张元幹"天意从来高难问"的句意，隐含着对南宋高层统治者苟安求和、无心复国的责难。这一句用意深刻的结语，正好与上片"鸿雁依人正急"取得了呼应，使全词显得顺理成章，结构严谨。

这首词构思新颖，写景独特，说理精辟，抒情与写景有机结合，情感真挚深沉，因而取得了较好的艺术效果。

李从周

魏了翁幕僚。余不详。

清平乐

　　美人娇小，镜里容颜好。秀色侵人春帐晓。郎去几时重到？叮咛记取儿家，碧云隐映红霞。直下小桥流水，门前一树桃花。

【赏析】

　　词写恋人分别时的情态。通过作者的描写，不难看出，女主人公是一个芳心可可、姿容楚楚的小女人。笔调优美活泼，清新俊逸。"秀色侵人春帐晓"将小女子的娇美温柔写得活灵活现，同时交代了他们是在颠鸾倒凤通宵达旦之后，于黎明时分话别的。"郎去几时重到？"问话表现了小女子的依依不舍。男子是怎么回答的，作者没写，其实也没必要写。下面是小美人的叮咛，要他一定要牢牢记住她的住处。"碧云""红霞""小桥流水""一树桃花"，俨然是仙境。

　　有人说，这首小令中的女子是妓女。妓女居住的场所应当是灯红酒绿、轻歌曼舞的闹市，而不会是像这样安谧幽静的山野。从这位小女子的居所来看，她更像是生活在白云生处的"仙姑"。

卓　田

　　字稼翁，号西山，建阳人。开禧元年（1205年）进士。

眼儿媚·题苏小楼

　　丈夫只手把吴钩，能断万人头。如何铁石，打作心肺，却为花柔？尝观项籍并刘季[1]，一怒世人愁。只因撞着，虞姬戚氏，豪杰都休。

【注释】

　　〔1〕项籍：即楚霸王项羽。刘季：即刘邦。项羽宠虞姬、高祖宠戚姬的故事，分别

见《史记》之《高祖本纪》和《项羽本纪》。

【赏析】

《金瓶梅》开卷第一回《景阳冈武松打虎潘金莲嫌夫卖风月》即以这首词作为开场白。紧接着作者兰陵笑笑生解读曰：

"此一只词儿，单说着情色二字，乃一体一用。故色绚于目，情感于心，情色相生，心目相视，亘古及今，仁人君子，弗全忘之。晋人云：'情之所钟，正在我辈。'如磁石吸铁，隔碍潜通。无情之物尚尔，何况为人，终日在情色中做活计一节。须而丈夫，只手把吴钩……言丈夫心肠如铁石，气概贯虹霓，不免屈志于女人。"

有诗曰：

"二八佳人体如酥，鸳鸯双刀斩万夫。

英雄一怒使人愁，不敌西楼谢家妹。"

《金瓶梅》的作者以此词作为开场锣鼓，显然是要将此词的主旨作为这本"天下第一奇书"的主题思想。这首词写得很通俗很直白，不需要做过多的解读。词的大意是说，即便是仗剑横行天下的大丈夫，纵使有万夫不当之勇，心肠如铁石，就像刘邦和项羽那样"一怒世人愁"的盖世英雄，也都会败给花容月貌、柔情蜜意的美娇娘。不是吗？楚霸王和汉高祖一遇上虞美人和戚夫人，什么英雄，什么豪杰，不是统统醉在温柔乡里了吗？

就艺术品位而言，这首词没什么好说的。但它提出了一个自古以来人尽皆知的事实：英雄难过美人关。为什么？想讲清楚这一话题，写上几本专著恐怕也不够。这一议题，只好留给文学家去做了。

葛长庚

葛长庚（1178—1224年），闽人，一云琼州（今海南）人，自名白玉蟾。生于绍熙五年（1194年）。入武夷山修道。嘉定中，奉宋宁宗诏，赴阙入馆太一宫，封紫清明道真人。不久，别众于鹤林羽化。有《海琼集词》百余首，多咏山水、弃红尘之作。

行香子二阕·题罗浮

满洞苔钱，买断风烟，笑桃花流落晴川。石楼高处，夜夜啼猿。看二更云，三更月，四更天。细草如毯，独枕空拳。与山麋野鹿同眠。残霞未散，淡雾沈绵。是晋时人，唐时洞，汉时仙。

【赏析】

历代道家的诗词不被论及，盖因其皆为千篇一律地阐述如何炼丹养气、九转还丹、坐地成仙的套话，了无诗意。然而道家淡泊名利、回归自然的宗旨，却无意中道出了人与自然和谐共处的真谛。这首出自道教名家白玉蟾之手的词，较为优美潇洒，散诞逍遥，临窗闲诵，颇可得其悠然自在之乐趣。

黄 机

浙江东阳人。岳珂好友。生平有大志，怀着"万字平戎策"奔走求售而不果，终生不遇，只做过州郡的小吏。有《竹斋诗余》一卷传世。

满江红

万灶貔貅[1]，便直欲，扫清关洛[2]。长淮路，夜亭警燧[3]，晓营吹角。绿鬓将军思饮马，黄头奴子惊闻鹤[4]。想中原，父老已心知，今非昨。狂鲵剪，于菟缚[5]。单于命，春冰薄。正人人自勇，翘关还槊[6]。旗帜倚风飞电影，戈铤射月明霜锷[7]。且莫令，榆柳塞门[8]秋，悲摇落。

【注释】

〔1〕万灶貔貅：指南宋大军。万灶，极言军队之多。貔貅，猛兽名，形容勇猛的军队。

〔2〕扫清关洛：扫清盘踞在关中（今陕西）洛阳地区的敌寇。

〔3〕夜亭警燧：意谓夜里前哨阵地严密警戒。古时边塞筑亭，派兵卒守望，遇敌情则举烽火报警。

〔4〕"绿鬓将军"二句：意思是说敌方官兵毫无战斗意志。绿鬓，黑发，喻壮年。饮马，即投降。黄头，戴黄帽子的水军，这里皆指敌军。鹤，风声鹤唳之简称。

〔5〕"狂鲵剪"二句：消灭了敌人。鲵，大鱼名。于菟，虎的别名，皆喻金国。剪，即灭。

〔6〕翘关还槊：拿起武器来（打敌人）。翘关，指开启关门。还，同旋，盘弄。槊：长矛。

〔7〕"戈铤"句：意谓兵器在月光的映照下，刀锋明亮如霜。戈铤，长矛类的武器。

〔8〕榆柳塞门：指北方边塞，北方边塞多生丛榆红柳，故言。

【赏析】

词作于金亡前一年。这年（1233年）南宋与蒙古军合围蔡州（今河南汝南），次年城陷金亡。在南宋士气普遍消沉的情况下，作者敢于振臂高呼，委实难得。

上片写南宋精兵长驱北上，金兵毫无斗志，中原父老也都看出来金国必亡。写宋军容整肃，斗志昂扬，官兵警觉，军号嘹亮。而金兵呢？年轻的骑兵军官只想着投降，水军中的普通士兵闻风丧胆。中原百姓都已经明白金人大势已去，即将灭亡。

下片用一连串的比喻，说明金朝国势有如春冰，顷刻之间就会瓦解；而宋朝官兵人人奋勇，争先杀敌。词人用"旗帜倚风飞电影，戈铤射月明霜锷"这样对仗工整的句子，热情地歌颂了南宋军容的振奋人心。结句奉劝朝廷勿失时机，一举收复失地，不要使边塞秋老，人民失望。《四库全书》称黄机"才气磊落，多与岳珂以长调唱酬，极激楚苍凉之致"。毛晋《竹斋诗余跋》只赞赏他那些写花柳莺燕之作，实是走眼。

【名家评点】

慷慨激烈，发欲上指，词境虽不高，然足以使懦夫有立志。

——〔清〕陈廷焯《白雨斋词话》

严　仁

字次山，号樵溪。其词多写男女爱情，明艳工丽。有《清江欸乃集》，今不传。

鹧鸪天·闺思

多病春来事事慵，偶因扑蝶到庭中。落红万叠花经雨，斜碧千条柳因风。深院宇，小帘栊。几年离别恰相逢。擎觞未饮心先醉，为有春愁似酒浓。

【赏析】

大多数写"闺思"的诗词，都是以思远怀人刻画闺中女子的心理活动为主旨，这首词恰恰相反，写的是女主人公尝尽"几年离别"的相思之苦后，终于和恋人欢聚后的心满意足，所以在她的眼里，处处春光明媚，生机盎然。"多病"是因相思而致，现在相思病好了，也有心情到庭中"扑蝶"了。次片回过头来写相逢时的情景：说她高兴得没有举杯，心儿已醉。为什么？因为"春愁似酒浓"，这是正话反说，所谓"愁"，实为"乐"也。

刘克庄

刘克庄（1187—1269年），初名灼，字潜夫，号后村居士，莆田（今属福建）人。出身世家，以荫入仕，赐同进士出身。官至工部尚书，为官三起三落，在朝时间不长。以龙图阁学士致仕。卒谥文定。江湖派重要作家。有《后村先生大全集》。

沁园春·梦孚若[1]

何处相逢？登宝钗楼[2]，访铜雀台[3]。唤厨人斫就，东溟鲸脍[4]。圉人[5]呈罢，西极龙媒[6]。天下英雄，使君与操，余子谁堪共酒杯[7]？车千乘，载燕南赵北，剑客奇才。饮酣画鼓[8]如

国学经典精神家园丛书

雷，谁信被晨鸡轻唤回。叹年光过尽，功名未立。书生老去，机会方来。使李将军，遇高皇帝，万户侯何足道哉[9]。披衣起，但凄凉感旧，慷慨生哀。

【注释】

〔1〕孚若：方信孺（1177—1222年），字孚若，莆田人，刘克庄同乡好友，曾三次使金，抗节不屈。

〔2〕宝钗楼：汉武帝时建造，故址在今陕西省咸阳市境内。

〔3〕铜雀台：曹操建造，故址在今河北省临漳县西南。

〔4〕东溟鲸脍：意谓将东海的鲸鱼切细。

〔5〕圉（yǔ）人：养马的人。

〔6〕西极龙媒：西方的骏马。

〔7〕"天下"三句：意谓我与孚若为知己。《三国志·蜀书·先主传》载曹操谓刘备云："今天下英雄，惟使君与操耳。"这里以曹、刘比方信孺与自己。

〔8〕画鼓：绘有彩纹的鼓。

〔9〕"使李将军"三句：意谓假如李广为高祖刘邦的部下，封个万户侯不在话下。《史记·李将军列传》记载汉文帝谓李广曰："惜乎子不遇时！如令子当高帝时，万户侯何足道哉！"

【赏析】

如何鉴赏此词，俞平伯先生已言之甚详，语意俱到，就没必要在这里重复了。需要补充的是，看此词之结句"凄凉感旧，慷慨生哀"，可知这是一首追怀亡友之作。上片全写梦境，纵横捭阖，充满恢复中原的幻想。亡友孚若的英雄气概尽在梦中显现。下片写梦醒后的悲凉。一声鸡唱，从梦中突然回到悲凉的现实中来，对故友的怀念，对现实的愤慨，对国家命运的忧虑，对个人遭际的感慨，喷涌而出，吐露无遗。后村辞章，当以本篇为压卷之作。

【名家评点】

以梦友而悼友，虽为本篇题目，实系借以抒怀。其叙梦境都在虚处传神，用典作譬，多夸张之词，仿佛读《大言赋》，不皆纪实。如宝钗楼、铜雀台，不必真有其地；长鲸、天马，不必实有其物；从车千乘、尽剑客奇才，不必果有其人。过片说到醒了，就梦境前后落墨。以醉眠而入梦，以闻鸡而警觉，借极熟的典故，点出作意。"叹年光"以下，硬语盘空，纯用议论，引《史记》原文，稍加点改，自然之至。随后在此略一唱叹便收。观其通篇不用实笔，似粗豪奔放，仍细腻熨帖，正如脱羁之马，驰骤不失尺寸也。有评刘词为议论过多者，如从这篇来看，亦未必尽合，故详言之。

——俞平伯《唐宋词选释》

玉楼春·戏呈林节推乡兄[1]

　　年年跃马长安市，客舍似家家似寄[2]。青钱唤酒日无何[3]，红烛呼卢[4]宵不寐。易挑锦妇机中字，难得玉人心下事[5]。男儿西北有神州，莫滴水西桥畔泪[6]。

【注释】

　　[1]林节推：作者同乡友人。节推，节度推官之缩写。

　　[2]"年年"二句：你年年在京城骑马游玩，把旅馆当作了家，反而把家当成了旅馆。

　　[3]日无何：意谓每天什么事也不干。

　　[4]呼卢：即掷骰赌博。

　　[5]"易挑"二句：意谓得到女人的"锦字"容易，得到她们的心难。锦妇，理解为妻子亦可。玉人，指妓女。

　　[6]"男儿"二句：意谓男儿应为光复中原效力，不应为妓女轻抛无聊之泪。水西桥即妓女聚集的地方。此水西桥当在临安（杭州），必为狭斜之地。

【赏析】

　　由词意可推知，作者的这位同乡老兄，必定是一花花公子，整天眠花宿柳，把青楼瓦舍当成了自己的家，纵酒豪赌，无所不为。作者因是同乡关系，故而良言相劝。虽系调侃笔墨，然于良言规劝时，仍不忘西北神州，自是后村本色。

【名家评点】

　　此首题作"戏林推"，实含有无限家国之感。起言推之游侠生活，次言推之日夜豪

国学经典精神家园丛书

二八四

情。换头，言冶游之无益，隐有劝勉之意。着末，唤醒痴迷，似当头棒喝，警动非常。

——唐圭璋《唐宋词简释》

清平乐·五月十五夜玩月

　　风高浪快，万里骑蟾背。曾识姮娥真体态，素面原无粉黛。身游银阙珠宫，俯看积气蒙蒙。醉里偶摇桂树，人间唤作凉风。

【赏析】

　　这首《清平乐》极尽想象之能事，且浪漫潇洒，畅言其遨游月宫的情景，构思之巧，令人叹为观止。词风甚似太白之诗风。

　　前阕写他御气乘风，倏忽间便到了万里之外的月宫；后阕说的是他回到月宫之后，俯首尘寰，只见积风蒙蒙，人世间混沌迷茫。"曾识姮娥真体态"是说我本为天人，知道嫦娥的真实容颜，她无须"粉黛"，姿色天然绝世超尘。"醉里偶摇桂树，人间唤作凉风"是这首词的主旨。他说醉中偶然摇了摇月中的桂树，便给人间带来了驱散烦闷的凉风。这也是作者向往清平世界之心态的自然流露，说明他虽然回到了天上，仍然忘不了尘世民众处在水深火热之中，希望为他们送去清凉之风。这与他关心民生疾苦的其他诗词的思想一脉相承。

清平乐·赠陈参议[1]师文侍儿

　　宫腰束素，只怕能轻举。好筑避风台护取，莫遣惊鸿飞去[2]。一团香玉温柔，笑颦俱有风流。贪与萧郎[3]眉语，不知舞错伊州[4]。

【注释】

　　〔1〕陈参议：不详待考。

　　〔2〕"莫遣"句：据说赵飞燕体质轻盈，汉成帝恐其飘去，为其特制七宝避风台。

　　〔3〕萧郎：即情郎。

〔4〕伊州：舞曲名。

【赏析】

　　南宋时期，上流社会普遍蓄养家姬，文人墨客出于应酬，写诗填词予以赞美，也是一种普遍的风气。这首词就是赠送给一个所谓"陈参议"的家姬的。

　　词的上阕极尽夸张之能事，说这一舞姬杨柳细腰生怕轻风一吹，腾空而起，因此只好像当年汉成帝为赵飞燕筑避风台那样，把她保护起来，不要让她宛若飞鸿似的，瞬间飞走。下阕描写舞姬的神情风韵，说她不但"一团"香艳，而且温柔可人。用"一团"来形容，可见这一舞姬之美，何其迷人！岂但如此，就连她无论是嫣然巧笑，还是颦眉佯怒，都风流彻骨，令人心醉神迷。更妙的是结尾二句"贪与萧郎眉语，不知舞错伊州"，只因为她与意中人眉来眼去，居然舞步错乱，都不能与舞曲合拍了。其情其景，可爱之至。

　　刘克庄词大多是忧国忧民之作，因此有词论家觉得其词缺乏婉约风致。读了这首《清平乐》，便知此说有失公允。

吴　潜

　　吴潜（1195—1262年），字毅夫，号履斋，宣州宁国（今属安徽）人。嘉定十年（1217年）进士，授承事郎，迁江东安抚留守，擢参知政事、右丞相兼枢密使，封崇国公。次年罢相，开庆元年（1259年）元兵南侵，起任左丞相，封庆国公，改许国公。为人刚直敢言，为贾似道等人排挤。与姜夔、吴文英等文士多有交往。词风近稼轩。有《履斋诗余》，存词近二百五十首。

望江南

　　家山好，无事挂心怀。早课畦丁勤种菜，晚科园户漫浇花。只此是生涯。尘世里，扰扰正如麻。散复聚来壇上蚁，左还右旋壁闲蜗。只为那纷华。

【赏析】

这是一曲组词，共十四首，作者集中笔墨歌咏家乡的闲居之乐。这是其中的第十一首。这一首主要是写耕耘劳作，同时嘲讽尘世间的纷纷扰扰，人欲横流。

倘若单看这组词，可能会误以为作者是位不问世事、隐逸山林之辈。其实只要浏览一下前面的小传，就不难知道他是一位南宋后期难得的爱国志士；他的多数辞章也都感时愤世，激昂慷慨，几近稼轩。譬如他的《满江红》，其词曰：

"红玉阶前，问何事，翩然引去？湖海上，一汀鸥鹭，半帆烟雨。报国无门空自怨，济时有策从谁吐？过垂虹亭下系扁舟，鲈堪煮。拼一醉，留春住。歌一曲，送君路。遍江南江北，欲归何处？世事悠悠浑未了，年光冉冉今如许。试举头一笑问青天，天无语。"

淮上女

名氏无考。淮上良家女。嘉定间，金人南侵掠之北去，至泗州旅舍，题此词于壁。

减字木兰花

淮山隐隐。千里云峰千里恨。淮水悠悠。万顷烟波万顷愁。山长水远。遮住行人东望眼。恨旧愁新。有泪无言对晚春。

【赏析】

这是一篇血泪凝成的篇章，是一个弱女子在被暴力胁迫的困境中，无力抗争，只能用文字表达悲愤的控诉书。她也许只是一个普普通通的女性，但是正如格言"愤怒出诗人"所说，由于是她的亲身经历，所以才能写得如此不同凡响。

据元好问所撰《续夷坚志》载："兴定（金宣宗年号，1217—1221年）末，四都尉南征，军士掠淮上良家女北归。有题《木兰花》词逆旅间云……"由此可知，这首词作于金朝后期。其时，金人因受蒙古军队的进袭，南渡黄河，迁都开封，同时又连年侵犯南宋，以图挽救。由于金兵的屡次进犯，不知有多少无辜平民惨遭杀戮掳掠。淮上女就是其中的一个。

词的上阕作者简述自己被掳北上、远别故乡的沉痛心情。女词人以淮山和淮水、"千里恨"和"万顷愁"对举，愤懑之情，令读之者无不感同身受。下阕抒发对故乡的眷恋。她被迫北去，路途漫漫，回望家园，不幸万水千山遮住了她的泪眼。因此新仇旧恨一齐涌上心间，恨只恨蛮夷的铁骑使山河破碎，生灵涂炭；愁只愁身为俘虏受尽凌辱饥寒，然而前途茫茫，不知路在何方，希望又在哪里。在这春日将尽的时候，她思前想后，只能"有泪无言"地面对这一切。"晚春"既说明了这位落难女子遭受厄运的具体时间，暗示她因感到自己的青春年华也将在这苦难中悄悄流逝而产生的悲哀。

这首小令谋篇布局有如波涛起伏，一波未停，一波又起，一唱三叹，风韵委婉。论其艺术造诣，虽出自一位无名女子之手，但丝毫不次于词坛大家。

【名家评点】

夫人心不能无所感，有感不能无所寄；寄托不厚，感人不深；厚而不郁，感其所感，不能感其所不感。

——［清］陈廷焯《白雨斋词话》

吴文英

字君特，号梦窗，又号觉翁，四明（今浙江宁波市）人。生卒年待考。布衣词人，但交友则皆为当时权贵或名人。他以清客身份往来于苏州、杭州、绍兴等地，曾为浙东安抚使吴潜幕僚，权贵史宅之、贾似道的门客。与周密（号草窗）齐名，并称"二窗"。其词多朝官酬唱之作，内容比较狭窄。他的艺术成就主要表现在凄迷绮丽意境的创造上。由于他长于修辞，精于乐理，运用千锤百炼的字句创造出一种典雅秀丽的境界，因而受到历代词论家的推崇。有《梦窗词》三百余首传世。

风入松

听风听雨过清明，愁草瘗花铭[1]。楼前绿暗分携路[2]，一丝柳，一寸柔情。料峭春寒中酒，交加[3]晓梦啼莺。西园[4]日日扫林亭，依旧赏新晴。黄蜂频扑秋千索，有当时，纤手香凝。惆怅双鸳[5]不到，幽阶一夜苔生。

【注释】

〔1〕愁草：懒得写。瘗（yì）花铭：葬花的诗文。瘗，掩埋。铭，文体的一种。

〔2〕分携路：和情分手的地方。

〔3〕交加：形容莺声错杂纷乱。

〔4〕西园：作者寓居之所。他曾与情人同居于此，词即怀念伊人之作。

〔5〕双鸳：绣有鸳鸯的美人鞋。

【赏析】

　　吴文英是南宋后期名声赫赫的词坛大家，晚清词论家给予极高的评价。其实梦窗是典型的格律派代表，在其传世的三百多首词作中，为人所熟知的仅寥寥几首。这首《风入松》几乎是选本必选之作，因为这首词质朴淡雅，不雕琢，不用典，无论写景抒情，都细腻真挚。我们先以梦窗最受青睐的这一首为例，对其词风稍事领略。

　　上片写作者在清明节风雨交加中怀念恋人之况。在这个风凄雨冷的春天里，他想写一篇葬花铭文，来表达自己惜春爱春之情，可是一点儿心情也没有，因为他的思绪全部用在怀念离人、追寻往事上了：当初分别时的楼前小路上，如今浓荫如盖，纷披的柳丝垂垂依依，"一丝柳，一寸柔情"，柔情蜜意，何其多也！虽说已是落红无数的暮春，但风雨凄清，余寒犹在，思情难遣，只好借酒浇愁，好梦寻欢。可恨流莺多事，未入梦乡，就被纷乱嘈杂的啼叫声惊醒。

　　下片写雨过天晴，西园怀人。"新晴"与"风雨"呼应。虽然时过境迁，西园已不是往日的西园，但词人还是会天天清扫园中的落花，常常来欣赏那雨后的美景。他希望重温旧梦，聊慰情怀。他看到成群的黄蜂纷纷扑向秋千，原来秋千架的绳索上还残留着她的余香。

　　酒不能解愁，梦又被惊醒，"纤手香凝"也不过是情迷意乱时的幻想。他怎么也想不到分别时的小路上，思念中的她绣鞋未到，"一夜"之间竟然会满阶藓苔青青——离别仅"一夜"，便已景象全非，怎不叫人"惆怅"！词评家说这一句"情深而语极纯雅"，诚非过誉。

　　词在内容上虽无更多深意，但在艺术上有独到之处。全词以"愁"字为线，贯串着上片风雨凄迷时的怀人之愁，风声雨声，落英缤纷，杨柳依依，啼莺惊梦，无一不交织着"离愁"；下片写风雨新晴后的怀人之愁，西园林亭，幽阶苔生，秋千依旧，纤手留香，处处蕴藉着"惆怅"。词作的艺术形象鲜明典雅，颇富审美情趣。

风雨新晴，非一日间事，除了风雨，即是新晴，盖云我只如此度日扫林亭，犹望其还赏，则无聊消遣，见秋千而思纤手，因蜂扑而念香凝，纯是痴望神理。"双鸳不到"，犹望其到；"一夜苔生"，踪迹全无，则惟日日惆怅而已。

——[清]陈洵《海绡说词》

宴清都·连理海棠

绣幄鸳鸯柱，红情密，腻云低护秦树。芳根兼倚，花梢钿合，锦屏人妒。东风睡足交枝，正梦枕瑶钗燕股。障滟蜡，满照欢丛，嫠[1]蟾冷落羞度。人间万感幽单，华清惯浴，春盎风露。连鬟并暖，同心共结，向承恩处。凭谁为歌长恨？暗殿锁，秋灯夜语。叙旧期，不负春盟，红朝翠暮。

【注释】

〔1〕嫠（lí）：寡妇。

【赏析】

这首格律派词的典型篇章，也被推崇为吴文英的代表作。就其遣词造句而言，确实精巧到了极点，可惜就其内容与风骨来说，这样的词并没有什么价值。此意云何？词人为咏海棠，呕心沥血炼造了那么多奇语，结果却落入了为咏物而咏物的巢穴，此其一。字句极尽雕琢之能事，内容却贫乏苍白。词中用"芳根兼倚""花梢钿合""东风睡足交枝""梦枕瑶钗燕股"之类的比喻描绘海棠；又用"锦屏人妒""嫠蟾冷落羞度"等词从旁衬托，却看不到"连理海棠"真正诱人的美色，此其二。词中使用大量的替代字，如用"腻云"代指花上水气，"秦树"代指海棠，"滟蜡"代指蜡烛，"嫠蟾"代指月亮……不能不让人觉得是在故弄玄虚。"嫠蟾"一词尤为可厌，用蟾蜍称月亮本已令人反胃，现在又称之为"寡妇蟾蜍"，让人加倍恶心，此其三。最后，大量堆砌华丽的词汇，诸如绣幄、红情、腻云、芳根、锦屏、燕股、滟蜡、翠暮，等等。况周颐说，吴梦窗能令"无数丽字一一生动飞舞，如万花为春"。赋诗作文，讲究的是生气。这样的词虽然令人眼花缭乱，可惜都是纸花，蜜蜂、彩蝶决然不屑一顾。对此，张炎的评价较为中肯，他说："吴梦窗词如七宝楼台，炫人眼目，破拆下来，不成片段。"

词的下片由连理海棠一下子扯到杨贵妃，仅仅是因为唐明皇曾说酒醉未醒的杨贵妃是"海棠春睡未足"，白居易又有"在地愿为连理枝"的诗句。这一不是怀古，二不是抒情，有点儿像是无病呻吟。王国维说："能写真景物、真感情者谓之有境界，否则谓之无境界。"无真感情用之于这首《宴清都》，尤为恰当。

苍白堆砌，故作深沉，只说明吴文英的词缺乏精神力量，但还不会给欣赏带来太大困难；最要命的是他的词寄托太多，有的词往往有三四层寄托，笔锋一转就是一层寄托。等你把每一层寄托解释明白了，原文在脑海里的印象也就乱成一团了。所以说，他的词作为一种文学现象予以研究，那是文学史无法回避的课题，如果拿来作为普通读者的欣赏对象，便可一带而过了。

陈人杰

陈人杰（1218—1243年），一名经国，号龟峰，长乐（今属福建）人。少时应考寓居临安。曾浪游两淮江湖，后又回临安，终年约只二十多岁。胸怀大志，但仕途坎坷，报国无门。其词多伤时之作，笔力豪放，格调悲凉，风格近稼轩。

沁园春·天问

我梦登天，尽把不平，问之化工[1]。似桂花开日，秋高露冷，梅花开日，岁老霜浓。如此清标，依然香性，长在凄凉索莫中。何为者，只纷纷桃李，占断春风。一时列鼎分封，岂猿臂将军[2]无寸功？想世间成败，不关工拙，男儿济否，只系遭逢。天曰果然，事皆偶尔。凿井得铜奴得翁[3]。君归去，但力行好事，休问穷通。

【注释】

〔1〕化工：犹言造物主。

〔2〕猿臂将军：指李广。史载李广猿臂善射，射石没羽，世称飞将军、猿臂将军。功勋盖世，只因时运不济，终生未得封侯。陈陶《塞下曲》："边头能走马，猿臂李将

军。”

〔3〕"凿井"句：意谓事出偶然，意外巧合。典出汉应劭《风俗通》：大略言之，河南平阴庞俭，世乱失父。客居庐里，凿井得钱千余万，遂小富。俭作府吏，买一奴，原为其父。时人语曰："庐里诸庞，凿井得铜，买奴得公。"

【赏析】

作者开宗明义，说他梦中升天，因生平都结心中有诸多"不平"，于是一口气向造物主亦即"天"提了四个问题：桂花开在"秋风露冷"的季节，梅花开在寒冬腊月，它们都清丽高标，品格卓绝，不管环境如何恶劣，始终保持着坚贞不屈的"香性"，可为什么总是处在"凄凉索莫"的困境中呢？相反，桃红李白，纷纷攘攘，无非是想以妖艳媚态取悦于人罢了，可为什么要让它们春风得意，独领风骚？为什么与西汉名将李广一起南征北战的人都能"列鼎封侯"，而以"飞将军"闻名天下、威震四方的李广却终生不得封赏？是不是人世间的成败荣辱与功过是非没有关系，有志之士穷通荣辱只看运气好坏，而与品德才干无关呢？

"天"的回答是"你说得不错。命运好坏，人们都觉得纯属偶然，实际上内中有着潜在的因果关系。你回去吧，不要想那么多了。你只要尽心竭力多做好事就行了，至于艰难困苦还是富贵显达，冥冥之中自有天意，这不是你能参得透的"。

我们知道，屈原也有一篇《天问》，也曾向造物主一连提了一百多个问题。不过屈原问的大多是天地山川、神灵鬼怪之类的未解之谜。陈人杰在这里以梦中见"天"的寓言手法提出的这些问题，却是千百年来回荡在每个人心间的疑问。作者假托"天"给出的答案其实来自佛学。由于作者的特殊经历，他晚年涉猎佛理，以解决使他困惑、纠结的所有人生难题。这也反映在他的其他词作中，如另一首《沁园春》云：

"万法皆空，空即是空，佛安在哉。有云名妙净，可遮热恼，海名圆觉，堪洗尘埃。翠竹真如，黄花般若，心上种来心上开。教参熟，是菩提无树，明镜非台。

偷闲来此徘徊，把人世黄粱都唤回。算五陵豪客，百年荣贵，何如衲子，一钵生涯。俯仰溪山，婆娑松桧，两腋清风茶一杯。拿舟去，更扫尘东壁，聊记曾来。"

周 晋

字明叔，号啸斋，济南人。生卒年不详。周密父。绍定四年（1231年）宰富阳。

柳梢青·杨花

　　似雾中花，似风前雪，似雨余云。本自无情，点萍成缘[1]，却又多情。西湖南陌东城。甚管定，年年送春。薄幸[2]东风，薄情游子，薄命佳人。

【注释】

　　[1]点萍成缘：古人以为水中的浮萍即杨花入水所化。

　　[2]薄幸：轻薄。

【赏析】

　　唐宋时期，咏杨花的名作颇多，最有名的是苏轼和章质夫的《水龙吟》。周晋的这首咏杨花词，虽然不及苏、章之作名气大，可也自有其清新可爱之处。

　　这首词的主要特色是连珠体和拟人化手法的运用。开头三句连用"雾中花""风前雪""雨余云"三个比喻，将杨花迷迷茫茫、纷纷扬扬、飘飘荡荡的情态勾勒得既形象又生动。后二句则说此花本是无情物，可是一旦落入水中，化为浮萍，成了离人的点点泪水，于是显得多情有意了。拟人笔法主要用在下片。这里专写西湖的杨柳。"甚管定"意思是说，为什么要限定年年在这里送春呢？西湖杨柳年年送春，固然多情，可是普天之下，哪里的杨花不是同样要被薄幸的东风摧残，被薄情的游子抛弃，她自己的命运也如同薄命的佳人一样，最终得不到人家的顾盼和怜惜呢。词人用三个排比句，表现了"无可奈何花落去"的惜春情怀。

文及翁

　　字时学，号本心，生卒年不详。绵州（今四川绵阳）人，移居吴兴。宝祐元年（1253年）进士。历官国子司业、秘书少监、礼部侍郎、参知政事。宋亡，累征不起。有文集不传，词仅存一首。

贺新郎·西湖

一勺西湖水。渡江来，百年歌舞，百年醑醉。回首洛阳花石尽，烟渺黍离[1]之地。更不复，新亭堕泪[2]。簇乐红妆摇画舫，问中流击楫[3]谁人是？千古恨，几时洗！余生自负澄清志。更有谁，磻溪未遇，傅岩未起[4]。国事如今谁倚仗？衣带一江而已！便都道，江神堪恃。借问孤山林处士，但掉头，笑指梅花蕊[5]。天下事，可知矣！

【注释】

〔1〕黍离：典出《诗经·黍离》，指故国之思。参见姜夔《扬州慢》。

〔2〕"更不复"二句：新亭一名劳劳亭，三国时吴建，在今南京市南。典出《世说新语·言语》："过江诸人，每至美日，辄相邀新亭，藉坐饮酒。周侯中座而叹曰：'风景不殊，正自有山河之异。'皆相视而流泪。惟王丞相愀然变色曰：'当共勠力王室，克复神州，何至作楚囚相对。'"

〔3〕中流击楫：曲出《晋书·祖逖传》："逖统兵北伐，渡江，中流击楫而誓曰：'祖逖不能清中原而复济者，有如大江！'辞色壮烈，众皆慨叹。"

〔4〕"磻溪"二句：指姜太公吕尚垂钓磻溪遇周文王、傅说筑墙傅岩遇殷高宗，终成大业的故事。

〔5〕"借问"三句：用林和靖隐居杭州孤山以梅为妻，以鹤为子，不问世事之典，借指不管天下兴亡的所谓清高之士。

【赏析】

作者登第后与同年进士一起游览西湖，他看到当时有四种人：一种人是既得利益者，他们歌舞醑醉，全然不把复国雪耻放在心上；另一种人是有志之士，却报国无门，不被起用；第三种人是心存侥幸，把希望寄托在"衣带一江"的天险上；最后一种人是所谓的社会名流，这类人以不问国事为脱俗。有感于此，作者眼看国祚已尽，大为失望，于是写此词以寄怀。

词人首先把目光聚焦在西湖。说"一勺西湖水"，是为提醒人们不要忘记沦陷故手的辽阔的中原大地。可惜偏安一隅的君臣满足于"一勺"浅水，"百年歌舞，百年醑醉"，

国学经典精神家园丛书

尖锐地揭露了南宋统治者的腐朽无耻。接着作者以怀念西京洛阳的故国之思，转为对主和派的抨击，面对湖上歌乐喧天、纵情作乐的景象，情不自禁地想起中流击楫、矢志北伐的祖逖。试问，从眼前"箫乐红妆"的人群中，能找出一个像祖逖那样的志士吗？身后是沦陷荒芜的国土，眼前是醉生梦死的庸人，因此他按捺不住发出"千古恨，几时洗"的怒吼。

下片紧承这声呐喊，词人满怀激愤，慷慨陈词：自己素有"澄清"天下的大志，可有谁能像当年周文王起用吕尚、殷高宗起用傅岩那样起用我呢？然而腐朽昏庸的居高位者不是依靠人力，而是妄想依靠长江天险苟且偷生，说"江神堪恃"，岂不可笑之至！林和靖之辈据说是人间高士，那么不妨请教一下这位高人吧。可是他把头一掉，"笑指梅花蕊"！如果说朝野上下醉生梦死，是一种全无心肝的表现，那么这置国难民困于不顾的所谓高士，不同样令人齿寒吗？结句"天下事，可知矣"沉痛之极，失望之极！词人以"千古恨，几时洗"发问，以"天下事，可知矣"作结，写作此词的全部情怀展露无遗。

这首词散文化、议论化的风格十分明显，这是辛派词人"以文为词"的一个突出特点。

刘辰翁

刘辰翁（1233—1297年），字会孟，号须溪，吉州庐陵（今江西吉安）人。理宗景定三年（1262年）廷试对策，因忤权贵贾似道，置于丙等。曾任濂溪书院山长。宋亡不仕，隐居而终。其诗文揭露奸臣祸国殃民，寓激愤于诙谐中，故不免艰涩。其词早年学苏辛，以俊逸见长。晚年感时伤事，格调悲凉。辰翁曾评点杜甫、王维、李贺、陆游诸人之作，为开评诗论文风气之先。生平著述甚富，有《须溪集》《须溪四景诗》，后人辑有《须溪词》三百四十余首。

兰陵王·丙子[1]送春

送春去，春去人间无路。秋千外、芳草连天，谁遣风沙暗南浦[2]。依依甚意绪？漫忆海门飞絮[3]。乱鸦过，斗转城荒，不见来时试灯处。春去，谁最苦？但箭雁沉边，梁燕无主[4]，杜鹃声里长门暮。想玉树凋土，泪盘如露。咸阳送客屡回顾，斜日未能度[5]。春去，尚来否？正江令恨别，庾信愁赋[6]，苏堤尽日风和雨。叹神游故国，花记前度[7]。人生流落，顾孺子[8]，共夜语。

【注释】

〔1〕丙子：宋恭帝德祐二年（1276年）。这年二月，元军攻陷南宋京城临安，将恭帝与太后押送到北方。

〔2〕风沙暗南浦：暗喻元军席卷大地，国土沦陷。

〔3〕海门飞絮：指临安失陷后，由海路逃亡的部分皇室。

〔4〕"但箭雁"二句：意谓被掳北去的君臣像被射中的大雁，流离失所的南宋民众像无主的燕子。

〔5〕"想玉树"四句：被俘君臣想到故宫衰败，树木凋残，仙人承露盘里满是泪水，频频回顾，依恋不已。

〔6〕"正江令"二句：意谓北去的人满怀别愁。江令即江淹，写有《别赋》；一说指南陈江总。庾信，写有《愁赋》。

〔7〕"叹神游"二句：意谓魂萦故国，昔日临安的繁华皆成记忆。"花记前度"是刘禹锡"种桃道士归何处，前度刘郎今又来"句意的缩写。

〔8〕孺子：指作者儿子刘将孙，亦善填词。

【赏析】

应该把这首词当作一段历史来欣赏。词题说是"送春"，其实是在哀悼南宋覆亡。

宋恭帝德祐二年（1276年）春，元兵逼近临安，宋帝奉表请降。三月，元胁迫恭帝、太后北行。五月，陆秀夫等拥立益王赵昰，改元景炎。不久，赵昰死，卫王赵昺即位。次年二月，元兵攻崖山，陆秀夫负帝投海死。宋亡。

既云"送春"，就须写出春色阑珊的景象；既要隐喻亡国之痛，就须在"春去人间"的景物中处处让人感受到国破家亡的伤惨。这两方面作者都做得非常出色，所以这是一首成功的词作。

"春去"领起，然后围绕这一意旨多方铺叙。第一段写临安失陷后的衰破景象。为什么要说"春去人间无路"？因为在"风沙"（借喻元军）的摧残下，临安城转眼间满目疮痍，星斗暗转，寒鸦乱飞，帝后北去，王室南蹿，国家顿然间成了"漫忆"的往事。元宵节华灯璀璨的都城，此时一片暗淡。临安失陷于二月，春来时尚可见元宵灯景。至三月春归，南宋已亡，所以说"不见来时试灯处"。这是写春之初去，景凄神伤，亡国之悲也于春去"无路"的断言中表露无余。

次片突然发问："春去，最谁苦？"但词人没有直接回答，而是以雁燕、杜鹃的遭遇中揭出。下面连用三个分句，"箭雁沉边"暗示被掳北去的君臣，如同被射中的大雁，坠落北方，永无归日；"梁燕无主"暗喻南宋臣民，大厦已倾，凄惶无依；"杜鹃声里长门暮"表示皇宫"长门"紧闭，唯有杜鹃悲啼而已。"玉树"四句，化用李贺《金铜仙人辞汉歌》"衰兰送客咸阳道"诗意，说恭帝北去之时，依依不舍，时时回顾，日落西山时分，仍旧迈不开沉重的脚步。

末片仍以设问领起："春去，尚来否？"只此一问，如醉如痴，伤惨之至。把历史人物的感别离伤和苏堤的尽日风雨并举，吊古抚今，唏嘘难言。说在这"送春"之际，故国唯有在"神游"梦幻中依稀可见。从今往后，也只有年年春来时，春花还记得我曾经为它们迎来送往——至此，是人怀故国还是故国遗迹怀人，痴迷恍惚，肚肠寸断，亡国之痛，不能自已矣！前途漫漫，"人生流落"在世，剩下的只是"顾孺子，共夜语"了。这一结句即使亡国的伤痛之情余波未尽，又与开篇的"春去人间无路"呼应契合。作者对故国的深情与春色不再的景象得到了如盐入水般的融合，从而取得了完美感人的艺术效果。

刘辰翁有多首词反复写元夕、端午、重阳，写伤春、送春，唱和刘过的《唐多令》多至近百首，皆为眷恋故国之作。词风都以中锋突进的手法表述慷慨激昂的感情，是凡此类作品，大多具有感人至深的艺术魅力。

【名家评点】

"送春去"二句悲绝，"春去谁最苦"四句凄清，何减夜猿；第三叠悠扬悱恻，即以为小雅、楚骚可也。

——［明］卓人月《古今词统》

周　密

周密（1232—1298年），字公谨，号草窗、四水潜夫等。祖籍济南，后流寓吴兴。理宗朝淳祐年间为义乌令。宋亡不仕，与王沂孙、张炎等人共结词社，以漫游吟咏为乐，且能诗善画。与吴文英齐名，人称"二窗"。周密著述甚富，有《草窗词》《齐东野语》《武林旧事》《癸辛杂识》《云烟过眼录》等。编有《绝妙好词》。

周密交友很广，在宋末词坛俨然是领导人物。他的词格律严谨，文字精美，从其编选的《绝妙好词》，可知他很注重形式美。早期多表现他的优雅生活，晚年身逢国难，风格转向忧伤凄楚。

吴山青·赋无心处茅亭

山青青，水泠泠，养得风烟数亩成。乾坤一草亭。云无心，竹无心，我亦无心似竹云。岁寒同此盟。

【赏析】

这首小令写得轻快跳脱，消遥物外，时或一阅，令人身心为之一爽。

一萼红·登蓬莱阁[1]有感

步深幽，正云黄天淡，雪意未全休。鉴曲[2]寒沙，茂林烟草，俯仰千古悠悠[3]。岁华晚，漂零渐远，谁念我，同载五湖舟[4]。磴古松斜，崖阴苔老，一片清愁。回首天涯归梦，几魂飞西浦，泪洒东州[5]。故国山川，故园心眼，还似王粲登楼[6]。最负他，秦鬟妆镜[7]，好江山，何事此时游。为唤狂吟老监[8]，共赋销忧。

【注释】

〔1〕蓬莱阁：旧址在今浙江绍兴卧龙山下。

〔2〕鉴曲："鉴湖一曲"的略语。鉴湖在绍兴城南，今已淤塞。

〔3〕"茂林"二句：语本王羲之《兰亭集序》"此地有崇山峻岭，茂林修竹""俯仰一世"等句。词中略用其语意。

〔4〕五湖舟：指越灭吴后，范蠡泛舟五湖之事。参见朱熹《水调歌头》注。

〔5〕"回首"三句：意谓自己在外飘零，曾几度回忆会稽。西浦、东州，皆为绍兴地名。

〔6〕王粲登楼：东汉末，王粲避乱荆州，曾登荆州城楼，感时伤乱而作《登楼

国学经典精神家园丛书

赋》。

〔7〕秦鬟妆镜：指秦望山（在今绍兴市东南）倒影鉴湖，如美女临镜。

〔8〕狂吟老监：指唐代诗人贺知章。贺曾为秘书监，晚年辞官归乡，自号四明狂客。

【赏析】

据王沂孙《淡黄柳》词序："又次冬（1276年），公瑾自剡还，执手聚别……敬赋此解。"周词亦作于此时。其时宋室已亡，词人登临古阁，感慨万端，因作此词。

上阕以写景为主。词人从登楼入手，以叙事带出景物，写雪意天昏来烘托心情之沉重。鉴湖、兰亭都是眼前名胜，如今却是一片萧瑟衰败之象。作者抚今追昔，不胜感慨，他觉得自己已经垂垂老矣，却还要四处漂泊，不被人同情理解，更无人愿意与他一起泛舟五湖。蓬莱阁本是游览胜地，如今只见石阶上枯松倾斜、青苔遍地，因此勾起他"一片清愁"。

下阕以"回首"带起三句，述说他在流亡岁月中对故国的刻骨思念。引出王粲，加深申述思情。然后以"最负他秦鬟妆镜，好江山何事此时游"点题——在"我"心中"一片清愁"的时候，鉴湖虽美，江山虽好，国已不国，我哪有心情游览！抒怀到此，用与贺知章"共赋消忧"，把悼古伤怀的亡国之痛推向了高潮。

这首词虽然一向被推崇为周密的压卷之作，但也有不少词评家对它并不怎么看好。有的说它内容显得"空泛、游离"；有的说"这在草窗词中已是最具深度的作品，尚如此绵软无力，是有宋词名副其实的'尾声'"。（黄瑞云《词苑英华》）

【名家评点】

蓬莱阁在绍兴郡治，取元微之"谪居犹得住蓬莱"诗句以名楼。秦少游诗："路隔西陵三两水，门临南镇一千峰。"名卿佳士往游者，每有题咏。此词首五句写楼中所见之景，以"俯仰今古"句总领前半首。"飘零""岁晚"，抚今之意也。"松斜""苔老"，怀古之意也。以"故国""故园"句总领后半首。东州、西浦，皆在阁之左近。草窗济南人，其"归梦天涯"句，故园之思也；大好江山而倦客登临，已在社屋阴沉之后，故国之思也。"山川""心眼"二句，非但句法高浑，且含无限悲凉。结句以楼近鉴湖，故忆及"狂吟老监"，乃本地风光。"消忧"句用《登楼赋》"聊假日以消忧"句，回顾上文"王粲"句也。

——［清］俞陛云《唐五代两宋选释》

文天祥

文天祥（1236—1283年），字宋瑞、履善，号文山，吉州庐陵（今江西吉安）人。宝祐四年（1256年）举进士第一。官至丞相，封信国公。恭帝德祐元年（1275年），元兵长驱南下，文天祥于家乡起兵抗元。次年，临安被围，他奉命议和，因抗争被拘，后脱逃，转战于赣闽等地，兵败被俘，就义于大都（今北京）。有《文山全集》二十卷传世。存诗八百余首，前期二百余首多咏物应酬之作；后期五百余首多以亡国惨痛为旨，悲愤壮烈，如《扬子江》《过零丁洋》等为千古绝唱。词仅存十余首。

国学经典精神家园丛书

酹江月

乾坤能大[1]，算蛟龙，元不是池中物。风雨牢愁无着处，那更寒虫四壁。横槊题诗[2]，登楼作赋[3]，万事空中雪。江流如此，方来[4]还有英杰。堪笑一叶漂零，重来淮水，正凉风新发。镜里朱颜都变尽，只有丹心难灭。去去龙沙[5]，江山回首，一线青如发[6]。故人应念，杜鹃枝上残月。

【注释】

〔1〕能大：犹言那么大，如此之大。

〔2〕横槊题诗：指曹操攻吴，临江赋诗一事。

〔3〕登楼作赋：见前一首周密《一萼红》注。

〔4〕方来：将来。

〔5〕龙沙：借指北方，语本《后汉书·班超传赞》：“坦步葱雪，咫尺龙沙。”

〔6〕“一线”句：化用苏轼“杳杳天低鹘没处，青山一发是中原”句意。

【赏析】

公元1278年，文天祥领兵拒元，因叛徒出卖而被捕。次年被押往燕京。同乡好友邓剡也与他同时蒙难。邓因病留在天庆观就医，临别时邓剡作词《酹江月·驿中言别》送文天祥。文天祥借苏东坡赤壁怀古词韵，作此词以酬答。

词中作者以蛟龙自喻，不以“寒蛩四壁”哀鸣为然。“横槊题诗”三句是对昔日转战东南的戎马生活、痛惜抗元失败之追思。因此他寄希望于将来。

下片是给友人的临别赠言。"堪笑"三句是对一段惨痛经历的回顾：德祐二年临安被围时，文天祥临危受命，出使元营，被强迫此行，至京口逃脱，途中历尽艰险，南行舟度起兵，又遭失败。时隔三年，再度被俘，成了囚犯，命运弄人，所以只能以"堪笑"形容。"镜里朱颜"二句字字掷地有声。"去去龙沙"三句表现作者回望故国河山，无限感慨之情。最后以魂化杜鹃，也要回归江南作结。他对朋友说：当你在故乡听到月夜杜鹃悲鸣的时候，那就说明我的魂已归来。这表明了他决心以身殉国，要"留取丹心照汗青"了。作者《金陵驿》诗云："从今别后江南路，化作杜鹃带血归"，与此意同。

国虽亡而正气犹存，身将死而雄心不灭。自辛弃疾、张元幹等人开创爱国悲歌以降，唯有文天祥唱出这样一曲响彻云霄的最高音。他的词如闪电，如惊雷，让人们在绝望中看到了一线光明。附录邓剡《酹江月·驿中言别友人》如下，以供参阅。（关于此词的作者，一说为文天祥作。文既有同调词且言"和友《驿中言别》"，可证此词当为邓作。《酹江月》即《念奴娇》。）

"水天空阔，恨东风不惜，世间英物。蜀鸟吴花残照里，忍见荒城颓壁。铜雀春情，金人秋泪，此恨凭谁雪。堂堂剑气，斗牛空认奇杰。那信江海余生，南行万里，属扁舟齐发。正为鸥盟留醉眼，细看涛生云灭。睨柱吞嬴，回旗走懿，千古冲冠发。伴人无寐，秦淮应是孤月。"

【名家评点】

文文山词，风骨甚高，亦有境界，远在圣与（王沂孙）、叔夏（张炎）、公谨（周密）之上。

——王国维《人间词话》

沁园春·题潮阳张许二公[1]庙

为子死孝，为臣死忠，死又何妨！自光岳气分，士无全节，君臣义缺，谁负刚肠[2]？骂贼睢阳，爱君许远，留得声名万古香[3]。后来者，无二公之操，百炼之钢。人生翕欱云亡[4]，好烈烈轰轰做一场。使当时卖国，甘心降虏，受人唾骂，安得留芳？古庙幽沉，仪容俨雅[5]，枯木寒鸦几夕阳。邮亭[6]下，有奸雄过此，仔细思量！

【注释】

〔1〕潮阳：今广东潮阳县。张许二公：指张巡、许远。唐玄宗天宝年间，安禄山起兵叛乱，张巡、许远在睢阳（今河南商丘）力拒叛兵，以兵卒万人，大小战凡四百余次，杀敌十二万。次年城陷，张巡、许远殉国。元和十四年，韩愈贬潮州（今广东潮阳），因韩曾撰文表彰张许，后潮州人为韩立庙，并为张许建立祠庙。南宋景炎三年，文天祥驻兵潮阳，谒张许庙，作此词。"潮阳"或作"睢阳"，非。

〔2〕"自光"四句：自宋室沦丧以来，士大夫不能保全节操，君臣之间丧失大义，是谁辜负了凛然不屈、刚正不阿的品德呢？光岳气分，意谓日月山河之浩然正气散落分崩。刚肠，即坚贞的节操。

〔3〕"骂贼"三句：意谓张巡骂贼而死，许远忠君爱国，因此才会万古流芳。

〔4〕翕欻（xī xū）：倏忽之意。云亡：死去。

〔5〕俨雅：形容仪表庄严尔雅。

〔6〕邮亭：古代设在沿途供歇宿的会馆。

【赏析】

起笔有如横空蛟龙，气势夺人。子死于孝，臣死于忠，括尽人生之大节。

德祐二年（1276年）正月，天祥出使元营被扣留，抗节不屈，视死如归。"死又何妨？"仅一问，能令一切贪生怕死、奴颜屈膝之辈汗颜？所以那些全无节操，"君臣义缺"，乃至不惜背弃日月山河所秉承的浩然正气的逆子贼臣，必将受到世人的口诛笔伐而遗臭万年！与之形成鲜明对比而能够万古流芳，受到世代顶礼膜拜的，只有像张巡、许远这样的忠烈之士。接下来，作者对没有张许二公节操和刚毅的后来者，以鄙夷不屑的口吻一笔带过。"后来者"，所有在宋亡之际叛国投敌者也。

人生短暂，恍若电光。既然有的人死得重如泰山，名垂青史；有的人死得轻如鸿毛，遗臭万年，为什么不活得轰轰烈烈，干一番利国利民的大事业呢！"古庙幽沈"三句，使读者在幽邃深沉的意境中，仰慕忠义之士之庄严典雅的仪容，思万古不易之精神的同时，随即托出"邮亭下，有奸雄过此，仔细思量"三句，有如当头棒喝，使后世胆敢步卖国求荣之后尘的一切"奸雄"闻之，无不胆战心惊。

不难看出，这篇气贯长虹、义薄云天的《沁园春》，就是词中之《正气歌》。全词虽以议论立意，却不失艺术魅力。此等杰作，不可以寻常辞章等闲视之。

【名家评点】

丞相文山公题此词盖在景炎时也。三宫北还，二帝南走，时无可为矣。赤手起兵，随战随溃，道经潮阳，因谒张许二公之庙。而此词实愤奸雄之误国，欲效二公之死以全节也。噫！唐有天下三百年，安史之乱，其成就卓为江淮之保障者，二公而已矣。宋有天下三百年，革命之际，始终一节，为十五庙祖宗出色者，文山公一人焉。词有曰："人生翕歘云亡，好烈烈轰轰做一场！"是知公之时，固异乎张许二公之时，而公之心即张许二公之心矣！

—— [元] 王翰《刻文丞相〈谒张许庙词〉跋》

汪元量

字大有，号水云，钱塘人。生卒年不详。原为南宋宫廷琴师。恭帝德祐二年（1276年），临安陷，三宫被俘北去，汪随留燕京，常往监中探望被囚禁的文天祥，以诗唱和，遂成莫逆之交。后出家修道南归。其词悲凄哀恻，富于时代感。许多诗词记载了宋亡前后的诸多事。

六州歌头·江都

绿芜[1]城上，怀古恨依依。淮山碎，江波逝，昔人非，今人悲。惆怅隋天子，锦帆里，环朱履，丛香绮，展旌旗，荡涟漪[2]。击鼓挝金，拥琼璈玉吹[3]，恣意游嬉。斜日晖晖，乱莺啼。销魂此际。君臣醉，貔貅弊[4]，事如飞，山河坠，烟尘起。风凄凄，雨霏霏，草木皆垂泪。家国弃，竟忘归。笙歌地，欢娱地，尽荒畦。惟有当时皓月，依然挂杨柳青枝。听堤边渔叟，一笛醉中吹。兴废谁知？

【注释】

〔1〕绿芜：丛生的绿草。唐韩偓《船头》："两岸绿芜齐似剪，掩映云山相向晚。"

〔2〕"惆怅隋天子"六句：总写隋炀帝以扬州为陪都，极尽奢靡的种种情景。

　　〔3〕"击鼓"二句：意谓击打着金鼓，簇拥着吹奏管乐的宫妃。

　　〔4〕貔貅：猛兽，此处比喻勇猛的军队。

【赏析】

　　汪元量是南宋王朝灭亡的见证人，他的诗词忠实地记录了这段历史。陈寅恪先生提出以诗补史的观点很有见地，因为正史多为钦定之作，难免有诸多取舍和隐讳，而诗人以韵文书写的历史却不受任何人干预，观点虽是一家之言，但不会故意歪曲事实。汪元量这首以扬州为聚焦点的怀古之作，就是对这一历史名城经战乱屠城后之凄惨残败景象的真实记录。

　　词中作者首先开宗明义，说他登高望远，只见绿芜连天，满腔悲愤因怀古之思油然而生。紧接着他直抒胸臆，将国破家亡、物是人非的悲怆尽情倾吐，然后转入对隋炀帝荒淫亡国的追述。"惆怅隋天子"以下一口气连用八个三字排比句的细节描写，将隋炀帝的穷奢极侈写得痛快淋漓，最后以"斜日""乱莺"收束。行文至此，作者和读者都不由得陷入悠长而深沉的思索中。如果说隋王朝的灭亡是因为隋炀帝的荒淫无度，那么宋王朝的灭亡还得加上昏庸无道、重文轻武。所以作者在下片顺理成章地把话题引向了这一意旨。在此极度的悲伤、愁苦、"销魂"之际，词人想到隋朝（其实也是在说南宋）灭亡之迅速，有如大厦倾覆，瞬间灰飞烟灭。作者又连用十二个三字排比句，节律快得让人喘不过气来。一个王朝的灭亡"忽喇喇似大厦倾，昏惨惨似灯将尽"，往事已矣，唯有皓月依旧，杨柳青青。正当词人陷入沉思之际，堤边有渔翁醉中吹笛，如泣如诉，把他倏然惊醒。最后将一句"兴废谁知"留给读者。词人的亡国之痛、思古之情，在把一连串有如大石击水般的三字排比句投下后，一圈圈的波纹悠悠然扩散开来，与开篇的"怀古恨依依"遥相呼应。作者的艺术才情，令人叹为观止。

　　在汪元量悼亡伤时的辞章中，代表作当属长调《莺啼序·重过金陵》。其词曰：

　　"金陵故都最好，有朱楼迢递。嗟倦客，又此凭高，槛外已少佳致。更落尽梨花，飞尽杨花，春也成憔悴。问青山，三国英雄，六朝奇伟。麦甸葵丘，荒台败垒，鹿豕衔枯荠。正潮打孤城，寂寞斜阳影里。听楼头，哀笳怨角；未把酒，愁心先醉。渐夜深，月满秦淮，烟笼寒水。凄凄惨惨，冷冷清清，灯火渡头市。慨商女不知兴废，隔江犹唱庭花，余音叠叠。伤心千古，泪痕如洗。乌衣巷口青芜路，认依稀、王谢旧邻里。临春结绮，可怜红粉成灰，萧索白杨风起。因思畴昔，铁索千寻，漫沉江底。挥羽扇，障西尘，便好角巾私第。清谈到底成何事？回首新亭，风景今如此！楚囚对泣何时已？叹人间，今古真儿戏。东风岁岁还来，吹入钟山，几重苍翠!"

可惜这一名篇较适于自赏，而不宜于解读，因为词中的绝大多数语句都是化用前人的诗句或典故而成，如"正潮打孤城，寂寞斜阳影里"二句，即由刘禹锡《石头城》之"山围故国周遭在，潮打孤城寂寞回"和《乌衣巷》之"乌衣巷口夕阳斜"组成。俞平伯说："全篇多用典故平铺直叙，而借古伤今，意甚明白，语亦妥帖。此长调之近于赋体者。"对于这样的长调，倘若强作解人，把每一句的出典使语诠释清楚后，再回过头来寻找作者的意趣，难免要落入"上穷碧落下黄泉"的尴尬境地，所以不得不以此机宜之计，附录于此。读者如有兴趣，可以独自慢慢鉴赏。

王清惠

度宗昭仪（宫中女官），生卒年不详。宋亡，恭帝德祐二年（1276年）临安沦陷，随三宫一同被俘往北地。后自请为女道士，号冲华。今存词仅此一首。

满江红

太液芙蓉[1]，浑不似，旧时颜色。曾记得，春风雨露，玉楼金阙。名播兰簪[2]妃后里，晕潮莲脸君王侧。忽一声，鼙鼓[3]揭天来，繁华歇。龙虎[4]散，风云灭。千古恨，凭谁说？对山河百二[5]，泪盈襟血。客馆[6]夜惊尘土梦，宫车晓碾关山月。问嫦娥，于我肯从容，同圆缺。

【注释】

〔1〕太液芙蓉：唐代长安城东大明宫内有太液池，此借指南宋宫廷。芙蓉即荷花，比喻女子姣好的面容。

〔2〕兰簪：本是女子首饰，这里借喻宫中的后妃。

〔3〕鼙鼓：指战鼓。

〔4〕龙虎：比喻南宋君臣。

〔5〕山河百二：形容山河险要，易守难攻。典出《史记·高祖本纪》："秦形胜之国，

带山河之险，悬隔二千里，持戟百万，秦得百二焉。"意谓秦兵二万可当诸侯百万大军。

〔6〕客馆：驿馆。

【赏析】

公元1276年春，临安城陷，元军押太后和众昭仪北去。她们经江淮到达汴京附近，驻宿于夷山驿中。王昭仪昔日蒙宠，今日竟成囚徒，百感交集，遂写此词于驿壁。据《永乐大典》载，此词当时即广为流传，和者甚众。

作者起首即用比兴手法，以"芙蓉"自喻，说明经历了国破家亡的巨变，飘零憔悴，完全失去了昔日的艳丽。如此开篇，突兀奇崛，顿时把人引入风云突变、山河易色的现实中来。

以下转入回忆，以"曾记得"领起，详细铺叙昔日备受君王宠幸的无限风光，为了烘托"旧时颜色"，作者所选用的"春风雨露""晕潮莲脸"等字眼，足以形容昔日的旖旎美艳，富丽堂皇。

"忽一声，鼙鼓揭天来"表示事变之猝不及防，犹如晴天霹雳。随着元兵进军战鼓的震天轰响，"玉楼金阙"的豪华生活顷刻之间烟消云散。南宋灭亡前夕，贾似道独揽朝政，一味地粉饰太平，国家危在旦夕，君臣仍在"醉歌深宫，啸傲湖山，玩忽岁月"。上阕结拍的这三句实则蕴含着非常丰富的内容和惨痛的历史教训。

下阕写亡国被俘的感慨。从"龙虎散"到"泪盈襟血"一口气说出的这六句，使人想起岳飞的"靖康耻，犹未雪。臣子恨，何时灭！"义愤悲壮，如出一辙。下面"客馆"写夜宿驿馆，灵梦惊魂的凄惨。尘土飞扬、颠沛流离的长途跋涉，常常在梦中再现；天未破晓，又得驱车碾着月光上路。对于一个"名播妃后"，生活在"晕潮莲脸君王侧"的弱女子来说，何去何从？这是她不能不想的问题。倘若想脱离苦海，保全性命，出路似乎只有一条："问嫦娥，于我肯从容，同圆缺？"嫦娥啊，你愿意"我"和你一起从容自在地同圆同缺，度此残生吗？到达燕京后，她真的毅然决然地做出选择：请求出家，遁入道观了。这样的反抗，尽管不像文天祥、陆秀夫等人那般悲壮，但对于一个弱女子来说，还能要求她什么呢？

杨慧淑

度宗昭仪（宫中女官）。宋亡随三宫流落北方。

望江南

　　江北路，一望雪皑皑。万里打围鹰隼[1]急，六军刁斗[2]去还来。归客别金台[3]。江北酒，一饮动千杯。客有黄金如粪土，薄情不肯赎奴回。挥泪洒黄埃。

【注释】

　　[1] 鹰隼（sǔn）：围猎的猛禽。

　　[2] 刁斗：古代军中使用的铜炊具，夜里则为报警之器或敲击打更。

　　[3] 金台：元时燕京的一个地名。

【赏析】

　　这首词写一个被遗弃的女子的无穷怨恨。

　　在众多被胁迫北去的南宋俘虏中，她只不过是一个被挟裹的普通宫女。作者起句首先告诉我们她的悲惨处境：一路向北行去，放眼望去，白雪皑皑；北人万里围猎，鹰隼盘空；六军往还，刁斗声声。作者放开笔墨，描绘北国风情之后，为什么会突兀而起，冒出一句"归客别金台"呢？原来她一直在暗暗期盼着，有南来的好心人肯为她赎身，重新回到她魂牵梦绕的江南故乡。如今好不容易遇到一个即将南归的贵客，她暗自思量：他会不会大发悲心，为我赎身呢？

　　下阕揭露了南来豪客的"薄情"，也许他们有过一段不寻常的交往，否则她不会这样形容。作者把这位客人的嗜酒豪饮、挥金如土与不肯为她赎身的悭客薄情加以尖锐对比，失望之情不言而喻。"挥泪洒黄埃"，她的全部怨恨、绝望、愤恨，于此一齐迸发，世事浮沉、人情炎凉也同时于前后阕的对比描写中一齐显现。一位弱女子的哭诉，成了亡国悲剧的缩影。

　　与上述王清惠、杨慧淑一样，同时流落北地的南宋宫妃还有多人，而且皆有词作传世。她们从不同角度反映了那段悲惨的历史，大都写得很感人。譬如章丽贞的《长相思》：

　　"吴山秋，越山秋。吴越两山相对愁。长江不尽流。风飕飕，雨飕飕。万里归人空白头。南冠泣楚囚。"

　　又如陶明淑的《望江南》：

"秋夜永，月影上阑干。客枕梦回燕塞冷，角声吹彻五更寒。无语翠眉攒。天渐晚，把酒泪先弹。塞北江南千万里，别君容易见君难。何处是长安？"

王沂孙

字圣与，号碧山、中仙、玉笥山人，会稽（今浙江绍兴市）人。生卒年不详。宋亡仕元，出任庆元路学正。其词多咏物之作，间寓身世之感。有《碧山乐府》。

齐天乐·咏蝉

一襟余恨宫魂断[1]，年年翠阴庭树。乍咽凉柯，还移暗叶，重把离愁深诉。西窗过雨。怪瑶佩流空，玉筝调柱[2]。镜暗妆残，为谁娇鬓尚如许[3]？铜仙铅泪似洗，叹携盘去远，难贮零露[4]。病翼惊秋，枯形阅世，消得斜阳几度[5]？余音更苦，甚独抱清高，顿成凄楚[6]？谩想薰风，柳丝千万缕[7]。

【注释】

〔1〕"一襟"句：传说齐后因怨王而死，其孤魂幻化为蝉。断，使人断魂的意思。

〔2〕"怪瑶佩"二句：形容蝉声如玉佩声在空中飘荡，如玉筝声动人心魂。

〔3〕"镜暗"二句：如今妆镜暗淡，妆饰残损，为什么你还要梳理那么好看的云鬓？娇鬓，形容如女子鬓发一样的蝉翼。

〔4〕"铜仙"三句：意谓承露盘随金铜仙人远去，蝉已无露可饮。语本李贺《金铜仙人辞汉歌》"空将汉月出宫门，忆君清泪如铅水"句意。

〔5〕"病翼"三句：残缺的蝉翼已难以承受清秋侵袭，蝉的枯形饱经人世沧桑，它的生命又能维持多少时日呢？

〔6〕"甚独抱"二句：意谓寒蝉哀怨之余音不绝，但气候已冷，悲鸣声顿时变得凄楚不已。

〔7〕"谩想"二句：寒蝉现在只能徒然回忆南风吹拂万千柳丝那样的好时光了。

国学经典精神家园丛书

【赏析】

　　句句咏蝉，句句寄托着作者自身的哀痛，法度雍雅，凄美细腻，然而只因苟延残喘于蒙古贵族的高压下，这位失节的词人只能以寒蝉的哀鸣，来给有宋一代的词坛涂染最后一笔悲凉的寒色了。

　　蝉的典故与宫廷和仕宦相关，所以起手一句即从齐后化蝉开篇。齐后所化之蝉年年栖身于庭树翠荫之间，苟活于孤寂凄清之中，发出如怨如诉的哀鸣，漂流在浓荫暗叶里，为的只是能将"离愁"尽情倾诉。这是寒蝉在哀鸣，也是词人在哭诉。

　　雨后的蝉鸣仿佛很是动听，如玉佩叮咚，如素筝悠扬。词人感到有点"怪"：刚才的鸣叫还如泣如诉，现在何以如此婉转动听？再看寒蝉的容颜，妆镜蒙尘，姿容惨淡，为什么还要将云鬓梳理得如此好看？这是作者提出的两个疑问。他没有作答，而是把深沉的寄寓放到了下阕。

　　上片写蝉鸣、蝉形，暗寓着家破国亡的惨痛；换头转而从蝉的餐风饮露着墨。作者化用李贺《金铜仙人辞汉歌》"空将汉月出宫门，忆君清泪如铅水"句意，问：以露为生的蝉，如今露盘已去，没有了露水如何活命？更可悲的是蝉翼已残，秋寒渐深，形枯病侵的寒蝉饱经人世沧桑，生命还能维持多久呢？在这里，人蝉已经化而为一，很难分清这是在写蝉还是在写词人自己。

　　"余音更苦"三句写蝉之将亡，哀鸣更苦。别本或作"独抱清高"。若作"清商"，当取"古乐府《清商曲辞》，其音多哀怨"意；若作"清高"，当取"本以高难饱，徒劳恨费声"句意（李商隐《蝉》）。皆可。这三句又是一问：为什么要固执地哀怨悲鸣，凄楚如此？回过头我们再看上阕的两问：为什么鸣叫声突然清亮动听？为什么不弃残容，还要刻意打扮？"质本洁来还洁去"，原来这一切都是为了迎接即将到来的死亡！是留恋不舍，也是对结局的清醒认识。"谩想熏风，柳丝千万缕"只不过是最后的一丝温馨的回忆罢了。

　　或曰：此词为宋遗民感愤于元僧杨琏真伽盗发宋帝后陵墓而作，词中的齐后化蝉与王室后妃有关，金盘承露隐射宋亡及帝陵被盗事。欣赏此词，不管作何联想，作者借蝉寓意，确有宋亡的影子在，也有亡国遗民的影子在，更有作者自己的影子在。碧山作为宋末失节的词人，他的作品注定不可能"剑拔弩张"。他埋头咏物，多有寄托，自在情理之中。有亡国之忧而不敢明言，也决定了他的词必然要被扑朔迷离、凄苦绝望的哀怨之情所笼罩。

【名家评点】

　　此首咏蝉，盖咏残秋哀蝉也。妙在寄意沉痛，起笔已将哀蝉心魂拈出，故国沧桑之感，尽寓其中。"乍咽"三句，言蝉之移栖，即喻人之流徙。"西窗"三句，怪蝉之弄姿揭响，即喻人之醉梦。"镜暗"两句，承"怪"字来，伤蝉之无知，即喻人之无耻，真见痛哭流涕之情矣。换头，叹盘移露尽，蝉愈无以自庇，喻时易事异，人亦无以自容也。"病翼"三句，写蝉之难久，即写人之难久。"余音"三句，写蝉之凄音，不忍重听，即写人之宛转呼号，亦无人怜惜也。末句，陡着盛世之情景，振动全篇。太白《越中怀古》有"宫女如花满春殿，只今惟有鹧鸪飞"诗，盖上极盛而下极衰。而此则上极衰而下极盛，反剔一句，亦自警动。

——唐圭璋《唐宋词简释》

张　炎

　　张炎（1248—？），字叔夏，号玉田、乐笑翁。先世凤翔人，后寓居杭州。南宋大将张俊后人。其词意度高远，语言清丽，善以清空之笔状沦落之悲。曾从事词论研究，对词的音律、技巧、风格皆有论述。著有《山中白云词》《词源》。

　　张炎是宋末元初继李清照之后的主要词论家。可以说，有宋一代的歌词创作是以他为表志而结束的，宋代的词学也是因他而有了一个全面的总结。

高阳台·西湖春感

　　接叶巢莺[1]，平波卷絮，断桥斜日归船。能几番游？看花又是明年。东风且伴蔷薇住，到蔷薇，春已堪怜。更凄然，万绿西泠，一抹荒烟。当年燕子知何处，但苔深韦曲，草暗斜川[2]。见说新愁，如今也到鸥边[3]。无心再续笙歌梦，掩重门，浅醉闲眠。莫开帘，怕见花飞，怕听啼鹃。

【注释】

　　〔1〕接叶巢莺：意谓黄莺在密集的叶丛中筑巢。

　　〔2〕"但苔深"二句：意谓当年聚会之处，现已一片荒凉。韦曲、斜川均为地名，为过去贵族与文人聚集之地。

〔3〕"见说"二句：连自由的白鸥，似乎也愁白了头。

【赏析】

　　西湖是南宋统治者醉生梦死之地，如今只剩下"苔深韦曲，草暗斜川"了。后人说张炎歌咏西湖的多首词，"鼓吹春声于繁华世界，能令后三十年西湖锦绣山水，犹生清响"，然而此次重游，也未免伤感。词中流露的故国之思，也只是淡淡的一抹。"掩重门浅醉闲眠"才是其精神境界的生动表述。

【名家评点】

　　夏闰庵云："此词深婉之至，虚实兼到，集中压卷之作。"起二句写春景，工炼而雅。"看花"二句已表出春感。"东风"二句以才人遭末造，即饮香名，已伤迟暮，与残春之蔷薇何异。"凄然"三句与"燕子"四句皆极写其临流凭吊之怀。"新愁"二句怅王孙之路泣，何等蕴藉。"笙歌"以下五句，梦断朝班，心甘退谷，本欲以"闲眠浅醉"送此余生，鹃啼花落，徒恼人怀耳。

——〔清〕俞陛云《唐五代两宋词选释》

清平乐

　　采芳人杳，顿觉游情少〔1〕。客里看春多草草，总被诗愁分了。去年燕子天涯，今年燕子谁家？三月休听夜雨，如今不是催花。

【注释】

　　〔1〕"采芳人"二句：意谓不见游春采花的姑娘们的踪迹，顿时没有了游玩的心情。

【赏析】

　　这首小词写得清丽晓畅，作者以燕子自况，道尽了无家可归的悲苦凄凉。

　　公元1276年，元兵占领临安之后，世居临安的张炎家园被抄没，亲人被杀，他不得不在外逃亡。多年后，他回到临安，虽然时值春天，但已无家可归，成了来去匆匆的过客，于是撰写此词以寄慨。

开篇两句以极其简练的笔墨，暗示沦丧敌手的杭州故都如今已是一座人烟稀少的荒城。虽然是春暖花开的好时节，然而没有了采花闹春的姑娘，春天也显得了无生气，失去了往日的迷人景象。词人"客里看春"，兴味索然，百感交集，只能将万端愁绪交给诗词去分担了。

次阕以燕自况：去年漂泊异乡，天涯沦落；今年回来，虽说这是自己的家乡，却没有一个落脚的地方。该去"谁家"进食果腹、歇息过夜呢？一个流浪在外的游子，历尽艰险，如今好不容易回了家，却落到如此境地，其心中的酸楚悲凄，可想而知。结句"三月休听夜雨，如今不是催花"既是回应首句"采芳人杳"，也是词人心境的真实写照，收束得十分贴切，十分自然。

【名家评点】

羁泊之怀，托诸燕子；易代之悲，托诸夜雨，深人无浅语也。

——［清］俞陛云《唐五代两宋词选释》

蒋　捷

字胜欲，号竹山，常州宜兴人。生卒年无考。咸淳十年（1274年）进士。入元不仕，隐居太湖竹山。与周密、王沂孙、张炎并称宋末"四大家"。有《竹山词》传世。

一剪梅·舟过吴江[1]

一片春愁待酒浇，江上舟摇，楼上帘招。秋娘渡与泰娘桥[2]，风又飘飘，雨又萧萧。何日归家洗客袍，银字笙调，心字香烧[3]。流光容易把人抛，红了樱桃，绿了芭蕉。

【注释】

〔1〕吴江：江苏南部吴江县，在太湖东岸。

〔2〕秋娘渡、泰娘桥：地名，皆以唐代歌女命名。

〔3〕"银字"二句：意谓吹奏以银作字标示音色高低的笙，点燃心字形的香。此二句是设想归家后的乐趣。

【赏析】

起笔入题"一片春愁"。次二句照应舟过吴江的题旨，用"楼上帘招"紧扣"待酒浇"的心绪。"摇""招"之间，似乎聊可开颜了；不巧舟行江面，当"秋娘渡与泰娘桥"映入醉眼时，词人顿时感觉到一阵风雨飘摇，刚刚借酒浇灭的"春愁"反而变得更浓了。

次阕写对早日"归家"的渴望以及对归家后情景的设想。洗客袍、调银笙、燃心香，这是作者设想回家后首先要做的三件事——妻子为他洗涤满是客尘的衣袍，调好银字刻写的笙簧，点燃心字形的炉香，那时就可以尽情享受家庭生活的温馨和惬意了。最后三句把这一美好的愿望再加推进，把之所以急于回家的心愿表述得更加深邃：光阴似箭，时不我待，转眼之间夏天就要到了。"红了樱桃，绿了芭蕉"，大自然永远是在依照自己的法则运行，春去秋来，轮回不息，从来就没有把芸芸众生的悲欢离合放在心上。作者敏锐地抓住樱桃变红、芭蕉变绿这些物象，把"春愁"和"归家"的主题进一步深化，将人生哲理转化为生动鲜明、可感可触的形象，因而博得了读者的通感。以高妙的艺术手法，谱写人皆有之的共同情感，是这首小令所以会为世代读者喜爱的奥秘之所在。

【名家评点】

蒋竹山词未极流动自然，然洗练缜密，语多创获。其志视海溪较贞，视梦窗较清。刘文房（长卿）为五言长城，竹山岂亦长短句之长城欤！

——［清］刘熙载《艺概》

虞美人·听雨

少年听雨歌楼上，红烛昏罗帐。壮年听雨客舟中，江阔云低，断雁叫西风。而今听雨僧庐下，鬓已星星也。悲欢离合总无情，一任阶前，点滴到天明。

【赏析】

英国诗人布雷克套用佛经"芥子纳须弥"的哲理，作过一句诗："一粒沙里见世界。"这种观察宇宙人生的方法其实在我国诗人中屡见不鲜，譬如这首词，作者用两阕十句，就浓缩了人生的三个阶段。

这首小词用三节写尽人生少年、壮年和晚年，妙在都是因听雨而引起迥然不同的身世之感：少年时期，听雨歌楼，红烛罗帐，何其绮丽，何其浪漫！壮年做客，漂泊异乡，听雨客舟，江阔云低，西风孤雁，不胜行役之苦。下片写晚年听雨之实景。亡国以后的晚年，一个白发老人独自在僧庐下倾听着夜雨。然而此时此地再听那点点滴滴的雨声，内心再没有少年和中年时光那样一星半点的感触，只是木然，一任雨水"点滴到天明"了。其处境之萧索，心境之凄凉，结尾二句，让人不忍卒读。

国学经典精神家园丛书

声声慢·秋声

黄花深巷，红叶低窗，凄凉一片秋声。豆雨声来，中间夹带风声。疏疏二十五点，丽谯〔1〕门，不锁更声。故人远，问谁摇玉佩，檐底铃声。彩角声吹月堕，渐连营马动，四起笳声。闪烁邻灯，灯前尚有砧声。知他诉愁到晓，碎哝哝，多少蛩声。诉未了，把一半分与雁声。

【注释】

〔1〕丽谯：亦作丽樵。华丽的高楼。

【赏析】

秋天的天宇清澈明净，在秋天清澄的空气中，各种声音传得格外清晰，格外辽远。秋天是大自然的交响乐团登场的盛大节日，但是只有敏感的有才华的诗人，才会捕捉秋天里的这些奇特而清晰的天籁，并将其转换为可闻可感的艺术形象。欧阳修的《秋声赋》因此而享誉文坛，蒋捷的这首《声声慢·秋声》也是词苑的千古绝唱。

在这首词里，词人将他在一个秋夜里捕捉到的秋声，一韵到底，一口气写出九种——雨声、风声、更声、铃声、角声、笳声、砧声、蛩声、雁声。但词人在这里写的不是这个季节里收获的欢声，而是"凄凉一片"的悲声。这凄清悱恻的秋声是在一个黄花绽开、枫叶低垂的深巷中交织而成的。这些声音由大到小，由远而近，从午夜到黎明，按照"凄凉"这一主旋律浅吟低唱，声声入耳，声声断肠。

首先袭来的是夹杂着风声的雨声。风雨飘摇，扰人清梦。然后又隐隐听见谯楼上的更鼓声穿过风幕雨帘飘来，一声，二声……不眠之人一声声地数着，他清清楚楚地记得更鼓敲了"二十五点"。这表明主人公彻夜无眠。"故人远，问谁摇玉佩，檐底铃声"——他误以为房檐的风铃声是"故人"的玉佩声，转而即知，故人远在他乡，不会在这风雨之夜前来造访。那会是谁呢？作者这里用笔极为巧妙，写误判实则是写对故人的殷殷思念。

下阕把对秋声的描述从深夜持续到黎明。月落天明，号角声起，所有的军营都骚动起来。角声是军营的起床号，笳声是士兵的集合号。作者在秋声中突然插入"角声"和"笳声"，这是在暗示，连他隐居的太湖竹山也已被元军占领。这才是"凄凉一片"的真正原因吧。

"闪烁邻灯，灯前尚有砧声。"捣衣声来得突兀。紧接着角声、笳声来写邻家主妇临明时分还在赶制寒衣，是在暗示她的良人远征。李白的《吴子夜歌》已将这种内在关系表述得非常清楚了："长安一片月，万户捣衣声。秋风吹不尽，总是玉关情。何日平胡虏，良人罢远征。"词人用这两句巧妙地把他的"凄凉一片"扩散开来，从而使个人的悲苦具有了广泛的社会意义。

结尾四句构想奇妙。听烦了蟋蟀彻夜没完没了的"诉愁"声，作者将自己的"凄凉"暂时搁置一边，转而为蟋蟀着想：如果你到天亮不能继续悲鸣了，那就分一半让大雁来替你继续诉苦吧。秋夜蛩鸣，长空雁叫，是秋天里两种最具特征的秋声。"蛩声""雁声"收束全词，使"秋声"的悲凉韵味格外突出。

全词按时间顺序，从夜晚到黎明，以丰富敏感的想象力，将秋声描摹得绘声绘色；抒情从伤感到悲切，将深沉复杂的情感寄寓到远近大小杂然纷呈的秋声中，无论是审美情趣还是艺术感染力，都取得了极大的成功。

陈德武

三山（今福州）人，有《白云遗音》传世。

水龙吟·西湖怀古

　　东南第一名州，西湖自古多佳丽。临堤台榭，画船楼阁，游人歌吹。十里荷花，三秋桂子[1]，四山晴翠。使百年南渡，一时豪杰，都忘却，平生志。可惜天旋时异，藉何人，雪当年耻？登临形胜，感伤今古，发挥英气。力士推山[2]，天吴[3]移水，作农桑地。借钱塘潮汐，为君洗尽，岳将军泪。

【注释】

　　[1]"十里荷花"二句：语本柳永《望海潮》"东南形胜，三吴都会，钱塘自古繁华"句意。

　　[2]力士推山：典出《蜀王本纪》所载古巴蜀五力士移山的故事。

　　[3]天吴：海神名。典出《山海经·海外东经》："朝阳之谷，有神曰天吴，是为水伯。"

【赏析】

　　这首描写西湖的词，起手突兀，以先声夺人的气势令人耳目一新。作者用这句"东南第一州，西湖自古多佳丽"做一总述后，接下来对西湖之美做具体描述。"临堤台榭"三句是从视野之所及描写西湖的市容风貌；"十里荷花"三句是从春秋两季的景象描写西湖的秀美风光。用六个排比句想把西湖之美描摹出来，没有高妙的笔力，是不可能的。

　　作者在尽力展现西湖之"佳丽"后，倏然转身，用"百年南渡，一时豪杰，都忘却平生志"这样的评述，将读者的视线引向现实。这是一句石破天惊般的感慨，直如当头棒喝，把人们从"山外青山楼外楼，西湖歌舞几时休"的陶醉中惊醒过来。

　　靖康二年（1127年），北宋沦亡，宋室南渡，偏安西子湖畔。那时候，多少志士仁人发声"何日请缨提锐旅，一鞭直渡清河洛"（岳飞）；"拥精兵十万，横行沙漠，奉迎天表"（李纲）；"欲挽天河，一洗中原膏血"（张元幹）。结果呢？那些（自然不是指上述诸人）曾经慷慨激昂、痛哭流涕过的，后来都被"暖风薰得游人醉"了，都把国恨家仇统统抛到脑后了。

　　下阕先用"天旋时异"两句概述"百年南渡"后的沧桑巨变：1127年，汴京沦陷，徽宗、钦宗和后妃、公主与大批臣民和无数国宝被金人席卷而去；曾经奋力抗敌的忠臣义士如李纲、张浚、韩世忠诸人或被排斥，或被流放，或被迫隐退，连战功赫赫的抗金名将岳武穆都难逃一死，如今还能靠什么人复国雪耻呢？这一问，是对"百年南渡"后全部历史的愤激之至的总结。或许作者心中的希望之火尚未熄灭吧，因此当他"登临形胜"时，一方面"感伤今古"，一方面觉得凭借英雄豪气，尚可奋力一搏。如何拼搏？作者突发奇想，希望能有移山倒海的神人把西湖变为农桑之地，永远铲除这个让人销魂蚀骨的罪恶的渊薮；然后再"借钱塘潮汐，为君洗尽，岳将军泪"，重新激励发心"雪当年耻"的爱国志士，只有这样，才能挽狂澜于既倒，救国民于倒悬。想法固然浪漫不稽，然忧时爱国之情，尽现无遗矣。

　　陈德武多咏物之用，自四时风景、花鸟鱼虫，几无不咏。至可怪者，竟有《咏蚊》之作：

　　"三三两两，夜夜教人想。偷入霜绡斜隙帐。直到珊瑚枕上。玉人梦绕江南，输他一饷肥甘。莫恨我心儿毒，只因你口儿馋。"

　　盛极一代的宋词，到了这种境地，已经无可救药了。

连静女

延平人（今福建南平），嫁儒生陈彦臣。余不详。

失调名

　　朦胧月影，黯淡花阴，独立等多时。只恐冤家误约，又怕他侧近人知。千回作念，万般思忆，心下暗猜疑。蓦地偷来厮见，抱著郎，语颤声低。轻移莲步，暗褪罗裳，携手过廊西。已是更阑人静，粉郎恣意怜伊。霎时云雨，半晌欢娱，依旧两分飞。去也回眸告道，待等奴，兜上鞋儿。

【赏析】

　　这首词写的是一个少女的隐私。这个少女直言不讳地讲述了她愉情寻欢的整个过程和全部细节。内容虽然放浪轻佻，却没有丝毫淫荡之意。词的格调和所述情事也十分合拍，一样的情意绵绵，一样的妖媚欢快。

全词的描述就不必逐字逐句解释了吧。只有结尾二句应该特别注意，少女心满意足后，在与情郎匆匆告别时的动作和话语，把人物刻画得活灵活现，让人如闻其声，如见其人。"鞋儿"的"儿"字在古语中多数读作"ní"，押"西"韵。

蜀中妓

姓名生平均无考。

市桥柳·送行

欲寄意，浑无所有[1]，折尽市桥官柳。看君著上征衫，又相将[2]，放船楚江口。后会不知何日又，是男儿，休要镇[3]长相守。苟富贵，无相忘[4]，有如此酒！

【注释】

〔1〕浑无所有：什么也没有。

〔2〕相将：相继，紧接着。

〔3〕镇：整日。

〔4〕"苟富贵"二句：语出《史记·陈涉世家》："陈涉少时，尝与人佣耕，辍耕之垄上，怅恨久之曰：'苟富贵，无相忘。'佣者笑而应曰：'若为佣耕，何富贵也？'陈涉太息曰：'嗟乎！燕雀安知鸿鹄之志哉！'"

【赏析】

古代描写送行时，折杨柳以示惜别、挽留的诗词屡见不鲜，如李白的"巫山巫峡长，垂柳复垂杨。同心且同折，故人怀故乡"，王之涣的"羌笛何须怨杨柳，春风不度玉门关"等。出自婉约派诗人的折柳送别的作品，大多写得缠绵悱恻，恋恋不舍，很少有如此俊郎豪爽的。将誓约比作酒，意味尤其深长。身在风尘而胸襟如许，大丈夫气概跃然纸上，不能不令人刮目相看！